ROMY FÖLCK

Düstergrab

Weitere Titel der Autorin:

Totenweg
Bluthaus
Sterbekammer
Mordsand
Nebelopfer

Titel auch als Hörbuch erhältlich

Über die Autorin:

Romy Fölck wurde 1974 in Meißen geboren. Sie studierte Jura, ging in die Wirtschaft und arbeitete zehn Jahre für ein großes Unternehmen in Leipzig. Heute lebt sie als freie Schriftstellerin in der Elbmarsch bei Hamburg. Die ersten sechs Bände ihrer Krimiserie um das ungleiche Ermittlerduo Paulsen und Haverkorn schafften es allesamt auf die SPIEGEL-Bestsellerliste und wurden von Rezensenten und Lesern vielfach begeistert besprochen.

ROMY FÖLCK

DÜSTERGRAB

KRIMINALROMAN

Lübbe

NACHHALTIG PRODUZIERT

Die Bastei Lübbe AG verfolgt eine nachhaltige Buchproduktion. Wir verwenden Papiere aus nachhaltiger Forstwirtschaft und verzichten darauf, Bücher einzeln in Folie zu verpacken. Wir stellen unsere Bücher in Deutschland und Europa (EU) her und arbeiten mit den Druckereien kontinuierlich an einer positiven Ökobilanz.

FSC www.fsc.org MIX Papier | Fördert gute Waldnutzung FSC® C014496

Vollständige Taschenbuchausgabe
der bei Bastei Lübbe erschienenen Hardcoverausgabe

Textredaktion: Ulrike Brandt-Schwarze, Bonn
Umschlaggestaltung: www.buerosued.de
Einbandmotiv: © www.buerosued.de
Satz: hanseatenSatz-bremen, Bremen
Gesetzt aus der Stempel Garamond
Druck und Verarbeitung: GGP Media GmbH, Pößneck

Printed in Germany
ISBN 978-3-404-19297-7

2 4 5 3

Sie finden uns im Internet unter:
luebbe.de
Bitte beachten Sie auch: lesejury.de

Für Andrea
Danke, dass du immer an mich geglaubt hast.
Lassen wir gemeinsam die Kühe fliegen!

5. August 1999

Das Mädchen rannte, als wäre der Teufel hinter ihm her. Sie nahm die Abkürzung quer durch das Kornfeld, und die vollen Ähren schlugen ihr beim Laufen gegen die Beine. Sie lief, wie alle Kinder in der Kolonie, barfuß. Ihre Füße würden am Abend wieder schmutzig sein, und sie würde sie im Bottich vor dem Hauseingang schrubben müssen. Sie raffte ihr langes Kleid nach oben, weil sie so mehr Beinfreiheit hatte und schnellere Schritte machen konnte. Mit einer Hand hielt sie die *Mütz* fest, ihre Haube, damit sie diese nicht noch einmal verlor. Wie kleine Peitschenhiebe fühlten sich die Halme an den nackten Beinen an, aber sie beachtete es nicht.

Schneller!, dachte sie. *Lauf schneller!*

Ein Hühnerhabicht gab in der Luft einen klagenden Laut von sich, aber er war auf der Jagd nach kleineren Opfern als ihr. Sie sprintete hinter dem Feld den Hügel hinauf und erreichte die Streuobstwiese. Hinter einem knorrigen Apfelbaum hockte sie sich hin und ging in Deckung. War er noch hinter ihr?

Vorsichtig spähte sie zurück, aber sie schien allein zu sein. Niemand war ihr gefolgt. Wie konnte das sein? Ludi war der Schnellste von ihnen. Wenn sie Fangen spielten, gewann er immer.

Immer!

Sie spürte, wie stark ihr Herz pochte, und versuchte, ruhiger zu atmen. Das Kleid war am Saum schmutzig geworden. Mutter würde fuchsteufelswild werden. Vielleicht konnte sie es am Bach waschen, damit es am Abend keine Schelte gab. Mutter war streng, wenn sie beim Spielen nicht auf ihre Sachen achtete.

Hinter ihr knackten Zweige, ihr Kopf fuhr herum. Aber sie sah nichts, was sich bewegte, außer sich im Wind wiegende Grashalme. Die Äpfel auf den Bäumen bekamen schon rote Wangen, bald würde sie der Gemeinschaft bei der Ernte helfen.

Wo war Ludi abgeblieben? Hatte er ihr den Weg abschneiden wollen und war in die falsche Richtung gelaufen?

Das Mädchen stand auf, sah sich um. Sollte sie wieder zurückgehen zum Bach, wo sie losgerannt war? Oder würde er zu Hause auf sie warten? Ihr bester Freund saß wahrscheinlich schon im Speisesaal beim Abendbrot.

Sie entschied, direkt nach Hause zu laufen. Das Kleid war ruiniert, würde in die große Wäsche müssen. Und sie würde morgen Ludis Hausarbeiten zusätzlich zu ihren übertragen bekommen. Vielleicht war das von Anfang an seine Idee gewesen. Er hatte Fangen vorgeschlagen, damit sie zu spät zum Abendessen kam. Vielleicht hatte er sie losrennen lassen und war ihr gar nicht gefolgt, nachdem er bis zehn gezählt hatte, wie er es immer tat. Er war einfach grinsend nach Hause getrottet, dieser Idiot!

Sie lief los. Hinter der Streuobstwiese musste sie an der Koppel der Rinder entlang, dann ein Stück am Feldrand laufen und schon würde sie die Gemeinschaftsgebäude sehen.

Wieder knackte ein Zweig. Ihr Herz begann heftig zu schlagen. Dieses Mal war der Schreck berechtigt, denn der Mann, der plötzlich zwischen den Obstbäumen stand, beunruhigte sie. War er einer der Erntehelfer, die der Gemeinschaft bei der Getreideernte zur Hand gingen? Er sah sie aufmerksam an, den schwarzen Hut so tief ins Gesicht gezogen, dass die Augen beschattet waren. Dann setzte er sich in Bewegung, und an seiner Haltung erkannte sie, dass er nichts Gutes im Sinn hatte.

Sie lief los. Noch schneller, als sie es beim Fangenspiel tat. Mühelos schaffte sie es zum Ende der Wiese, aber dann bekam sie Seitenstechen. Sie versuchte, den Schmerz zu ignorieren, wurde langsamer, weil sie kaum atmen konnte, lief erneut los. Er war hinter ihr, sie konnte seine schnellen Schritte hören. Noch vor der Koppel holte er sie ein, packte sie an den Haaren und drückte ihr eine Hand auf den Mund, um sie am Schreien zu hindern. Sie strampelte. Es half nichts. Beinahe mühelos schleppte er sie hinüber zum Ziehbrunnen neben der Viehtränke. Sie versuchte, sich zu wehren, aber er war stärker. Drückte ihr so stark die Luft ab, dass ihr schwarz vor Augen wurde. Als sie wieder zu sich kam, hatte er sie auf den Rand des Brunnens gelegt.

Sie versuchte, sich an den Steinen festzuklammern, aber ihre Hände rutschten ab. Langsam legte er einen Finger auf den Mund. Nun konnte sie sein Gesicht sehen und wusste, dass er sie an jemanden aus ihrer Vergangenheit erinnerte. An jemanden, der mit in der Gemeinschaft gelebt und dann mit ihr gebrochen hatte. Der Mann packte ihre Beine und hob sie hoch. Sie schrie laut, als er sie losließ und sie über dem Brunnenrand das Gleichgewicht verlor. In diesem Moment fiel ihr ein, wer er war. Und warum er zurückgekommen war.

Kapitel 1

Die Blätter der Pappeln hinter der Natursteinmauer des Friedhofs raunten im auflandigen Wind ein einsames Lied. Es klang beinahe wie ein Mantra. Frida blickte nach oben, als sie die Kapelle verließ. Schwere Regenwolken trieben über ihnen wie eine unheilvolle Ahnung. Die Trauergesellschaft stellte sich links und rechts der Tür auf, ein Spalier von Menschen mit ernsten Gesichtern. Als die Glocken der nahen Kirche zu läuten begannen, die im Dorf und weit in der Marsch zu hören waren, wurde der Sarg von Trägern aus der Kapelle hinausgetragen. Behutsam geführt, im Gleichschritt der vier Männer, trat der Tote sein letztes Geleit an, nachdem der Pfarrer in der Kapelle den Sarg mit Weihwasser besprengt und mit Bibelzitaten, Gebeten sowie Erlösungsbitten dieser Gemeinde bedacht hatte. Der Trauerzug reihte sich hinter dem Sarg ein.

Ganz vorn, gebeugt vor Kummer, die Eltern des Verstorbenen. Die Mutter schien sich kaum auf den Beinen halten zu können, wurde vom Vater gestützt, der ganz offensichtlich selbst Halt brauchte. Dahinter die Geschwister, die die Witwe in die Mitte genommen hatten, gefolgt von weiteren Verwandten, Freunden und Nachbarn, zwischen denen Frida mit ihren Eltern ging. Eine Windböe ließ Jacken, Haare und den Talar des Pfarrers flattern, als die Traugemeinde hinter dem Sarg am vorbereiteten Grab stehen blieb, das am Morgen ausgehoben worden war. Der kleine Bagger stand am Zaun, ein gelbes Ungetüm mit Greifarm zwischen dem Grün der Sträucher, etwas pietätlos im Sichtbereich der Trauergemeinde abgestellt.

Erste Tropfen kündigten einen Schauer an. Frida stand neben ihren Eltern und versuchte, den Druck in ihrer Kehle wegzuatmen, den sie schon in der Kapelle gespürt hatte. Die Rose mit einer schwarzen Schleife in der Hand schien immer schwerer zu werden. Björn Janssen war gerade zwei Jahre älter als sie selbst gewesen, zwei Klassen über ihr in der Schule, damals ein pausbäckiger Witzbold, der jeden Streich mitgemacht hatte und immer über seine eigenen Füße gestolpert war. Vor knapp einem Jahr hatte sie ihn im Hofladen getroffen und kaum wiedererkannt. Erwachsen, einen halben Kopf größer als sie, schlank und mit angegrauten Geheimratsecken. Sie hatten geflachst, sich auf ein Bier verabredet, das sie nie getrunken hatten, weil der Alltag sie beide wieder vereinnahmt hatte und ihre Verabredung in Vergessenheit geraten war. Und nun lag sein toter Körper in diesem Sarg, vom Krebs besiegt. Frida schluckte, die Chance war vertan. *Ach, Björn*, dachte sie und wischte sich die Augen. Ihr Vater Fridtjof hatte ihre Mutter untergehakt. Marta drückte immer wieder ein Taschentuch an die Augen. Schon in der Kapelle hatte sie sich kaum beruhigen können, hatte fest Fridas Hand gedrückt, als wolle sie sich vergewissern, dass ihre Tochter wohlauf neben ihr stand.

Der Regen legte zu, ein paar Regenschirme wurden aufgespannt, alle schwarz, nur ein bunter stach hervor. Frida stellte sich auf die Zehenspitzen, um zu sehen, wem er gehörte, und erkannte ihren ehemaligen Kollegen Haverkorn, mit dem sie bis zum Frühjahr in der Mordkommission gearbeitet hatte und der sich jetzt erst der Trauergemeinschaft angeschlossen hatte. Während der Regen auf Hüte, Tücher und Schirme fiel, sprach der Pfarrer ein paar Geleitworte für Björn Janssen. Die vier Träger hatten Mühe, den Sarg im

Gleichgewicht zu halten, als sie ihn neben der ausgehobenen Grube absetzten. Kurz sah es so aus, als würde er dem Ältesten von ihnen entgleiten, erschrockene Gesichter, aber alles ging gut. Die Stimme des Pfarrers wirkte beruhigend, während der Sarg an Seilen in die Grube hinabgelassen wurde. Endlich stand er am Boden, der mit grünem Filz ausgelegt worden war.

»Erde zu Erde, Asche zu Asche, Staub zu Staub!«

Eine Frau schluchzte laut auf, Björns Witwe. Sie drückte sich an ihre Schwägerin, deren Tränen stumm flossen.

Frida wandte den Blick ab, als ihr Handy in der Tasche ihres Blazers zu vibrieren begann. Sie zog es nur so weit heraus, dass sie sehen konnte, wer sie anrief. Torben, sie würde sich später bei ihm melden. Seit ein paar Wochen war er in Süddeutschland, um die erste deutsche Body Farm im Bayerischen Wald innerhalb eines hochkarätigen Teams von Fachleuten mit aufzubauen. Ein Gelände, auf dem der Wissenschaft zur Verfügung gestellte menschliche Leichen ausgelegt wurden, um an ihnen den Verwesungsprozess zu studieren.

Sie telefonierten meist abends. Warum rief er jetzt an? Wahrscheinlich hatte er vergessen, dass sie auf der Beerdigung war, von der sie ihm erzählt hatte.

Sie ließ das Handy vibrieren und wieder in die Tasche gleiten. Kurz darauf verstummte es.

In diesem Moment kam Bewegung in die Trauernden. Mit einer Schaufel warfen die Eltern Erde auf den Sarg, Björns Mutter schluchzte auf. Der Vater führte sie an den Weg zum Ausgang, wo sie stehen bleiben und die Beileidsbekundungen entgegennehmen würden. Als Frida an der Reihe war, warf sie die weiße Rose hinein und sagte Björn stumm, wie leid es ihr täte, dass sie das Treffen mit ihm nicht eingefordert hatte. Es gab viele vertane Gelegenheiten im Leben. Diese eine würde nicht mehr wiederkommen.

Als sie zum Weg zurückging, lief Haverkorn neben ihr. »Blöder Stau!«, raunte er.

Seit er beim LKA Kiel in der Cold Case Unit arbeitete, sahen sie sich nur selten. Aber sie telefonierten ab und zu, hatten sich für das Wochenende zum Frühstück verabredet.

»Kannst du bleiben, oder musst du wieder zurück?«, fragte sie ihn, wandte sich um, wähnte ihre Eltern hinter sich.

»Bin bis zum Wochenende im Homeoffice«, sagte er und klappte seinen bunten Schirm ein, weil der Regenschauer nachließ.

»Ist der von Sonja?«, fragte sie und musste ein Schmunzeln unterdrücken, als sie die kleinen Blumen darauf wahrnahm. Sonja, eine Ermittlerin der Mordkommission Flensburg, war gleichzeitig mit Haverkorn zum LKA gegangen, um die neue Cold Case Unit zu unterstützen, in der neben aktiven Polizeibeamten auch Pensionäre eingesetzt werden sollten. Der Leiter der Einheit hatte Haverkorn dazugeholt und ihm die administrative Aufgabe übertragen, diese neue Einheit aufzubauen und zu einer schlagkräftigen Truppe zusammenzufügen. Sonja war eine der ersten aktiven Beamtinnen gewesen. Frida wusste, dass da mehr war zwischen der attraktiven Mittfünfzigerin und Haverkorn. Offen ausgesprochen hatten es beide noch nicht.

»Von Henni«, sagte er und kämpfte mit dem Verschluss, weil der Schirm immer wieder aufklappen wollte.

»Wo ist sie heute?«

»Sie macht doch seit Anfang Mai in Hamburg diese Fortbildung. Da konnte sie nicht gleich freinehmen.«

»Stimmt!« Haverkorns Tochter war im Begriff, nach ihrer Lebertransplantation und der langen Rehabilitationsphase endlich wieder beruflich durchzustarten. Als ehemalige Krankenschwester hatte Henni einen kompletten Neuanfang hinlegen wollen und machte nun eine Fortbildung zur Rettungssanitäterin. »Kommst du noch mit zur Trauerfeier im *Marschhus*?«, fragte Frida.

Haverkorn erwiderte ihren Blick. »Natürlich, ich muss unbedingt was essen.«

Vor dem Ausgang des Friedhofs standen Björns Eltern, drückten Hände, ließen sich umarmen und versuchten mit letzter Anstrengung, die Haltung zu bewahren. Als Frida ihre Beileidsbekundung stammelte und seine Mutter in den Arm nahm, schluchzte diese auf. »Er war doch noch so jung, Frida! Hatte sein Leben noch vor sich. Warum?«

†

Haverkorn nahm sich zwei belegte Brötchen, eines mit Bierschinken, das andere mit Heringssalat. Er hatte seit dem Frühstück nichts mehr gegessen, war mittags aus der Teamsitzung gelaufen und sofort losgefahren, um pünktlich auf der Beerdigung zu sein. Der Stau auf der A7 hatte ihm einen Strich durch die Rechnung gemacht. Immerhin war er so spät gewesen, um nicht in die Zeremonie in der Kapelle platzen zu müssen. Er hatte Björn Janssen nicht persönlich gekannt, aber seine Eltern, die zwei Häuser von ihm entfernt wohnten. Nette Leute, von denen er sich nach seinem Umzug von Itzehoe aufs Dorf den Rasenmäher geborgt hatte, bevor er selbst einen angeschafft hatte. In den nächsten Tagen würde er mal rübergehen und fragen, ob sie etwas brauchten. Das war das Mindeste unter Nachbarn.

Er setzte sich mit dem Teller neben Frida und ihre Eltern, die stumm einen Kaffee tranken. Marta drückte sich verstohlen ein Taschentuch an die Augen. Ihr Mann legte seine Hand auf ihren Arm.

»Wollt ihr was vom Büfett? Es gibt auch Kuchen.«

Synchrones Kopfschütteln am Tisch. Haverkorn kam sich mit seinem gefüllten Teller schändlich vor, aber er musste endlich etwas essen. Frida blinzelte ihm aufmunternd zu. *Iss schon*, hieß das wohl. *Das gehört zu einem Leichenschmaus dazu.*

Heintje Kuhn, der Gastwirt, brachte eine weitere Servierplatte herein und stellte sie auf das Büfett. Als er am Tisch vorbeiging, nickte er ihnen zu und blieb kurz stehen. »Am Wochenende gibt's Scholle satt. Kommt doch mal wieder rum!« Er ging weiter, ohne ihre Antwort abzuwarten.

»Wie läuft's denn in Kiel?«, fragte Fridtjof, wahrscheinlich, um die Stimmung am Tisch vor dem Nullpunkt zu retten.

Haverkorn hatte gerade in die Stulle mit Heringssalat gebissen und rieb sich die Soße vom Kinn, während er schluckte.

»Lass Bjarne doch erst mal essen«, mahnte Marta.

Frida wollte ihm mit Blicken etwas signalisieren. »Da, auf deinem Hemd«, flüsterte sie.

Er wischte mit der Serviette die Soße ab. »Wirklich gut! Ich habe eine schöne Wohnung am Stadtrand gefunden, die Arbeit ist herausfordernd, aber sie liegt mir. Eine runde Sache, würde ich sagen.«

»Und wie kommt Henrikje damit klar?«, fragte Marta. »Sie ist jetzt so viel allein im Haus.«

»Henni ist erwachsen«, sagte er und biss nun in das Wurstbrötchen. »Ich glaube, sie genießt es, die halbe Woche sturmfrei zu haben.« Er kaute, schluckte. »Sie macht ja auch eine Weiterbildung in Hamburg. Da geht die Woche schneller rum, als man denkt.«

»Vielleicht lernt sie dort mal einen netten Mann kennen?« Marta blühte im Gespräch endlich auf, die Tränen waren versiegt.

»Mama!« Haverkorn sah, dass Frida ihrer Mutter in die Seite stieß.

»Ja, wer weiß?«, sagte er und wischte die Hände an der Serviette ab. »Seit ihrer Scheidung sind ja ein paar Jahre vergangen, die Wunden sind verheilt.« Er sah Frida an, die abwesend auf ihrem Handy tippte. »Wann kommt Torben mal auf Heimaturlaub?«

Sie sah ertappt auf, steckte das Smartphone weg. »Ich fahre nächste Woche ein paar Tage zu ihm. Er will mir das Areal für die Body Farm zeigen.«

Haverkorn wollte gerade fragen, ob schon die ersten toten Körper ausgelegt worden waren, hielt sich dann aber zurück, da ihm der Anlass einfiel, weshalb sie hier zusammensaßen. »Grüß ihn von mir. Und wenn du zurück bist aus Bayern, erzählst du mir alles.«

Er aß stumm, das Gespräch hatte sich erschöpft.

Die ersten Trauergäste brachen auf. Auch Fridas Eltern erhoben sich und Fridtjof half Marta in ihren Mantel. Haverkorn würde sich anschließen und am Nachmittag im Homeoffice die nächsten Bewerbungen für die neue Cold Case Unit durchgehen. Bisher gab es ein paar aussichtsreiche Kandidaten, aber er wollte nicht überstürzt vorgehen. Es ging nicht nur um Fachwissen und eine saubere Personalakte, auch zwischenmenschlich sollte es passen. Nächste Woche standen in Kiel die ersten Bewerbungsgespräche an, denen auch Andreas Vollmer, sein Vorgesetzter, beiwohnen würde. Er vertraute ihm, würde lediglich eingreifen, wenn er mit einem der Bewerber nicht einverstanden war.

»Bjarne?« Frida sah ihn fragend an.

»Wo bist du denn gerade?«

»Entschuldigung, was hast du gefragt?«

»Kann ich mit dir mitfahren?«

»Ja klar.« Haverkorn erhob sich und schloss das Jackett,

damit man den Heringssalatfleck nicht sah. Und den neuen Wohlfühlbauch, den er sich in Kiel zugelegt hatte.

Frida stieg in seinen Dienstwagen und wirkte beeindruckt. »Tolle Karre! Brauchst du nicht noch eine rechte Hand in der Unit? Ich würde mich glatt bewerben!«

Haverkorn legte den Gurt um und startete den Motor. »Du bist genau richtig in der Mordkommission. Wahler köpft mich, wenn ich dich abwerbe.«

»Wen interessiert schon, was Wahler will?« Ihr Ton war angeraut, und er hörte Zynismus darin, den er von Frida nicht kannte.

»Was ist los?«, fragte er, als er den Wagen aus der Parklücke lenkte. »Hast du Stress mit ihm?«

Frida starrte ein paar Sekunden durch die Windschutzscheibe. »Ganz im Gegenteil. Er fügt sich mehr und mehr ins Team ein.«

»Aber?«

»Aber die spannenden Aufgaben bekommt Bootz. Ich bekomme die Trostpreise. Das nervt einfach!«

Haverkorn verstand, was in ihr vorging. Sie war der Youngster im Team der Mordkommission Itzehoe, hatte im ersten Jahr schon an außergewöhnlichen Fällen mitgewirkt und war von Haverkorn protegiert worden. Seit er weg war, zog der Leiter der Mordkommission, Nick Wahler, seinen ehemaligen Kollegen und Freund Leonard Bootz vor. Die beiden hatten eine Vergangenheit beim KDD, Kriminaldauerdienst, in Lübeck. Aber vor allem, Bootz forderte Aufmerksamkeit, damit er sich nicht anderweitig bewarb. Frida erwartete eine faire und kollegiale Behandlung. Wer da auf der Strecke blieb, konnte Haverkorn sich denken.

»Leonard ist dein neuer Partner. Und es kam mir nicht so vor, dass er unfair spielt.«

»Nein, es geht um Wahler! Er fällt wieder in die alten Muster, nimmt mich nicht richtig ernst, seit du weg bist. Ich habe doch im letzten Jahr gezeigt, was ich kann. Gut, Leo ist länger bei der Kripo, hat mehr Erfahrung als ich. Aber trotzdem muss Wahler mich nicht kaltstellen!«

Haverkorn betätigte den Blinker und lenkte den Pkw auf die Hauptstraße. »Du musst Wahler das genau so sagen. Bitte ihn um ein persönliches Gespräch.«

Schweigen auf dem Nachbarsitz. Frida starrte nachdenklich durch die Seitenscheibe.

»Du hältst mit deiner Meinung doch sonst nicht hinter dem Berg! Sag Wahler, wie du dir die Zusammenarbeit vorstellst. Du kannst auch Leonard zum Gespräch dazuholen.«

»Hast du keinen Job für mich in Kiel?« Sie lachte ihn von der Seite an.

Haverkorn fuhr auf den Paulsenhof und hielt vor dem alten Reetdachhaus von Fridas Familie. »Frag in fünf Jahren noch mal nach.«

»Dann bist du längst in Pension!«

Er neigte schweigend den Kopf. Genau das meine ich, sollte das heißen.

Kapitel 2

Kurz nach sieben ging Frida die ausgetretenen Holzstufen hinunter ins Erdgeschoss. Der Regen hatte in der Nacht nachgelassen. Sie öffnete die Haustür und trat hinaus auf den Hof, um im Stall nach Hetfield, ihrem Hengst, und seinem Freund, dem Esel Cobain, zu schauen. Sie gab ihnen Futter und ein paar Streicheleinheiten, würde sie später auf den graslosen, umzäunten Paddock stellen. Die Wiese auf der Koppel war viel zu gehaltvoll für Hetfield, dessen Hufrehe zwar besser geworden war. Dennoch mussten sie achtgeben, dass er nicht zu viel frisches Grün fraß.

Cat, die Ausreißerin, die im letzten Herbst bei ihnen auf dem Hof gestrandet war, musste pünktlich in der Berufsschule sein, weshalb Frida unter der Woche die Tiere versorgte. Am Wochenende würde das Mädchen, das auf eigenen Wunsch in einen aufgemöbelten Wohnwagen neben der Pferdekoppel eingezogen war, sich wieder die ganze Zeit im Stall herumtreiben. Und Frida mit ihrem neu gelernten Wissen über den Obstanbau in den Ohren liegen. Cat, ihr Mündel, war in den letzten Wochen ganz schön erwachsen geworden. Ging ihrem Vater zur Hand, wenn er in die Obstanlagen fuhr, mistete den Stall, half ihrer Mutter in der Küche. Sie war längst ein Familienmitglied im Hause Paulsen.

Ihre Eltern und Cat frühstückten bereits, als Frida in die Wohnküche kam. Der Setter bestürmte sie, bis sie sich hinhockte und ihn begrüßte. »Bruno, ist ja gut!« Er ließ sich ausgiebig kraulen, begab sich dann auf seine Decke neben der Sitzbank und legte den Kopf auf die Pfoten.

Marta stand auf, um Frida Kaffee einzugießen.

»Mama, das kann ich doch selbst machen. Du musst mich nicht bedienen!« Sie nahm die Tasse entgegen und ging zum Tisch, wo Fridtjof mit dem angebissenen Brötchen in der Hand die Morgenzeitung las. Cat wischte abwesend auf ihrem Smartphone herum.

»Wie lange willst du eigentlich noch in deinem alten Kinderzimmer wohnen?«, fragte ihr Vater und wandte sich ihr zu. »Brauchst du nicht endlich was Eigenes?«

»Fridtjof!« Martas entrüsteter Blick wies ihn zurecht, als sie sich setzte.

Jetzt war auch Cats Interesse geweckt, sie legte das Handy weg.

»Was denn?«, wehrte sich Fridas Vater. »Wenn Torben wieder zurückkommt, können die beiden unmöglich noch länger in diesem kleinen Zimmer hausen!« Seine Mundwinkel kräuselten sich, er hatte ganz offensichtlich etwas im Kopf, was heute endlich auf den Tisch sollte.

»Ich kann mich ja mal nach einer Wohnung umhören. Vielleicht vermietet jemand was in der Nähe«, sagte Frida.

»Wir haben hier mehr als genug Platz«, erwiderte Marta entrüstet.

»Ihr könnt euch doch auch einen alten Bauwagen ausbauen«, tönte der Naseweis.

Frida atmete langsam ein und aus.

Fridtjof schob die Zeitung zur Seite. »Mein altes Büro oben brauche ich nicht mehr. Wie wäre es, wenn ihr euch die obere Etage als Wohnung ausbauen lasst? Mein Vorschlag ist, wir überschreiben dir jetzt schon das Haus.« Ein fragender Blick zu Marta, die nicht abweisend wirkte. »Uns räumst du ein lebenslanges Wohnrecht ein. Was sagst du dazu?«

Es wurde still am Tisch. Cat warf Frida begeisterte Blicke zu. Ihre Mutter schien von dieser Idee zum ersten Mal zu hören, nickte aber zufrieden.

»Ich weiß nicht, was ich sagen soll!« Fridas Gedanken überschlugen sich. Was würde Torben von diesem Vorschlag halten? Sie waren seit beinahe einem Jahr ein Paar. Durch Torbens Unfall im Herbst war ihre Partnerschaft auf eine harte Probe gestellt worden. Sie hatten bisher weder über ihre Zukunft noch über Hochzeit oder Kinder gesprochen. Würde er sich überfahren fühlen, wenn sie das Angebot ihrer Eltern annahm und damit deutlich machte, dass ihr Lebensmittelpunkt hier auf diesem Hof in der Marsch bleiben würde? Torben hatte vor seiner Abreise nach Bayern viele Wochen hier mit ihr gewohnt, hatte sich sichtlich wohlgefühlt, aber er besaß noch eine Eigentumswohnung in Hamburg, die er nicht ohne Weiteres aufgeben würde. Dort, im Rechtsmedizinischen Institut, hatte er lange Jahre als Rechtsmediziner gearbeitet, bis seine Hände beim Einsturz einer Betondecke schwer verletzt worden waren. Bisher war nicht klar, ob er je wieder ein Skalpell führen und in seinen Brotberuf würde zurückkehren können. Als er von seinem ehemaligen Doktorvater ins Expertenteam zum Aufbau der ersten deutschen Body Farm eingeladen wurde, war er diesem Ruf sofort gefolgt. Torben würde Monate fort sein. Und was passierte, wenn er zurückkam?

»Die Idee ist wirklich toll, aber …«, sagte Frida und brach ab.

»Du musst natürlich mit Torben darüber sprechen. Das ist doch klar!« Fridtjof nahm die Zeitung wieder auf. »Lass es dir durch den Kopf gehen. Wir sind alt, das Haus ist viel zu groß für uns allein.« Er sah Marta an, die nickte.

»Wir wären sehr froh, wenn ihr hier im Haus bleibt.

Dein Vater hat recht, dein Kinderzimmer hat längst ausgedient und ist für eine Familiengründung zu klein.«

»Der Ausbau kostet Geld. Und ich habe noch den Kredit laufen für die Sanierung des Dachs«, merkte Frida an, der jedoch der Gedanke einer eigenen Wohnung im Haus mehr und mehr gefiel. So würden sie endlich eine Privatsphäre haben und doch den Familienanschluss, den sowohl sie als auch Torben so liebten. Und ihre Freunde aus Hamburg wären gleich nebenan. In der alten Technikhalle auf dem Hof hatten Jo und Milan ein Boxstudio eröffnet, wo Frida regelmäßig trainierte und, seit Torben abgereist war, oft ihren Feierabend verbrachte. Warum wegziehen, wenn hier alles war, was sie und Torben brauchten?

»Darüber können wir nachdenken, wenn es so weit ist«, sagte ihr Vater und nahm einen Schluck Kaffee. Dabei schaute er zufrieden, denn er wusste, dass er die Frauen am Tisch längst auf seiner Seite hatte. Nun hieß es nur noch, seinen Schwiegersohn in spe vom Landleben zu überzeugen.

»Ich helfe euch beim Ausbauen!«, sagte Cat. »Dafür lässt du als neue Eigentümerin meinen Bauwagen bei euch stehen.«

»Du bleibst hier, solange du willst. Ist doch klar!« Frida lehnte sich zurück und biss ins Brötchen. Noch hatten die Paulsens immer erreicht, was sie sich vorgenommen hatten. Torben würde es schwer haben gegen die Vehemenz dieser Familie, die ihn wie einen Sohn aufgenommen hatte.

»Arme hoch, bleib in der Deckung!« Milan hielt die Boxpratze hoch, das Schlagpolster, das ihn vor Fridas Schlägen schützte. Ihre Geraden waren perfekt ausgeführt, aber weil Milan passiv blieb und sie nicht angriff, fielen ihre Arme immer wieder herunter. In einem Fight hätte der Gegner ihren Fehler sofort für einen Treffer ausgenutzt.

Jo hatte sich vom Büro zu ihnen gesellt, stützte die Arme auf dem Seil ab und sah zu. Sie boxte nicht mal ein Jahr, war aber mittlerweile viel besser als Frida, deren Training in Intervallen verlief, je nach ihrem Dienstplan.

»Du brauchst mal wieder ein richtiges Sparring!«, rief Jo. »Am Wochenende?« Sie hob beide Arme.

»Weiß noch nicht ...« Fridas Faust knallte hart auf das Schlagpolster, hinter dem Milan ihre in den Jab gelegte Körperkraft abfederte. »Ich hab Dienst!« Sie tänzelte zurück, erinnerte sich an die Arme, zog sie in die Deckung. »In zwei Wochen habe ich Urlaub und fahre zu Torben.«

»Okay! Genug für heute.« Milan ließ die Pratze sinken und kletterte durch die Seile. »Ihr wollt ja lieber ein Schwätzchen halten!« Die Trainingsstunde war beendet.

Frida nahm die Arme herunter. Die Oberarmmuskeln feuerten, das würde morgen richtig Muskelkater geben. Sie verließ ebenfalls den Boxring, ließ sich von Jo beim Ausziehen der Handschuhe helfen. Dann nahm sie das Handtuch vom Seil und wischte sich den Schweiß von Gesicht und Dekolleté.

»Woran arbeitest du gerade? Habt ihr einen neuen Fall?«, fragte ihre Freundin, die in Hamburg eine Privatdetektei führte, als Partnerin von Milan im Boxstudio jedoch immer öfter hier im Büro arbeitete.

»Momentan nicht. Wir archivieren und scannen die Akten der Altfälle.«

»Damit Bjarne in der Cold Case Unit was zu tun hat?« Jos Mundwinkel zuckten. Sie wusste, dass nur ausgewählte Fälle ans LKA gingen, die meisten der Altfälle jedoch in den Mordkommissionen verblieben.

Frida musste nun auch lachen. Es schmerzte sie immer noch, dass ihr Kollege sich von der Mordkommission nach Kiel zum LKA hatte versetzen lassen. Er hatte mit ihr ein Büro geteilt, war Mentor und Freund gleichermaßen gewesen. Nun gut, Letzteres war er geblieben, auch wenn ihre berufliche Ausrichtung sich auseinanderdividiert hatte. Und mittlerweile verstand sie auch, dass er vor seiner im nächsten Jahr anstehenden Pensionierung noch einmal eine neue Herausforderung gebraucht hatte, nach mehr als dreißig Jahren bei der Kripo.

»Kommt ihr?« Milan hatte an der Bar einen Smoothie für sie gemixt. Zwei junge Frauen in Sportoutfits lümmelten daneben in den Sitzsäcken. Sie hatten sicherlich die nächste Trainingseinheit bei Milan gebucht. An den Geräten standen zwei muskelbepackte Jungs und fachsimpelten über Gewichte und Wiederholungen. Ansonsten war es ruhig. So früh am Morgen war es hier noch leer. Erst am Nachmittag würde sich das Boxstudio füllen. Selbst Haverkorn kam abends vorbei, wenn er nicht in Kiel, sondern zu Hause übernachtete, um auf dem Crosstrainer oder Rudergerät etwas Cardio zu machen und an den Geräten ein von Milan erstelltes Trainingsprogramm für seinen Rücken zu absolvieren.

Frida stellte sich zu Milan und Jo an die Bar und trank den grünen Smoothie. Sie schmeckte Gurke, Apfel und Ingwer. Die grüne Farbe stammte höchstwahrscheinlich von frischem Spinat.

Als das Rolltor zur Halle geöffnet wurde, ließ sie das Glas sinken. Den Mann, der hereinkam, hatte sie gestern auf der Beerdigung gesehen. Enno Dahlsen war einer der vier Sargträger gewesen. Nicht nur das. Er arbeitete auf dem Friedhof als Totengräber. Schon als Kinder hatten sie einen großen Bogen um den Mann gemacht, den sie *Leichenfän-*

ger genannt hatten. Er musste mittlerweile über sechzig sein. Seinem Körper sah man das Alter nicht an, er wirkte drahtig und durchtrainiert. Nur sein Gesicht war wettergegerbt und von Falten durchzogen. Die Arbeit mit dem Tod hatte sich darin eingegraben.

»Frida?« Enno Dahlsen trat näher, drehte unschlüssig seine Baskenmütze in der Hand. »Ihre Eltern haben mir gesagt, dass Sie hier sind. Tut mir leid, wenn ich störe …«

»Ich bin gerade fertig mit dem Training.« In ihrem verschwitzten Trainingsoutfit fühlte sie sich unwohl. Sie hätte gern geduscht, bevor sie mit ihm sprach. Aber sie sah ihm an, dass sein Anliegen keinen Aufschub duldete. »Was ist denn?« Sie ging auf ihn zu.

Er wirkte unschlüssig. »Könnten Sie mit zum Friedhof kommen?«

Frida warf Milan und Jo einen Blick zu, die ebenso überfragt wirkten.

»Ist was passiert?«

Enno schien nach den richtigen Worten zu suchen. »Weiß ich nicht genau. Ich habe an einem Grab etwas entdeckt.« Er schien nicht zu wissen, was er vor den Zuhörern im Studio erzählen konnte. »Sie müssen es sich selbst ansehen. Es wäre gut, wenn jemand von der Polizei dabei ist, wenn wir das Grab wieder öffnen.«

»Welches Grab wollen Sie öffnen?«, fragte sie.

»Das von Björn Janssen.« Enno straffte seine Schultern. Frida brauchte einen Moment, um die Nachricht zu verdauen. Ihre Blicke trafen sich.

»Jemand hat in der Nacht die Erde aus dem Grab ausgehoben und es dann wieder zugeschüttet«, fuhr Enno fort.

Frida sah ihn an, als spräche er eine andere Sprache. »Was?«, fragte sie entgeistert. »Warum sollte jemand das tun?«

Er zögerte, konnte ihr nicht in die Augen sehen. »Es könnte sein, dass jemand die Leiche stehlen wollte!«

†

Haverkorn betrat das Areal des Friedhofs und klappte beim Laufen den bunten Schirm auf. Er entdeckte mehrere Personen, die ihm erwartungsvoll entgegenblickten. Schnellen Schrittes ging er näher, erkannte Frida und Jo, zusammen unter einem Schirm. Daneben einen Mann mit Regenjacke und Baskenmütze, der sich auf einen Spaten stützte.

Die Grabstätte von gestern war geschlossen worden, Kränze und Blumen lagen darauf. Noch fehlte der Grabstein, der erst gesetzt würde, wenn das Grab sich abgesenkt hatte. Ein Holzkreuz mit den Initialen von Björn Janssen stand bis dahin hier. Haverkorn verstand noch immer nicht, warum Frida ihn gebeten hatte herzukommen. Sie hatte am Telefon nichts erklären wollen, sondern nur gesagt, er solle sich selbst ein Bild machen. Wovon eigentlich?

Der Regen hatte am Morgen wieder zugelegt. Die üppig grüne Natur saugte ihn auf, um ihn für die kommenden Sommermonate abzuspeichern. Warum regnete es immer, wenn er Friedhöfe betrat? Weil ein solcher Platz nicht mit sonnigem Wetter vereinbar war? »Moin!«, grüßte er die Wartenden.

Frida nickte ihm zu. »Bjarne! Danke, dass du gleich hergekommen bist.« Sie wandte sich an den Mann neben ihr. »Enno, erzählen Sie Herrn Haverkorn, was Sie vermuten?«

Jetzt erkannte er einen der Sargträger von gestern wieder. Dieser begann von seinem Verdacht zu berichten, dass das Grab in der Nacht geöffnet und der Erdaufwurf ausgegraben worden war. »Die Kränze und Blumen sind anders angeordnet. Das ist mir heute Morgen sofort aufgefallen. Die Gebinde der Familie werden immer in die Mitte gelegt, die anderen drumrum drapiert, aber heute liegen sie am Rand. Außerdem sind die Schleifen eingeklemmt, sehen Sie? Ich und meine Gehilfen achten darauf, dass die Schleifen gut ausgerichtet sind und die Schriftzüge darauf lesbar bleiben.« Er zog einige der Trauergebinde zur Seite, nasse Erde wurde sichtbar. »Sehen Sie, die Oberfläche ist uneben und wellig. Sie wurde offenbar mit dem Spaten festgeklopft und hier am Rand festgetreten. So arbeite ich nicht.«

»Wie machen Sie es?«, hakte Haverkorn nach.

»Na, ich fülle die Erde auf und ziehe sie mit der Baggerschaufel glatt, bevor ich die Gebinde darauflege, damit der Untergrund gleichmäßig ist. Können Sie mir folgen?«

Haverkorn warf Frida einen Blick zu. Sie wirkte ebenso überfragt, wie er sich fühlte. »Und was, denken Sie, ist hier heute Nacht passiert?«

Der Totenträger sog die Luft ein. »Jemand hat den Sarg ausgegraben ...«

»Um was zu tun?«, hakte Haverkorn nach.

»Na, um den Leichnam zu stehlen. Hört man immer wieder, dass es Leute gibt, die sich an Leichen vergehen. Nekrophile!«

Jo räusperte sich unter dem Schirm, Frida starrte nachdenklich in den Regen. »Selbst wenn die Leiche noch da ist, haben wir es mit Störung der Totenruhe zu tun. Aber dennoch müssen wir nachsehen, ob ...« Sie schluckte bedrückt. »... ob Björn Janssen noch dadrin liegt. Wir brauchen einen Gerichtsbeschluss dafür, oder was meinst du? Soll Enno das Grab einfach wieder öffnen?«

Haverkorn verstand endlich, warum er hier war. Frida war persönlich angefasst, weil ein alter Schulfreund in diesem Grab lag. *Falls* er noch darin lag. Sie konnte keine klare Entscheidung treffen.

»Also gut. Gehen wir mal methodisch vor. Der Sarg wurde gestern in die Erde gelassen. Was ihr vorschlagt, ist eine Exhumierung.«

»Na ja, wir wollen ja nur schauen, ob er noch da ist. Wir machen den Deckel auf und sehen nach«, sagte der Totengräber.

»Eine Exhumierung ist es trotzdem. Ohne richterlichen Beschluss geht hier gar nichts.« Er sah Frida an, die blass war. »Ich kümmere mich darum. Bis dahin fasst ihr hier nichts an, in Ordnung? Selbst auf das Risiko hin, dass hier nur ein paar Kinder etwas Remmidemmi gemacht haben. Wir müssen uns rechtlich absichern, sonst kann uns die Familie in Grund und Boden klagen!«

»Wie lange kann das dauern?«, fragte der Totengräber. »Ich muss noch ein anderes Grab ausheben.« Er wies auf eine Stelle, neben der der Bagger stand.

»Gehen Sie ruhig Ihrer Arbeit nach«, sagte Haverkorn und zog sein Smartphone aus der Jackentasche. »So schnell ist die Justiz nicht, auch wenn ich sofort einen Richter ans Telefon bekomme.«

Kapitel 3

Das Teammeeting der Mordkommission zog sich in die Länge, weil ihr Chef in Redelaune war und mit geöffnetem Sakko in seinem Stuhl lümmelte, als säße er bei einem Feierabendbier in der Kneipe. Als Wahler endlich die Runde auflöste, nahm Frida ihr Notizbuch und das Smartphone vom Tisch und drängelte sich durch die Körperbarriere, die zwei Kollegen bildeten, um schnell zur Tür und in ihr Büro zu kommen. Durch den Umweg zum Friedhof war sie zu spät zum Meeting gekommen. Wahlers strafende Blicke hatte sie noch ertragen, seiner Standpauke, die sicher folgen würde, ging sie lieber aus dem Weg. Aber nicht Wahler rief ihren Namen, sondern Bootz. Sie drehte sich nicht um, sondern lief mit langen Schritten über den Flur. Im Büro würden sie sich ohnehin gleich treffen, er war ihr Schreibtischpartner.

Leonard Bootz, Ex-SEK und der Mann, der sie durch seine männliche Präsenz kurzzeitig in ein Gefühlschaos gestürzt hatte, war erst vor einigen Monaten frisch zum Team gestoßen. Er und ihr Chef, Nick Wahler, hatten einige Jahre beim Kriminaldauerdienst in Lübeck zusammengearbeitet, bis Wahler hier in Itzehoe den Posten des Leiters der Mordkommission übernommen hatte. Bootz war ihm einige Monate später gefolgt. Obwohl alle anfangs davon ausgegangen waren, dass Wahler seinen Buddy nachgeholt hatte, hatten sie bald einsehen müssen, dass Bootz nicht als Wahlers rechte Hand fungierte, da er ihm sehr wohl Paroli bieten konnte. Die zwei funktionierten nur gut miteinander, wenn sie einer Meinung waren. Was momentan klappte, weil es gerade keinen neuen Fall gab, bei dem ihre Egos hätten aneinandergeraten können. Aber der Ruhezustand tat Bootz nicht gut. Alte Akten zu sortieren und zu digitalisieren war nicht die Art von Stress, die er vom KDD gewohnt war. Jedenfalls schob Frida seine unterschwellig üble Laune auf den monotonen Schreibtischjob.

Gleich würde er hier sein und sie zur Rede stellen. Frida legte ihre Sachen auf den Schreibtisch und zählte herunter. Drei, zwei …

»Hörst du immer so schlecht?« Bootz drückte die Tür hinter sich zu. Also wollte er ungestört reden.

Eins, zählte Frida den Countdown zu Ende. »Sorry! Ich war in Gedanken.«

Bootz zog die Lederjacke aus und legte sie hinter dem Schreibtisch auf den Boden. In diesem Moment fehlte ihr Haverkorns Ordnungssinn. Auch wenn Frida mittlerweile gut mit Bootz auskam, war das Klima in diesem Büro nicht dasselbe. Ihr alter Partner fehlte ihr, selbst wenn sie das niemandem im Team gegenüber zugeben würde. Sie wollte nicht mehr als Frischling gelten, hatte sich ihren Platz in der über Jahre gewachsenen Mannschaft hart erarbeitet. Vor allem Leonard Bootz gegenüber. Alles lief gut, dennoch wäre sie zu gern Haverkorn nach Kiel zur Cold Case Unit gefolgt.

Torben war seit Anfang Mai in Süddeutschland, und es war nicht abzusehen, wann seine Aufgabe in der neuen Body Farm beendet sein würde. Nur sie hatte das Gefühl, hier auf der Stelle zu treten.

Bootz warf sich in den Schreibtischstuhl, der ächzte. »Wo warst du?«

»Auf einem Friedhof.«

»Echt?« Bootz drehte den Stuhl zur Seite und machte die Beine lang. Sie betrachtete sein Profil, das kantige Kinn, die beinahe weiblich geschwungenen Lippen. Seit er die Haare etwas länger trug und sie ihm weich in die Stirn fielen, wirkten seine Gesichtszüge nicht mehr so hart und abweisend. Oder lag es daran, dass sie ihn mittlerweile besser kennengelernt hatte? Ja, tatsächlich mochte?

Fridas erste Begegnung mit ihm an einem Tatort im Winter war eine mittelschwere Katastrophe gewesen. Bootz hatte sie behandelt wie eine Anfängerin, damit hatte er bei ihr sofort verschissen. Es hatte einige Zeit gedauert, bis sie hinter seiner kühlen und fast schon arroganten Fassade seinen analytischen Geist und sein Durchhaltevermögen entdeckt hatte, was ihr zunehmend imponierte. Ihr neuer Schreibtischpartner konnte Haverkorn nicht gänzlich ersetzen, war aber ein guter Flügelmann, wenn sie einen solchen brauchte. Im Team der Mordkommission hatte er sich schon längst unentbehrlich gemacht. Tatsächlich war er der Grund, dass sie den Spaß am Job nicht verloren hatte, seit Bjarne zum LKA gegangen war.

»Also, worum ging es da? Auf dem Friedhof?« Bootz sah sie fragend an, weil sie nicht antwortete.

»Der Totengräber aus unserem Ort hatte mich um Hilfe gebeten. Es geht um einen Fall der Störung der Totenruhe. Vielleicht wurde in der Nacht eine Leiche gestohlen.«

»Sind wir da auch zuständig?« Sein Ton war Antwort genug.

»Er wusste nicht, an wen er sich wenden sollte. Bjarne besorgt nun einen richterlichen Beschluss, um das Grab noch mal zu öffnen.«

Ihr Gegenüber wippte nach hinten und umfasste den Kopf mit den Händen. »Spannende Geschichte!« Seine gehobenen Augenbrauen erzählten das Gegenteil. »Besser als der Schreibtischkram.« Er hörte sich gelangweilt an.

Frida setzte sich auf den Bürostuhl, rollte an den Tisch

und tippte ihre Anmeldung in die Tastatur. »So ist es.« Sie entsperrte den Monitor mit dem Passwort und checkte ihren E-Mail-Account. Scrollte weiter. »Saure-Gurken-Zeit, da müssen wir durch.«

Bootz stöhnte. »Dafür bin ich nicht zur Mordkommission gewechselt.« Sein Handy meldete sich. Er sah aufs Display und ließ es klingeln.

Frida schaute hoch. Auf seiner Stirn war eine Zornesfalte. »Gehst du nicht ran?«

Er wiegte das Handy in der Hand, aber es klingelte weiter. Mit einem entschlossenen Blick stand er auf und ging hinaus. Die Tür fiel fest ins Schloss. Frida lehnte sich zurück. Seit wann ging er zum Telefonieren nach draußen?

†

Es hatte eine Weile gedauert, bis er sich mit dem Homeoffice angefreundet hatte. Jahrzehntelang hatte er im immer gleichen Büro der Mordkommission am PC gesessen. Nun am Laptop an seinem Küchentisch zu arbeiten, hatte ihm anfangs widerstrebt. Aber nach und nach gewöhnte er sich daran, denn die Heimarbeit hatte auch Vorteile. Hob er den Blick, sah er in seinen verwunschenen Obstgarten, eine kleine Oase der Entspannung. Dann war da Momo, der Kater, der ihm, wenn er nicht durch den Garten stromerte, Gesellschaft leistete. Und das Essen, das Henni ihm in Plastikboxen im Kühlschrank hinterließ, war auch um einiges besser und gesünder als das in der Kantine in Kiel.

Er öffnete eine der Boxen, die mit *Kichererbsen-Süßkartoffel-Curry* beschriftet war, sah einen orangefarbenen Gemüsebrei, von dem ein Geruch nach exotischen Gewürzen ausging. Haverkorn stellte die Dose in die frisch angeschaffte Mikrowelle. Henni hatte ihm geschrieben, dass sie ebenfalls gleich zu Hause sein und mit ihm essen würde. Das Gericht war schnell aufgewärmt, wenn sie da war.

Er deckte den Tisch für zwei, schnitt etwas von dem Wurzelbrot ab, das Henni Anfang der Woche gebacken hatte, und holte die Dips aus dem Kühlschrank, an die er sich längst gewöhnt hatte. Nur noch selten aßen sie hier Fleisch oder Wurst. Er verkniff es sich nicht ganz, aber da Henni vegetarisches Essen bevorzugte, hatte er sich angeschlossen. Und war überrascht gewesen, wie gut es ihm schmeckte und wie bekömmlich es war. Seine Tochter kochte aus frischen Zutaten köstliche Eintöpfe, Gemüsegerichte und Currys. Nur einmal hatte er das Handtuch geworfen. Bei Bulgur war er ausgestiegen. Getreide aß er lieber in Form von Brot.

Als er die Haustür hörte, stellte er die Mikrowelle an und nahm eine Flasche Mineralwasser aus dem Kühlschrank.

»Bin da!«, rief Henni aus der Diele, bevor sie ins Bad ging.

Haverkorn sah, dass der Kater aufgewacht war und verschlafen auf der Bank gähnte. Er stellte ihm eine Schüssel mit Trockenfutter an den angestammten Platz.

»Ich wusste gar nicht, dass du heute schon kommst.« Henni umarmte ihn und setzte sich an den Tisch.

»Heute war diese Beerdigung. Der Sohn unserer Nachbarn.«

»Ach ja!« Sie goss sich Wasser ein. »Frida war auch da?«

»Sie ist damals mit ihm zur Schule gegangen, es ging ihr ganz schön nah.«

»Das glaube ich. Schlimme Geschichte! So jung und dann noch Frau und Kinder hinterlassen.« Sie griff nach seiner Hand, als er sich zu ihr setzte. »Für dich war es okay?«

»Ich kannte den Jungen ja nicht.«

Die Mikrowelle gab ein *Ping* von sich. Henni sprang auf, holte das Curry heraus und balancierte es zum Tisch. »Ich hätte gedacht, du entscheidest dich für die Kartoffelsuppe.«

»Was? Die hab ich gar nicht gesehen.« Er ärgerte sich, dass er die zweite Box nicht beachtet hatte. Zu spät, dann eben dieses Kichererbsencurry. Exotik statt Hausmannskost. »Wie war es heute?«

Henni verteilte das Gericht auf ihren Tellern. »Anstrengend. Ich muss erst wieder lernen, mich den ganzen Tag zu konzentrieren.« Sie leckte den Löffel ab. »Und mein tägliches Mittagsschläfchen fehlt mir! Da hilft auch kein Espresso nach dem Essen.«

»Die Umgewöhnung ist immer schwer. Du weißt ja, so ganz problemlos war das bei mir auch nicht. Ich konnte die ersten Nächte in Kiel nicht richtig schlafen, weil es zu laut war.«

Henni strich Datteldip auf eine Scheibe Brot und biss hinein. »Und Sonja?«, fragte sie kauend.

»Was ist mit ihr?«

»Wie geht sie mit der neuen Situation um?«

»Gut! Sie hat sich sofort eingelebt, ist ja auch ein paar Jahre jünger!« Er nahm den Löffel und probierte. Das Curry schmeckte überraschend gut.

»Das meine ich nicht.« Ein langer Blick über den Tisch. »Du und sie, der neue Job, die Kollegen, die reden …«

»Da redet niemand. Wir sind im Büro hochprofessionell.«

»Das heißt, niemand weiß, dass ihr zusammen seid?« Sie zog ein Bein auf die Bank und tunkte Brot ins Curry.

»Ich weiß selbst nicht, ob wir das offiziell sind.« Haverkorn wollte dieses Thema loswerden.

»Dann habt ihr ein Bratkartoffelverhältnis?« Hennis Lachen entwaffnete ihn. Sie wusste ziemlich gut, dass er bis über beide Ohren in diese Frau verliebt war. Und das mit sechzig! Hätte ihm das jemand vor einem Jahr gesagt, er hätte es nicht geglaubt.

»Wir loten noch aus.« Er löffelte, um nicht reden zu müssen.

»Schmeckt dir, oder?«

Er nickte, zog dabei das klingelnde Handy aus dem Jackett, das am Stuhl hing. Die Nummer des Gerichts in Itzehoe, da musste er rangehen. »Das ist wichtig!« Er entschuldigte sich, ging auf die Terrasse und meldete sich förmlich.

»Schumann hier, Herr Haverkorn. Der Beschluss ist fertig. Sie können heute Abend noch exhumieren! Ich maile Ihnen alles rüber.«

»Danke Ihnen! Sie haben was gut bei mir.«

»Nicht dafür! Wenn an diesem Grab etwas durch Fremdeinwirkung verändert wurde, muss es natürlich noch mal geöffnet werden. Hoffen wir, dass die Leiche noch da ist!«

»Danke Ihnen und schönen Abend!«

»Ihnen auch!« Haverkorn drückte das Gespräch weg. »Ich muss noch mal los!« Er setzte sich wieder an den Tisch. »Auf den Friedhof. Wir müssen das Grab von Fridas Schulfreund exhumieren.«

»Was?« Henni brauchte einen Moment, um die Information sacken zu lassen. »Wieso?«

Während er den Rest des Currys löffelte, erklärte er ihr die Situation. Als sie das Geschirr abräumte, schrieb er Frida eine Nachricht. Dann stand er auf und nahm die Jacke von der Stuhllehne. »Du musst nicht auf mich warten, das wird sicherlich dauern.«

Henni schloss die Tür zur Terrasse. »Darf ich mitkommen?«

»Klar! Das erlebt man nicht alle Tage. Dann los! Wenn da jemand einen schwachen Magen hat, haben wir gleich eine Rettungssanitäterin dabei.«

Seine Tochter winkte ab. »Noch bin ich in Ausbildung.«

Kapitel 4

Nach Dienstschluss fuhr Frida direkt nach Hause. Der Berufsverkehr auf der Autobahn in Richtung Hamburg löste sich langsam auf. Flache norddeutsche Ackerflächen wechselten sich mit Büschen und Bäumen ab. Sie drehte den Song im Radio lauter. *Beds Are Burning* von Midnight Oil, wie lange hatte sie den nicht mehr gehört? Ein Song aus den Achtzigern, der nichts an seiner Aktualität eingebüßt hatte. Laut sang sie mit. *How can we dance when our earth is turning? How do we sleep while our beds are burning?*

Hier im Auto konnte sie nach dem Job immer gut abschalten. Heute sehnte sie sich danach, gleich weiter zu Torben durchzufahren. Noch eine Woche, dann würde sie ihn endlich wiedersehen. Wenn es wenigstens ein festes Datum gäbe, wann er zurückkam. Aber der Aufbau der Body Farm im Bayrischen Wald stand erst ganz am Anfang. Er konnte für Monate fort sein, vielleicht sogar für Jahre. Keiner konnte das bisher abschätzen. Aber da Torben von seinem neuen Job so begeistert war, sagte sie nichts, hielt die Distanz aus. Alles war besser als dieser schlecht gelaunte Mann, der er nach seinem Unfall gewesen war. Die Angst, nicht mehr in seinem Beruf arbeiten zu können, nicht gebraucht zu werden, hatte ihm so sehr zugesetzt, dass er fast schon depressiv gewirkt hatte. Frida atmete durch. Seit er in Bayern arbeitete, sprühte er wieder vor Begeisterung wie früher. Auch wenn er weit weg war, sie würden das schon gemeinsam hinbekommen.

Als sie von der Autobahn abfuhr, meldete ihr Handy eine Nachricht. Sie nahm es vom Beifahrersitz und warf einen Blick darauf. Bjarne hatte geschrieben. *Der Beschluss ist da. Kommst du zum Friedhof?*

Zwanzig Minuten später duckte sie sich unter dem gespannten Flatterband hindurch, das den hinteren Bereich des Areals absperrte, und blieb neben ihrem ehemaligen Kollegen stehen. Sie begrüßte Henni mit einem Augenzwinkern, die ebenfalls abseits der Grabstätte stand. Später würde sie ein paar Worte mit ihr wechseln. Der Totengräber hatte bereits angefangen, mit der Baggerschaufel die Erde vom Grab zu heben.

Neben Haverkorn bemerkte Frida einen ernsten Mann mit Hut in einer dunklen Cordjacke, vielleicht jemand von der Friedhofsverwaltung. Zwei Schutzpolizisten lehnten an der Kapelle. Einer rauchte und versuchte, mit dem Glimmstängel keine Aufmerksamkeit zu erregen.

Der Motor des Baggers dröhnte, Stück für Stück wurden Erdklumpen aus dem Grab gehoben und daneben auf einen Haufen geschüttet, wo ein Gehilfe sich auf einen Spaten stützte. Nach gut zehn Minuten, in denen sie stumm zugesehen hatten, erstarb der Motor. Der Totengräber stieg aus. »Ich bin tief genug. Jetzt macht Jonas mit dem Spaten weiter, sonst beschädige ich noch den Sargdeckel.«

Falls überhaupt noch ein Sarg dadrin ist, dachte Frida.

Jonas, der Gehilfe des Totengräbers, ein groß gewachsener junger Mann mit breiten Schultern, sprang behände in die Grube und schaufelte Erde hinauf, bis ein dunkles Poltern ankündigte, dass er auf Holz gestoßen war. Jetzt sprang auch Enno Dahlsen hinunter und half beim Ausheben, bis der Sargdeckel freigelegt worden war. Jonas kam aus der Grube und reichte dem Totengräber ein Werkzeug hinunter, um die Schrauben des Deckels zu lösen.

»Hier ist eine Kerbe im Holz!« Ennos Kopf tauchte wieder auf. »Da war schon jemand dran.«

»Kann das nicht beim Verschließen des Sarges passiert sein?«, fragte Frida.

»Der Sarg kostet so viel, wie ich in zwei Monaten verdiene. Da wird aufgepasst, dass er nicht beschädigt wird.« Er verschwand erneut und reichte Jonas nach und nach die Sargschrauben nach oben. »So, wir sind so weit!«

Jonas warf Gurte hinunter, die der Totengräber unter dem Deckel befestigte, bevor er hinaufkletterte. Mit den Gurten hoben die beiden Männer den Sargdeckel an und setzten ihn neben der Grube ab.

»Ach du Scheiße!«, sagte der Gehilfe, als er hinunterblickte.

Auch Ennos Gesichtszüge schienen kurz zu entgleiten.

Haverkorn trat nach vorn und blieb überrascht am Rand stehen. Frida bewegte sich nun ebenfalls, rüstete sich, ihren toten Schulfreund zu sehen. Was sie sah, machte keinen Sinn. Nicht Björns Leichnam lag in diesem Sarg, sondern ein vielleicht fünfzehn- oder sechzehnjähriges Mädchen! Fast schon eine junge Frau, gekleidet in ein ärmelloses Kleid über einer Bluse und einer weißen Schürze – wie in früheren Zeiten ein Dienstmädchen oder eine Magd. Sie sah aus, als schliefe sie, so friedvoll war der Anblick. Ihr Gesicht war leichenblass, die Augen geschlossen. Auf dem Kopf trug sie ein schwarzes Tuch mit weißen Punkten, das aus der Zeit gefallen wirkte und aus dem lange Haarsträhnen daneben auf den Stoff des Sargs fielen. Ihre schmalen Hände waren gefaltet und hielten ein Büschel rosafarbener Blüten fest umschlossen.

Frida hörte, dass Haverkorn die Luft ausstieß. Hatten sie den falschen Sarg ausgegraben? Erschrocken sah sie sich um, ob sie an der richtigen Grabstätte standen. Kein Zweifel! Hier war gestern Björn beigesetzt worden.

Nach einigen Sekunden, in denen niemand etwas sagte, kam Bewegung in die Gruppe.

»Warten Sie mal ...« Enno hockte sich an den Rand der Grube. »Dadrunter liegt noch jemand! Sehen Sie den dunklen Stoff am Fußende des Mädchens? Sieht aus wie ein Stück von einer Anzughose.«

Frida folgte seiner Hand und sah, wovon er sprach. Ihr wurde eiskalt! Björn lag doch in diesem Sarg, unter der jungen Frau! Sie schluckte, um die Übelkeit zu vertreiben. Sie waren einem großen Irrtum aufgesessen. Hier hatte niemand in der Nacht seine Leiche stehlen wollen. Das tote Mädchen war zu ihm in den Sarg gelegt worden.

†

Haverkorn fasste sich und würgte sauren Speichel herunter. So etwas war ihm in den über dreißig Jahren seiner Polizeikarriere noch nicht passiert. Ein Sarg für zwei Leichen! Er spürte leichten Druck an seinem Unterarm, wo Henni ihn mit der Hand berührte. »Wir müssen überprüfen, ob sie wirklich tot ist«, flüsterte seine Tochter.

»Du hast recht. Würdest du ...?«

Sie nickte und strich sich nervös eine Strähne hinters Ohr.

Er sah Enno Dahlsen an. »Können Sie meiner Tochter hinunterhelfen? Sie ist Rettungssanitäterin und wird nachsehen, ob sie tot ist.« Er zog Wegwerfhandschuhe aus seiner Tasche und gab sie ihr. Henni nickte und streifte sie über.

Der Totengräber sprang in die Grube und half Henni hinab. Haverkorn trat an den Rand und sah hinein. Henni beugte sich vor und wich kurz zurück, sammelte sich wieder. Dann drehte sie mit etwas Mühe eine Handfläche zur Seite und warf ihm einen Blick zu. Jetzt konnte er sie auch sehen, die Leichenflecke. Kein Zweifel, das Mädchen war schon einige Stunden tot. In der Grube roch es sicherlich schon nach Tod, weshalb er Henni schnell nach oben half. Oben angekommen, schüttelte seine Tochter den Kopf. »Du hast es ja gesehen. Die Leichenstarre hat auch schon eingesetzt.« Sie zog die Handschuhe aus. »Aber ihr müsst trotzdem einen Rettungswagen rufen. Offiziell kann nur ein Arzt ihren Tod feststellen.«

Haverkorn sah Frida an, die sofort verstand und ihr Smartphone aus der Tasche zog, um die Rettungsleitstelle zu informieren. Dann griff er nach Hennis Hand. Sie war eiskalt.

Etwas Nasses tropfte ihm ins Gesicht. Er sah nach oben. Die Wolkendecke hatte sich verdichtet, sah dunkel und unheilvoll aus. Ausgerechnet jetzt musste der Himmel wieder seine Schleusen öffnen! »Los, schnell! Den Deckel drauf!«, rief er dem Totengräber zu.

Enno Dahlsen und sein Gehilfe kamen in Bewegung. Der Regen setzte ein. Wasser war neben Feuer das schlimmste zerstörerische Element für einen Tatort. Sie mussten den Sarg unbedingt sichern.

Die beiden Totengräber hatten den Deckel an den Gurten gepackt. Haverkorn half, diesen in die richtige Position zu bringen, damit er hinabgelassen werden konnte. »Eine Plane! Habt ihr eine Plane?«

Jonas lief los und kam mit einer großen schwarzen Plane zurück. Sie breiteten sie über der Grabstätte aus und befestigten die Enden mit schweren Erdklumpen. Der Schauer wurde stärker. Bald ging ein kleiner Wolkenbruch auf dem Friedhof nieder. Sie liefen hinüber zur Kapelle, um auf den Notarztwagen und besseres Wetter zu warten.

†

Kurz vor Sonnenuntergang ließ der Regen endlich nach. Die Abenddämmerung legte einen Grauschleier über die Farbenpracht des Sommers, degradierte kurz vor der Dunkelheit die Büsche, Bäume und Grabsteine zu schemenhaften Gebilden. *Fast ein bisschen unheimlich,* dachte Frida, die in der Tür der Kapelle auf ihre Kollegen wartete. Haverkorn und Henni hatten sich längst verabschiedet. Bei diesem Schietwetter wollte niemand länger als nötig auf einem Friedhof herumstehen. Der Totengräber und sein Gehilfe hatten ebenfalls Feierabend gemacht.

Für den Notarzt waren Plane und Sargdeckel noch einmal angehoben worden. Es dauerte nicht mal eine Minute, da hatte er offiziell den Tod des Mädchens erklärt und die notwendigen Papiere unterzeichnet. Die Rechtsmedizin in Hamburg war von Frida bereits über den Leichenfund informiert worden. Sie war gespannt, welcher von Torbens Kollegen heute Dienst hatte und hier rausfahren musste.

Nun war Frida wieder allein. Tagsüber war das hier ein Ort der Stille, ein parkähnliches Gelände mit Reihen von Grabsteinen, das einen friedlich stimmte und zum Spazieren einlud. Doch sobald es dunkel wurde, fühlte man sich auf einer solchen Totenstätte mehr als unwohl. Waren das Kindheitsängste, die dann an die Oberfläche drängten? So wie die Angst, die einen plötzlich in einem dunklen Keller beherrschte? Frida zog den Reißverschluss ihres Parkas bis unters Kinn und schob die kalten Hände in die Taschen. Sie musste selbst darüber lachen, dass sie den Blick immer wieder hin und her gleiten ließ, in jeder Bewegung eines Astes oder dem Windrauschen der Baumkronen etwas Unheimliches wahrnahm. Die Toten würden in dieser Nacht nicht auferstehen. Wenn sich jemand hierherverirrte, dann eine Katze aus dem Dorf oder ein Fuchs, der nach Nahrung suchte.

Was war gestern Nacht auf dem Friedhof passiert? Wer hatte dieses Grab geschändet, mit den bloßen Händen die Erde wieder ausgehoben und den Sarg eines Toten geöffnet, um das Mädchen hineinzulegen? Derjenige musste Nerven wie Stahlseile gehabt haben. Oder waren es mehrere Täter gewesen? Bei der Schwere der körperlichen Arbeit war dieser Gedanke naheliegend.

Wer tat so etwas Abgefahrenes?

Irgendwo neben ihr in der Dunkelheit knackte ein Ast. Ihr Blick schnellte hinüber, ihr Atem setzte aus. Das Herz begann laut und aufgeregt zu pochen. Verdammt, warum war sie so schreckhaft? Ihr Verstand sagte ihr, dass hier niemand war. Aber dennoch reagierte ihr Körper instinktiv auf jedes Geräusch in der Umgebung, in der sie kaum etwas erkennen konnte. Wann waren die Kollegen denn nun endlich hier?

Um sich abzulenken, zog sie das Smartphone aus der Jackentasche und rief Torben an.

Er ging sofort ran. »Na du? Bist du zu Hause?«

»Nein, ich stehe allein auf dem Friedhof.« Sie unterdrückte ein Zittern.

Sein dunkles Lachen verstärkte die Sehnsucht nach ihm. Wie gern hätte sie sich jetzt in seinen Armen gewärmt. Nächste Woche wäre sie endlich bei ihm. Beinahe drei Monate hatten sie sich nicht gesehen.

»Neuer Fall?«, fragte er. Natürlich war er nicht verwundert, dass sie in der Dunkelheit auf einem Friedhof stand, sondern hörte ihr zu, als sie vom Fund der Leiche im Sarg ihres alten Schulfreundes erzählte.

»Das hätte mich auch interessiert«, sagte er plötzlich. Ganz ohne diesen zynischen Unterton, den er immer angeschlagen hatte, wenn es um die Arbeit der Rechtsmediziner ging. »Weißt du, wer übernimmt?«, fragte er.

»Nein, noch nicht.« Vor dem Tor brachen Scheinwerfer eine Lichtschneise in die Dunkelheit. »Du, ich muss Schluss machen. Die Kollegen kommen.«

»Ja, gut. Dann bis morgen, Clarice!«

Sie lächelte. Diesen Kosenamen für sie benutzte Torben, weil sie ähnlich wie die ehrgeizige FBI-Agentin Clarice Starling ihren Job immer an erste Stelle setzte.

»Ich vermisse dich!«, flüsterte er, und es verursachte ihr eine Gänsehaut.

»Ich dich auch!« Frida lächelte und beendete das Gespräch. Als sie knirschende Schritte auf dem Kiesweg hörte, rüstete sie sich für die nächsten Stunden.

»Wo ist denn nun dieser Sarg?« Horst Lüttje schob seinen Bauch vom Hauptweg in ihre Richtung. Der Leiter der Kriminaltechnik wirkte mürrisch – kein Wunder bei diesem Einsatz in der Regennacht. »Ich hatte mich auf einen ruhigen Feierabend gefreut, und dann kommt ihr mit dieser doppelten Leichensache. Hättet ihr mit der Exhumierung nicht bis morgen warten können?«

»Dir auch einen guten Abend, Horst!« Frida versteckte ihr Schmunzeln. »Wo ist das Licht?«

»Direkt hinter mir. Gleich wird's hier taghell!« Lüttje folgte ihr zu Björn Janssens Grabstätte. Frida leuchtete mit ihrem Smartphone den Weg aus, um nicht zu stürzen. Zwar standen am Hauptweg ein paar LED-Lampen, aber hier hinten war es stockdunkel.

Lüttjes Mannschaft rückte mit Taschenlampen an. In den darauffolgenden Minuten bauten die Schneemänner in den weißen Overalls drei mobile Leuchtballons auf. Plötzlich wich die Dunkelheit einer grellen Industriebeleuchtung. Die Kriminaltechniker schleppten ihre Koffer zu dem Grab, das hinter dem Notarzt wieder durch eine Plane gesichert worden war.

Frida holte Enno Dahlsen dazu. Er sollte Anweisungen geben, damit der Sargdeckel mithilfe der Gurte angehoben werden konnte. Kein ganz leichtes Unterfangen, da der Boden durch den Regen aufgeweicht und glatt war. In die Grube war trotz der Plane Wasser gelaufen. Mit Brettern wurde der Boden ausgelegt und war wieder begehbar.

Bootz und Anja waren angekommen und standen seit ein paar Minuten mit verschränkten Armen neben Frida.

»Wo ist Wahler?«, fragte sie schließlich.

»Führungskräftemeeting. Wir sollen schon ohne ihn anfangen«, antwortete ihre Kollegin. Bootz schien abwesend, er starrte Löcher in den Erdboden.

Anja hatte bereits den Overall über die Hosen gestreift und die Ärmel um die Hüfte gebunden. »Das wird wieder eine Nachtschicht. Hoffentlich hält das Wetter!« Sie zog den Schutzanzug über die Schultern.

Frida nahm sich ebenfalls einen weißen Einteiler aus einer Kiste der SpuSi. »Hast du die Vermisstenmeldungen schon gecheckt?«, fragte sie ihre Kollegin und schlüpfte samt Schuhen in eins der Hosenbeine.

»Gleich nachdem du angerufen hast. In der Region wird kein Mädchen in diesem Alter vermisst, auf das deine Beschreibung passt.«

»Wäre ja auch zu einfach gewesen.« Sie zog den Wegwerfanzug über die Hüfte.

»Wir nehmen gleich erst mal Fingerabdrücke und jagen sie durch AFIS. Vielleicht gibt es beim Erkennungsdienst eine Übereinstimmung.«

»Nur wenn sie aktenkundig ist. Das Mädchen ist vielleicht sechzehn!« Endlich war sie auch in den Ärmeln, zog den Reißverschluss hoch. Die Kapuze würde sie erst später überstreifen.

Anja zuckte die Schultern und ging in Richtung der

Grabstätte und blieb interessiert hinter der Absperrung stehen. Erst wenn Lüttjes Männer grünes Licht gaben, durften sie sich dem Leichnam nähern.

»Ob sie hier umgebracht wurde?«, dachte Bootz laut.

Frida verschränkte die Arme. »Wir wissen noch gar nichts. Vielleicht ist sie eines natürlichen Todes gestorben …«

»Und ihre Verwandten haben sie dann heimlich hier beerdigt?«, fragte er bissig.

Sie wusste selbst, wie absurd das klang. Aber sie wusste auch, dass man in diesem Job nichts ausschließen durfte. Menschen in Extremsituationen handelten nicht rational. So viel wusste sie nach den vielen Jahren im Polizeidienst. Sie mussten für alle Optionen offenbleiben.

»Suizid können wir wohl ausschließen«, sagte er und sah hinüber zu dem Haufen Erdaushub neben der Grabstätte.

Da hatte er wohl recht. Außer das Mädchen hatte Hilfe von außen. »Wie kommt man auf so eine Idee? Nachts einen beerdigten Toten auszubuddeln, um eine Leiche in seinen Sarg zu legen. Es ist doch viel einfacher, sie mit ein paar Steinen in der Elbe zu versenken. Warum dieser Aufwand?«

Bootz schwieg einen Moment. »Sagtest du nicht, sie hatte Blumen in den Händen?«

»Ja!«

»Was für welche?«

»Keine Ahnung, die Pflanze kenne ich nicht.«

»Wirkt so, als hätte sie jemand heimlich beerdigen wollen.«

Sie schwiegen einen Moment und beobachten Lüttjes Männer, die in ihren durch die Leuchtballons angestrahlten Overalls wirkten wie die Installation eines avantgardistischen Künstlers.

»Gibt's hier irgendwo was zu essen?«, fragte Bootz

plötzlich. »Dein Anruf kam, als ich mir gerade beim Asiaten was holen wollte.«

»Du bist hier auf dem Dorf! Der Fleischerimbiss ist seit sechs geschlossen, und die nächste Dönerbude ist zwanzig Minuten entfernt.«

Bootz sagte nichts, aber sie sah an seinem Gesicht, wie seine Laune ins Bodenlose sank.

»Ich fahre schnell nach Hause und mache ein paar Stullen. So wie es aussieht, dauert das hier noch, bevor wir loslegen können.« Frida zog den Overall herunter, band die Ärmel um die Hüften und bewegte sich in Richtung des ausgeleuchteten Areals. »Ich sage Lüttje Bescheid.«

»Der killt dich, wenn du ihm sagst, dass du jetzt wegwillst.«

»Nicht wenn ich ihm sage, dass ich belegte Brote und Kaffee für die Mannschaft organisiere.«

Bootz lief hinter ihr her. »Ich fahre mit. Anja kann hier die Stellung halten und uns informieren, wenn es weitergeht.«

Sie nahmen das Poolfahrzeug ihrer Abteilung. Nicht ein einziges Auto kam ihnen entgegen, als sie durch das dunkle Dorf fuhren. Lediglich ein paar beleuchtete Fenster zeigten, dass kurz vor Mitternacht noch ein paar Bewohner wach waren. Auch Henning Kuhns' *Marschhus*, an dem sie jetzt vorbeifuhren, hatte längst dichtgemacht, weil sich die Gaststube unter der Woche früh leerte.

Frida hatte Bootz fahren lassen. Sie musste nachdenken. Immer wieder tauchte das leichenblasse Gesicht des Mädchens vor ihrem geistigen Auge auf und schien eine Erinnerung anstoßen zu wollen, die sich nicht offenbarte. Irgendetwas aus den Tiefen ihres Gedächtnisses versuchte, in ihr Bewusstsein vorzudringen, schaffte es aber nicht. Sie gähnte verhalten, ihre Konzentration war im Eimer. Sie würde den Kaffee extrastark kochen, um wieder fit zu werden.

Bootz bog in die Hofeinfahrt. Auch auf dem Paulsenhof war es dunkel. Der Bewegungsmelder reagierte, ließ den Strahler an der Hausecke anspringen. Bootz blieb vor der Haustür stehen und machte den Motor aus. »Was ist los? Du bist so nachdenklich?«

Sollte sie ihm sagen, dass sie über die Tote nachgedacht hatte? Dass sie dieses Gesicht möglicherweise schon mal irgendwo gesehen hatte? *Aber wo, verdammt noch mal?* Es wollte ihr nicht einfallen. »Bin nur müde! Komm, beeilen wir uns!« Sie legte den Gurt ab. »Lass uns den Proviant holen. Die Nacht wird lang!«

Sein Handy klingelte, als sie ausgestiegen waren. Er zog das Smartphone aus der Jackentasche und drehte sich weg. »Ruf mich nicht mehr an!«, sagte er laut und steckte das Handy wieder ein.

»Wer war das denn?«, fragte sie.

»Ach, niemand!« Er ließ Frida stehen und ging mit langen Schritten zum Haus.

Kapitel 5

Haverkorn schob die letzte Onlinebewerbung in den Ordner *Erledigt* und klappte den Laptop zu. Dann schloss er das Notizbuch, in dem er sich, als Verfechter der analogen Medien, handschriftliche Notizen zu jedem einzelnen der Bewerber gemacht hatte. Seine Augen tränten vor Müdigkeit. Er nahm die Lesebrille ab und rieb sich über die Lider. Der Tee, den Henni ihm vor einer Stunde hingestellt hatte, bevor sie sich schlafen gelegt hatte, war längst kalt. Er trank ihn trotzdem, weil er durstig war.

Es musste kurz vor Mitternacht sein. Der Kater war schon vor Stunden hinaus in den nächtlichen Garten verschwunden. Haverkorn hatte gar nicht so lange hier sitzen wollen, aber der Termin auf dem Friedhof hatte ihn aus seinem Arbeitsrhythmus gerissen. Ob der Leichnam des Mädchens schon in die Rechtsmedizin gebracht worden war?

Er stand auf und trat an die Terrassentür, erblickte sein Gesicht in der spiegelnden Scheibe. Übermüdet, sogar die Augenringe konnte er sehen. Auf der einen Seite war er froh, dass er jetzt nicht auf diesem verregneten Friedhof stehen musste wie Frida und sein altes Team. Dass er hier in der gemütlichen Wohnküche den Laptop herunterfahren und ins Bett gehen konnte. Auf der anderen Seite war da das Prickeln im Nacken, das er immer gespürt hatte, wenn im Job als Ermittler sein Jagdinstinkt geweckt worden war. Am liebsten würde er sich jetzt anziehen und zum Friedhof fahren. Aber die Mordkommission war nicht mehr seine

Abteilung, es war nicht sein Fall. Er würde schlafen gehen, um morgen ausgeruht die Bewerbungsgespräche zu planen. Außerdem hatte er sich vorgenommen, die Möbel und einiges an Büromaterial für die neu angemieteten Büros der Cold Case Unit zu bestellen. Er musste eine entsprechende Aufstellung für die benötigte Büroeinrichtung der kompletten Mannschaft machen, auch wenn es noch Monate dauern würde, bis das Team einsatzfähig war.

Vor allem musste er endlich loslassen! Er selbst hatte entschieden, sich beruflich zu verändern. Das bedeutete jedoch auch, sich auf den Neuanfang einzulassen und nicht mit einem Bein in der alten Abteilung zu verharren.

Das Handy kündigte eine neue Nachricht an. Er setzte die Lesebrille auf. Eine WhatsApp von Sonja. *Schläfst du schon? Bin jetzt erst rein. Wie war dein Tag?*

Er wollte zurückschreiben, aber die Buchstaben tanzten vor seinen Augen, die Finger verrutschten auf den Tasten. Er klickte die App weg und rief Sonja an. Auf die gute altmodische Art. Es war immer besser, die Stimme des anderen zu hören, wenn man wissen wollte, wie es ihm ging.

Sie ging sofort ran. »Dachte ich mir doch, dass du noch nicht schläfst.« Ihr warmes Lachen hüllte ihn ein.

»Ich habe gerade den Laptop zugeklappt.«

Er hörte ihren leisen Atem. »Ich war noch mit Andreas essen.«

Ihrer beider Chef war ebenfalls geschieden, sie leisteten sich gegenseitig Gesellschaft. Regte sich da so etwas wie Eifersucht in ihm? Sonja war einige Jahre jünger, eine attraktive Frau mit der Ausstrahlung, die einen Raum füllte. Vollmer musste in Sonjas Alter sein. Vielleicht wollte sie gar nicht so einen alten Sack wie ihn, der auch noch die halbe Woche gar nicht in Kiel war. »Beim Italiener?«, fragte er und merkte, dass seine Stimme fremd klang.

»Nein, wir haben den neuen Thai ausprobiert.«

Eigentlich hatte er Sonja dorthin ausführen wollen. Er schluckte und musste sich zusammenreißen, um nicht eine beleidigte Bemerkung zu machen. »Und? Ist er wirklich so gut?«

»Ich hatte einen grünen Avocadosalat und Ramensuppe, echt köstlich!« Sie wartete auf seine Reaktion, die nicht kam.

»Was gab es bei dir?«

»Kichererbsencurry!« Er schluckte das fremde Gefühl weg: Eifersucht. »Und dann musste ich zum Friedhof fahren.«

»Die Beerdigung war doch gestern?«

»Ja, stimmt!« Er erzählte ihr von der Exhumierung und der zweiten Leiche im Sarg.

»Wer macht sich die Arbeit, einen Sarg wieder auszugraben? Eine Leiche kann man doch viel leichter loswerden.«

Er unterdrückte ein Gähnen. »Es sah aus, als hätte sie jemand beerdigt. Dieses Totengewand, die Blumen in den Händen. Seltsam und auf seine Art berührend!«

Sonja schwieg nachdenklich.

»Liebes, ich muss ins Bett.«

»Dann schlaf schön! Freitagabend sehen wir uns!«

»Wenn du keine anderen Pläne hast …« Diese Spitze konnte er nicht unterdrücken.

»Ich bin gegen acht bei dir und koche uns was.«

»Ich habe eine neue Weinlieferung bekommen.«

»Klasse! Ich hoffe, der leckere Rosé ist dabei.«

»Nur für dich, fünf Flaschen!«

Ihr Lachen löste seine Zweifel endlich auf. »Ich hoffe, du magst mich noch mit dem Schwimmring an der Hüfte, den ich bald habe.«

»Dich werde ich immer mögen. Schlaf schön!«

»Du auch.« Sie drückte ihn weg.

Er zögerte, dann ging er in die Diele und zog seine Jacke über. Einen kurzen Abstecher zum Friedhof, um mit Frida und seinen alten Kollegen zu reden, würde ihm niemand verübeln können. Immerhin hatte er den Beschluss zur Exhumierung der Leiche besorgt, also war er, wenn man es recht bedachte, auch ein Teil der Ermittlungen.

†

Es war gegen vier Uhr morgens, als Frida heimkam. Im Haus war es still. Um den Setter nicht zu wecken, zog sie schon an der Tür die Schuhe aus und schlich auf leisen Sohlen in die Küche, brachte die Tassen und Kaffeekannen vom Friedhof zurück und warf das Brotpapier, in das die Stullen eingewickelt gewesen waren, in den Abfalleimer. In nicht einmal zwei Stunden würde es wieder hell werden. Aber sie war noch viel zu aufgewühlt, um schlafen zu gehen.

Frida setzte sich an den Familientisch. Die Narben im Holz zeugten davon, wie viele Jahre er hier schon in der rustikalen Wohnküche stand. Es hatte gute und schlechte Zeiten bei den Paulsens gegeben. Seit Frida wieder hier im Haus lebte, hatte sich die Familie gegenseitig gestützt. Selbst als der Obsthof ihres Vaters beinahe in eine Insolvenz gerutscht war, hatten sie diese Krise gemeinsam bewältigt. Was, wenn jemand aus ihrer Familie einfach so verschwinden oder wenn Torben sich plötzlich nicht mehr melden würde, einfach so untertauchte? Ihr wurde eiskalt, wenn sie daran dachte.

Woher kannte sie nur dieses Mädchengesicht aus dem Sarg? Immer wieder schienen die Gedanken an sie etwas in ihrem Unterbewusstsein anstoßen zu wollen, aber es offenbarte sich nicht. War es wirklich eine Erinnerung, oder gab es nur eine Ähnlichkeit zu einem Mädchen, das sie mal irgendwo gesehen hatte? Es machte sie schier verrückt, dass sie nicht darauf kam, was da in ihrem Gehirn das Türchen zum Bewusstsein nicht durchdringen konnte.

Frida lehnte sich zurück und schloss die Augen, spürte endlich die Müdigkeit, auf die sie gewartet hatte. Sie wollte nur noch ein wenig sitzen bleiben, bevor sie hoch ins Obergeschoss stieg und ins Bett ging.

Dieses Bild im Kopf. Die zarten geschlossenen Hände über ihrem Schoß, darunter die Blumen, kleine rosa Sternenblüten. Solche hatte sie vorher noch nie gesehen. Sie nahm ihr Smartphone und versuchte diese Pflanze zu googeln, gab schließlich auf, weil es zu viele Gewächse gab, die ähnlich aussahen.

Frida erwachte auf der harten Küchenbank. Ihr Rücken schmerzte, als sie sich aufrichtete. Das Handy war ihr aus der Hand gerutscht und lag unter dem Tisch. Sie fingerte danach und kam stöhnend hoch. Hinter den Scheiben mit Fensterkreuz graute bereits der Morgen. Sie war eingeschlafen, spürte jeden Knochen, als sie aufstand und die ausgetretenen Stufen nach oben ging, weil sie sich umziehen wollte.

Um acht Uhr sollte sie im Rechtsmedizinischen Institut sein, um der Obduktion beizuwohnen. Sie hatte es Wahler angeboten. Das Marschmädchen wollte sie auf diesem letzten Gang nicht alleinlassen, auch wenn sich jede Obduktion wie ein kleiner Tod anfühlte. Diese Aufgabe ihres Jobs wurde nicht leichter, je öfter sie damit betraut war. Im Gegenteil. Schon als sie ins Auto stieg, schien sie den Geruch des Todes zu riechen, den sie tagelang nicht mehr aus der Nase bekommen würde.

†

Der Sektionsassistent arbeitete konzentriert und legte notwendige Gerätschaften in einer vorbestimmten Ordnung auf den Wagen neben dem Obduktionstisch. Das Geräusch von Metall auf Metall löste bei Frida eine leichte Übelkeit aus. Sie lehnte am Türrahmen, war bereits mit OP-Kittel und Haube bekleidet. Nur die Latexhandschuhe hatte sie noch nicht übergestreift. Sie wusste, dass der Assistent des Rechtsmediziners sich nicht gern bei der Arbeit durch Gespräche ablenken ließ. Also hielt sie den Mund und versuchte, den aufdringlichen Geruch im Raum nach starken Reinigungsmitteln, die die Ausdünstungen des Todes nicht gänzlich hatten ausmerzen können, wegzuatmen.

Zehn vor acht. Der zuständige Rechtsmediziner war noch nicht anwesend. Sie war gespannt, wer den Fall des Marschmädchens zugeteilt bekommen hatte. Hoffentlich nicht Dr. Samuel, der sie gern in einem herablassenden Ton herumkommandierte, wie es nur ihm hier möglich war. Aber er war in seinem Job eine Koryphäe, weshalb sie ihm zähneknirschend alle Unfreundlichkeiten durchgehen ließ.

»So, ich fange jetzt an«, sagte der Sektionsassistent.

Frida zog sich die Handschuhe über, drückte sich vom Türrahmen ab und trat näher. Die äußere Leichenschau war sein Aufgabenbereich, was hieß, die Toten zu entkleiden, zu messen, zu wiegen und äußere Merkmale zu notieren.

Frida betrachtete das schmale Gesicht des Mädchens, das anrührend und beinahe puppenartig wirkte. Sie hatte sehr schmale Schultern, das Schlüsselbein trat deutlich unter dem Stoff des Kleides hervor. Wie war diese junge Frau gestorben? Sie war mit Blumen in den Händen in einem Sarg beigesetzt worden, ein eher emotionaler Akt. Vielleicht war sie gar nicht durch Fremdeinwirkung zu Tode gekommen? In Frida wehrte sich alles gegen diesen Gedanken. Eine so junge Frau starb nicht einfach so eines natürlichen Todes, oder doch? Würde es das leichter machen?

Der Mann am Sektionstisch nahm der Toten vorsichtig das gefaltete Tuch von den Haaren. Er ging langsam und sorgfältig dabei vor, beinahe zärtlich, als wäre sie noch am Leben. Das Tuch war aus einem schwarzen Stoff mit weißen Punkten genäht worden. Es war auf besondere Weise gefaltet und sah nach einer längst vergangenen Zeit aus, in der Frauen Kopftücher getragen hatten. Der Tatortfotograf hatte schon auf dem Friedhof eine Menge Fotos davon gemacht. Dennoch versuchte Frida, sich einzuprägen, wie die junge Frau oder jemand anderes das Tuch auf dem Kopf befestigt hatte. Der Sektionsassistent faltete das Tuch und steckte es vorsichtig in einen Plastiksack, wo auch die restliche Kleidung aufbewahrt und anschließend zur Kriminaltechnik geschickt werden würde.

Lange brünette Haare waren sichtbar geworden. Ohne diese seltsame Kopfbedeckung war sie ein hübsches Mädchen im Teenageralter gewesen. Frida schluckte, weil ihr bewusst wurde, wie wenig sie von der Welt gesehen haben mochte, bevor sie starb.

Nun entkleidete der Sektionsassistent die Tote so behutsam, wie er schon mit dem Kopftuch vorgegangen war. Zuerst zog er dem Mädchen die weiße Schürze aus, legte sie in den Plastiksack, danach das lange blaue Kleid, das offenbar aus Baumwolle in einem schlichten Schnitt geschneidert worden war, und die weiße Bluse. Er mühte sich mit ihren Armen, die sich durch die Totenstarre nur schwer bewegen ließen. Frida ignorierte das seltsame Knacken, würde nur eingreifen, wenn er sie darum bat. Aber er schaffte es schließlich allein.

Woher hatte sie diese altertümliche Kleidung? Hatte es irgendwo ein Kostümfest gegeben? Sie würde später im

Büro im Internet auf die Suche gehen. Vielleicht brachte sie das auf die Spur des Mädchens. Aber auch die Unterwäsche wirkte völlig aus der Zeit gefallen. Große Baumwollschlüpfer, ähnlich schlicht und altmodisch war der BH. Da hatte es das Mädchen mit der Verkleidung ganz schön ernst genommen.

Frida beugte sich näher an den Körper, auch wenn der Geruch nach dem sich bereits zersetzenden Körper hier noch unangenehmer war.

Der Sektionsassistent dokumentierte die Totenflecke, die an der Hinterseite des Körpers an Armen, Beinen und Rücken ausgebildet waren. »Keine äußeren Verletzungen«, sagte er wie zu sich selbst. »Aber hier …« Er drückte die linke Ohrmuschel etwas vom Kopf weg. Frida nickte, als sie die kleine sichelartige Narbe am Hals sah. Ein wichtiges Merkmal zur Identifizierung der Toten. Sie trug keinen Schmuck, hatte keine Piercings und Tatoos. Sie hatte noch nicht einmal gestochene Ohrlöcher, trug keinen Nagel- oder Zehenlack. In diesem Alter ziemlich ungewöhnlich.

»Eins siebzig«, sagte der Sektionsassistent. »Zweiundsechzig Kilo. Dünn, aber nicht unterernährt«, murmelte er.

»Morgen!«, sagte eine weibliche Stimme. Frida drehte sich fragend um. Eine Frau in der blauen OP-Kleidung der Rechtsmediziner war eingetreten, zog die Latexhandschuhe straff.

»Sie sind von den Kollegen der Kripo?«, fragte sie freundlich.

»Genau! Frida Paulsen, Mordkommission Itzehoe. Der Fall liegt in unserer Zuständigkeit.«

»Katja Holst.« Sie nickte ihr freundlich zu, war nicht so bärbeißig wie der Kollege Dr. Samuel, der, sobald er eintrat, seine schlechte Laune wie ein schlecht riechendes Rasierwasser im Raum verbreitete. »Und wenn Sie sich gerade fragen, ob wir uns schon kennen. Nein, das ist meine erste Woche hier. Ich bin der Neuzugang!«

»Na dann, herzlich willkommen!« Frida mochte ihre offene Art. Die neue Rechtsmedizinerin war ihr sympathisch. Torben würde sie auch mögen. Ob er je wieder hier arbeiten würde? Sie schob die lähmenden Gedanken an Torbens Zukunft beiseite und konzentrierte sich auf die neue Frau am Sektionstisch. Katja Holst war nicht sonderlich groß, wirkte aber energievoll und schien sich gut mit dem Sektionsassistenten zu verstehen, obwohl sie erst ein paar Tage an Bord war. Sie blieb mit gekreuzten Armen für einen Moment neben dem Sektionstisch stehen und betrachtete das tote Mädchen eingehend. Nur wenige Sekunden, aber pietätvoll, bevor sie sich umdrehte und alle Informationen der äußeren Leichenschau abfragte.

»Na, dann wollen wir mal. Können wir?« Die Frage war an Frida gerichtet.

»Klar!«, log sie wie die letzten Male auch. Als die Rechtsmedizinerin ein Skalpell in die Hand nahm, blickte Frida weg und atmete konzentriert durch den Mund. Es war jedes Mal ein Kraftakt für sie, nicht hinauszulaufen und sich in das nächste Waschbecken zu übergeben.

Kapitel 6

»Was, wenn es sich gar nicht um ein aktuell vermisstes Mädchen handelt?«, fragte Frida Bootz, mit dem sie sich nach der Obduktion am Imbiss gegenüber der Bezirkskriminalinspektion verabredet hatte. Der Verkaufswagen stand am Rande des Supermarktparkplatzes, vis-à-vis vom Polizeihochhaus. Auf der Straße vor dem Bürogebäude fuhren nur vereinzelt ein paar Fahrzeuge vorüber. Der Feierabendverkehr hatte noch nicht eingesetzt.

Bootz hatte sich eine Currywurst mit Pommes geholt, sie blieb bei Tee, musste erst den Knoten in ihrem Magen loswerden, den sie seit der inneren Leichenschau hatte.

»Wie meinst du das?« Bootz schob sich eine Fritte in den Mund. »Dass sie noch gar nicht vermisst wird?«

»Eher, dass sie schon längere Zeit vermisst wird.« Endlich sickerte bei ihr etwas an die Oberfläche, noch vage, nahm jedoch Konturen an. Diese Narbe hinter dem Ohr des toten Mädchens hatte ihre Erinnerungen angestoßen. Frida nahm ihr Smartphone, öffnete eine Suchmaschine und gab *Zwillinge vermisst* ein. Es dauerte einen Moment, bis sie gefunden hatte, was sie suchte. Aber bald tauchten die ersten Headlines von vor vier Jahren auf.

Sophie und Lilly noch immer vermisst … Die Mädchen bleiben verschwunden … Polizeigroßeinsatz: kein Lebenszeichen von den Zwillingen.

Auch Bilder waren hinterlegt, sie klickte auf eines, das mehrfach veröffentlicht worden war. Das Foto der damals zwölfjährigen Zwillingsmädchen war ein Schnappschuss der Pflegefamilie, in der sie vor ihrem Verschwinden gelebt hatten. Sofort war alles wieder da. Frida erinnerte sich an die bestürzten Pflegeeltern, die ständig in den Medien gewesen waren, ihr Gesicht in jedes Objektiv gehalten hatten.

Frida scrollte weiter und betrachtete die kindlichen Gesichter, die lachend in die Kamera schauten. Und plötzlich war sie sich sicher, eines dieser Mädchen dort in diesem Sarg gesehen zu haben. Nur vier Jahre älter. »Ich glaube, ich weiß, wer sie ist.«

Bootz wischte Currysoße von der Hand an einer Serviette ab. »Und wer?«

»Vor vier Jahren sind aus einer Marschgemeinde Zwillingsmädchen verschwunden. Lilly und Sophie, sie waren damals zwölf und bei einer Pflegefamilie untergebracht, weil ihre leiblichen Eltern nicht in der Lage waren, sie aufzuziehen.« Sie überflog einen Artikel, während sie Informationen daraus mit Bootz teilte. »Eines Morgens war ihr Zimmer leer. Die Haustür war nicht verschlossen, und die Anoraks und Schuhe der Mädchen fehlten.« Sie las einen weiteren Absatz, bevor sie fortfuhr. »Es gab ein riesiges Polizeiaufgebot in der Region. Man hat sie mit einer Hundertschaft und Hunden gesucht. Ohne Erfolg. Niemand hat bis heute etwas von Lilly und Sophie gehört.« Sie zeigte Bootz das Display mit einem der Fotos.

Er sah es sich an, wiegte den Kopf. »Könnte schon sein.«

Frida sah nachdenklich hinüber zum Hochhaus der Bezirkskriminalinspektion, wo sich im zehnten Stock die Büros der Mordkommission befanden. Die Fensterscheiben reflektierten die Sonne und blendeten sie. Jemand hätte sie von dort beobachten können, sie hätte es nicht mitbekommen. Ob es schon Gerede gab, weil Frida so viel mit dem neuen attraktiven Kollegen unterwegs war?

Sie sah Bootz beim Essen zu. Vielleicht hätte sie sich wenigstens ein paar Pommes holen sollen. Wer weiß, wann sie heute wieder Zeit hätte, etwas zu essen.

»Was hast du noch?«

Frida überflog die Zeilen und stoppte. Da! Sie hatte sich nicht getäuscht. Sie blickte auf. »Eines der beiden Mädchen hatte eine sichelartige Narbe am Hals, hinter dem Ohr. Eine kleine Brandverletzung. So eine habe ich heute auch bei der Toten gesehen.«

Er vergaß zu essen. »Ach was!«

»Ich denke, wir wissen, wer die Tote ist.« Frida trank aus, wollte zurück ins Büro. Sie musste sofort Wahler und das Team über diese neue Erkenntnis informieren. Falls es sich tatsächlich um eines dieser beiden Zwillingsmädchen handelte, wussten sie nun, wo sie bei ihren Ermittlungen ansetzen mussten. »Falls es eine von den beiden ist, gibt sie uns möglicherweise einen Hinweis darauf, wo sie in den letzten Jahren war und was mit ihrer Schwester geschehen ist.«

Bootz warf die leere Pappe in einen Abfalleimer. »Denkst du, dass sie noch lebt?«

Frida antwortete nicht. Wenn es wirklich eins der Zwillingsmädchen war, hatte sie nicht viel Hoffnung für das andere. Wann war sie so zynisch geworden?

»Wohl eher nicht«, nahm er ihr die Antwort vorweg. »Wollen wir rüber?« Er nahm seine Sonnenbrille vom Stehtisch und setzte sie auf. »Du solltest Nick informieren.«

Frida blieb stehen. Was, wenn die Tote eines der vermissten Kinder war? Dann mussten sie diese Nachricht den Angehörigen überbringen. Den leiblichen Eltern, denen die Kinder vom Jugendamt entzogen worden waren. Und auch den Pflegeeltern. Wo würde es mehr Bestürzung, Trauer und Tränen geben?

Sie nahm erneut ihr Handy in die Hand und las einen weiteren Artikel, der sich nicht mit dem Verschwinden der Mädchen, sondern mit ihrer Pflegefamilie beschäftigte. Der Pflegevater war schnell in den Fokus der Ermittler geraten, weil er oft zu tief in die Flasche geschaut haben soll. Die Mutter hatte in jede Kamera gejammert, die man auf sie gerichtet hatte. Frida erinnerte sich daran, dass sie ihre Glaubwürdigkeit damals schon infrage gestellt hatte. Aber das hier war interessant: Ein weiteres Kind hatte damals in der Pflegefamilie gelebt, das hatte sie schon wieder vergessen. Bill, der Junge, war 2019 sechzehn Jahre alt gewesen. Auch er hatte den Mädchen nahegestanden. Lebte er noch in der Familie? Unwahrscheinlich, er war mittlerweile volljährig, führte ein eigenes Leben, hatte hoffentlich den Absprung in die Normalität geschafft. Wieder schweiften ihre Gedanken zum leichenblassen Antlitz des toten Mädchens im Sarg. Hatten sie in diesem Grab Sophie oder Lilly gefunden?

»Kommst du?« Bootz war schon am Rande des Parkplatzes.

»Gleich!« Sie tippte eine Nachricht, schickte sie an Haverkorn und warf den leeren Pappbecher in den Mülleimer. Dann folgte sie ihrem Kollegen, der zügig die Straße überquerte.

Plötzlich peitschten zwei Schüsse durch die Häuserschluchten.

Frida zuckte zusammen und sah, dass Bootz sich flach auf den Bürgersteig warf. Sie zog den Kopf ein und ging hinter einem Auto auf dem Parkplatz in Deckung. Ihr Herz schlug bis zum Hals. Hatte am helllichten Tag vor der Polizeiwache wirklich jemand herumgeballert? Oder war das nur eine Täuschung gewesen? Es hatte verdammt echt geklungen. Scheiße, was war hier los?

Sie sah sich um. Ein paar Leute kamen mit den Einkaufswagen aus dem Supermarkt, schienen nichts bemerkt zu haben. Sie waren zu weit weg, um sie zu warnen. Frida drehte sich um, der Imbissbesitzer war hinter seinem Tresen abgetaucht. Sonst war niemand auf dem Parkplatz zu sehen. Das Blut rauschte in ihren Ohren. War sie in Gefahr? Wenn wirklich soeben geschossen worden war, wo hockte der Schütze?

Oder war das ein billiger Scherz, dem sie aufsaßen? Silvesterknaller oder Platzpatronen? Sie wagte sich vor, warf einen kurzen Blick über die Motorhaube des Wagens, sah Bootz, der flach am Boden lag und sich nicht bewegte. Scheiße!, fluchte sie stumm, rannte mit eingezogenem Kopf über den Parkplatz und ging hinter dem nächsten Auto in Deckung. Als nichts passierte, sprintete sie weiter. Kurz vor der Straße blieb sie im Schutz einer mannshohen Werbewand des Supermarkts hocken. »Leo!«, rief sie. »LEO!«

Er lag da drüben, vor den Stufen, die zum Eingang der Bezirkskriminalinspektion führten. Er bewegte sich noch immer nicht.

Frida zögerte, ließ den Blick schweifen. Autos fuhren vorbei. Es schien, als wäre nichts passiert. Aber was, wenn der Schütze noch da war? Ihr Atem ging stoßweise. Was, wenn er es auf Polizisten abgesehen hatte? Wenn er nur darauf wartete, dass sie aus der Deckung lief? Ihre Dienstwaffe lag drüben in der BKI im Waffenschließfach. Die Walther hatte sie heute Morgen natürlich nicht mit in die Rechtsmedizin genommen. Auch Leo war unbewaffnet zum Imbisswagen gekommen, um sie dort in der Mittagspause zu treffen. Selbst wenn sie es zu ihm schaffte, wäre sie unbewaffnet und ein einfaches Ziel.

Was sollte sie tun?

»LEO!«, rief sie wieder, zog ihr Smartphone heraus und rief Anja an.

Ihre Kollegin ging nach zweifachem Klingeln an ihren Apparat. »Frida? Wir warten schon auf dich.«

»Hier wurde gerade geschossen! Vorm Gebäude. Leo liegt am Boden! Wir brauchen Hilfe!«

»Was?«

»Ein Heckenschütze! Vor dem Gebäude! Ich brauche Hilfe!« Frida drückte das Gespräch weg und sah sich um. Auf dem Parkplatz des Supermarkts packten Passanten ihre Einkäufe ein, als wäre nichts geschehen. Sie hatten von den Schüssen nichts mitbekommen. Der Imbissbetreiber hatte inzwischen die Klappe des Verkaufswagens geschlossen.

War der Angreifer noch in der Nähe?

Frida sah zu Bootz, der wie tot vor dem Aufgang zur BKI lag. Es hielt sie nicht mehr in der Deckung. Ohne Zögern lief sie los und erreichte die Straße. Ein Pkw bremste scharf ab, sie schlug einen Haken und schaffte es auf den Bürgersteig. Endlich war sie bei Bootz, warf sich über ihn. »Leo!«

Atmete er? Vorsichtig schlug sie ihm ins Gesicht. Keine Reaktion. »Leo!« Sie wollte ihn schütteln, als sie die Wunde am Hals sah, aus der das Blut sickerte. Dann sah sie die Blutlache unter seinem Körper, die wie in Zeitlupe größer wurde.

†

Haverkorn blickte von seinen Aufzeichnungen auf. Durch die geöffnete Terrassentür wehte ein kaum wahrnehmbarer Duft nach Rosen herein. Der Tag war sonnig gestartet, der Regen der letzten Tage war vorüber. Aber der Garten hatte das Wasser gebraucht, der fruchtbare Marschboden würde es speichern für die kommenden trockenen Monate. Draußen tickste aufgeregt eine Amsel. Er stand auf und trat auf die Terrasse. Momo, der Kater, stolzierte über den Gartenweg, kam zu ihm und schmiegte sich an sein Bein. Haverkorn nahm ihn hoch und kraulte seine Ohren. »Na, du Vagabund, warst wieder die ganze Nacht draußen!« Er nahm ihn mit ins Haus und füllte seinen Napf mit etwas Nassfutter. Der Kater machte sich sofort darüber her.

Der Nachrichtenton seines Handys ließ Haverkorn zum Tisch zurückgehen. Eine Whatsappnachricht von Frida war eingegangen.

Ich glaube, ich weiß, wer die Tote vom Friedhof ist.

Sie hatte einen Link mitgeschickt, er klickte darauf. Ein Presseartikel mit Fotos wurde geöffnet. Das Smartphone-Zeitalter machte es möglich. Lange hatte er sich dagegen gewehrt, sich ein internetfähiges Handy anzuschaffen, aber mittlerweile hatte er erkannt, wie praktisch es war. Er vertiefte sich in den Presseartikel von vor vier Jahren, dessen Headline *Immer noch kein Lebenszeichen von Lilly und Sophie* ihn kalt erwischte. Zwei Namen, die er nur allzu gut kannte.

Lilly und Sophie. Seine Müdigkeit war verschwunden. An die Arbeitsplatte gelehnt, las er den Artikel zu Ende. Natürlich erinnerte er sich an die Zwillingsmädchen, die damals spurlos verschwunden waren. Ihre lachenden Augen, die langen dunkelbraunen Haare und identisch geflochtenen Zöpfe.

Frida meinte also, die Tote wäre eine von ihnen.

Er scrollte von einem Foto zum nächsten und versuchte, sich das blasse Gesicht aus dem Sarg zurückzuholen. Halb versteckt unter diesem seltsamen Tuch, die Hände über den Blumen gefaltet. *Ja*, dachte er schließlich. Die junge Frau aus dem Sarg konnte tatsächlich eines dieser beiden Mädchen sein. Etwas älter nun, ein Teenager von sechzehn Jahren. Aber wenn eine in diesem Sarg gelegen hatte, wo war die andere?

Er stand auf, nahm ein Glas vom Regal, ließ am Hahn Leitungswasser hineinlaufen und trank. Diese Nachricht stachelte ihn an, sich noch einmal mit dem alten Vermisstenfall zu beschäftigen. Aber sein Job war ein anderer, die Mordkommission war Geschichte. Und die Liste seiner To-dos hier im Homeoffice war lang. Die Tage waren gezählt, bis die neuen Mitarbeiter ihren Platz in der Cold Case Unit einnehmen würden. Er durfte sich jetzt nicht ablenken lassen, auch wenn es ihm schwerfiel, seinen alten Jagdinstinkt zu ignorieren. Der Fall der Zwillinge war ihm im Gedächtnis geblieben. Zwei Mädchen, die aus dem Haus der Pflegefamilie verschwunden waren und von denen es seitdem nie wieder ein Lebenszeichen gegeben hatte. Wie viele Monate hatte er sich damit beschäftigt und schließlich wie die meisten seiner Kollegen davon ausgehen müssen, dass die Zwillinge nicht wieder lebend auftauchen würden. Dass ihre Leichen in einem Wald verscharrt worden waren und irgendwo in einem Kellerloch oder einem Gewässer verrotteten.

Er sah das blasse Gesicht in diesem Sarg vor sich.

Was bedeutete das? Wo hatten die beiden die letzten vier Jahre verbracht? Hatten sie die Marsch nie verlassen?

War der Pflegevater doch an ihrem Verschwinden beteiligt gewesen? Hatte er sie irgendwohin gebracht, wo er sie versteckt gehalten hatte? Er musste an die Fälle Kampusch und Fritzl denken. Und Übelkeit stieg in ihm hoch.

Oder war alles ganz anders gewesen? Vielleicht hatte sie jemand aus dem Umfeld der Familie aus diesem Haus gelockt und in Sicherheit gebracht oder doch gekidnappt?

Haverkorn setzte sich an den Tisch und las seine Notizen. Die Bewerbungen hatte er alle gründlich durchgesehen, hatte seine Einschätzung und Vorschläge für die passenden Kandidaten für die Cold Case Unit an Andreas

Vollmer, seinen Vorgesetzten, geschickt. Nun musste er sich mit den Büros und ihrer Einrichtung herumschlagen. Aber ihm fehlte die nötige Konzentration.

Sophie und Lilly, dachte er. Zwei damals Zwölfjährige, die aus dem Haus einer Pflegefamilie verschwunden waren, die sich bei näherem Blick als mehr als ungeeignet erwiesen hatte. Der Vater ein Trinker, die Mutter ebenfalls nicht sehr vertrauenerweckend mit all ihren Auftritten in diversen Medien. Sie hatte durch ihr Unglück gut Kasse gemacht. Ihre Krokodilstränen hatte ihr am Ende keiner mehr abgekauft.

Damals hatten die Ermittlungen zu keinem Erfolg geführt. Die Mädchen waren in jener Märznacht spurlos verschwunden. Konnten Zwölfjährige weglaufen und einfach so für Jahre untertauchen? Nein, sie waren schließlich von einem Verbrechen ausgegangen. Es hatte zwar zahlreiche Hinweise aus der Bevölkerung gegeben, aber keiner hatte sich als sachdienlich herausgestellt. Mal hatte ein Anwohner sie angeblich quicklebendig morgens an einem Bahnhof gesehen, später hatte sie jemand in Spanien in einem Hotel erkannt haben wollen. Verpixelte Fotos, Kameraaufnahmen, die ganz andere Kinder zeigten, und Anrufer, die sich wichtigtun wollten. Sie waren von keinem dieser Lebenszeichen überzeugt gewesen. Haverkorn und seine Kollegen in der Mordkommission waren nach einem Monat ihres Verschwindens von einem Tötungsdelikt ausgegangen. Aber auch die Ermittlungen in diese Richtung hatten keine essenziellen Erfolge gebracht. Ohne eine Leiche gab es weder einen Täter noch eine Anklage. Und nun begann alles von vorn.

Er sah den Kater wieder durch die Terrassentür verschwinden. Das Zetern der Amsel erhob sich sofort wie ein Gefahrensonar im Garten, als er im hohen Gras zwischen den Obstbäumen verschwand.

Haverkorn aktivierte den Bildschirm des Laptops, sah die geöffnete Inventartabelle für die neuen Büros, minimierte sie und legte sie auf den Desktop. *Später*, dachte er.

Die Suchmaschine spuckte eine Menge Presseartikel über die verschwundenen Zwillinge aus. *Eine halbe Stunde*, sagte er sich, danach würde er sich wieder auf die Exceltabelle und die offene Bestellung für die Büroausstattung konzentrieren. Kurz darauf war er komplett abgetaucht und hatte sich eine Menge Notizen zu Lilly und Sophie gemacht, da er auf die alte Ermittlungsakte nicht mehr zugreifen konnte.

Frida fiel ihm ein. Er nahm das Handy, rief sie an. Es dauerte lange, bis sie endlich ranging.

»Bjarne!« Er hörte sofort die Panik in ihrer Stimme. »Auf Leo ist geschossen worden!«

Die Worte verstand er, begriff sie jedoch erst zeitversetzt. Sein Atem schien auszusetzen. »Geschossen? Wo?«

»Vor der BKI!« Sie schrie beinahe.

»Wie geht's ihm?«

»Er lebt, aber er hat viel Blut verloren!« Er hörte das Einsetzen von Martinshörnern. Dann wurde es ruhiger, und sie war wieder da. »Der Rettungswagen bringt ihn ins Krankenhaus!« Sie räusperte sich, hatte ihre Stimme nicht unter Kontrolle. »Wer macht denn so was?« Es klang, als unterdrücke sie ihre Tränen.

»Bist du okay?«, fragte er. »Hat man auch auf dich geschossen?«

»Nein, mir ist nichts passiert. Ich war einige Meter hinter Leo, als die Schüsse fielen.«

Haverkorn stand auf, lief in die Diele und nahm seine Jacke von der Garderobe. »Wo bist du?«

»Im Auto. Anja fährt mit mir ins Krankenhaus.«

»Ich komme hin! Bis gleich.« Er beendete das Telefonat,

zog die Schuhe an und nahm sich den Autoschlüssel vom Dielenschrank. Mit einem Mal überkam ihn das Gefühl, dass es falsch gewesen war, seine alte Abteilung zu verlassen. Als hätte er Frida und seine Kollegen im Stich gelassen.

Kapitel 7

Frida versuchte das Pfeifen zu ignorieren, das seit dem Angriff auf Leonard wie ein nicht endender Soundtrack in ihren Ohren fiepte, monoton und nervtötend. Sie schluckte, eine Sekunde war Ruhe, dann war das Geräusch wieder da. Sie knetete ihre eiskalten Hände, obwohl es auf dem Krankenhausflur warm war. Die Nachmittagssonne stand hinter den Fensterlamellen und heizte die Luft auf. Ihr war übel, weil es hier ein wenig roch wie am Morgen in der Rechtsmedizin, nach einem Mix aus chemischen Reinigungsmitteln und Körperausdünstungen. Nur nicht nach Tod, das hätte sie nicht ertragen.

Leben! Du musst leben, Leo!

Noch immer wussten sie nicht, ob er durchkommen würde. Niemand sprach mit ihnen. Aber das war kein Wunder bei einer solchen Notoperation. Da war der Informationsfluss nach draußen das geringste Problem der Ärzte. *Atmen*, dachte Frida, *sonst übergibst du dich direkt hier auf dem Gang!* Sie trug einen dunkelblauen Jumpsuit von Anja, den ihre Kollegin für alle Fälle im Schrank gehabt hatte. Ihre blutgetränkte Kleidung hatten die Kollegen der Spurensicherung eingepackt. Noch immer stand sie unter Adrenalin, kam einfach nicht zur Ruhe, obwohl sie seit über einer Stunde hier in Warteposition saßen und auf eine Nachricht über den Zustand von Bootz hofften. Haverkorn und Anja hockten neben ihr auf den Besucherstühlen, redeten leise, tranken Kaffee aus Plastikbechern. Frida konnte ihnen nicht folgen. Sie war in ihrem ganz eigenen Film gefangen. Wieder und wieder liefen die Bilder des Anschlags in ihrem Kopf ab wie in einer Dauerschleife. Sie brauchte Antworten, aber diese erschlossen sich nicht, egal wie oft sie versuchte, sich zu erinnern.

Wo genau war Leo gewesen, als er angegriffen wurde? Er hatte gerade die andere Straßenseite erreicht, als er stürzte, das sah sie noch vor sich. Wo war sie genau gewesen? Sie war gerade vom Imbisswagen losgelaufen. Oder war sie doch näher bei ihm gewesen, als sie es vermutete? War auf der Straße ein Auto vorbeigefahren, als die Schüsse fielen? Waren diese vielleicht sogar aus einem Fahrzeug abgegeben worden? Sie konnte sich nicht erinnern. Wenn es kein Auto gegeben hatte, wo hatte der Heckenschütze gestanden? Auf der Straße? War er neben oder in einem der umliegenden Gebäude gewesen? Hatte er auf Leo gewartet, oder war ihr Kollege ein Zufallsopfer gewesen? Scheiße, mit was für einem Täter hatten sie es hier zu tun?

»Frida?« Sie schrak aus den Gedanken auf.

Haverkorn sah sie an, als erwarte er eine Antwort.

»Ja?«

»Soll ich dich nach Hause fahren? Du siehst ganz schön k. o. aus.«

»Nein, ich bleibe hier. Ich muss wissen, wie es Leo geht!«

»Wahrscheinlich sagen sie uns gar nichts«, warf Anja ein. »Seine Frau ist informiert. Sie ist auf dem Weg von Lübeck hierher.«

Frida war verwirrt. »Leo hat eine Frau?« Unter ihren Fingernägeln entdeckte sie getrocknetes Blut, obwohl sie in der BKI ihre Hände minutenlang unter fließendem Wasser geschrubbt hatte. Leos Blut, das auch auf ihrer Hose und dem T-Shirt in der Tüte der Spurensicherung trocknete. Sie hatte plötzlich wieder das Gefühl des Bluts, das an ihren

Händen klebte, und begann, sie auf dem Stoff der Hose zu reiben.

Haverkorn sah ihr dabei zu, kommentierte es jedoch nicht.

»Er lebt in Scheidung, soviel ich weiß«, redete Anja weiter. »Aber sie ist die nächste Angehörige, die Auskunft von den Ärzten bekommt. Nick Wahler hat sie angerufen. Er kennt sie aus seiner Zeit in Lübeck.«

Frida versuchte, die Blutreste aus den Nägeln zu pulen. Bootz war verheiratet! Sie konnte es nicht fassen. Er hatte nie viel über sein Privatleben erzählt. Sie wusste lediglich, dass er von jetzt auf gleich den Job beim SEK an den Nagel gehängt hatte und Wahler ihn vom Kriminaldauerdienst, wo er danach untergekommen war, abgeworben hatte. Bootz war allein in eine Wohnung in Itzehoe gezogen, da war sie sich sicher. Über seinen familiären Background hatte er sich immer bedeckt gehalten. Aber sie hatte ihn auch nicht direkt gefragt, ob er in einer Beziehung oder Ehe lebe. »Haben sie Kinder?«, wollte sie von Anja wissen.

»Keine Ahnung!« Ihre Kollegin unterdrückte ein Gähnen und sah auf die Armbanduhr. »Ich muss mal an die frische Luft.«

»Ihr müsst nicht mit mir warten. Ich informiere euch, wenn es was Neues gibt.«

»Ich bleibe!«, sagte Haverkorn, sah Anja an.

Ihre Kollegin stand auf. »Gut, dann fahre ich zurück ins Büro. Da geht's sicherlich drunter und drüber. Ich habe gerade mit Nick telefoniert. Der Täter ist flüchtig. Die Führungs- und Einsatzkonzepte sind gezogen worden. Das SEK ist unterwegs, und die Kollegen der Schutzpolizei durchkämmen die halbe Stadt.« Sie sah Frida in die Augen. »Bisher keine Spur vom Schützen.«

Sie hatte nichts anderes erwartet. »Ist Leo hier sicher? Falls der Anschlag ihm persönlich galt.«

»Ein Beamter steht schon vor der Tür zum OP-Trakt. Er bleibt heute Nacht hier.«

»Wenn er überhaupt durchkommt.« Frida stützte den Kopf in die Hände. Es war so viel Blut gewesen. Sie begann, ihre Hände zu reiben, und ließ es sein, als sie Haverkorns besorgten Blick bemerkte. Besser, sie schob die Erinnerung daran weg.

»Was anderes darfst du nicht denken!« Anja nickte ihr zu und ging zum Fahrstuhl.

Eine Weile saßen sie und Haverkorn stumm nebeneinander und beobachteten das Treiben auf dem Krankenhausgang. Es war gut, dass er geblieben war. Er war nicht nur ihr Mentor, er war auch ein Freund, der ihr jetzt beistand. Natürlich kannte er Bootz ebenfalls, hatte ein paar Wochen mit ihm zusammengearbeitet, bevor er nach Kiel gegangen war. Aber er war vor allem ihretwegen hier. Sie hatte ihm die Sorge angesehen, als er im Krankenhaus eingetroffen war. Die Sorge, dass sie es hätte sein können, die hier notoperiert wurde.

»Musst du nicht arbeiten?«, fragte Frida schließlich. »Du wärst doch heute eigentlich im Homeoffice.«

»Andreas weiß Bescheid! Mach dir keinen Kopf.« Er beugte sich vor, sah ihr in die Augen. »Willst du drüber reden?«

»Ich habe dir doch schon alles erzählt.«

»Nicht darüber«, sagte er ruhig. »Was es mit dir macht.« Er richtete sich wieder auf und lehnte sich an. »Als junger Beamter bin ich auch mal in eine Schießerei gekommen. Einen Kollegen, der direkt neben mir stand, hat es erwischt. Ich hatte wochenlang Albträume, Konzentrationsschwierigkeiten und habe mich im Team ziemlich isoliert in der

Zeit. Lange habe ich mich gefragt, warum es ihn getroffen hat und nicht mich.«

»Und?«, fragte Frida und atmete genervt aus, weil dieses Gespräch ihr gerade zu viel wurde. »Hast du eine Antwort gefunden?«

»Ich habe mir schließlich psychologische Hilfe gesucht, weil ich darauf keine Antwort hatte.«

Sie schwieg. Das wäre das Letzte, was sie brauchte, jetzt mit so einem Psychoonkel zu reden.

»Denk einfach mal drüber nach. Muss nicht heute oder morgen sein.«

Nach ein paar Sekunden sah sie ihn an. »Hat er überlebt? Dein Kollege?«

Ein angedeutetes Kopfschütteln war alles, was sie wissen musste. Aber dieses Risiko hatte sie gekannt, als sie zur Polizei gegangen war. Damals auf der Straße als Schutzpolizistin war die Gefahr jeden Tag spürbar gewesen. Sie waren angepöbelt, bespuckt und auch mal angerempelt oder geschlagen worden. Aber nie hatte jemand eine Waffe auf sie gerichtet. Wahrscheinlich hatte sie in ihren zehn Jahren auf Streife eine Menge Glück gehabt.

»Da kommt der Arzt«, sagte Haverkorn und stand auf.

Frida erhob sich ebenfalls, spürte ihren Herzschlag. Welche Nachricht würde er ihnen jetzt überbringen? Durch eine Schwingtür war ein Mann in OP-Kleidung getreten. Er sah sich suchend um und kam dann auf sie zu. »Sind Sie die Angehörigen von Leonard Bootz?«

Frida warf Haverkorn einen Blick zu. »Die Kollegen. Seine Frau ist auf dem Weg.«

»Gut!« Der Arzt sah müde aus, aber er strahlte Zuversicht aus. Oder wollte ihr Gehirn seine Miene so deuten?

»Ich darf Ihnen über den Zustand des Patienten nicht

viel sagen.« Er atmete aus. »Nur so viel: Herr Bootz hatte heute einen riesigen Schutzengel.«

»Schwebt er in Lebensgefahr?«, fragte Frida.

Der Arzt rang mit sich, ob er etwas dazu sagen konnte.

»Bitte, ich muss das wissen!« Sie hielt seinem Blick stand. »Ich bin seine Partnerin. Ich war dabei, als er angeschossen wurde.«

»Ich kann Ihnen nur sagen, er wird die Nacht auf der Intensivstation verbringen. Das ist eine Vorsichtsmaßnahme. Mehr Informationen zu seinem Zustand darf ich leider nur direkten Angehörigen geben.«

Keine Lebensgefahr, übersetzte sie seine Worte. Bootz würde es schaffen!

Der Arzt nickte ihr aufmunternd zu. »Wenn seine Frau hier ist, können Sie mit ihr sprechen. Sie kann entscheiden, was Sie über den Zustand des Patienten erfahren können.«

»Danke, Doktor ...« Haverkorn sah ihn fragend an.

»Kracht.« Er nickte ihnen zu und ging den Gang hinunter, wo er hinter einer Schwingtür verschwand.

»Willst du noch hierbleiben?«, fragte Haverkorn.

Frida stand auf. »Nein, sie lassen uns heute eh nicht mehr zu ihm. Lass uns ins Büro fahren. Es ist wichtig, dass wir dieses Schwein kriegen, das ihn angeschossen hat!«

Die intensive Abendsonne schickte ihre Strahlen durch die Jalousienleisten am Fenster und ließ die Wände honiggelb wirken, obwohl es sich um graue Raufasertapete handelte. Der Konferenzraum mit seiner förmlichen Einrichtung wirkte dadurch beinahe gemütlich. Kaffeegeruch hing im Raum. Frida füllte sich eine Tasse an der Kanne und setzte sich. Das erste Meeting, das ohne Bootz stattfand. Nick Wahler, der Leiter der Mordkommission, sah mitgenommen aus, als er die Dokumente, die vor ihm lagen, unsortiert zusammenschob. Die letzten Stunden hatte er sehr wahrscheinlich am Telefon verbracht, um mit den Einsatzleitern die Führungs- und Einsatzkonzepte für diese Ausnahmesituation zu besprechen.

Frida saß auf ihrem angestammten Platz und trank den heißen Kaffee in kleinen Schlucken. Leonards Stuhl neben ihr war leer, und niemand schien sich zu trauen, sich daraufzusetzen.

»Wir haben eine Hundertschaft in der Stadt, die alles durchkämmt«, eröffnete Wahler das Meeting. Ohne Begrüßung, ohne Einleitung. Aber niemand schien überrascht. Er räusperte sich, um seine belegte Stimme zu aktivieren. »Die Ringfahndung läuft, Kontrollpunkte sind an allen Ausfallstraßen und Verkehrsknotenpunkten eingerichtet.« Wahler atmete durch. »Das SEK ist einsatzbereit. Die ersten Kameraaufzeichnungen werden ausgewertet. Und die V-Männer hören sich auf allen Kanälen um. Mehr können wir erst mal nicht tun.«

»Wo waren diese Kameras installiert?«, fragte Frida.

»Zwei drüben am Supermarkt, die aber auf den Eingang und den Parkplatz ausgerichtet waren. Interessanter für uns sind die drei Kameras am Eingang unseres Gebäudes. Leo ist sicherlich darauf, aber dass man den Täter sieht, bezweifele ich.« Er atmete aus, es klang frustriert. »Ich habe mit Natalie Bootz, Leos Noch-Ehefrau gesprochen. Sie durfte ihn vorhin kurz sehen. Leo ist bei Bewusstsein und stabil. Er hat einen Streifschuss am Hals erlitten. Leonard hatte viel Glück. Nur ein paar Millimeter weiter …« Wahlers Stimme brach, dann fasste er sich wieder. »Gut, dass Frida die Wunde sofort versorgt hat.« Er nickte ihr anerkennend zu. Sie sah weg, spürte die Blicke ihrer Kollegen und dachte daran, wie sie mit ihren bloßen Fingern die offene Wunde an Leonards Hals zugedrückt hatte, bis endlich der Notarzt übernommen hatte. Nur ein Streifschuss? Das hatte so heftig geblutet, als wäre ein wichtiges Gefäß verletzt worden. Sie versuchte, die Bilder zu vertreiben, wie sie mit klebenden Händen von seinem Blut auf dem Gehweg verharrt hatte, bis er in den Rettungswagen geschoben wurde und dieser mit Blaulicht weggefahren war. Nach der Behandlung durch die Kriminaltechniker hatte sie sich von Anja zu einem WC im Erdgeschoss des BKI-Gebäudes bringen lassen, um sich notdürftig zu säubern.

»Also ist die Verletzung nicht lebensbedrohlich?«, fragte Klaus, ein etwas älterer Kollege aus ihrem Team.

Wahler schüttelte den Kopf. »Soweit ich weiß, nein.«

Das Raunen wurde lauter. »Aber das hätte verdammt schiefgehen können!«, rief ein Kollege aufgebracht. »War es ein Anschlag auf ihn persönlich oder auf irgendeinen Polizeibeamten?«

»Das können wir noch nicht beantworten.« Wahler sah ihn gequält an. »Wir haben bisher keinerlei Hinweise auf den Täter.«

»Das war doch kein Zufall, hier vor dem Gebäude«, mischte sich ein anderer ein. »Sind wir alle in Gefahr, wenn wir jetzt rauslaufen? Knallt da jemand Polizisten ab?«

»Das Areal hier ist sicher, und bis jetzt gab es keine weiteren Anschläge auf Polizeibeamte, obwohl die Stadt voll ist von Kollegen«, versuchte Wahler, die erhitzten Gemüter zu beruhigen.

»Was ist mit dem Projektil?«, fragte Anja ruhig. Alle Augen waren auf sie gerichtet.

Wahler nickte. »Das wurde sichergestellt! Aber es wurde durch den Einschlag in der Hauswand deformiert. Keine Ahnung, ob die Ballistik damit noch etwas anfangen kann.«

»Und das zweite?«, fragte Frida.

Wahler sah sie fragend an.

»Na, der zweite Schuss! Ich habe zwei gehört.«

Ihr Chef richtete sich auf. »Verdammt! Weiß Lüttje davon? Das ist uns durchgerutscht. Leo hatte nur die eine Schusswunde am Hals! Dann hat der Täter ihn mit dem zweiten Schuss verfehlt.« Er nahm sein Handy und telefonierte mit der Spurensicherung, gab die Anweisung, ein weiteres Projektil vor dem Gebäude zu suchen. Als er auflegte, hatte er einen leichten Schweißfilm auf den Schläfen. »Mal schauen, was Lüttjes Leute finden!«

»Kann man denn schon sagen, von wo der Täter auf ihn geschossen hat?«, fragte Klaus, der normalerweise die Ruhe in Person war, aber heute hektische Flecken auf den Wangen hatte.

»Lass die Kriminaltechniker ihre Arbeit machen. Mutmaßungen bringen uns nicht weiter!«, bat Wahler. »Ich weiß, wie sehr euch dieser Anschlag auf einen von uns mitnimmt. Aber wir müssen fokussiert bleiben. Die Kollegen draußen machen einen guten Job. Machen wir unseren!« Er sah aufmunternd in die Runde. »Wer sich dazu nicht in der Lage sieht, sagt mir Bescheid. Der BKI-Leiter hat schon Kontakt zu einer Polizeipastorin für Erstgespräche aufgenommen. Sie wird bald hier sein. Ihr könnt mit ihr im Vernehmungsraum reden.« Er blickte sich um. »Möchte jemand vom Dienst freigestellt werden?« Wahler sah sich um, wartete einen Moment.

Keiner der Kollegen meldete sich.

»Es ist keine Schande, das wisst ihr.« Er sah Frida in die Augen. »Was ist mit dir? Willst du mal ein paar Tage raus hier?«

Vehement schüttelte sie den Kopf. »Ich will arbeiten! Zu Hause werde ich die Bilder gar nicht mehr los.«

»Denk mal darüber nach, ob du mit der Pastorin über das Geschehene sprechen möchtest.«

Sie sah weg, weil es das Letzte war, was sie jetzt wollte.

»Gut, kleine Pause zum Durchatmen. Danach machen wir mit dem neuen Fall weiter und sprechen über die Tote vom Friedhof!«

†

Haverkorn wendete den Wagen und fuhr stadtauswärts. Die Itzehoer Innenstadt war wie leer gefegt. Kaum ein Mensch war auf der Straße zu sehen. Er fuhr an einsamen Fußgängerzonen vorbei. Die Parkplätze vor den Supermärkten wirkten wie ausgestorben, die Außensitze der Kneipen verlassen. Das immense Polizeiaufgebot und die Nachricht über den Heckenschützen in der Innenstadt, die seit Stunden auf allen Kanälen kursierte, hielt die Anwohner in den Innenräumen, wo sie sich sicher fühlten. Die offene Straße war es momentan ganz offensichtlich nicht. Nur vereinzelt fuhren Fahrzeuge zwischen all den Streifenwagen und Einsatzwagen der Polizei, die im Umkreis mehrerer Kilometer die Straßen dominierten. Immer wieder liefen bewaffnete Trupps der Bereitschaftspolizei zwischen den Gebäuden, die alles auf links drehten, um den Schützen zu finden, der einen ihrer Kollegen vor einem Polizeigebäude beinahe tödlich verletzt hatte. Das SEK war sicherlich längst angekommen und wartete auf den Moment, dass der Täter ausfindig gemacht wurde und sich irgendwo verschanzte.

Haverkorn rollte an eine Ampel, die von Gelb auf Rot schaltete, obwohl es keinen Gegenverkehr gab. Fehlte noch, dass ein paar Rollbüsche wie in einem Wildwestdorf über die Fahrbahn geweht wurden. Wann hatte er die Stadt an einem lauen Sommerabend so ausgestorben gesehen? Er konnte sich nicht erinnern.

Er hatte Frida vom Klinikum zurück zum Gebäude der

BKI gebracht, hatte sich in den Stau vor zwei Straßenabsperrungen eingereiht und diese mit seinem Dienstausweis problemlos passieren können. Frida hatte sich vehement dagegen gewehrt, dass er sie direkt nach Hause brachte. Sie wollte dabei sein, wenn nach dem Attentäter gesucht wurde. Und er verstand, was in ihr vorging. Zu Hause würde sie nicht zur Ruhe kommen. Zwischen all den Kollegen war sie jetzt am besten aufgehoben. Auch wenn er sich sorgte, was diese Gewalttat in ihr auslösen würde. Noch verdrängte sie ihre Gefühle, funktionierte als Polizistin. Aber er hatte erste Anzeichen gesehen. Immer wieder rieb sie die Hände, wirkte fahrig und abwesend. In wenigen Stunden oder Tagen würde sie sich damit auseinandersetzen müssen, dass sie nicht nur gesehen hatte, wie ihr Partner angeschossen wurde, sondern dass sie selbst hätte das Opfer sein können. Er würde ein Auge auf sie haben und ihr weiterhin raten, psychologische Hilfe in Anspruch zu nehmen. Einfach so weitermachen, wie sie es vorhatte, würde auf lange Sicht nicht funktionieren. Er ahnte, was sie durchmachte. Sie war nicht körperlich verletzt worden, aber ihre mentale Verfassung hatte an diesem Tag kein Schutzschild gehabt. Die Bilder von Leonard, der zu Boden ging, von der blutenden Wunde am Hals, die sie mit ihren Händen zugedrückt hatte, von seinem Körper auf der Trage der Rettungssanitäter, die Angst um sein Leben. All das würde sie noch wochenlang verfolgen. Er erinnerte sich genau an die Monate nach dem Schusswechsel, der seinen Kollegen das Leben gekostet hatte. Er war damals kurz davor gewesen, den Dienst zu quittieren.

Haverkorn gab Gas, als die Ampel auf Grün schaltete. Sein Handy klingelte über die Freisprechanlage. Er nahm das Gespräch an.

»Bjarne, wo steckst du?« Sein Chef bei der Cold Case

Unit schlug einen ernsten Ton an. Sofort hatte er ein schlechtes Gewissen, weil er ihm die versprochenen Excel-Listen noch nicht zugeschickt hatte.

»Im Auto, ich ...«

»Hast du gehört, was in Itzehoe los ist?«, fiel Vollmer ihm ins Wort. »Da herrscht Ausnahmezustand!«

»Ich weiß! Ein Heckenschütze vor der BKI!«

Vollmer atmete aus. »Weißt du schon mehr? Tote? Verletzte?«

»Ein Verletzter! Fridas Kollege wurde niedergeschossen.«

Eine kurze Pause. »Geht's Frida gut?«

»Sie ist unverletzt, aber ganz schön durch den Wind. Ich habe sie gerade im Krankenhaus abgeholt.« Er berichtete, was er wusste, während er sich wieder einer Polizeiabsperrung näherte, die zur Ausfallstraße in Richtung Stadtrand führte. »Warte mal kurz, Andreas!« Er unterbrach das Gespräch, um den Kollegen seinen Dienstausweis zu zeigen. Der Schutzpolizist warf einen Blick durch die Seitenscheiben in den Wagen. Dann winkte er ihn durch die Absperrung. Haverkorn gab Gas.

»Eine Straßensperre. Der Schütze ist weiterhin flüchtig«, sagte er zu Vollmer. »Ich kann nur hoffen, dass sie ihn schnell fassen.«

»Weiß man schon, ob der Verletzte ein Zufallsopfer war?«

»Kann ich nicht sagen!«

»So eine Scheiße! Entschuldige, Bjarne!«

»Tut mir leid, aber die Inventarliste kann ich dir wohl erst morgen mailen.«

»Mach dir keinen Kopf. Das eilt nicht so!« Kurzzeitig war Stille. Haverkorn fuhr auf eine Hauptverkehrsstraße, die um diese Zeit beinahe immer durch den Berufsverkehr verstopft war. Aber jetzt war kein Fahrzeug zu sehen, außer einem Pizzalieferdienst. Der musste Nerven haben, in aller Seelenruhe Pizza auszuliefern.

»Ich rufe mal Nick Wahler an. Ich gehe davon aus, sie können Hilfe gebrauchen.« Er schwieg einen Moment.

»Andreas? Bist du noch da?«

»Ja, mir kam da so ein Gedanke. Bjarne, bist du einverstanden, wenn ich Nick Wahler anbiete, dich für einige Tage in deine alte Abteilung zu entsenden?«

Haverkorn war überrascht, aber nicht abgeneigt. Er bremste ab und fuhr auf einen freien Parkplatz am Fahrbahnrand. Er musste nicht lange überlegen. »Klar, gar keine schlechte Idee. Wenn du mich ein paar Tage entbehren kannst? Aber wer bestellt die Büroeinrichtung?«

»Das können wir noch ein paar Tage schieben. Die Bewerbungsgespräche werden sich ja einige Wochen hinziehen. Es reicht, wenn die neuen Büromöbel im September kommen.«

»Gut, dann bleibe ich gleich hier.«

»Ich rufe Nick Wahler an und gebe ihm Bescheid.«

»Danke, Andreas!«

Er drückte das Gespräch weg und wendete den Wagen, fuhr zurück zum Gebäude der BKI. Er wurde hier gebraucht, denn neben der Suche nach dem Attentäter, die eine Menge Manpower binden würde, musste bei der Mordkommission auch ein Fall ermittelt werden, der ihn ohnehin nicht mehr in Ruhe lassen würde. Der Fall der verschwundenen Zwillinge Harloff.

Kapitel 8

»Entschuldigt die Verspätung!« Frida wandte den Kopf zur Tür. Nick Wahler kam mit langen Schritten in den Konferenzraum geeilt. Das Sakko hatte er ausgezogen und nachlässig über den Arm gelegt. »Ich habe noch ein Telefonat geführt und darf einen neuen und alten Kollegen in unseren Reihen begrüßen!« Er drehte sich zur Tür, wo Frida Haverkorn entdeckte. Sie war mehr als überrascht. Hatte er nicht nach Hause fahren wollen?

»Das LKA stellt uns Bjarne für die kommenden zwei Wochen zur Verfügung. Wir können gerade jetzt jeden Mann hier brauchen.« Der Leiter der Mordkommission setzte sich auf seinen angestammten Stuhl. Haverkorn ging zu seinem alten Platz am Tisch, wo in den letzten Monaten Bootz gesessen hatte, und ließ sich neben Frida nieder. Bei jedem anderen hätte sie es als unpassend empfunden, aber ihn ließ sie gewähren. Sie war froh, dass er da war. Seine Anwesenheit machte sie ruhiger.

»Gut, mein Handy ist auf laut gestellt. Wenn es Neuigkeiten über den Heckenschützen gibt, bekomme ich sie sofort.« Wahler räusperte sich, blickte in die Gesichter seiner Mannschaft. »Wir müssen hier mit unserer Arbeit weiterkommen. Also packen wir's an und gehen den offenen Fall noch mal durch.« Er blätterte in der vor ihm liegenden Akte, die der Aktenführer ihm gereicht hatte. »Durch die Obduktion sind wir ein großes Stück weitergekommen. Frida hat neue Erkenntnisse mitgebracht, und so konnten wir die Tote vom Friedhof identifizieren«, fuhr er fort. »Es handelt sich um Lilly Harloff, geboren am 5. Januar 2007 in Pinneberg.« Er hob den Kopf, schien zu registrieren, dass einige bei diesem Namen nickten. »Wem der Name nichts sagt: Im März 2019 sind die damals zwölfjährigen Zwillinge Sophie und Lilly Harloff aus dem Haus ihrer Pflegeeltern in Heidgraben verschwunden.«

Er warf Frida einen unergründlichen Blick zu. Brauchte er ihre Unterstützung? Oder bezog er sie stumm mit ein, weil sie ihm die notwendigen Informationen aus der Rechtsmedizin mitgebracht hatte?

Wahler sah wieder auf seine Aufzeichnungen. »Wer die Altakte zum damaligen Vermisstenfall einsehen will, wendet sich an Anja. Viele von euch kennen den Fall, aber die neuen Kollegen bringen sich bitte auf Stand! Anja steht auch für eure Fragen zur Verfügung.«

»Waren das eineiige oder zweieiige Zwillinge?«, unterbrach ihn eine Kollegin ganz hinten am Tisch, die für die Mordkommission vom Betrugsdezernat hinzugezogen worden war.

Wahler blickte sie tadelnd an, wies sie jedoch nicht zurecht. Er wurde ungern bei seinen Ausführungen unterbrochen. Wahrscheinlich ließ er es durchgehen, da sie neu im Team war. »Eineiige! Unter normalen Umständen wäre es schwierig gewesen, genau zu sagen, welche von beiden in dem Sarg gefunden wurde, da die DNA bei eineiigen Zwillingen als genetisch identisch gilt. Aber aus der Ermittlungsakte von 2019 wissen wir, dass Lilly Harloff eine sichelförmige Brandnarbe hinter der linken Ohrmuschel hatte, ihre Schwester Sophie jedoch nicht. Und das war es, was ich gerade noch ergänzen wollte. Die heute Morgen obduzierte Tote hatte exakt diese Narbe hinter dem linken Ohr. Frida war dabei und konnte sie in Augenschein nehmen. Der Obduktionsbericht ist noch nicht da, wird das jedoch bestätigen.« Er sah auf seine Notizen. »Todesursache war Ersticken unter weicher Bedeckung oder Abdeckung von Mund und Nase. In den Atemwegen wurden Fasern sichergestellt, die auf dem Weg zur KTU sind.«

»Gab es Abwehrspuren?«, fragte Haverkorn.

Wahler sah Frida fragend an.

»Nein, auch die Fingernägel waren sauber«, beantwortete sie die Frage. »Entweder hat man sie im Schlaf überrascht, oder sie wurde ruhiggestellt. Das toxikologische Screening dauert noch ein paar Tage.«

»Was ist mit ihrer Schwester?«, fragte Rikarda, eine Kollegin in den mittleren Jahren, die selbst zwei Töchter im Alter der Toten hatte. »Gibt es Hinweise auf ihren Verbleib?«

Wahler schüttelte den Kopf. »Keine Spur von ihr.«

Frida sah, wie er kämpfte. Ein Kollege und Freund war heute vor dem Gebäude beinahe umgebracht worden. Dennoch hielt er die Zügel in der Hand, machte seinen Job, hielt das Team am Laufen. Vielleicht sollte er ebenfalls mit der Polizeipastorin sprechen. Er kannte Bootz viel länger als sie selbst. Und dann war da noch dieses verschwundene Mädchen, die Schwester der Toten. War sie noch am Leben? Und wenn ja, wie lange noch? Sie mussten sie finden, bevor sie ebenfalls mit Blumen in den Händen in einem Grab auftauchte. Wie lange würde Wahler diesem Druck standhalten?

»Was ist mit den leiblichen Eltern der Mädchen?«, fragte Klaus Behrens, einer der Kollegen, die am längsten in der Mordkommission saßen. Er musste damals mit Haverkorn angefangen haben. »Ich kann mich nicht mehr erinnern, warum sie überhaupt in diese Pflegefamilie gekommen sind.«

Wahler sah überfragt aus. Er schlug eine Seite in der Akte auf und vertiefte sich darin. »Der Vater ist 2014 in

Hamburg an einer Überdosis gestorben. Die Mutter, eine labile Persönlichkeit, hat das nicht verkraftet und ist auf die schiefe Bahn geraten.« Er schrieb etwas in sein Notizbuch. Die eintretende Stille war beinahe unangenehm lang. »Sie ist mittlerweile in der geschlossenen Abteilung des Psychiatrischen Krankenhauses in Rickling.«

»Dann können wir die Mutter wohl auch erst einmal als Verdächtige ausklammern«, sagte Klaus.

»Überprüfen müssen wir natürlich, ob sie in den letzten Tagen und Nächten dort war«, sagte Wahler und schrieb etwas auf. »Gut, was haben wir noch ...« Er zog konzentriert die Stirn kraus. »In der Nähe des geöffneten Grabes haben die Kollegen der Spurensicherung gestern Schuhabdrücke gesichert, die durch den Starkregen jedoch sehr in Mitleidenschaft gezogen worden waren. Am Sargdeckel und im Sarg selbst haben die Techniker Fingerabdrücke genommen. Diese werden durchs System gejagt und noch mit denen des Bestatters und der Sargträger abgeglichen, die den Sarg ja auch berührt haben.«

»Was ist mit diesen seltsamen Klamotten, die sie anhatte?«, fragte der Durchläufer in der Abteilung, ein junger Polizeiabsolvent, der für ein paar Wochen der Mordkommission zugewiesen worden war. Frida warf ihm einen anerkennenden Blick zu.

»Ja, diese Kleidungsstücke ...« Wahler hielt ein paar ausgedruckte Fotos hoch, reichte sie an Frida weiter. Sie blätterte sie durch. Es handelte sich um Fotos der Kleidung der Toten, die die Spurensicherung gemacht hatte, und um ausgedruckte Bilder von Bauersfrauen aus dem sechzehnten Jahrhundert, die er in einer Suchmaschine gefunden haben musste. Sie erkannte die Ähnlichkeit der Kleidung. Was bedeutete diese Aufmachung der jungen Frau? War sie vom Täter so angezogen worden, bevor sie in den Sarg gelegt wurde? Frida reichte die Ausdrucke an Haverkorn weiter und zeigte eine Wortmeldung an.

Wahler nickte ihr zu.

»Ich vermute, sie ist nicht einfach in diesem Sarg abgelegt und versteckt worden«, sagte sie. »Für mich sieht das eher aus, als habe sie jemand dort beerdigen wollen. Diese altertümliche Kleidung, die sie trug, das gebundene Kopftuch, die Blumen in ihren Händen … Da hat nicht einfach jemand eine Leiche entsorgen, sondern pietätvoll bestatten wollen.«

Einige Kollegen stimmten nickend zu, andere begannen zu tuscheln. Wahler ging nicht dazwischen, sah aus dem Fenster, schien in Gedanken woanders zu sein. Er sah blasser aus als sonst. Schatten von Augenringen bildeten sich und ließen ihn ausgelaugt wirken. Dachte er an Leonard?

»Sie lag in einem fremden Sarg, auf einem anderen Toten.« Klaus zog die Augenbrauen hoch. »Das nennst du pietätvoll?«

»Du hast sie da nicht liegen sehen! Sie sah fast schon …« Frida suchte nach dem richtigen Ausdruck. »… anmutig aus.«

»Anmutig!«, maulte Klaus. »Eine Leiche!«

Wahler war wieder da. Er hob seine Hand, bevor eine Diskussion entbrannte. »Rikarda, übernimmst du die weitere Ermittlung zur Kleidung? Die KT macht noch genaue Stoffanalysen.«

»Klar!« Sie behielt die ausgedruckten Fotos bei sich.

Wahler straffte die Schultern, war wieder da. »Dann wäre da noch das Eichenblatt.«

Frida blickte überrascht auf. Wovon sprach er?

»In einer Falte der Schürze der Toten haben Lüttjes Männer das Blatt einer Stieleiche gesichert, auch Deutsche Eiche genannt.«

Davon hatte sie auf dem Friedhof nichts mitbekommen. Wahrscheinlich hatten die Kriminaltechniker das Blatt eingetütet, als sie mit Bootz den Proviant auf dem Hof geholt hatte.

»Vielleicht ist es reingefallen, als das Mädchen in den Sarg gelegt wurde«, mutmaßte Klaus.

»Auf dem Friedhof stehen keine Eichen!«, widersprach Frida. »Pappeln und Strauchwerk und vorn am Eingang eine Birke, aber keine Eiche, da bin ich mir ziemlich sicher.«

»Das müssen wir überprüfen!«, sagte Wahler. »Wer schaut sich den Friedhof und seine Umgebung noch mal genauer an? Das Blatt kann bei dem Wetter über den Zaun geweht sein.«

»Das übernehme ich gleich anschließend«, sagte Haverkorn. »Ich fahre auf dem Heimweg daran vorbei.«

»Gut! Bjarne.« Wahler schrieb es auf. »Frida, du fährst mit. Vier Augen sehen mehr als zwei.«

»Okay!« Sie sah Haverkorn an, konnte gar nicht fassen, dass sie noch einmal die Möglichkeit hatte, zusammen mit ihm zu ermitteln. Dann dachte sie an Bootz und schluckte. Zu welchem Preis?

»Beim LKA gibt es einen forensischen Biologen …« Ihr Chef suchte etwas in seinen Notizen »… und Molekularbiologen. Er wird das Blatt und natürlich auch die blühende Pflanze, die das Mädchen in den Händen hatte, genauer untersuchen.«

»Forensischer Biologe«, raunte Rikarda. »Was das LKA so alles für Fachkräfte hat.«

»Dr. Mattis Falk. Würdet ihr direkt mit ihm in Kontakt treten?« Wahler ignorierte Rikardas Einwurf und sah Frida und Haverkorn an.

»Klar!« Ihre Begeisterung hielt sich in Grenzen. Sie bekamen das Eichenblatt und den Pflanzenheini. Aber immerhin war das besser, als hier herumzusitzen und zu warten, dass die Suchtrupps draußen den Heckenschützen fanden. Frida öffnete die Notizfunktion in ihrem Smartphone und tippte den Namen und die Telefonnummer in Kiel, die Wahler ihr gab, hinein.

»Die KT wertet noch weitere Spuren aus. Warten wir mal ab, was da noch kommt«, ergänzte ihr Chef.

»Was ist mit der Pflegefamilie der Mädchen? War der Vater nicht damals der Hauptverdächtige?«, fragte Klaus.

»Wir werden mit ihm und seiner Frau sprechen, ist doch klar. Aber soweit ich weiß, hatte sich recht schnell der Verdacht gegen ihn zerschlagen.« Wahler warf den Kugelschreiber auf den Tisch und lehnte sich zurück. »Aber natürlich werden wir ihn und seine Frau nochmals genau unter die Lupe nehmen. Hier ist die Altakte von 2019. Frischt euer Wissen zu diesem Vermisstenfall auf. Die Kopie liegt übrigens seit letztem Jahr in der Cold Case Unit beim LKA.« Er blickte zu Haverkorn. »Ich habe das mit Andreas Vollmer besprochen. Seine Leute nehmen sich den Fall ebenfalls vor. Die Suche nach Sophie ist gerade seine höchste Priorität. Bjarne, du hältst den Informationsfluss zwischen beiden Abteilungen am Laufen.«

Als Wahler das Teammeeting beendete, war er sichtlich erschöpft. Frida überlegte, ob sie ihn um die Nummer von Leonards Frau bitten sollte. Sie wollte gern von ihr hören, wie sein gesundheitlicher Zustand war. Aber ihr Chef nahm die Unterlagen und ging mit leerem Blick an ihr vorbei. Sie entschied sich, ihn später danach zu fragen.

Frida ging ins Büro. Sie sah, dass Haverkorn noch mit Wahler auf dem Gang in ein Gespräch vertieft war. Wenige Minuten später kam er herein, legte die Fallakte auf dem gemeinsamen Schreibtisch ab und ließ sich auf dem Platz von Bootz nieder, wo er früher selbst gesessen hatte.

»Kaffee?«, fragte sie und holte zwei Tassen aus der Teeküche, als er zustimmte.

»Ich bin froh, dass du wieder hier bist«, sagte Frida, als sie ihm das Getränk reichte.

Er riss sich von der Akte los, die er studiert hatte.

»Wie kommt es, dass du zurückgekommen bist?« Sie nahm einen Schluck und sah ihn über den Tassenrand an.

»War nicht meine Idee. Andreas hat vorgeschlagen, euch direkt vor Ort zu unterstützen«, sagte er.

»Und dein Job? Die Möbel? Die Bewerbungsgespräche, die bald anstehen?«

»Darum wird er sich kümmern. Ich habe alles vorbereitet. Die Einrichtung der neuen Büros ist nicht ganz so eilig. Dieser Fall hat für uns alle Priorität! Eines der Mädchen lebt vielleicht noch, wir dürfen keine Zeit verlieren.«

»Ihr denkt, dass wir Sophie Harloff lebend aufspüren?«

Er sah sie unschlüssig an. »Es gibt Hoffnung, solange wir nicht ihren toten Körper finden.«

Frida stellte die Tasse ab und ließ sich auf ihren Stuhl fallen. »Okay! Gehen wir's an. Ich rufe jetzt mal diesen Biologen beim LKA an.«

Haverkorn nippte am Kaffee und nahm sich wieder die Akte vor.

Sie wählte die Nummer von Mattis Falk, aber es klingelte durch. Vielleicht hatte er gerade das Eichenblatt unter dem Mikroskop und wollte sich nicht stören lassen. Was für ein seltsamer Beruf, forensischer Biologe und Molekularbiologe! Wahrscheinlich hatte der immer Pinzette und Lupe dabei, wenn er mal im Wald spazieren ging. Sie legte den Hörer auf.

Haverkorn lehnte sich zurück, sah sich um. Das neue Whiteboard an der Wand, das Bootz für ihre Gedankenspiele bei den Ermittlungen angebracht hatte, schien ihm zu gefallen. »Nick hat mich gebeten, auch noch die Pflegefamilie zu übernehmen. Begleitest du mich? Das KIT ist informiert.« Das hieß, sie würden ihnen die Todesnachricht überbringen. Danach würde der Mann vom Kriseninterventionsteam die psychologische Betreuung der Angehörigen übernehmen, denn dafür waren Polizeibeamte nicht ausgebildet.

»Klar!« Sie war gespannt auf den Pflegevater, der 2019 unter Verdacht gewesen und wieder entlastet worden war. »Wo mag Sophie sein?« Fragend sah sie Haverkorn an. Ihre Blicke trafen sich.

Er verschränkte die Arme und wippte im Bürostuhl. »Vielleicht liegt sie auf einem anderen Friedhof in einem Grab.« Er kratzte sich an der Augenbraue. »Wenn wir viel Glück haben, lebt sie noch, und der Tod ihrer Schwester führt uns endlich zu ihr.«

»Glaubst du wirklich daran?«

Er zuckte die Schultern. »Diese Frage werden uns auch die Pflegeeltern stellen. Wir sollten uns abstimmen, was wir darauf antworten. Du weißt, die Mutter hat damals sehr gern mit der Presse geredet.«

Frida stieß genervt den Atem aus, denn sie wusste, dass Angehörige, die offen mit den Medien kooperierten, eine echte Plage sein konnten.

Das Haus der Pflegeeltern von Lilly und Sophie Harloff war ein gesichtsloser, gelb gestrichener Albtraum in einem Garten, der eher den Namen Wildnis verdiente. Die Wege drohten von der Natur überwuchert zu werden, ein Busch war in das seitliche Netz eines alten Trampolins gewachsen. Die Anwohner hatten lediglich den Plattenweg zum Haus freigehalten. Links standen Mülltonnen, die süßlich müffelten, als Frida vorbeiging. Neben der Haustür stapelten sich

Leergutkästen, die auf den Bierkonsum der Einwohner hinwiesen. Die Klingel funktionierte nicht, und Frida schlug mit der Faust gegen die Tür. Niemand öffnete.

»Vielleicht sind sie im Garten.« Frida sah Haverkorn und den Mitarbeiter des Kriseninterventionsteams an, der sich in seiner auffälligen neongelben Jacke erst einmal im Hintergrund hielt.

Haverkorn drückte auf die Klinke, und die Tür sprang auf. »Hallo?«, rief er ins Haus. »Jemand zu Hause?«

Eine Frau um die sechzig kam aus einem der Zimmer in den Flur geeilt. Sie hielt mit einer Hand einen Bademantel zusammen, der ihren fülligen Körper umhüllte. Bunte Lockenwickler im Haar machten das Bild komplett. »Was fällt Ihnen ein, hier einfach reinzukommen?« Die Stimme wie ein Reibeisen. *Kettenraucherin*, dachte Frida sofort. Sie zog ihren Dienstausweis aus der Lederjacke. »Haverkorn und Paulsen, Kripo Itzehoe. Frau Heckmann?«

Die Frau starrte den Ausweis an und wurde plötzlich freundlicher. »Ja?«

»Können wir Sie und Ihren Mann kurz sprechen?«

Unsicherheit in ihren Augen. Niemand wollte die Kripo im Haus haben. Sie blickte erschrocken auf den KIT-Mitarbeiter, der hinter ihnen stand.

»Natürlich!« Sie hob die Arme und tastete über die Lockenwickler. »Worum geht's denn? Kommen Sie doch rein!« Ein angespanntes Lächeln im faltigen Rauchergesicht. »Kurt?«, rief sie nach einer halben Drehung. »Die Polizei ist hier!«

Sie traten in den Flur und forderten sie dadurch auf, sich in Bewegung zu setzen. Dorthin, wo Kurt war. Frida folgte Haverkorn und musste aufpassen, nicht gegen die leeren Weinflaschen neben der Tür zu laufen. Sie wies den Psychologen hinter sich mit einem Blick darauf hin. Neben den Flaschen stand ein Katzenklo, das einen unangenehmen Geruch in der Diele verbreitete. Sie hielt die Luft an, bis sie der Frau, die nun ein paar Lockenwickler aus dem Haar zog und in die Taschen des Morgenmantels fallen ließ, in die Küche gefolgt waren. Kurt Heckmann saß am Küchentisch und rauchte. Fraktion geripptes Unterhemd, Jogginghose, Oberlippenbart. Mehr Klischee in diesem Haus wäre gar nicht möglich gewesen. Er saß am nicht abgeräumten Abendbrottisch und drückte seine Zigarette in dem überquellenden Aschenbecher aus.

»Was wollen Sie denn hier?« Der Hausherr machte keine Anstalten aufzustehen. Seine Frau lehnte sich an die Spüle. Abgewaschen hatten sie wenigstens.

Haverkorn drehte sich zu Frida um. Sie sollte jetzt übernehmen, also drängte sie sich an ihm vorbei an den Küchentisch, starrte auf das schmutzige Geschirr und die ausgeblichene Wachstuchtischdecke mit diversen Brandlöchern. Wie konnte man so leben?

Ihr Blick suchte die Augen der Frau, in denen nichts zu lesen war. Dann sah sie den Mann an. »Es tut mir sehr leid, Ihnen eine schlechte Nachricht überbringen zu müssen.« Sie schluckte. Noch immer fassten sie Todesnachrichten emotional mehr an, als sie gehofft hatte. »Wir haben gestern eine Ihrer verschwundenen Pflegetöchter gefunden. Lilly. Sie ist tot!« Frida machte eine Pause, damit diese Aussage bei den Pflegeeltern ankam.

Der Vater sah sie emotionslos an, als habe sie ihm vom Wetter erzählt. Seine Frau drückte die Hand mit einem der Lockenwickler auf den Mund. »Lilly ist Opfer eines Verbrechens geworden. Mein Beileid zu Ihrem Verlust.«

Stille im Raum. Die Schluchzer von Ute Heckmann waren nach ein paar Sekunden der erste Laut im Raum.

»Und Sophie?«, fragte Heckmann, während er sich nach

hinten lehnte und die Arme verschränkte. »Ist die auch tot?«

Die, dachte Frida. Wie dachte er über seine Pflegekinder?

Haverkorn räusperte sich, sagte jedoch nichts. Er sah Frida an.

»Wir wissen zurzeit nicht, wo Sophie ist.«

Das Schluchzen im Hintergrund wurde intensiver. Frida sah zu der Pflegemutter, die reichlich Tränen vergoss. Waren die echt, oder konnte sie diese auf Knopfdruck präsentieren, wie damals vor den Kameras nach dem Verschwinden der Mädchen? Vielleicht tat sie ihr unrecht, und ihre Gefühlsregung war nicht gespielt?

»Macht doch endlich mal eure Arbeit und findet raus, wohin die beiden verschwunden sind!«, wetterte Heckmann. Ein Raucherhusten folgte, er steckte sich eine neue Zigarette an, sog begierig daran. Typisches Suchtverhalten. Frida wollte sich nicht ausmalen, wie zügig er schluckte, wenn er eine Flasche ansetzte. Sie räusperte sich, ging nicht auf seine Spitze ein. »Haben sich die Mädchen in letzter Zeit noch mal bei Ihnen gemeldet?«

Die Reaktion ließ auf sich warten. Die Mutter schien die Luft anzuhalten, in den eng beieinanderliegenden Augen des Vaters blitzte der Ärger auf. Er legte die qualmende Kippe in den Aschenbecher.

»Nein!«, blaffte Ute Heckmann mit entrüstetem Tonfall. »Dann hätten wir Sie angerufen, wenn unsere beiden Mädchen hier aufgetaucht wären!« Ein Schluchzer wurde nachgeschoben, sie presste erneut die Hand auf den Mund. *Richtig medienreif.* Frida musste wegschauen.

»War's das jetzt?« Ihr Mann funkelte Frida verärgert an, nahm die Fluppe wieder auf, aber da Haverkorn neben ihr stand, hielt er sich im Zaum.

»Danke erst einmal, Frau Heckmann.« Frida sah den Vater an. »Sie hatten doch damals noch ein Pflegekind, Bill.«

Kurt Heckmann machte ein säuerliches Gesicht, sagte aber nichts.

»Den hat das Jugendamt dann schnell an eine andere Pflegestelle gegeben«, antwortete seine Frau. »Denen war es wohl nicht geheuer, dass die Mädchen aus unserer Obhut verschwunden sind. Kurt wurde sogar verdächtigt, ihnen was angetan zu haben!« Sie gab einen entrüsteten Laut von sich. »Dabei war er so ein liebevoller Vater. Sie können jedes Pflegekind fragen, das wir hier über die Jahre aufgenommen haben. Wir haben uns aufgeopfert für all diese bedürftigen Kleinen. Und dann verdächtigen sie einen!«

Haverkorn bewegte sich, er schien sich so wenig wohl hier zu fühlen wie Frida. Auch drang der Mief des Katzenklos bis in die Küche. Sie wollte nur noch raus aus diesem Raum, wo es nach Qualm, Katzenpisse und gebratenem Speck roch.

»War's das?« Kurt Heckmann stand auf, schwankte leicht, fing sich wieder. Der Zigarettenstummel fiel auf den Tisch. Er drückte ihn auf der Tischdecke aus. Das nächste Brandloch. War er betrunken?

Frida sah sich um, und der Psychologe vom KIT trat nach vorn. »Das ist Herr Richter vom Kriseninterventionsteam«, erklärte sie. »Er wird bei Ihnen bleiben, wenn Sie seine Hilfe brauchen.«

»Nichts da!« Heckmann hob die Stimme. »Wir brauchen keine Hilfe von der Polizei. Raus hier! Alle! Wir wollen keine Fremden im Haus.«

»Frau Heckmann, und Sie?«

Die Frau schüttelte den Kopf und stellte sich neben ihren Mann. »Wir sind die letzten vier Jahre gut alleine klargekommen. Da hat uns niemand Hilfe angeboten.« Sie legte ihm eine Hand auf den Arm. »Sie sollten jetzt gehen!«

»Vielen Dank für Ihre Zeit!« Frida nickte zum Abschied, Haverkorn verabschiedete sich kurz angebunden. Der Psychologe verließ als Erster die Küche, wahrscheinlich war er froh, nicht in diesem Saustall bleiben zu müssen.

Zwei Katzen huschten durch ihre Beine, als sie die Haustür öffneten. Frida drehte sich noch einmal um, sah den Vierbeinern hinterher, die in der Küche verschwanden. Sie hoffte, dass das Haus damals nicht so ein Saustall gewesen war, aber sie glaubte nicht daran. Waren die Zwillinge einfach abgehauen, weil sie es hier nicht mehr ausgehalten hatten? Nur, wo waren sie dann die letzten vier Jahre gewesen?

Sie mussten diesen Pflegebruder finden. Bill Brandstetter war jetzt volljährig und konnte ihnen hoffentlich mehr über das Verhältnis der Mädchen zu den Pflegeeltern sagen. Nachdenklich ging sie zum Gartentor, als Haverkorn sie mit einer Handbewegung auf etwas hinwies. Er deutete zum Zaun. Fridas Blick folgte seinem Wink. Linker Hand lag ein Brennholzstapel, halb von einer schäbigen Plane verdeckt, daneben eine ausrangierte Waschmaschine ohne Trommel. Was wollte er ihr zeigen? Sie sah ihn fragend an.

»Darüber!«, sagte er und öffnete das Tor zur Straße.

Endlich sah sie, was er entdeckt hatte. Eine Eiche wuchs über den Zaun, streckte ihre dicht belaubten Äste in den Garten der Heckmanns. Sie nickte. »Wenn wir da jetzt rübergehen und Blätter mitnehmen, ist das Hausfriedensbruch. Die haben gesagt, wir sollen gehen.«

Haverkorn zögerte und sah hinüber zu der Eiche. »Wir kommen wieder!«

Kapitel 9

»Wir müssen an die Eiche ran, neben dem Grundstück der Heckmanns!« Frida hatte die Stimme gehoben, als würde die Vehemenz ihres Vortrags ihren Chef überzeugen. »Dann kriegen wir vielleicht den Beweis, dass sie Lilly in den Sarg gelegt haben. Du hättest die beiden mal sehen sollen! Die verbergen ganz sicher was vor uns! Bei der Frage, ob sie die Mädchen in letzter Zeit gesehen haben, haben sie sich recht auffällig verhalten!«

»Sie waren eher perplex«, mischte sich Haverkorn ein, der auf einem der Besucherstühle in Wahlers Büro Platz genommen hatte. »Du mochtest sie nicht, aber das ist noch kein auffälliges Verhalten.« Ihre Blicke trafen sich. »Auch wenn man sich nicht vorstellen kann, warum das Jugendamt bei diesem Ehepaar Pflegekinder hat.«

»Dieses ganze Haus stinkt doch zum Himmel!«, fuhr Frida gestikulierend fort. »Wir müssen da noch mal rein und alles durchsuchen!«

Wahler saß an seinem Schreibtisch, war, ohne sie zu unterbrechen, ihren Ausführungen gefolgt. Er trug eine dunkelblaue Anzughose, das Hemd saß wie immer auf Taille. Aber der Hemdkragen war geöffnet, und neben der Knopfleiste entdeckte Frida kleine Kaffeespritzer, was untypisch für seine perfektionistische Art war. Der Anschlag auf Leonard schien ihn aus der Bahn geworfen zu haben. Er sammelte sich und stand auf. Ging zu einem Aktenschrank und verharrte plötzlich, als hätte er vergessen, was er dort gewollt hatte. »Könnt ihr Blätter dieser Eiche besorgen, ohne das Grundstück zu betreten?«

Frida sah Haverkorn an, der nachdenklich nickte. »Der Baum steht auf dem Nachbargrundstück. Vielleicht bekommen wir von Heckmanns Nachbarn die Erlaubnis, ein paar Blätter abzuschneiden. Aber was soll das bringen? Es ist eine Eiche, ohne Zweifel!«

»Deine Vermutungen reichen nicht, um einen Durchsuchungsbeschluss des Grundstücks der Heckmanns zu erwirken.« Wahler sah Haverkorn an, als erwarte er von ihm Rückendeckung. »Was ist mit diesem Pflegebruder?«

»Bill Brandstetter, wir suchen nach ihm.«

»Gut, dann sprecht zuerst mit ihm, wenn ihr ihn ausfindig gemacht habt. Der Staatsanwalt macht uns die Hölle heiß, wenn wir einen Beschluss zur Durchsuchung beantragen, weil uns die beiden Nasen nicht gefallen.« Er drehte sich noch einmal um. »Ach so, ich habe vorhin mit Andreas gesprochen. Bjarne, die Cold Case Unit ermittelt jetzt auch ganz offiziell parallel in diesem Fall. Die Akte liegt ja seit zwei Jahren auch bei euch in Kiel. Eure Einheit nimmt sich noch einmal intensiv des Vermisstenfalls Sophie Harloff an. Wir ermitteln die Leichensache von Lilly und halten uns gegenseitig auf dem Laufenden. Du wirst ab jetzt der Verbindungsmann zwischen beiden Abteilungen sein. Ist das in Ordnung?«

Haverkorn erhob sich und folgte Frida zur Tür. »Natürlich! Dann bündeln wir unsere Kräfte. Hoffen wir, dass wir Sophie lebend finden!«

Zurück in ihrem Büro, stellte Haverkorn sich vor das Whiteboard in seinem alten und neuen Büro, wo jemand die Namen der Zwillinge notiert hatte. Es war Fridas Schrift. Neben Lilly war ein Todeskreuz gezeichnet. Würde ein solches auch bald neben dem Namen von Sophie stehen? Die

Namen ihrer ehemaligen Pflegeeltern standen darunter. Er nahm den Stift und schrieb *Bill Brandstetter* dazu. Auch er war damals in diesem Haus gewesen. Was für eine Rolle hatte der ehemalige Pflegebruder in dieser Familie gespielt? »Wir müssen rausfinden, was damals dort abgelaufen ist.« Er drehte sich zu Frida um, die am Schreibtisch saß und gedankenverloren aus dem Fenster zur Stadtkirche St. Laurentii hinüberblickte. Wo war sie gerade in Gedanken? Bei ihrem verletzten Kollegen?

Sie stieß einen schweren Seufzer aus und sah ihn an. »Die Medien haben doch schon damals versucht, die Pflegefamilie zu durchleuchten. Haben sie auch den Jungen interviewt?«

»Das durften sie nicht«, antwortete Haverkorn. »In der Ermittlungsakte steht, dass sie ihn gut vor der Presse abgeschirmt haben. Er hat nur unsere Fragen beantwortet. Danach ist er schnell in einer anderen Familie untergebracht worden, die geheim gehalten werden konnte. So haben sie ihn aus dem Fokus genommen.«

Er setzte sich an seinen alten Platz. Auf dem Schreibtisch gab es außer dem Telefon und der PC-Ausstattung lediglich eine Box mit Notizzetteln. Er sah keine persönlichen Sachen von Leonard Bootz, nicht mal ein Stift von ihm lag hier. Erst seit heute wussten sie, dass er verheiratet war, jedoch in Scheidung lebte. Dennoch blieb Fridas neuer Kollege recht undurchsichtig. Hatte der Anschlag heute Mittag ihm persönlich gegolten, oder war er ein Zufallsopfer gewesen?

»Ich rufe gleich am Montag das Jugendamt an«, sagte Haverkorn. »Ich hoffe, die kommen uns nicht wieder mit diesem verdammten Datenschutz.«

Frida beugte sich nach vorn, loggte sich in ihren PC ein. »Okay, ich versuch es mal im Internet und in den sozialen

Netzwerken. Vielleicht finde ich Bill Brandstetter dort.« Ihr Festnetzanschluss klingelte, und sie nahm den Hörer ab. »Mordkommission, Paulsen!« Sie sah Haverkorn fragend an. Dann schien ihr ein Licht aufzugehen. »Ah, der Molekularbiologe! Dr. Falk! Danke, dass Sie so spät noch zurückrufen. Haben Sie unser Eichenblatt schon auf dem Tisch?« Sie betätigte eine Taste, nun war der Anrufer auf laut gestellt.

»Es geht um die Leichensache Harloff, ja«, sagte Falk in Kiel. Sie konnten das Klappern einer Computertastatur hören. »Das Blatt ist hier im Labor.«

Frida zwinkerte Haverkorn zu. »Wir haben einen Baum im Fokus, von dem das Blatt stammen könnte. Soll ich die Blätter für Sie fotografieren? Können Sie es mit dem Blatt aus dem Sarg vergleichen?«

»Fotografieren?« Falk lachte leise. »Ich brauche eine Blattprobe von dem Baum.«

Haverkorn zog eine Braue nach oben, auch Frida schien überrascht. »Eine Probe?«

»Das Blatt wird zermahlen. Das Blattpulver kommt nach einigen weiteren Zwischenschritten ins Kapillar-Elektrophoresegerät. Bei Stieleichen kann man tatsächlich eine Art pflanzliches DNA-Profil erstellen. Kein Baum ist wie der andere.«

Frida schien beeindruckt. »Pflanzen haben auch eine DNA?«

»Kaum zu glauben, oder?« Er lachte wieder. »Bringen Sie mir Blätter des Vergleichsbaumes vorbei, dann untersuche ich, ob diese mit dem Blatt aus dem Grab übereinstimmen. Aber bitte, packen Sie es nicht in eine Folientüte. Ich brauche es frisch und ohne Verunreinigungen von Schimmel und Ähnlichem. Holen Sie es vom Baum, und bringen Sie es zeitnah vorbei.« Er diktierte ihr seine Büroadresse beim LKA.

Haverkorn sah Frida an und musste bei der Vorstellung, wie sie mit einem Spurenbeutel auf einer Eiche herumkletterte, lächeln. »Noch etwas, Dr. Falk«, sagte sie und warf den Stift auf den Tisch. »Es geht um diese Blüten, die das Mädchen in den Händen hielt. Haben Sie die auch bekommen?«

»Ja, Moment!« Der Molekularbiologe brauchte eine Weile. »Hier. Wir haben es mit *centaurium erythraea* zu tun.«

»Womit bitte?«

»Echtes Tausendgüldenkraut. Das ist eine Heilpflanze.«

»Okay.« Frida nahm den Stift wieder in die Hand und kritzelte den Namen auf ihre Schreibtischunterlage. »Ist das Kraut hier heimisch?«

»In Europa, ja. Im Mittelmeerraum ist es weit verbreitet. Es wächst an sonnigen und feuchten Wiesen und auch auf Waldlichtungen.« Er schwieg einen Moment. »Im Norden habe ich es in der freien Natur aber noch nicht gesehen. Hier ist es eher eine Seltenheit.«

†

Haverkorn blickte über den Friedhof, sah das Flatterband, das großflächig um das Grab gespannt war. Die Kriminaltechniker hatten wahrscheinlich die halbe Nacht durchgearbeitet. Aber jetzt war er hier mit Frida allein. Sie inspizierte den hinteren Teil des Friedhofs, um auszuschließen, dass dort eine Deutsche Eiche stand.

Langsam ging er weiter, kroch unter dem Flatterband hindurch und trat an das Grab, das wieder zugeschüttet worden war, um die Totenruhe von Björn Janssen zu wahren. Die Blumen und Kränze waren wieder ordentlich arrangiert worden, als wäre nichts passiert.

Er blickte sich um. Der Gemeindefriedhof wirkte ein wenig aus der Zeit gefallen. Die Kapelle, die sicherlich seit einem guten Jahrhundert an Ort und Stelle stand, die Grabsteine und Wege, der geschmiedete Metallzaun, hinter dem Sommergerste im Wind wogte. Über ihm rauschte eine Zitterpappel. Eine einsame Amsel sang darin. Beinahe idyllisch, stände da nicht der gelbe Bagger am Zaun, der hier die Gräber aushob.

Freitagabend. Das Tageslicht verflüchtigte sich langsam, ging über in die Abenddämmerung. Die Friedhofsmitarbeiter waren längst im Feierabend. Vielleicht würden am Wochenende ein paar Trauernde ihre Angehörigen besuchen, die Grabstätten bepflanzen, Blumen und Kerzen erneuern.

Was hatte den Täter bewogen, das Mädchen ausgerechnet hierherzubringen und ein Grab zu schänden, um es in den Sarg eines Verstorbenen zu legen? Noch dazu in diesem altertümlichen Aufzug mit den Blumen in den Händen? Es hatte fast wie ein Akt der Trauer gewirkt, wie eine emotionale Verabschiedung der Toten. Und warum dieses Tausendgüldenkraut, das im Norden selten vorkam? Warum keine einheimische Pflanze?

Haverkorn verließ das abgesperrte Areal und ging den Weg weiter bis zum Zaun. Dort drehte er sich um und sah nach vorn auf den Hauptweg, die Kapelle und das Grab, das der Täter ausgewählt hatte. Warum ausgerechnet dieses Grab? Weil es frisch war? Weil die Erde auf diesem Grab erst kurz zuvor aufgeworfen worden war und damit einfacher zu entfernen? Oder hatte es doch etwas mit Björn Janssen zu tun?

Er sah Frida um die Kapelle biegen. Sie sah sich um, entdeckte ihn und kam schnellen Schrittes zu ihm gelaufen. Der Moment war beinahe wie ein Déjà-vu, etwas bereits Erlebtes aus dem letzten Jahr, als sie Seite an Seite in der

Mordkommission ermittelt hatten. Ihm wurde ein wenig schwer ums Herz.

Vermisste er etwa seinen alten Job? War es ein Fehler gewesen, zum LKA zu wechseln? Er schob die Gedanken beiseite, weil sie zu nichts führten. Er hatte sich entschieden, würde bis zu seiner Pensionierung der Cold Case Unit angehören. Heute Abend käme Sonja zu ihm. Er freute sich auf sie. Und vielleicht hatte sie schon ein paar mehr Informationen für ihn, wie die Kollegen in Kiel im Fall Sophie vorzugehen gedachten. Haverkorn ging Frida entgegen.

»Keine Eiche!«, sagte sie außer Atem. »Wie ich schon dachte. Oder hast du eine entdeckt?«

»Nein! Komm, lass uns Feierabend machen. Morgen Vormittag fahren wir direkt zu den Nachbarn der Heckmanns, um das Eichenblatt zu holen. An einem Samstagmorgen haben wir gute Chancen, dass jemand zu Hause ist.«

Die Abenddämmerung überzog den Friedhof mit dunklen Schatten, als sie in Richtung der Kapelle gingen. Haverkorn konnte sein Hungergefühl nicht länger unterdrücken. Er hoffte, dass Sonja schon zu Hause war und das Abendessen vorbereitete. Er hatte plötzlich Appetit auf einen deftigen Eintopf, dazu ein Stück frisches Brot mit Butter und Salz. Er ging schneller. Auch Frida schien es nach Hause zu ziehen. Vielleicht hatte sie vor, mit Torben zu telefonieren. Morgen würde er sie mal vorsichtig darauf ansprechen, wie sie mit der Fernbeziehung zurechtkam, obwohl sie eine solche räumliche Trennung zu ihrem Partner nie gewollt hatte.

In diesem Moment trat hinter der Kapelle eine Frau auf den Weg, wandte sich in ihre Richtung. Auch Frida schien sie entdeckt zu haben, denn sie blickte neugierig hinüber. Die Besucherin hatte weiße Blumen in den Händen, wollte wahrscheinlich zum Grab eines Angehörigen. So kurz vor

Sonnenuntergang musste sie sich beeilen, um nicht von der Dunkelheit überrascht zu werden. Die Frau blieb abrupt stehen, als sie bemerkte, dass sie nicht allein auf dem Friedhof war. Kannte er sie? War es jemand aus dem Dorf? Das diffuse Licht machte es schwierig, sie zu erkennen. Und etwas ließ ihn stutzen. Haverkorn kniff die Augen zusammen, um besser zu sehen. Trug sie nicht eine ähnliche Kopfbedeckung wie das Mädchen aus dem Sarg? Und ja, auch ein langes Kleid! Er sah Frida an, ihr Gesichtsausdruck sagte, dass sie es auch gesehen hatte. Sie beschleunigten ihre Schritte. »Entschuldigen Sie …«, rief Frida, die schneller war als Haverkorn und vorauseilte.

Die Frau sah zu ihr, dann drehte sie sich um und verschwand hinter der Kapelle. Er lief schneller, folgte Frida, die losjoggte, um die Fremde einzuholen. Aber als Haverkorn die Ecke der Kapelle umrundete, war bis auf Frida der Friedhof hinter dem Gebäude leer. Die Frau war verschwunden. Er sah nur Reihen von Gräbern, die in der Dämmerung von dunklen Schatten überzogen wurden, dahinter das schmiedeeiserne Tor.

»Sie hat sich scheinbar in Luft aufgelöst!« Frida sah sich um, ging dann zur Kapelle und drückte die Klinke herunter. Die Tür war offen, sie machte die Lampe an ihrem Smartphone an und verschwand im Inneren. *Nein*, dachte Haverkorn. Dort wäre die Flüchtende nicht hingelaufen, wenn sie sich tatsächlich von ihnen verfolgt gefühlt hätte. Denn das Gebäude hatte nur eine Tür, und dadrinnen hätte sie in der Falle gesessen.

Er sah nach oben zum Dach. Fehlanzeige, natürlich gab es keine Kameras. Wer sollte hier etwas stehlen wollen? An diesem Ort war die Zeit scheinbar stehen geblieben.

Haverkorn wandte sich zum Ausgang und schob das schmiedeeiserne Tor auf. Fast wäre er auf den weißen Fleck auf dem Weg getreten. Er hockte sich hin. Eine weiße Lilie. Sie hatte noch nicht hier gelegen, als sie gekommen waren. Er hob die Lilie mit einem Taschentuch auf. Kies knirschte in seinem Rücken, dann stand Frida neben ihm. »Die Kapelle war leer«, sagte sie und leuchtete die Blume in seinen Händen mit ihrem Smartphone an. »Woher hast du die?«

»Sie lag hier.« Er wies mit der Hand auf die Stelle am Weg. »Ich denke, die Frau hat sie verloren. Sie hatte weiße Blumen in den Händen!« Sein altbekanntes Kribbeln im Nacken setzte ein. »Vielleicht war die Lilie für die tote Lilly?«, fragte er.

»Shit! Du hast recht!« Frida lief los, hastete in Richtung Straße. Aber in den letzten Minuten hatte sich die Dunkelheit über das Dorf gelegt und würde es unmöglich machen, jemanden zu finden, der nicht gefunden werden wollte.

Kapitel 10

Frida sah den Rückleuchten von Haverkorns Wagen nach, bis sie in der Dunkelheit verschwanden. Er hatte sie auf dem Hof ihrer Eltern abgesetzt und war sofort nach Hause gefahren. Morgen früh gegen acht würde er zu ihnen zum Frühstück kommen, um ihre Familie wiederzusehen, bevor sie der Eiche auf dem Nachbargrundstück der Heckmanns zu Leibe rücken würden. Frida ging langsam auf das Reetdachhaus zu. Der Backstein wurde durch Strahler, die Torben im Frühjahr an mehreren Ecken angebracht hatte, wunderschön in Szene gesetzt. In den kleinen Fenstern mit Fensterkreuzen standen Lampen mit gestreiften Schirmen, die ihre Mutter gekauft hatte und die das gemütliche Ambiente perfekt machten. Ihr Zuhause, das sie als Jugendliche verlassen hatte und in dem sie seit einigen Jahren wieder lebte. Sie war zufrieden in ihrem alten Kinderzimmer. Aber vielleicht würde sie ja bald mit Torben eine eigene Wohnung im Obergeschoss beziehen. Ihr Vater hatte jetzt schon geplant, ihr Haus und Hof zu übergeben, wollte seine Enkelkinder hier aufwachsen sehen. Sie selbst konnte sich immer mehr mit diesem Gedanken anfreunden. Aber wollte Torben das ebenfalls? Oder hatten sie die Rechnung ohne den Wirt gemacht? Sie musste ihm das Vorhaben ihrer Familie im Urlaub, wenn sie Torben in Bayern besuchen würde, schmackhaft machen. Würde er sich mit ihr eine Zukunft auf dem Land vorstellen können? Der Stadtjunge aus Hamburg … Da würde sie sicherlich Überzeugungsarbeit leisten müssen.

Sie änderte die Richtung und ging hinüber zum Boxclub. Sie hoffte, dass wenigstens einer der beiden – Milan oder Jo – da war. Sie wollte bei einem Bier ihr Herz ausschütten.

Dumpfe Schläge drangen aus dem großen Raum, als sie das Tor aufzog und hinter sich wieder schloss. Milan stand mit einem Schützling im hinteren Teil der Trainingsfläche an einem Boxsack und gab ihm Anweisungen. Jo saß linker Hand im Büro über einem Berg von Dokumenten. Ihre Freundin blickte auf, als sie, ohne zu klopfen, an ihren Schreibtisch trat.

»Ich hoffe, das sind Neuanmeldungen«, sagte Frida und setzte sich auf den Besucherstuhl.

»Schön wär's!« Jo lehnte sich zurück. »Steuerunterlagen. Ich liebe es!«

»Wie läuft denn der Club?«, fragte Frida. »Seid ihr zufrieden?«

Jo zuckte die Schultern und verschränkte die Arme hinter ihrem Kopf. Ihr schmales Gesicht zeugte von massivem Schlafmangel. Kein Wunder bei zwei Jobs. Tagsüber die Detektei, abends saß sie hier noch am Schreibtisch, weil Milan das Training leitete und mit der Büroarbeit überfordert war. »Eigentlich ganz gut. Natürlich ist noch Luft nach oben, was die Mitgliederzahl angeht, aber wir können zufrieden sein … fürs Erste.«

Frida fragte sich, ob sie die Situation schönredete. Jo trug ihr Herz nicht auf der Zunge, man musste es quasi aus ihr herausprügeln, wenn man bei ihr ans Eingemachte wollte. Aber Frida war zu müde und zerschlagen, um mehr als diese eine Frage zu stellen.

»Trinkst du ein Bier mit mir? War ein Scheißtag!«

Jo ließ die Arme sinken und stand auf. Sie schob die Unterlagen in einen Aktenordner. »Klar. Die Steuer läuft mir nicht weg. Milan hat noch Training, aber er kommt später sicher auch dazu.«

Sie gingen hinüber zum Tresen, neben dem eine gemütliche Sitzecke mit einer Couch und Sitzsäcken eingerichtet worden war. An diesem Abend war sie leer. Nicht einmal Cat, die sonst immer hier lümmelte, war da. Vielleicht war sie mit Freunden unterwegs.

Jo nahm zwei Flaschen Bier aus dem Getränkekühlschrank, stellte sie auf den Tresen. Dann riss sie eine Tüte mit Salzbrezeln auf und legte sie daneben. »Hast bestimmt noch nichts gegessen, oder?«, fragte sie.

Frida griff in die Tüte, stopfte sich einige Brezeln in den Mund. Erst jetzt bemerkte sie ihr Hungergefühl, das sie in ihrem Job zu verdrängen gelernt hatte.

»Auf Bootz ist heute geschossen worden«, sagte sie ohne Umschweife, als sie angestoßen und getrunken hatten.

Jo sah sie nur an. »Scheiße! Wie schlimm ist es?«

Frida dachte an die blutende Wunde an seinem Hals, die sie so lange zugedrückt hatte, bis der Notarzt gekommen war. »Ein Streifschuss am Hals. Hat ganz schön geblutet. Ich dachte, er stirbt mir unter den Händen weg.« Sie schluckte. »Er bleibt über Nacht auf Intensiv. Aber er ist wohl übern Berg, sagt der Arzt.«

Ihre Freundin schwieg. Sie selbst hatte als Privatdetektivin in Hamburg sicherlich schon einige gefährliche Aufträge ausgeführt, war mit Frida in ein paar brenzlige Situationen gekommen und hatte sogar einmal in Lebensgefahr geschwebt. Sie wusste, was es hieß, wenn das Leben an einem seidenen Faden hing.

Frida berichtete von ihrem Gespräch am Imbisswagen vor dem Anschlag, und dass Bootz vorausgegangen war. Was, dachte sie dann, wenn sie als Erste die Straße überquert hätte?

Jo hob ihre Flasche. »Auf Bootz!«

Frida stieß an und spürte, dass Tränen in ihr aufstiegen. Sie musste endlich mit jemandem darüber reden. »Ich habe es gesehen, weißt du? Wie er hinstürzte, als die Schüsse fielen.« Sie holte tief Luft. »Ich bin hinter einem Auto in Deckung gegangen, weil ich nicht wusste, ob der Schütze noch da ist. Beinahe wäre ich nicht losgerannt, weil ich Angst hatte, dass er noch mal schießt.«

Jo sah ihr in die Augen. »Aber du bist ihm zu Hilfe geeilt.« Sie schwieg einige Sekunden. In ihrem Gesicht stand Sorge. Jo legte eine Hand auf ihren Arm. »Ich bin froh, dass es dir gut geht. Du hattest wohl einen aufmerksamen Schutzengel. Es hätte ganz anders laufen können, wenn er wirklich noch mal geschossen hätte.«

Frida wusste, was sie sagen wollte, aber nicht aussprach. *Du hättest tot sein können.*

»Habt ihr ihn gekriegt?«, fragte Jo.

Frida schüttelte den Kopf. Sie wusste, dass Wahler oder jemand anderes aus dem Team sie längst angerufen hätten, wenn er verhaftet worden wäre.

»Was ist das denn hier für ein Trauerverein?«, fragte Milan und warf zwei Boxhandschuhe auf den Tresen. Mit der Bewegung seines Kinns gab er Jo zu verstehen, dass sie ihm ebenfalls ein Bier aus dem Kühlschrank geben sollte. Sie reagierte sofort. *Eingespieltes Team*, dachte Frida.

»Was ist los?«, fragte er sie und stieß ihr liebevoll in die Seite. »Meldet Torben sich nicht mehr?«

Torben! Schuldbewusst griff sie in ihre Tasche, zog das Smartphone heraus und sah, dass sie mehrere Anrufe von ihm verpasst hatte. Sie schrieb ihm in der Nachrichten-App, dass sie sich später bei ihm melden würde. Und blickte auf zu Milan, der Jo fragende Blicke zuwarf, als er die Bierflasche entgegennahm.

»Ein Kollege von Frida ist heute angeschossen worden«, sagte Jo.

Er ließ die Flasche sinken. »Wer? Bjarne?«

»Nein, Leonard!«, sagte Frida und umriss noch einmal in knappen Worten, was am Mittag vor der BKI passiert war.

Milan war Kroate, war einem Krieg in den Neunzigern entflohen, in dem er Verwandte und Freunde verloren hatte. Er hatte die Rohheit des Menschen am eigenen Leib erfahren. Sie wussten alle drei, wie schnell der Tod zuschlagen konnte. Und wie wichtig es war, über Verluste zu sprechen. Auch wenn Bootz nicht tödlich verletzt worden war, so hing doch ein dunkler Schatten über diesem Tag. Milan stellte die Flasche weg und legte seinen Arm um Frida. »Er wird wieder! Leo ist ein Kämpfer!« Milan hatte hier im Club mit Leonard ein paar Trainingseinheiten absolviert. Er wusste, wovon er sprach.

Sie nickte. »Ich weiß!«

»Augen auf bei der Berufswahl, hm?« Der Scherz zündete nicht, er wurde wieder ernst. »Ich glaube, wir brauchen dringend was Stärkeres!« Er ließ sie stehen, ging hinüber ins Büro und kehrte mit einer Glasflasche ohne Etikett und drei Schnapsgläsern zurück. Er goss ihnen ein. »Das ist *Slivovic*! Den trinkt man in meiner alten Heimat zu jeder Gelegenheit«, sagte er und hob sein Glas. Jo und Frida taten es ihm gleich. Die Gläser klirrten. »*Na zdravlje!*« Milans Stimme war fest. Er hatte durch den Balkankrieg so viel mehr verloren als seine Heimat. Er war in Deutschland noch einmal neu durchgestartet und hatte hier auf dem Land dieses Boxstudio eröffnet. Sein Mut war belohnt worden, weil er nie aufgegeben hatte. Dann durfte sie jetzt hier nicht rumheulen. Morgen würde sie zu Leonard ins Krankenhaus fahren. Sie würde ihn begleiten, bis er wieder zurück im Dienst war, egal wie lange es dauern würde.

Frida kippte den Schnaps hinunter. Das Gespräch mit ihren Freunden und das Brennen in der Kehle waren das ideale Trostpflaster an diesem Abend.

†

Haverkorn verließ das Haus, als er Sonjas Auto hörte. Sie hatte lange im Stau gestanden, weshalb sie erst nach ihm ankam. Er ging durch Hennis bunten Bauerngarten. Am Rand des Weges standen kleine Solarlampen, die ihm den Weg durch die Dunkelheit wiesen. Das Eingangstürchen quietschte, dann stand sie vor ihm. Sonja Berger, Kollegin und heimliche Geliebte. Oder war sie viel mehr als das? Waren sie längst ein Paar, auch wenn sie es noch nie ausgesprochen hatten?

Er küsste sie und nahm ihr die Reisetasche ab. Ein weiteres Wochenende, das sie bei ihm verbringen würde. Ein weiterer Schritt in Richtung einer Partnerschaft. Oder sah er mehr darin als sie?

»Der Stau auf der A7 nervt mich wirklich«, sagte sie und klang erschöpft. »Vielleicht sollte ich nächstes Mal erst spätabends fahren.«

»Dann bist du ja erst um Mitternacht hier«, erwiderte er.

Sie schlang ihren Arm um seinen, zog ihn mit sich. »Das hieße weniger Zeit für uns, das ist richtig. Aber vielleicht bleibe ich dann montags mal bei dir im Homeoffice.«

Er hielt ihr die Tür auf, stellte die Tasche auf die Kommode. »Keine schlechte Idee! Was sagt Andreas dazu?«

Sie zuckte die Schultern. »Er weiß noch nichts davon.« Sonja legte ihren Blazer ab und ging in die Küche. »Ist Henni nicht da?«

»Sie bleibt heute in Hamburg bei einer Freundin.«

Sonja drehte sich zu ihm und zog die Augenbrauen hoch. »Dann haben wir sturmfrei?«

Er lachte und nahm sie in den Arm. »Der Abend gehört nur uns, und wir essen jetzt erst mal was.«

»Du hast auf mich gewartet?« Sie hob den Deckel der gusseisernen Pfanne an, schnupperte an der leise blubbernden Tomatensoße.

Haverkorn gab die Pasta ins Wasser. Sonja schnitt in der Zwischenzeit Olivenbrot auf, das Henni gebacken und tiefgefroren hatte. Seit sie hier zusammenlebten, gab es immer selbst gebackenes Brot. Sonja schob sich ein Stück in den Mund. »Hm!«, machte sie, stellte zwei tiefe Teller auf den Tisch und legte Gabeln dazu. Sie summte den Song aus dem Radio mit, bewegte ihre Hüften.

Haverkorn beobachtete sie fasziniert, konnte immer noch nicht fassen, dass diese schöne, intelligente und witzige Frau ausgerechnet ihn gewählt hatte. Sie drehte sich um. Er balancierte eine Nudel auf einem Holzlöffel. »*Al dente*? Koste mal!«

Sie nahm sich die Nudel mit der Hand vom Kochlöffel, schob sie in den Mund. »Perfekt!«

Haverkorn holte Parmesankäse und goss ihnen Wein ein, bevor er sich setzte. Sonja stellte die gefüllten Schüsseln mit Pasta und Soße auf den Tisch. Während des Essens sprachen sie über private Dinge. Niemals über den Job, das hatten sie beide so vereinbart. Als die Teller leer waren und Haverkorn den letzten Rest Soße vom Teller tunkte, lehnte Sonja sich zurück. »Dann arbeiten wir jetzt am gleichen Fall?«

»Sieht ganz so aus!«

»Bringst du mich mal auf Stand, was damals passiert ist?« Sie goss ihnen Wein nach und trank, während sie seinem Bericht aufmerksam zuhörte.

»Heckmann hat damals in U-Haft gesessen, musste aber mangels stichhaltiger Beweise wieder entlassen werden«, schloss er nachdenklich. »Es wird nicht einfach, ihn zu überführen. Immerhin ist das Jugendamt damals in ziemliche Erklärungsnot gekommen«, erinnerte sich Haverkorn. »Sie sagten, bei Kontrollen hätte das Haus immer sauber gewirkt, und auch die Pflegekinder wären nicht auffällig gewesen.«

»Was ist mit diesem dritten Kind, das im Haus lebte?«, fragte Sonja.

»Fridas Team sucht nach ihm. Bill Brandstetter ist heute erwachsen. Wer weiß, wohin es ihn verschlagen hat. Soweit ich gehört habe, mauert das Jugendamt. Im Internet sind sie auch nicht weitergekommen, er hat keinen Facebook-Account.« Er trank einen Schluck.

»Er ist wahrscheinlich der wichtigste Zeuge für die Geschehnisse damals«, sagte Sonja.

»Wir müssen ihn aufspüren, keine Frage! Damals war er ein verstockter Sechzehnjähriger, der Angst hatte und unter Schock stand. Jetzt ist er volljährig und kann sicherlich einiges vom Leben bei den Heckmanns berichten. Wahler muss dem Jugendamt die prekäre Lage erklären. Es geht immer noch um ein verschwundenes Mädchen!«

»Oder der Staatsanwalt, wenn er nicht weiterkommt.« Sonja sah ihm in die Augen. »Denkst du, Sophie lebt noch?«

Haverkorn antwortete nicht sofort. Wie oft hatte er sich in den letzten Stunden diese Frage selbst gestellt? Gab es eine Chance für die Sechzehnjährige? »Es gibt eine Chance, wenn Lillys Tod eine emotionale Tat im Affekt war.« Er berichtete Sonja von der Frau auf dem Friedhof und der Lilie, die am Eingangstor gelegen hatte.

Sie wirkte nachdenklich, sagte nichts.

»Wenn diese Lilie tatsächlich für Lilly gedacht war, war

die Beerdigung in dem Sarg eine Verabschiedung. Vielleicht ist Sophie wirklich noch am Leben«, mutmaßte Haverkorn.

»Ist der Obduktionsbericht schon da? Woran ist das Mädchen gestorben?«, fragte Sonja.

»Sie wurde erstickt! Höchstwahrscheinlich mit einem Kissen oder Tuch. In ihrer Lunge wurden winzige Baumwollfasern gefunden.«

Sie schwiegen einen Moment. Ein junges Leben war ausgelöscht worden, das war nie leicht zu akzeptieren. Sonja stand auf und räumte die Teller ab. »Und diese Frau auf dem Friedhof hatte auch so ein seltsames Tuch auf dem Kopf?«, fragte sie nach.

»Tja, es sah aus der Ferne so aus. Auch das lange Kleid wirkte etwas aus der Zeit gefallen.« Er versuchte, das Bild von ihr zurückzuholen. »Ganz sicher bin ich mir nicht. Es war schon dämmrig, ich konnte sie nicht klar erkennen. Aber die Frau war dort, da bin ich ziemlich sicher.« Sein Handy klingelte in der Diele. Haverkorn stand auf und holte es vom Garderobenschrank. Nick Wahlers Nummer, was konnte das bedeuten?

»Bjarne, störe ich?«, fragte der Leiter der Mordkommission.

»Nein, alles gut. Was ist los?«

»Wir sprachen doch vorhin noch über den Jungen, Bill Brandstetter. Der Staatsanwalt hat Druck beim Jugendamt gemacht. Sie haben ihm die letzte Meldeadresse von ihm rausgegeben.«

»Am Freitagabend?« Haverkorn konnte nicht glauben, dass um diese Zeit noch jemand auf einem Amt arbeitete.

»Nein, schon heute Nachmittag! Er hatte die Info auf der Mailbox, war aber bis eben mit mir im Meeting mit den anderen Polizeiführungskräften. Die Suche nach dem Attentäter! Ich werde heute Nacht hier im Büro bleiben.«

»Gibt's denn was Neues in der Angelegenheit?«

Wahler atmete entnervt aus. »Nein, keine Spur von ihm. Sie haben die ganze Stadt umgedreht, er ist noch auf der Flucht.«

Haverkorn schwieg. Er wusste, was das bedeutete. Mittlerweile waren beinahe zwölf Stunden seit dem Anschlag auf Bootz vergangen. Der Täter hatte ein Versteck erreicht. Wenn er jetzt die Füße stillhielt, war es noch schwerer, ihn aufzuspüren. »Okay, was soll ich wegen Bill Brandstetter unternehmen?«, fragte er nach.

»Ich erreiche Frida nicht. Die Adresse ist bei euch in der Marsch!«

»Gib sie mir. Ich hole Frida morgen früh zu Hause ab. Wir fahren zu Brandstetter, wenn wir das Eichenblatt beim LKA abgeliefert haben.«

†

»Sag mal, hast du was getrunken?« Torben lachte in die Webcam. Sie hatte ihn an diesem Abend nicht nur am Telefon hören wollen, sondern hatte ihn per Skype angerufen, nachdem sie ihren Schlafanzug angezogen hatte. Sein Hotelzimmer im Hintergrund sah gemütlich aus. Helle holzgetäfelte Wände, wie sie es aus Hotels im Süden kannte. Sie hockte vor dem Laptop und genoss es, sein lächelndes Gesicht zu sehen. Wie sehr sie ihn vermisste! Zu gern hätte sie sich in seinen Arm gelegt, um diesen verdammten Tag zu vergessen.

»Milan hat Slivovic ausgegeben.« Sie merkte selbst, dass sie einen Schwips hatte und ihre Sprache nicht ganz so klar war. Vielleicht hätte sie vor dem Videocall noch etwas Richtiges essen sollen, um dem Alkohol etwas entgegenzusetzen. »Wann ziehst du um in die Wohnung?«, fragte sie

Torben. Sie wollte erst hören, was es bei ihm Neues gab, bevor sie von ihrem Tag berichtete.

»Wahrscheinlich nächste Woche. Sie bauen gerade die Küche ein. Dann kann ich mir endlich wieder was kochen! Die Fertignudelsuppen, die ich mir hier abends mit dem Wasserkocher machen kann, hängen mir zum Hals raus.«

»Gehst du nicht auch mal was im Hotelrestaurant essen mit den Kollegen?«, fragte sie.

»Wir essen jeden Mittag zusammen! Sie haben einen Foodtruck neben dem Gelände der Body Farm aufgebaut. Abends macht meistens jeder sein eigenes Ding.«

»Keine spannenden Frauen im Team?«, zog sie ihn auf.

»Nichts im Vergleich zu dir!« Er klang aufrichtig. Würde ihre Beziehung diese Herausforderung meistern? Keiner wusste, wie lange Torben mit dem Aufbau der Body Farm in Bayern beschäftigt sein würde. Waren es nur Monate, oder würde es länger dauern? Gab es eine Zukunft für sie beide? Würde er mit ihr hier auf dem Hof eine Wohnung ausbauen wollen? Sie atmete tief ein. Kein Thema für einen Videocall.

»Was ist los?«, fragte Torben. »Du wirkst abwesend. Der neue Fall?«

Sie sah ihm in die Augen, auch wenn sie wusste, dass es dadurch auf seinem Monitor wirken würde, als schaue sie nach unten. Direkter Blickkontakt war bei diesem technischen Intermezzo einfach nicht möglich. »Auf Leonard wurde heute geschossen.«

Er brauchte eine Sekunde, bis der Satz bei ihm ankam. »Was? Ist er verletzt?«

Sie seufzte und versuchte, sich zu konzentrieren. Der kroatische Schnaps vernebelte ihr Gehirn. In kurzen Sätzen berichtete sie Torben von den Schüssen.

»Scheiße, Frida! Ich hoffe, er wird wieder!«

Sie nickte. »Ich frage mich ernsthaft, wer es auf ihn abgesehen hatte.«

»Es laufen genug Durchgeknallte draußen rum. Denk an die beiden Polizisten, die von einem Wilderer erschossen wurden. Oder die Rettungskräfte, die bei ihren Einsätzen regelmäßig angegriffen werden.« Seine Stimme war eine Nuance ernster geworden. »Die Menschen werden immer gewalttätiger. Pass auf dich auf, ja?«

»Na klar!« Was sollte sie auch sagen? Es gab keine Sicherheit in ihrem Job. Die Uniform ihrer Kollegen der Schutzpolizei hielt niemanden davon ab, sie aggressiv zu beleidigen oder anzugreifen. Die Bereitschaftspolizisten mussten in schwerer Montur, mit Helmen und Schutzschilden auf Demos gegen Randalierer und Vermummte vorgehen, wurden geschlagen, mit Silvesterböllern und Flaschen beworfen oder bespuckt. Jetzt war auf einen von ihnen direkt vor dem Polizeigebäude geschossen worden. Wo führte das alles hin?

»Itzehoe ist heute so sicher wie Ford Knox mit all den Einsatzkräften.« Sie versuchte ein Lächeln.

»Ich hoffe, man kriegt den Scheißkerl schnell!« Er sah sorgenvoll aus. »Du hättest auch eine Kugel abbekommen können.« Er sah sie direkt an, also blickte er in die Kamera.

»Mir ist nichts passiert!«, wiegelte sie ab. Sie wusste sehr wohl, wie knapp es heute gewesen war.

Das Schweigen blähte sich auf, weil sie beide wussten, dass es jederzeit wieder passieren konnte.

»Ich rufe dich an, wenn ich was über den Täter weiß.« Frida nahm den Laptop vom Tisch und trug ihn zum Bett, stellte ihn vor sich auf die Knie, als sie sich an die Rückwand gelehnt hatte. »Es wäre so schön, wenn du jetzt hier wärst! Ich vermisse dich total.«

»Dito!« Das Bild des Hotelzimmers hinter ihm bewegte

sich, wackelte mehrfach, bis er wieder ruhig zu sehen war. Auch er hatte sich aufs Bett gesetzt. »Bald bist du hier. Bleibt es dabei? Oder ist dein Urlaub jetzt gestrichen?«

»Wahler hätte es wohl am liebsten, wenn ich mich jetzt ein paar Tage rausnehme. Aber zu Hause rumzuhängen, wäre der Worst Case! Ich muss arbeiten, um diese Bilder aus meinem Kopf zu bekommen.«

»Kann ich verstehen! Mir ist nach meinem Unfall auch die Decke auf den Kopf gefallen.« Mit seinen kaputten Händen hatte er monatelang nicht als Rechtsmediziner arbeiten können. Sie dagegen konnte etwas tun und sich mit dem Fall der Zwillinge befassen. »Du wirst es nicht glauben, Bjarne ist wieder im Team!« Sie erzählte ihm von seiner Rückkehr, bis sie zu gähnen begann. Es war kurz vor Mitternacht, als Frida Torben einen Gutenachtkuss in die Kamera gab und den Laptop zuklappte. Sie schlief sofort ein. Vielleicht war es der Schnaps, ihre Erschöpfung oder beides.

In der Nacht schrak sie auf und bekam kaum Luft. Noch immer hatte sie das Gefühl, den blutigen Körper, von dem sie geträumt hatte, mit den Händen zu spüren. Sie rieb die Finger am Bettbezug ab, um das warme klebrige Gefühl loszuwerden. Sie hatte nicht von Leonard geträumt. Auch nicht von Schüssen. Es war verworren gewesen, irrational und beängstigend. Sie war vor jemandem geflohen, ohne zu wissen, vor wem, war in ein Haus gelaufen und in einem Raum über diesen blutigen Körper am Boden gestolpert. Über ihm kniend hatte sie in Blut und Eingeweide gefasst und war endlich aufgewacht.

Frida setzte sich auf, knipste die Nachttischlampe an und spürte beim Aufstehen, dass sie den Schlafanzug durchgeschwitzt hatte. Sie zog ihn aus, suchte einen neuen aus dem Schrank und ging ins Bad, um zu duschen und endlich das unsichtbare Blut von den Händen zu waschen, das sie bis in ihre Träume verfolgte. Ihre Finger zitterten leicht, als sie die Duschcreme öffnen wollte. Was für eine verdammte Scheiße lief da in ihrem Kopf ab?

Leo geht's gut, dachte sie. *Er wird wieder gesund!*

Mir ist nichts passiert! Warum bin ich dann so durch den Wind?

Kapitel 11

Der Wirkungsbereich von Dr. Mattis Falk war ein typisches Büro, kein Labor mit Mikroskopen, Laborschüttlern und Testgeräten. Der Molekularbiologe begrüßte Frida und Haverkorn am Samstagvormittag über aufgeschlagenen Unterlagen, die sich auf seinem Schreibtisch türmten, obwohl die meisten seiner Kollegen wohl um diese Zeit längst im Wochenende waren. Immerhin trug er einen weißen Kittel über dem blauen Hemd, was ihn als wissenschaftlichen Mitarbeiter auswies. Er mochte Mitte oder Ende vierzig sein, hatte dunkle Haare, die etwas zu lang waren für Fridas Vorstellungen von einem Biologen. Als sie ihm die Hand gab und der Ärmel seines Kittels hochrutschte, sah sie das typische Metallica-M auf seinem Arm tätowiert. Sie blinzelte, spürte seinen festen Händedruck. Der Pflanzenheini war offensichtlich nicht der hinterwäldlerische Wissenschaftler.

»Danke, dass Sie Zeit haben! Wir dachten, wir bringen es Ihnen direkt vorbei«, sagte sie und reichte ihm die Papiertüte, in der sie einen Zweig des Eichenbaums transportiert hatten, der vom angrenzenden Grundstück der Heckmanns stammte. Dem Nachbarn waren die ehemaligen Pflegeeltern nebenan ganz offensichtlich ein Dorn im Auge. Er hatte Frida und Haverkorn sofort hereingebeten, als sie ihr Anliegen formulierten.

»Früher hatten sie immer diese Pflegekinder«, berichtete der gebückte Rentner mit dem grauen Haarkranz. Sein blühender Garten war der komplette Gegensatz zu dem ungepflegten Gestrüpp bei den Heckmanns. »Heute haben sie keine Pflegekinder mehr, dafür einen Haufen halb verwilderte Katzen, die mir überall in den Garten machen! Das sind Tier-Messis, das sage ich Ihnen!« Bereitwillig hatte er sie zu der Eiche geführt und ihnen sogar eine Leiter angeboten. Frida war auf den Baum geklettert, hatte nach der telefonischen Anweisung von Dr. Falk einen Zweig aus der Baummitte heruntergeholt, den er nun aus der Tüte zog.

»Ich selbst benutze ja eine Wurfbeutelschleuder«, erklärte er und zog ein langes Gestänge aus einem Schieber, an dem oben eine Schleuder befestigt war.

»Interessant!«, sagte Haverkorn und sah sich um. »Ich dachte, Sie sitzen den ganzen Tag am Mikroskop.«

Falk lachte. »Nebenan ist das Labor, aber da darf natürlich niemand ohne Schutzkleidung rein, um nichts zu kontaminieren.«

»Was untersuchen Sie denn hier noch?«, fragte Frida. »Außer Blättern?«

»Ich bin Experte für Pflanzen, Tier- und Bodenspuren. Also Tierhaare, Larven, Pollen ...«

»Pflanzenpollen?«

»Letzte Woche konnte ich in einem Prozess einen wichtigen Beweis anhand von Pollen an der Kleidung eines Opfers liefern.« Er kratzte sich am Kinn. »Deshalb werden jede Leiche, ihre Kleidung und der Fundort akribisch mit Klebefolien abgeklebt. Aber wem erzähle ich das?« Er lachte. »Pollen sind sehr kälte- und hitzebeständig«, erklärte er weiter. »Ihre Außenhaut besteht aus Sporopollenin! Dieser Stoff ist enorm effizient, schützt Pollen über Millionen von Jahren vor physischen und thermischen Einflüssen.« Er sah Frida direkt an. »Na, ich will Sie nicht langweilen!«

Haverkorn sah auf seine Armbanduhr. »Wann haben Sie ein Ergebnis für uns?«, fragte er.

Falk machte ein paar Klicks mit der Computermaus. »Das wird ein paar Tage dauern, ehe ich die DNA der beiden Blattproben extrahiert habe. Das Verfahren ist sehr aufwendig.«

»Es ist wirklich sehr dringend. Wir suchen ein vermisstes Mädchen«, sagte Frida.

»Ich tue, was ich kann!« Er sah auf. »Ich rufe Sie sofort an, wenn ich das Ergebnis habe.«

»Wie eindeutig können Sie denn feststellen, ob die Blätter vom selben Baum stammen?«, fragte Frida. »Reicht das Vergleichsverfahren aus, um einen Durchsuchungsbeschluss für das Grundstück der Heckmanns zu erwirken?«

Falk lehnte sich an ein Bücherregal und verschränkte die Arme. »Sie haben Glück, dass es sich bei dem Beweisstück um das Blatt einer Stieleiche handelt«, sagte er. »Wie ich Ihnen schon am Telefon sagte, gibt es Pflanzen, die vermehren sich in einer Art Klonprinzip, da bleibt die DNA der Exemplare natürlich gleich. Nicht so bei der Deutschen Eiche.« Ein leises Lächeln huschte über seine Lippen. »Die Wahrscheinlichkeit, dass zwei Eichen dieselbe DNA haben, liegt bei eins zu 2,4 Millionen!« Er wandte sich dem Schreibtisch zu und hielt den Beutel mit den Eichenblättern hoch. »Der Nachweis wird sehr eindeutig ausfallen, das kann ich Ihnen versichern! Entweder die Blätter stammen vom selben Baum oder nicht. Dieser Test wird nicht nur einen Ermittlungsrichter überzeugen, einen Durchsuchungsbeschluss auszustellen, sondern er wird auch im Strafprozess als Beweis anerkannt. Falls wir eine Übereinstimmung haben.«

†

Die Adresse, die Haverkorn am Vorabend von Wahler bekommen hatte, war nicht schwer zu finden. Als Frida mit ihrem Kollegen in den Wirtschaftsweg hinter dem Dorf einbog, der sich zwischen Mais- und Rapsfeldern durch die Marsch wand, erinnerte sie sich, dass sie als Kind einmal mit ihrem Vater hier ein paar Säcke Futterweizen geholt hatte. Neben ihnen segelte ein Mäusebussard in der Luft und stieß ganz plötzlich zu Boden. Was hatte er mit seinen scharfen Augen gesehen? Eine Maus oder ähnliches Getier? Haverkorn bremste ab und bog vom Weg auf einen großen Hof, der mit Betonplatten ausgelegt war. Unkraut wucherte in den Ritzen. In den Hallen, auf die sie nun zuhielten, hatte es damals einen Landmaschinenhandel und daneben einen Großmarkt für Futtermittel gegeben. Beides war, wahrscheinlich aufgrund der wachsenden Konkurrenz durch das europäische Ausland, mittlerweile pleitegegangen. Auch die Gebäude machten den Anschein von Geldsorgen. Fenster waren eingeschlagen, das Blechdach an einigen Stellen notdürftig mit Planen repariert.

An den leer stehenden Hallen flatterten riesige per Hand bemalte Stoffbanner im Wind. *Stoppt den Klimawandel! Jetzt!* Und *Die Welt brennt, wir müssen sofort handeln! Unterstützt die letzte Generation!* Frida warf Haverkorn einen fragenden Blick zu, aber er ließ sich nicht anmerken, was er dachte.

Ihr Kollege parkte vor dem ersten der beiden großen Schuppen, deren Wellblechdächer bedrohlich durchhingen. Immerhin sah die übrige Bausubstanz von Nahem noch passabel aus. Frida stieg neben einem Pick-up aus, dessen Türen ebenfalls mit Aufklebern diverser Klimaslogans übersät war. Gehörte das Fahrzeug Bill Brandstetter?

Hip-Hop-Musik dröhnte aus einer Halle, deren Tor geöffnet war. Haverkorn stieg aus, legte das Holster mit der Dienstwaffe an und zog sein Jackett darüber. Bei Zeugenbefragungen waren sie selten bewaffnet. Warum hatte er die Dienstwaffe heute dabei? Hatte es etwas mit dem Anschlag auf Leonard zu tun? Ihre Walther lag nach wie vor im Waffenschrank in Itzehoe. Sie hatte die Dienstwaffe im entscheidenden Moment nicht bei sich gehabt. Aber hätte sie Leonard damit schützen oder den Anschlag verhindern können? Hätte sie den Täter bewaffnet stellen können? Sicherlich nicht. Sie hatte ja nicht einmal gewusst, von wo aus er geschossen hatte.

Frida schüttelte ihre Schuldgefühle ab und trat durch das offene Tor. »Herr Brandstetter?«, rief sie in den Krach und sah sich um. Licht brach durch hohe verschmierte Scheiben an den Seitenwänden. Die große Halle war durch Trockenbauwände unterteilt. Im vorderen Bereich, in dem sie sich befanden, standen zwei lange Arbeitstische und ein Sammelsurium von Stühlen, die alle nach Sperrmüll aussahen. Zwei Sofas, vermutlich ähnlicher Herkunft, standen an der Wand, daneben ein Kühlschrank, an dessen Seite sich Bierkästen auftürmten. Die Wände waren ebenfalls mit riesigen Stoffbannern behängt. *1,5 Grad Celsius!* Stand auf einem. *Stoppt Kohle, jetzt!* Und: *Greta war erst der Anfang.*

Die Rapmusik kam aus dem Teil der Halle hinter der Wand.

»Herr Brandstetter?«, rief Frida durch den Türspalt, der mit einem Vorhang abgetrennt war.

Keine Antwort, nur die Bassline des Hip-Hop-Songs antwortete.

Haverkorn wischte den schweren Vorhang einfach zur Seite und ging hinein. Frida folgte ihm und blieb überrascht stehen. Sie standen in einem gemütlichen Raum mit einer Küchenzeile und einem langen Esstisch. In der rechten Ecke war eine Couchlandschaft aus Paletten und Polstern gebaut, rustikal und gemütlich. Dort stand auch der Lautsprecher, aus dem die Bässe hämmerten. Der Wohnraum wirkte aufgeräumt und sauber. Am Herd stand ein Typ mit blonden

Haaren, die ihm bis auf die Schultern fielen. Er trug über den Knien abgewetzte Jeans und ein T-Shirt, das sich über muskulöse Oberarme spannte. Noch schien er sie nicht bemerkt zu haben, rührte mit einem Holzlöffel in einer Pfanne, aus der es appetitlich nach gebratenem Gemüse duftete.

»Herr Brandstetter?« Frida versuchte, gegen das Wummern der Bässe anzukommen, und ging weiter auf den Blonden zu, während sie ihren Dienstausweis aus der Tasche zog und hochhielt.

Erschrocken drehte er sich zu ihnen um, Panik in seinem Blick. Er hob beide Hände mit einer Geste, als wolle er deeskalieren. Klare Abwehrreaktion, wenn man was auf dem Kerbholz hatte.

Frida kannte sie von ihrer Zeit auf Streife in Hamburg. »Entschuldigung! Wir haben gerufen, aber keine Antwort bekommen.«

Der Blondschopf sah erst sie, dann Haverkorn an, legte den Holzlöffel ab und drehte den Herd aus. Er nahm sein Smartphone, wischte darauf herum, die Musik erstarb. »Wer sind Sie? Presse?«

Frida blieb am Esstisch stehen. »Kripo Itzehoe, Haverkorn und Paulsen!« Sie steckte ihren Dienstausweis wieder ein, als er einen Blick daraufgeworfen hatte. »Sind Sie Bill Brandstetter?«

Der Bewohner nickte, wirkte unschlüssig. »Was wollen Sie von mir? Gibt's wieder eine Anzeige?«

»Nein, deshalb sind wir nicht hier.« Frida sah sich um, sah den Strauß Blumen auf dem Tisch. Sie war überrascht. Zu dem Raum in der vorderen Halle wirkte dieser wie der komplette Gegenentwurf. »Wir müssen mit Ihnen über Ihre ehemalige Pflegefamilie sprechen.«

Brandstetter wandte sich wieder seinem Essen zu. »Dazu habe ich nichts mehr zu sagen.«

»Wir haben Lilly gefunden«, sagte Haverkorn ruhig.

Ein Ruck schien durch seinen Körper zu gehen. Er drehte sich wieder zu ihnen, brauchte aber noch ein paar Sekunden, bis er etwas sagen konnte. »Lilly? Echt? Wo war sie denn die ganze Zeit?«

»Das wissen wir nicht«, antwortete Frida, weil Haverkorn nichts sagte.

»Und Sophie? Sie auch?«

»Wir wissen auch nicht, wo Sophie ist.«

»Ist sie okay?«, fragte er, fast unhörbar. »Lilly? Geht's ihr gut?«

Frida fühlte sich furchtbar. Sie hätten einen Kollegen vom KIT mitnehmen sollen. Immerhin hatte Bill Brandstetter wie ein Bruder mit den Mädchen zusammengelebt. Sie machte einen Schritt auf ihn zu. »Sie ist tot, Bill.«

»Tot?« Er wich zurück. Er war sichtlich schockiert. »Lilly ist tot?«

»Ja. Es tut mir sehr leid.«

Er öffnete den Mund, schloss ihn wieder. »Wie? Wie ist sie gestorben?«

»Das können wir Ihnen leider nicht sagen«, antwortete Haverkorn, weil Frida plötzlich die Worte fehlten. Sie spürte den Schmerz des jungen Mannes beinahe körperlich. Wie hätte sie es Bootz' Angehörigen erklären sollen, wenn er gestern gestorben wäre? War es das wert? Ihr Job? Warum setzten sie sich diesem Risiko aus? Sie konzentrierte sich auf Bill Brandstetter, der blass geworden war. Er musste sich an die Küchenanrichte stützen. Verdammt, gestern bei den Heckmanns war der Psychologe überflüssig gewesen. Hatte sie deshalb nicht mehr daran gedacht, ihn dazuzuholen?

»Alles in Ordnung?«, fragte sie und ging einen Schritt auf ihn zu.

Er reagierte nicht auf ihre Frage, starrte über Frida hinweg in den Raum. »Dann war es kein Unfall?«, fragte er schließlich.

»Nein«, antworte sie. »Können wir uns vielleicht hinsetzen?« Frida wies auf den Esstisch. Sie hatte Angst, dass er ihnen hier noch zusammenklappte.

Brandstetter nickte, zog einen Stuhl vom Tisch und ließ sich darauffallen. Wie nahe hatte er den beiden Schwestern gestanden? Dass ihn der Tod von Lilly Harloff nach vier Jahren sehr mitnahm, war nicht gespielt. Vielleicht waren die drei Kinder in der Pflegefamilie damals eng zusammengerückt, um die Zustände im Haus zu ertragen. Wahrscheinlich hatte er sich sogar als der Älteste der Pflegekinder verantwortlich für die beiden vier Jahre jüngeren Zwillingsmädchen gefühlt.

Frida und Haverkorn setzten sich zu ihm und warteten.

Endlich sah er ihr ins Gesicht. »Was wollen Sie denn wissen?«

»Haben Sie Lilly und Sophie Harloff seit ihrem Verschwinden vor vier Jahren noch einmal wiedergesehen?«, fragte sie direkt.

Er wischte sich etwas aus dem Auge. »Nein. Ich wünschte, sie hätten sich bei mir gemeldet. Aber nein! Seitdem nie wieder.«

»Nach dem Verschwinden der Mädchen sind Sie mehrfach im Beisein einer Betreuerin vom Jugendamt befragt worden. Gibt es etwas, was Sie damals nicht ausgesagt haben?«, fragte Haverkorn.

»Wie meinen Sie das?«

»Vielleicht hatten Sie den Zwillingen versprochen, ein Geheimnis zu bewahren«, erklärte Frida.

»Sie denken, ich wusste, wohin sie damals wollten?«

Frida schwieg, Haverkorn hatte sich zurückgelehnt, ließ ihn laut denken.

Ein kaum wahrnehmbares Kopfschütteln. »Ich weiß nicht, wo Lilly und Sophie in den letzten Jahren waren. Aber es gab damals einen Plan. Davon habe ich niemandem erzählt.«

»Einen Plan?«, hakte Haverkorn nach, lehnte sich wieder nach vorn.

»Wir wollten weg. Wir drei!« Er hob die Hände. »Ich hatte alles geplant. Am nächsten Tag wollten wir aus diesem Saustall abhauen. Aber dann waren sie plötzlich verschwunden.« Er schlug mit der flachen Hand auf die Tischplatte. »Ich hatte immer den Alten im Verdacht, dass er es rausgefunden hat oder sich Lilly verplappert hat. Sie konnte nichts für sich behalten.«

»Sie dachten, Ihr Pflegevater, Herr Heckmann, hätte den beiden etwas angetan?«

»Das dachten doch alle. Den halben Garten hat die Polizei damals umgegraben.« Er stieß Luft aus. »Aber so blöd wäre selbst der nicht gewesen, sie in seinem eigenen Garten zu verbuddeln!« Sein Blick traf Fridas. »Wo? Wo habt ihr sie gefunden?«

Frida entschied, ihm die Wahrheit über die Auffindesituation zu geben. »Auf dem Friedhof in Deichgraben. Sie wurde in einem Sarg beigesetzt.«

Er schien einen Schlag ins Gesicht erhalten zu haben. »Was?«

Frida öffnete den Mund, wusste aber nicht, wie sie sich ausdrücken sollte, ohne ihn noch mehr zu schockieren.

Haverkorn kam ihr zuvor. »Sie lag auf einer anderen Leiche in deren Sarg. Man hat Lillys Körper mit hineingelegt.«

Der junge Mann schlug die Hände vors Gesicht. Er wirkte erstarrt, dann löste sich ein Schluchzen, und sein Körper zuckte im Schmerz. Ein paar Sekunden später ließ er die Hände in den Schoß fallen. »Wer macht so einen Scheiß?«

»Das versuchen wir herauszufinden«, antwortete Frida.

»Wie?«, fragte Haverkorn. »Wie wollten Sie aus dem Haus Ihrer Pflegeeltern abhauen?«

»Ich wollte ein Fenster offen lassen, von dem aus wir hätten auf das Dach der Garage steigen können. Es hat länger gedauert zu planen, wohin ich mit den Zwillingen danach gehe. Wo sie in Sicherheit gewesen wären.« Bill Brandstetter stand auf, ging zur Spüle und füllte ein Glas mit Leitungswasser. Er trank es durstig leer.

»Und wohin wollten Sie?«

Er seufzte leise. »Wir wollten in eines der besetzten Häuser am Hamburger Hafen. Ein Kumpel aus der Schule hatte mir davon erzählt. Wir dachten, dort herrscht Anarchie. Da wären wir vor dem Jugendamt sicher. Aus heutiger Sicht war es ein schwachsinniger Plan.« Sein gequälter Blick sprach Bände. »Unsere Rucksäcke waren gepackt, am nächsten Abend, wenn die Alten vor dem Fernseher saßen, wollten wir los und mit der letzten S-Bahn nach Hamburg. Aber als ich morgens aufgestanden bin, waren Lilly und Sophie plötzlich verschwunden.«

Frida sah Brandstetter zu, während er ihnen auf ihre Bitte hin ebenfalls Mineralwasser in Gläser füllte. Mit seinem blonden Wuschelkopf und seiner durchtrainierten Figur dürfte er schon einige Herzen gebrochen haben. Hatte sich eines der beiden Zwillingsmädchen damals in ihn verguckt? Vielleicht sogar beide? Waren sie wirklich alle drei so harmonisch miteinander umgegangen, wie es in der Akte stand? Bei dreien war immer einer zu viel.

»Wie war Ihr Verhältnis zu Lilly und Sophie?«, fragte Frida.

Bill Brandstetter warf ihr über die Schulter einen Blick zu, schraubte die Flasche zu. »Das habe ich doch damals alles schon erzählt. Wir hatten ein geschwisterliches Verhältnis.«

»Es gab nie Streit? Keine Eifersüchteleien?«

»Auf wen hätte ich eifersüchtig sein sollen?« Er stellte ihnen die gefüllten Gläser hin und setzte sich wieder.

»Nicht Sie! Die Mädchen aufeinander. Sie waren zwölf, da kann man schon mal für den älteren Pflegebruder schwärmen.« Frida trank durstig, Haverkorn rührte das Glas nicht an.

Brandstetter zog die Augenbrauen zusammen. »So ein Quatsch! Die beiden waren doch noch Kinder!«

»Mit zwölf kann die Pubertät beginnen.«

»Nicht bei Sophie und Lilly! Auch ich war noch total kindlich, habe noch mit Matchbox-Autos gespielt.« Er fuhr sich durch die Haare. »Mädchen haben mich erst Jahre später interessiert!« Er atmete aus, sein Blick verlor sich im Raum. »Die beiden sind nicht mal ohne ihre Kuscheltiere schlafen gegangen. Da war niemand verknallt. Wir waren wie Geschwister.«

»Oder Sie haben es nicht bemerkt«, bohrte Frida weiter.

Ein langer Blick. »Und wenn?«, sagte er laut und konnte eine leichte Verärgerung in seiner Stimme nicht unterdrücken. »Was tut das zur Sache?« Er atmete durch, wurde ruhiger. »Denken Sie, deshalb sind sie weggelaufen?«

»Wir denken gar nichts«, sagte Haverkorn ruhig. »Aber wir müssen alle Aspekte berücksichtigen. Eifersucht ist eine starke Emotion, die Menschen schon zu schweren Verbrechen animiert hat.«

Bill Brandstetter starrte auf die Tischplatte. »Die beiden waren wie Pech und Schwefel, die haben immer zusammengehalten. Meistens gegen mich, wenn wir gespielt haben. Vor allem aber gegen diese verdammten Pflegeeltern, die uns das Leben zur Hölle gemacht haben. Der Alte hat gesoffen und ist den Mädchen immer wieder auf die Pelle gerückt. Die Alte war passiv-aggressiv, hat uns mit ihrem Rumgenöle den ganzen Tag genervt.«

»Wie meinen Sie das, er ist ihnen auf die Pelle gerückt?«, hakte Frida nach.

»Der konnte seine Griffel nicht bei sich behalten. Er hat die Mädchen immer wieder mal rein zufällig berührt oder sich an ihnen vorbeigeschoben. Solche Sachen. Das war echt übel, die haben sich in seiner Nähe nicht mehr sicher gefühlt.«

Haverkorn horchte auf. Offenbar war ihm dieser Aspekt neu. »War da noch mehr?«, fragte er. »Haben Lilly oder Sophie mal was erzählt? Ist er in ihr Zimmer gekommen?«

»Soweit ich es weiß, nein! Sie haben abends immer einen Stuhl unter die Türklinke gestellt.«

»Also hatten sie Angst, dass jemand nachts ins Zimmer kommen könnte?«

Er zuckte die Schultern. »Klar hatten sie Angst. Ich übrigens auch. Wir alle haben uns in dem Haus nicht sicher gefühlt.« Er stieß resigniert die Luft aus, flüsterte fast. »Ich bin nach dieser Tragödie zurück ins Heim gebracht worden. Auf eine Art war ich dankbar, dass ich dort rauskam.« Er sah auf. »Aber zu welchem Preis?«

Draußen erstarb ein Automotor. Dann waren Stimmen im Vorraum zu hören. Bierkästen schepperten, die Kühlschranktür wurde zugeknallt. »Billy?«, rief eine männliche Stimme. »Wo biste?« Der Vorhang wurde zurückgeschlagen, dann standen drei junge Männer im Raum. Jeans, T-Shirt und lange Haare, Überraschung in den Augen. »Du hast Besuch?«

Brandstetter stand auf. »Die Kripo. Besser, ihr wartet draußen.«

Frida sah, dass sie plötzlich auf der Hut waren, ohne Widerrede nach draußen verschwanden. Wovor hatten die

Typen Angst? Hatten sie etwas ausgefressen? Waren sie bei Klimademos dabei, warfen Dreck auf Kunstwerke, klebten sich auf der Straße fest? Oder war es die ganz normale Abwehrreaktion, wenn die Kripo im Haus war?

»Wir sind doch auch fertig, oder?« Bill sah Frida fragend an.

Sie nickte und stand auf. Ihr Kollege schob ebenfalls den Stuhl zurück.

»Können Sie mir Ihre Handynummer geben? Falls es doch noch Fragen gibt?«, fragte sie den ehemaligen Pflegebruder der Mädchen.

Er nahm einen Zettelblock aus einem Regal und kritzelte die Nummer darauf. Als er ihn ihr reichte, hielt er das Papier kurz fest, sah ihr in die Augen. »Kann ich sie sehen?«

Frida brauchte einen Moment. Dann begriff sie. »Lilly?«

Die Verletzlichkeit in seinem Gesicht rührte sie an. »Sie ist jetzt erst einmal in der Rechtsmedizin.«

Er schluckte, hielt aber ihrem Blick stand.

Frida sah, dass seine Augen glänzten. Hier weinte ein Bruder um seine tote Schwester. »Aber ich kann Sie anrufen, wenn sie dort im Verabschiedungsraum aufgebahrt ist.«

»Ja, bitte!« Er ließ den Zettel los, drehte sich weg und wischte sich über die Augen. »Ich muss sie noch mal sehen.«

Haverkorn ging vor, schob den Vorhang zur Seite. Frida folgte ihm nach draußen. Die drei Neuankömmlinge lümmelten auf der Couch, Bierflaschen in den Händen. Aus einer Box klopften Bässe in den Raum.

»Aber der Wagen bleibt danach stehen, alles klar?«, sagte Haverkorn und verließ die Halle.

Frida sah das Grinsen in ihren Gesichtern, als sie ihrem Kollegen nach draußen folgte. Sie stieg ein, merkte sich jedoch die Kennzeichen der beiden Fahrzeuge auf dem Hof.

Später im Büro würde sie eine Halterabfrage machen. Mal schauen, was sie im Polizeisystem über Brandstetter und seine Klimaschutzfreunde finden würde.

Haverkorn wirkte nachdenklich, als er vom Platz fuhr. »Viel hat es nicht gebracht. Aber dieser Missbrauchsvorwurf gegen den Vater war mir neu.«

»Und hast du bemerkt, wie aufbrausend der wurde, als ich die mögliche Verliebtheit der Mädchen angesprochen habe?« Sie dachte an Bills wütenden Blick. »Da hatten wir ihn.«

»Du denkst, er gehört auch in den Kreis der Verdächtigen?«

Frida dachte nach. »Die Reaktion war ziemlich emotional. Ich glaube, eines der Mädchen war in ihn verknallt. Oder beide. Und in ihrem Bruder-Schwester-Verbund gab es deshalb einen Konflikt, den er uns verschweigen will.«

Haverkorn gab Gas, bog vom Feldweg auf die Landstraße. »Du hast recht, wir sollten ihn im Auge behalten. Auch Kinder verletzen oder töten Kinder.«

Sie nickte und tippte die Nummer von dem Zettel in ihr Handy ein und speicherte Brandstetters Kontakt ab. »Ich werde ihn begleiten, wenn er sich von der toten Lilly verabschiedet. Schauen wir mal, ob er dann immer noch an der Version von Brüderchen und Schwesterchen festhält.«

Kapitel 12

Unschlüssig stand Frida vor dem Haupteingang des Krankenhauses, über dem sich die Frühsommerhitze festgesetzt hatte. Klinikpersonal und Besucher gingen an ihr vorbei, nahmen keine Notiz von ihrer Anwesenheit. Vielleicht dachten sie, sie gehöre zu den Rauchern, die neben ihr am Stehaschenbecher in ihren Bademänteln herumstanden. Sie wechselte den Beutel mit Obst, das sie bei einem türkischen Gemüsehändler gekauft hatte, in die andere Hand. Bootz Blumen mitzunehmen, war ihr unpassend erschienen. Obwohl er dann immer einen guten Grund gefunden hätte, sie aufzuziehen. *Wolltest mir wohl einen Antrag machen?* Ihr Geist ahmte seine tiefe Stimme nach. Aber ihr war alles recht, wenn er nur überhaupt wieder mit ihr redete.

Endlich fasste sie sich ein Herz und ging hinein. Wahler hatte vor einer Stunde angerufen und erzählt, dass Bootz auf eine Normalstation gebracht worden wäre. »Er ist wach!«, hatte ihr Chef freudig berichtet. »Hat wohl schon die Schwestern herumgescheucht.« Haverkorn hatte sie nach dem Gespräch mit Bill Brandstetter zur BKI gebracht, wo sie ihren alten Jeep abgeholt hatte. Dann war sie direkt zum Klinikum gefahren.

Sie wusste, auf welcher Station Bootz lag, kannte aber seine Zimmernummer nicht. Bei der Stationsschwester fragte sie nach, erhielt die Auskunft und ging den Gang hinunter. Vor einer Zimmertür saß ein Polizist in Uniform. Also wurde Bootz immer noch bewacht, weil der Attentäter auf freiem Fuß war. Obwohl sie eine leichte Chinohose und ein T-Shirt trug, spürte sie, dass ihr unter den Achseln der Schweiß ausbrach. Sie blieb am Fenster stehen und sah hinaus. Mehrmals atmete sie zur Beruhigung und versuchte, die Bilder von Bootz' bewusstlosem Gesicht und der pulsierenden Schusswunde am Hals zu vertreiben. Er würde genau wissen wollen, wie es abgelaufen war. Aber Bootz davon zu erzählen, war etwas anderes, als mit Torben, Jo oder Milan zu reden. Er war es gewesen, der sich die Kugel eingefangen hatte. Der hätte sterben können. Was, wenn er sie fragte, warum sie so lange gebraucht hatte, um zu ihm zu laufen?

Sie wies sich bei dem Polizeikollegen vor dem Zimmer aus. Er nickte und öffnete ihr die Tür. Zögerlich trat sie ein. Ein Zweibettzimmer, eines der Betten war leer. Bootz war hier allein untergebracht worden, damit man ihn abschirmen konnte. Vor dem zweiten Bett am Fenster saß eine blonde Frau, die sich nun zu ihr umdrehte. Jung, schmal, attraktiv. Seine Exfrau? Bootz' Blick, der sie traf, ging ihr durch und durch. »Frida!« Schwach hob er die Hand und winkte sie heran.

Die Frau stand auf. »Okay, Leo. Dann gehe ich mal!« Sie gab ihm einen Kuss auf die Stirn und nickte Frida beim Rausgehen zu. Sehr sympathisches Lächeln, sie grüßte zurück.

Als die Tür hinter ihr ins Schloss fiel und sie allein mit Bootz war, ging sie zu ihm. »Hi!« Sie legte den Beutel Obst auf seinen Nachttisch. »Soll gesund sein!«

Er blinzelte dankbar. »Setz dich!«

Sie ließ sich auf den Stuhl nieder, auf dem die blonde Frau gesessen hatte. Sollte sie fragen, wer sie war? »Habe ich euch gestört?«

»Nein. Das war Judith«, sagte er. Keine weitere Erklärung.

»Ich wusste bis gestern gar nicht, dass du verheiratet bist.«

Bootz wirkte überrascht. »Ach so, nein. Natalie war gestern hier, also meine Exfrau. Als ich wieder aufgewacht bin, ist sie zurück nach Lübeck gefahren.«

Frida nickte. Aber sie hielt der Neugier stand, nach der Frau zu fragen, die ihr jetzt den Platz an seinem Bett abgetreten hatte. »Viele Grüße von allen anderen. Sie kommen dich nach und nach besuchen. Damit dir nicht langweilig wird.«

»Danke!« Er versuchte, das Wasserglas vom Tablett neben dem Bett zu nehmen, sie half ihm. Durstig trank er, und so konnte sie ihn betrachten. An der Wange war eine verkrustete Hautabschürfung zu sehen, die er sich wahrscheinlich beim Sturz zugezogen hatte. Die Wunde am Hals war mit einer Kompresse und Pflaster versorgt worden. Frida versuchte die Bilder des Blutes, das zwischen ihren Fingern durchsickerte, zu vertreiben.

»Ist nur ein Streifschuss«, sagte Bootz, der wohl ihre Gedanken erraten hatte, und stellte das Glas zurück. »Hat ganz schön geblutet, sagte der Chirurg.« Er sah ihr in die Augen. »Danke! Für alles!«

Sie spürte, dass ihre Kehle eng wurde, und schluckte, um reden zu können. »Mach nie wieder so einen Scheiß, okay?«, sagte sie endlich.

Er hielt ihrem Blick stand. »Du bist aus der Deckung gelaufen! Warum?«

Frida schwieg. Was sollte sie antworten?

»Er hätte dich auf der offenen Straße einfach umnieten können, so wie mich. Warum hast du das getan?«

Sie sah ihn an, zuckte die Schultern. »Was hättest du an meiner Stelle getan?«

Er seufzte leise, tastete mit der Hand nach seinem Verband. »Das Gleiche!«, flüsterte er.

»Wer war dieser Kerl?«, fragte sie freiheraus. »Hast du mit jemandem eine Rechnung offen?«

Er verzog die Mundwinkel. »Ein paar Schwerkriminelle, die ich in den Knast gebracht habe, würden mich sicherlich gern in den Arsch treten.« Er spielte wohl auf seine Zeit beim SEK an, wurde wieder ernst. »Nee, ehrlich. Ich wüsste nicht, wer mich tot sehen will.«

»War das also ein Zufall? Dann läuft da draußen einer rum, der jederzeit wieder einen Polizisten angreifen kann?«, hakte sie nach.

Sein Blick ging zum Fenster. War er nur nachdenklich, oder verbarg er etwas vor ihr?

»Leo, wenn dich jemand bedroht hat, musst du es uns sagen. Wenn nicht mir, dann Wahler! Du kannst dir nicht vorstellen, was da gerade für eine riesige Suchaktion läuft.«

Er sah sie wieder an. »Ohne Erfolg, oder?«

»Immerhin haben wir das Projektil. Vielleicht ist es irgendwo registriert.«

Er stieß einen abschätzigen Laut aus. »Glaubst du das? So blöd ist doch keiner und schießt mit einer polizeibekannten Knarre auf einen Bullen.«

Frida wusste, dass in ihrem Job alles möglich war. »Ist doch jetzt auch egal. Erst mal kommst du wieder auf die Beine. Bis dahin unterstützt Bjarne uns bei dem Fall mit den Zwillingen.«

»Haverkorn, dein Ernst?« Er sah sie überrascht an.

»Die Cold Case Unit beim LKA ermittelt ebenfalls im Fall Harloff. Sie nehmen die Suche nach Sophie wieder in den Fokus. Bjarne ist die Schnittstelle zwischen den Abteilungen, sitzt erst mal bei uns auf deinem Stuhl, bis du zurückkommst.«

»Wird wohl 'ne Weile dauern. Der Arzt sagte, zwei Wochen bin ich mindestens krankgeschrieben. Die Kugel ist nur ein paar Millimeter an der Halsschlagader vorbeigerauscht. Das muss erst richtig verheilen.« Auf dem Nachttisch begann sein Handy zu vibrieren. Er nahm es in die Hand, sah aufs Display und legte es wieder weg. »Ist nicht wichtig!«

»Das nächste Mal bringe ich dir ein paar Bücher vorbei«, sagte sie und wollte aufstehen.

Er legte seine Hand auf ihren Unterarm, hielt sie zurück. »Tust du mir noch einen Gefallen?«

»Klar!«

»Gibst du mir die Nummer deiner Freundin? Aus dem Boxstudio?«

Jetzt musste sie überrascht aussehen. »Meinst du Jo?«

»Ja, die Detektivin. Ich habe einen Klienten für sie.« Er zögerte. »Ist was Privates.«

Frida zog ihr Smartphone heraus und schickte ihm Jos Kontakt auf sein Handy.

»Danke!« Erschöpft schloss Bootz die Augen. »Und Frida … vergiss diese Geschichte, schau nach vorn!« Er sah sie lange an. »Du bist eine gute Polizistin. Und du musst weitermachen! Glaub mir, du hättest es nicht verhindern können. Auch wenn ich gestorben wäre. Es hatte nichts mit dir zu tun, okay?«

Sie würgte an einer Erwiderung, fand keine Worte.

»Du musst Sophie finden. Hörst du? Das ist jetzt deine Priorität! Mit Bjarne an deiner Seite wirst du es schaffen.«

†

»Hast du die Akte komplett gelesen?«, fragte Haverkorn Sonja, als er wieder zu Hause war. Sie saß mit dem Kater auf den Beinen auf der Küchenbank, und die Terrassentür stand weit offen. Er trat kurz hinaus, sog den Geruch von gemähtem Gras ein. Dann ging er zum Wasserkrug, goss zwei Gläser ein und setzte sich zu ihr an den Tisch.

»Ich hab mir alles angesehen. Ein verzwickter Fall!« Sonja lehnte sich zurück, schloss die Augen und sah aus wie eine Katze, die sich entspannt auf dem Kissen zusammengerollt hatte. Aber er wusste, dass sie nachdachte, dass ihr Geist hellwach war.

»Ja, das stimmt. Wir waren ganz schön unter Druck damals.« Er drehte das Wasserglas in den Händen. »Es gab viele Vermutungen, aber keine Spur von den Zwillingen.«

Sie öffnete die Augen und sah ihn aufmerksam an. »Von eurer Befragung von Bill Brandstetter hast du mir ja schon erzählt. Da war offenbar nicht viel zu holen. Aber was mir nach der Studie der Akte letztlich noch fehlt, ist, woran du dich bei dem Fall erinnerst. Deine persönlichen Wahrnehmungen und Gedanken.« Sie kraulte den Kater hinter den Ohren, er schnurrte leise.

Haverkorn stellte das Glas ab und lehnte sich auf dem Stuhl zurück. »Es war ein normaler Wochentag im März für die Familie. Ich erinnere mich gut. Am Vortag war es eiskalt gewesen, und in den Morgenstunden hatte es etwas geschneit. Die Pflegemutter wollte die Mädchen morgens wecken, da waren ihre Betten leer. Sie schienen jedoch in der Nacht darin geschlafen zu haben, sie waren benutzt worden. Aber die Schuhe und Jacken der Zwillinge fehlten, und die Haustür stand einen Spalt offen. Bill, der Pflegebruder, war in einem anderen Zimmer untergebracht. Er hatte nichts mitbekommen, hatte fest geschlafen. Behauptete er jedenfalls.« Haverkorn blickte hinaus in den Garten und beobachtete einen Zaunkönig, der auf einem Ast hockte. »Der Pflegevater hatte eine Fahne, als wir ankamen, und pöbelte uns an. Die Kollegen von der Schutzpolizei haben gut reagiert und sofort die Kripo angefordert, weil ihnen das Verschwinden der Mädchen seltsam erschien.«

»Warum?«, hakte Sonja nach, als er nicht weitersprach.

»Weil die Pflegeeltern die ganze Zeit behaupteten, die Mädchen seien weggelaufen. Aber Bill, der Junge, sagte, das könne nicht stimmen, da nachts immer alle Türen abgeschlossen gewesen seien. Den Schlüssel nahm der Vater grundsätzlich an sich.«

»Vielleicht hatte er in jener Nacht vergessen abzuschließen? Kann doch mal passieren.«

»Bill beharrte in seiner Aussage darauf, er habe gehört, wie der Schlüssel der Haustür am Abend im Schloss gedreht wurde. Aber am Morgen stand sie offen, und die Mädchen waren verschwunden.«

»Und weiter?«

»Natürlich wurden zuerst ihr Schulweg und alle öffentlichen Verkehrsmittel überprüft. Wir haben Hunderte Personen befragt, die am Morgen unterwegs waren. Aber sie sind nicht gesehen worden. Dann wurde die Presse informiert und mit den Fotos der Zwillinge ein offizieller Aufruf gestartet. Es gab natürlich eine Menge Hinweise, die sich aber alle als substanzlos erwiesen.«

»Was war mit Schulfreunden?«, fragte Sonja.

»Die wurden alle befragt. Aber die beiden waren in der Klasse recht isoliert, hielten sich meist abseits der anderen.«

»Und die leiblichen Eltern?«

»Der Vater war lange drogenabhängig und starb sehr jung. Die Mutter hatte die Zwillinge mit neunzehn bekommen und kam mit den Kindern nicht allein zurecht. Das Jugendamt hat sich eingeschaltet und hat jemanden hingeschickt. Die beiden waren eine Woche nicht in der Schule erschienen und befanden sich offensichtlich tagelang allein in der Wohnung, als der Mitarbeiter des Jugendamts klingelte. Die Mutter war in der Zeit auf Sauftour. Danach kamen sie zu dieser Pflegefamilie.« Er seufzte leise. »Natürlich haben wir sie trotzdem überprüft, aber bei der leiblichen Mutter waren sie auch nicht aufgetaucht.«

»Der Bruder, Bill. Hast du selbst mit ihm gesprochen?«

Haverkorn dachte an das Gespräch mit dem Jungen im Beisein der Mitarbeiterin des Jugendamts. Bill Brandstetter war damals ein Teenager gewesen. Ein stiller Junge, der anfangs herumgedruckst hatte aus Angst, etwas Falsches zu sagen. Aber als ihm versichert wurde, dass er nicht in dieser Familie bleiben müsse, hatte er stockend ihre Fragen beantwortet. »Bill schien anfangs verwirrt über das Polizeiaufgebot. Und er wollte nicht in einem Raum mit seinen Pflegeeltern sein, das fand ich auffällig. Aber auch er behauptete, nicht zu wissen, wohin die Mädchen verschwunden waren. Er schien sich wirklich große Sorgen um sie zu machen.«

»Was hatte er für eine Erklärung, dass die Haustür morgens offen war, obwohl er das Knacken des Schlosses beim Abschließen gehört hatte?«

Haverkorn sah den Jungen vor sich sitzen. Bill hatte kaum seinen Blick halten können und schüchtern, ja beinahe ängstlich gewirkt. Nur bei einem Satz, den er ständig wiederholt hatte, war er regelrecht emotional geworden. »Er sagte immer wieder: *Der Alte war's! Er* behauptete, der Pflegevater hätte den Zwillingen etwas angetan, sie weggeschafft und dann den Anschein erweckt, dass sie weggelaufen sind.«

Sonja runzelte die Stirn. »Was meinte er damit? Dass Heckmann sie umgebracht hat?«

Haverkorn versuchte, sich zu erinnern. »Ich meine, das hat er nie so eindeutig gesagt.« Er beugte sich nach vorn, nahm die Wasserflasche und schenkte Sonja nach, dann sich selbst.

»Aber doch sicherlich damit gemeint.«

»Wir haben das Haus und den Garten der Familie komplett durchsucht, hatten tagelang Leichenhunde und einen kleinen Bagger im Einsatz. Keine Spur von ihnen.«

»Vielleicht hat der Pflegevater sie wirklich an einen anderen Ort gebracht?«

»Im Auto waren natürlich Haare und Fasern der Jacken der Mädchen auf der Rückbank. Aber er hat sie damit täglich zur Schule gefahren.«

»Auch im Kofferraum?«

»Soweit ich mich erinnere, nicht.«

»Was ist mit Blut?«

»Nein, wir haben kein Blut gefunden. Weder im Haus noch im Wagen.«

»Ihr seid also davon ausgegangen, dass Bill überreagiert hat? Oder dass er versuchte, dem Pflegevater etwas anzuhängen?«

Haverkorn dachte nach. »Anfangs haben wir ihn wirklich sehr ernst genommen. Aber es gab einfach kein Indiz für seine Anschuldigung. Und die Pflegemutter hat außerdem kein gutes Haar an Bill gelassen. Er hat wohl gern übertrieben und auch gelogen, wenn er sich davon einen Vorteil versprach.«

»Aussage gegen Aussage.« Sonja dachte einen Moment nach. »Die Pflegemutter hätte sicherlich alles gesagt, um ihren Mann rauszuhauen.«

Kapitel 13

»Schau mal, dieser Weinkühler würde gut ins Haus passen!« Sonja hielt einen Metalltopf hoch. Haverkorn schüttelte den Kopf. »Ich habe einen aus Ton. Der wäre mir auch zu wuchtig.«

Es war das dritte Antiquitätengeschäft, das sie an diesem Samstagnachmittag aufsuchten. Sie hatten viel Gerümpel und Krempel gesehen, aber tatsächlich auch ein paar Schätzchen. Er hatte für Henni eine alte geschnitzte Teigrolle gekauft, Sonja eine Kaffeemühle mit Handkurbel. In den beiden vorherigen Geschäften hatte mit den Fotos, die Haverkorn herumgezeigt hatte, niemand etwas anfangen können. Dieser Laden gehörte einer geschäftigen Dame, die noch im Gespräch mit einem Ehepaar war, das eine Standuhr mit Pendel erwerben wollte.

»Sieh mal, sie verkauft hier auch Stoffe!« Sonja ging in einen weiteren Raum der Reetdachkate, in dem Teppiche, Stoffballen, Körbe mit Schafswolle und kleine Handarbeiten wie Tischdecken und Platzdeckchen ausgestellt waren. Auf einer Schaufensterpuppe war ein Kleid mit geklöppelter Spitze ausgestellt.

»Moin!« Die Inhaberin gesellte sich zu ihnen. Sie war sicherlich schon im Rentenalter, war aber offenbar noch nicht bereit, diesen Laden aufzugeben und sich zur Ruhe zu setzen. »Suchen Sie etwas Bestimmtes?«

Sonja warf ihm einen Blick zu, und er zog die Fotos aus der Folienhülle. Es war lediglich die von der Spurensicherung fotografierte Kleidung von Lilly Harloff zu sehen. Das dunkelblaue schlichte Kleid, die Spitzenschürze und das gepunktete Tuch. Nachdem Rikarda ergebnislos bei den Kostümverleihen der Gegend nach den Kleidungsstücken gefragt hatte, war Haverkorn die Idee gekommen, sich in Antiquitätenläden umzuschauen. »Führen Sie auch Kleidungsstücke wie diese?«, fragte er die Inhaberin.

Die Verkäuferin nahm die Lesebrille, die an einer Kette vor ihrer Brust hing, und setzte sie sich auf. »Nun …« Sie betrachtete die Fotos eingehend. »Dieses Kleid sagt mir nichts, das Tuch auch nicht. Aber warten Sie …« Nachdenklich ging sie zu einem Fach, wo sie eine Lupe herausholte. Mit dieser betrachtete sie das Foto genauer. »Diese Spitze kommt mir bekannt vor!« Sie drückte Haverkorn die Fotos in die Hand. »Einen Moment!«

Sonja sah ihn fragend an, weil die Frau aus dem Raum ging. Dann kehrte sie mit einem schmalen Heft zurück, das sie auf einige der Stoffballen legte und gedankenverloren durchblätterte. »Ah ja! Hier, sehen Sie. Das könnte eines dieser Stücke sein.« Sie blickte auf. »Jedes einzelne ist ja ein Unikat. Die Frau Kruse hat sie gehäkelt.«

Haverkorn sah sich die Arbeiten an, auf die sie zeigte. Tatsächlich, die sahen ganz ähnlich aus wie die Umrandung der Schürze, die sie sichergestellt hatten. »Darf ich?«

Sie nickte. »Aber bitte!«

Haverkorn machte ein paar Fotos von den Bildern in dem Katalog. Endlich waren sie ein Stück weitergekommen.

»Diese Frau Kruse, arbeitet sie noch?«, fragte Sonja.

»Enna? Nein, schon seit Jahren nicht mehr. Die muss jetzt über neunzig sein. Falls sie überhaupt noch am Leben ist. Gehäkelte Spitze ist auch nicht mehr so gefragt.«

Sonja wirkte nachdenklich. »Kennen Sie die Dame persönlich?«

»Aber natürlich! Ich habe vor Jahren einige von Ennas Arbeiten verkauft.«

»Wissen Sie, an wen Sie diese Spitzen verkauft haben?«

Die Frau wirkte überfragt. »Wir leben ja von Laufkundschaft in diesem Geschäft. Leider nein!«

»Wissen Sie, wo Frau Kruse wohnt? Wenn sie noch lebt?« Haverkorn zog nun seinen Dienstausweis aus der Jacketttasche. »Ich muss ihr dringend ein paar Fragen stellen.«

»Eigentlich gebe ich nur ungern Adressen raus, aber wenn die Polizei das wissen will ...« Sie legte den Katalog zur Seite und ging nach vorn zur Kasse. Haverkorn und Sonja folgten ihr durch die schmalen Gänge zwischen Trödel und Antiquitäten. Auf einen Notizzettel schrieb sie eine Adresse in Altendeich. »Bitte grüßen Sie Enna herzlich von mir. Handarbeiten wie ihre sind auf dem Markt kaum noch zu bekommen.«

†

Frida schob das Friedhofstor auf, das quietschend den Weg für sie freigab. Nach dem Besuch bei Bootz wollte sie noch etwas allein sein. Und sie wollte noch einmal an das Grab ihres Schulfreundes Björn gehen, um in Stille von ihm Abschied zu nehmen.

Über ihr rauschte eine Silberpappel, deren Blätter die Sonnenstrahlen filterten und abwechselnd Licht und Schatten auf ihr Gesicht fallen ließen. Sie blieb stehen, schloss die Augen und genoss das leise Flirren des Laubs über ihr, den Geruch nach dem blühenden Jasmin am Zaun und die Ruhe, die hier auch tagsüber herrschte. Sie ging weiter, nahm den Weg, der um die Kapelle zu den Ruhestätten führte, und wandte sich dem Grab von Björn Janssen zu.

Das Absperrband um die Grabstätte war zum Glück endlich verschwunden. Die Blumen und Kränze begannen auszutrocknen, die Schleifen flatterten freudlos im Wind.

»Ach, Björn«, sagte sie leise. »Bei dieser ganzen Geschichte bist du unter die Räder gekommen.« Sie legte die weiße Rose ab, die sie mitgebracht hatte. *Ich wünschte, wir hätten uns endlich mal getroffen,* dachte sie. Vielleicht hätte es dann aber noch mehr geschmerzt, ihn hier auf dem Friedhof besuchen zu müssen.

Nur ein paar Millimeter hatten bei Leonard gefehlt, dann hätte sie zur nächsten Beerdigung gehen müssen. Wer hatte ihn umbringen wollen? Dass der Täter mit voller Tötungsabsicht gehandelt hatte, daran bestand für sie und auch für ihre Kollegen kein Zweifel. Wenn man nur verwunden wollte, schoss man nicht in Richtung des Oberkörpers. Leonard hatte sterben sollen.

Frida versuchte, die bohrenden Fragen und Gedanken wegzuschieben. Aber sie wurde das Gefühl nicht los, dass er sie heute belogen hatte. Wusste er wirklich nicht, wer auf ihn geschossen hatte? Wahler würde ganz sicher auch noch einmal mit ihm darüber sprechen. Vielleicht hatte er mehr Erfolg als sie.

Frida verabschiedete sich von Björn und versprach, bald wiederzukommen. Das schlichte Holzkreuz würde irgendwann gegen eine Steinplatte getauscht werden. Für was für eine Gravur hatten seine Eltern sich entschieden? Sie beschloss, das Ehepaar Janssen ebenfalls aufzusuchen. Oder würde sie deren Schmerz dann noch befeuern, weil sie lebte und Björn so jung gestorben war?

Frida drehte sich um, sah nachdenklich zu der Kapelle, hinter der die Frau gestern Abend plötzlich aufgetaucht und gleich wieder verschwunden war. Frida konnte nicht sagen, warum sie so sicher war, dass diese Fremde die Lilien zu dem Grab bringen wollte, an dem sie gerade stand. Es hatte nichts mit Fakten zu tun, eher mit Intuition. Auf diese zu hören, hatte ihr Haverkorn beigebracht.

Was, wenn sie in der Nähe des Grabes eine kleine Kamera aufbauen würde? Jo hätte sicherlich Equipment anzubieten, das sie in der Detektei nutzte. Aber das konnte sie nicht ohne das Einverständnis der Friedhofsverwaltung tun. Wahrscheinlich würde sich die evangelische Gemeinde dagegen verwahren, die Besucher hier heimlich filmen zu lassen. Auch Wahler wäre sicherlich nicht begeistert, wenn er davon erfuhr. Wie also sollte sie diese Frau wiederfinden? Was, wenn sie sich heute kurz vor der Dämmerung hier auf die Lauer legte? Niemand konnte ihr verwehren, den Friedhof zu betreten. Nach den Geschehnissen der letzten Tage hier in die Stille zu gehen. Frida sah sich um. Ihr Blick blieb an dem Bagger hängen. Dahinter konnte sie sich verbergen, um die nähere Umgebung wunderbar zu überschauen, ohne selbst gesehen zu werden.

†

Haverkorn und Sonja fanden die Adresse in einem der Nachbardörfer und parkten vor einer niedrigen Kate mit windschiefen Giebeln. In den kleinen Fenstern hingen Spitzengardinen. Handarbeiten von Enna Kruse? Die Holztür war niedrig. Und ihr grün-weißer Anstrich blätterte langsam ab. Ein getöpfertes Türschild offerierte den Namen *Kruse*. Hatten sie tatsächlich Glück?

Sonja klingelte, und nach einer Weile wurde die Tür geöffnet. Hinter der Türkette erschien das Gesicht einer Frau. Haverkorn schätzte sie auf Ende sechzig. Zu jung, um Enna Kruse zu sein.

»Entschuldigen Sie bitte«, wagte Sonja sich vor, weil sie

von Frau zu Frau wahrscheinlich mehr ausrichten konnte. »Wir sind auf der Suche nach Enna Kruse.«

»Das ist meine Mutter.«

»Lebt sie noch hier?«

»Was wollen Sie denn von ihr?« Ein skeptischer Blick durch den Türspalt. Die Türkette blieb straff gespannt.

Haverkorn zog den Dienstausweis aus seiner Jackentasche. Das würde sie wohl in Sicherheit wiegen. »Haverkorn und Berger vom Landeskriminalamt. Wir müssen Ihrer Mutter dringend ein paar Fragen stellen.«

Die Frau setzte eine Brille auf und sah sich den Ausweis genau an. »Polizei? Na, denn kommen Sie mal rein. Mutter sitzt in der Stube. Sie wird sich freuen, dass mal etwas Abwechslung ins Haus kommt.«

Sie wurden durch einen kleinen Flur in ein Zimmer mit einem Boden aus Eichendielen geführt. Dunkle Gründerzeitmöbel standen an der Wand, daneben tickte eine mannshohe Standuhr. Überall lagen Spitzendeckchen, auf dem Tisch, der Anrichte, der Lehne des Sofas. Auch die Gardinen waren gehäkelt. In diesem Haus schien die Zeit stillzustehen.

»Möchten Sie Tee?«, fragte die Tochter und verschwand in der Küche nebenan, als sie bejahten.

In einem Lehnstuhl am Fenster saß eine weißhaarige Frau mit wachen Augen. Haverkorn sah, dass sie ein Hörgerät trug, so musste er nicht allzu laut sein Anliegen vorbringen. Er setzte sich neben Sonja auf die Couch. »Mein Name ist Bjarne Haverkorn, ich komme von der Polizei, Frau Kruse.«

Seltsam verkrümmt lagen ihre Hände in ihrem Schoß. *Arthritis*, dachte er. Das hatte es der alten Dame sicherlich unmöglich gemacht, im hohen Alter weiterhin ihre Handarbeiten auszuführen.

»Polizei?« Sie sah von ihm zu Sonja. »Hab ich was angestellt?« Ein spitzbübisches Lächeln strahlte sie an.

Er lachte. »Nein, nein. Sie müssen uns bitte bei einer Sache helfen.« Vorsichtig zog er das Foto mit der Spitzenschürze aus der Folie. »Können Sie mir sagen, ob das eine Ihrer Arbeiten ist?«

Enna Kruse setzte die Brille auf, die an der Kette um ihren Hals hing. »Oh, die Schürze!« Sie nickte. »Natürlich ist das meine Arbeit. An der Borte habe ich ein paar Wochen im Winter gesessen. Da waren meine Finger schon ganz taub.« Sie hob ihre arthritischen Hände. »Das war eines der letzten Kleidungsstücke, das ich gefertigt habe.«

Sonja mischte sich ein. »Wissen Sie noch, wer diese Schürze damals gekauft hat?«

Enna Kruse lehnte sich zurück und schloss die Augen. »Lassen Sie mich überlegen.«

Im Hintergrund klapperte ihre Tochter mit den Teetassen.

»Was ist, Mutti? Was überlegst du?«

»Bente, die Spitzenschürze, erinnerst du dich?« Sie wies auf das Foto in Haverkorns Hand.

Bente Kruse nahm es ihm ab und nickte, als sie es sich ansah. »Natürlich! Ich habe sie fertiggehäkelt, weil deine Schmerzen damals zu schlimm wurden.«

»Wer hat sie gekauft?« Haverkorn hielt den Atem an.

»Ich glaube, das waren die Torges. Nein, ich bin mir ziemlich sicher. Das waren deine letzten Kunden, bevor du aufgehört hast.«

»Die Torges?«, hakte Sonja nach.

»Das Ehepaar Anne und Krischan Torge!«

»Haben Sie eine Adresse von ihnen?«

Bente Kruse zog die Augenbrauen hoch. »Sie wohnen nicht so weit entfernt von hier, auf dem Gutshof Westkamp.

Jedenfalls vor gut fünf Jahren, als sie regelmäßig bei Mutter etwas kauften.«

Sonja öffnete ihr Smartphone und tippte Namen und Adresse ein.

»Sie und ihr Mann sind ein wenig seltsam. Lassen Sie sich nicht abschrecken, wenn Sie sie aufsuchen. Es sind herzensgute Menschen.«

»Seltsam?«, hakte Haverkorn nach. »Wie meinen Sie das?«

Bente Kruse lächelte und reichte ihnen die gefüllten Teetassen. »Ach, die leben sehr zurückgezogen und …« Sie zögerte, suchte wohl nach den richtigen Worten. »… kleiden sich etwas merkwürdig. Irgendwie aus der Zeit gefallen, verstehen Sie? Und meistens sind sie mit ihrem Pferdefuhrwerk hergekommen. Glücklicherweise ist der Parkplatz vorm Haus groß genug.«

»Von diesem Gutshof habe ich noch nie gehört.« Haverkorn sah zu Sonja.

»Ja, der ist ziemlich abgelegen«, erklärte Bente Kruse. »Da raus fährt wohl selten jemand. Die beiden mögen die Abgeschiedenheit. Sie gehen den Menschen allgemein aus dem Weg. Ich würde mich nicht wundern, wenn sie Sie gar nicht auf ihr Grundstück lassen.«

Kapitel 14

Frida half ihrer Mutter beim Kochen. Königsberger Klopse waren eines ihrer Lieblingsgerichte. Marta kochte davon immer besonders viel und fror den Rest in kleinen Portionsdosen ein. So hatte Frida ein warmes Essen, wenn sie spät vom Dienst kam. Aber manchmal war Cat schneller gewesen und hatte die Vorräte geplündert.

Sie war schnell erwachsen geworden. Nun war sie volljährig, hätte ihre Zelte auf dem Hof abbrechen und wieder in die Welt ziehen können. Aber sie schien sich wohlzufühlen in ihrem alten Bauwagen neben der Pferdekoppel, den sie sich gemütlich eingerichtet hatte. Noch dazu schien ihr die Ausbildung im Obstbaubetrieb Spaß zu machen. Sie konnte stundenlang über Gehölze, Schnitte, Pflanz- und Erntezeiten reden, und alle ließen es über sich ergehen, weil das Mädchen so aufblühte. Auch die Arbeit mit Hetfield und Cobain, dem Hengst und dem Esel, nahm sie sehr ernst. Sie war früh auf den Beinen, um vor der Schule in den Stall zu gehen, um die Tiere zu versorgen, ihnen Bewegung zu verschaffen und die Boxen auszumisten. Für Fridtjof und Marta war diese Ausreißerin, die auf ihrem Hof ein neues Zuhause gefunden hatte, ein Segen, weil durch Cat viel mehr Bewegung und Leben eingezogen war. Und Frida hatte mehr und mehr das Gefühl, eine kleine Schwester zu haben.

»Gehst du mit rüber in den Club?« Cat brachte die Teller zur Arbeitsplatte, und Frida räumte sie in die Geschirrspülmaschine, die sie ihren Eltern zu Weihnachten geschenkt hatte. Ihr Leben lang hatte Marta mit der Hand gespült. Nun war sie froh über diese technische Hilfe, die abends leise surrend in dem Mehrgenerationenhaus arbeitete, wenn sie mit Bruno bereits vor dem Fernseher saß.

»Nein, ich habe noch was vor.« Frida schloss die Tür des Spülers und stellte ihn an.

»Was denn?« Cat ließ nicht locker.

»Ach, es geht um den Job.« Sie lehnte sich an die Arbeitsplatte. »Ich muss noch mal zum Friedhof.«

»Dahin, wo ihr die Leiche gefunden habt?«

Frida lachte. »Du hast deine Lauscher auch überall!«

»Was ist da genau passiert?«

Sie gab auf, lotste Cat zum Tisch und streckte sich auf der Bank aus. Dann berichtete sie ihr, was sie preisgeben konnte, ohne Dienstgeheimnisse zu verraten. Und sie erzählte ihr von der Frau, die am letzten Abend plötzlich neben der Kapelle aufgetaucht und sofort verschwunden war, als sie sich offenbar ertappt fühlte.

»Und du willst dich heute Abend noch mal auf die Lauer legen?«

Frida nickte.

Cat lehnte sich nach vorn. »Warum denkst du, dass sie wiederkommt? Immerhin habt ihr sie gestern vertrieben!«

»Keine Ahnung. Ich denke, ich muss es einfach versuchen! Heute besteht noch die Hoffnung, dass sie noch gar nicht weiß, dass wir das Mädchen dort im Sarg schon gefunden haben. Sobald sie davon Wind bekommt, wird sie wohl nicht mehr zum Grab kommen.«

»Aber allein macht das doch gar keinen Sinn! Der Friedhof ist doch viel zu groß. Warum nimmst du nicht ein paar mehr Leute mit? Mich, Milan und Jo? Jeder postiert sich an einer Ecke, und wir kommunizieren per Whatsapp, wenn jemand die Frau entdeckt.«

Frida sah das Mädchen an. Warum war sie nicht selbst darauf gekommen? Sie stand auf. »Na los, komm! Fragen wir die beiden, ob sie Zeit haben.«

Auf dem Hof vor der Boxhalle standen eine Menge Pkw. Heute war der Boxclub gut gefüllt. Dumpfe Schläge von den Handschuhen vermischten sich mit dem Quietschen von Turnschuhen und anfeuernden Rufen in der ehemaligen Technikhalle des Obsthofs. Im Ring war ein Kampf zugange. Milan stand an den Seilen und gab den Jungs Anweisungen. Jo schmiss die Sportsbar, an der zwei junge Frauen bei einem Fitnessgetränk saßen. Auch die Couch und die bequemen Sitzsäcke waren belegt. Am Samstagabend war der Boxclub nicht nur Trainingsort, sondern Treffpunkt der Dorfjugend.

Frida blieb bei Jo stehen. »Viel los heute?«

Ihre Freundin polierte Gläser. »Die Steuerunterlagen müssen noch etwas warten.«

Frida sah Cat an und schüttelte den Kopf. Es machte keinen Sinn, nach Unterstützung zu fragen, wenn hier die Hütte voll war. Aber der Naseweis, der sicherlich ihr stummes Zeichen verstand, scheute sich nicht, das Anliegen anzusprechen. »Hast du nachher eine halbe Stunde Zeit? So kurz bevor es dunkel wird?«

»Wofür?« Jo stellte ein Glas ins Regal.

»Frida braucht uns für eine Observation!«

»Ach, echt? Wo denn?« Ein Schmunzeln huschte über ihr Gesicht, schon war sie wieder ernst.

»Ist schon gut!«, mischte Frida sich ein. »Ich sehe ja, was hier los ist …«

Jo lehnte sich mit den Ellenbogen auf die Bar. »Erzähl doch erst mal, worum es eigentlich geht.«

Sie berichtete Jo flüsternd von der Frau, die ihnen gestern Abend entwischt war. Und dass sie hoffte, sie würde an diesem Abend einen neuen Versuch unternehmen, Blumen auf das Grab zu legen, in dem das tote Mädchen begraben worden war.

»Eine inoffizielle Observation?« Jo zog eine Augenbraue nach oben. »Oder weiß dein Chef darüber Bescheid?«

Frida erwiderte ihren Blick. »Ich will doch nur auf eine Frau warten, um mit ihr zu sprechen. Mehr nicht!«

Jo sah zu Milan, der in den Ring gestiegen war und den Boxern gestikulierend etwas erklärte. »In zwei Stunden ist es erfahrungsgemäß viel ruhiger als jetzt. Dann kann ich kurz weg. Eine halbe Stunde schafft Milan den Laden auch allein.«

»Du begleitest uns?«, fragte Cat erfreut.

»Klar! Das lasse ich mir nicht durch die Lappen gehen!« Sie nahm das nächste Glas in die Hand.

Frida sah Jo an. »Sag mal, hat Leonard sich bei dir gemeldet? Ich habe ihm deinen Kontakt gegeben.«

Jo polierte in Seelenruhe weiter. »Ja, hat er.«

Frida lehnte sich auf die Bar. »Was will er denn von dir?«

Jo sagte nichts, aber ein kurzes Zucken der Augenbraue verriet, dass es ihr unangenehm war, darüber zu reden. »Er hat einen Auftrag für mich.«

»Nun mach es nicht so spannend!«

Jo stellte das Glas ab. »Darüber kann ich nicht sprechen.«

»Er ist mein Kollege!«

»Und jetzt ist er mein Klient! Das ist vertraulich.«

Frida stutzte. »Er selbst? Mir hat er erzählt, dass er dir einen Klienten vermitteln will.«

Jo wich ihrem Blick nicht aus. »Von mir erfährst du nichts.«

»Hat es was mit der Schießerei zu tun?«

Jo schüttelte den Kopf. »Es ist was Privates. Reicht dir das?«

Frida schwieg. Das musste ihr reichen, auch wenn sie nun noch neugieriger war, wofür Bootz eine Detektivin angeheuert hatte.

Ein paar Minuten vor der Abenddämmerung parkte Frida den Jeep in einer Seitenstraße, von der aus sie hinüber zum Friedhof liefen. »Wir gehen nicht durch den Haupteingang. Vielleicht beobachtet sie den schon. Wir gehen von hinten rein. Da ist ein Loch im Zaun!« Sie folgten dem Getreidefeld, bis sie das Friedhofsareal umrundet hatten. Der Maschendrahtzaun war hier gerissen und die Lücke gerade groß genug, dass sie sich mit viel Mühe hindurchschieben konnten. Leise teilte Frida die Posten auf. »Cat. Du gehst zum Eingang. Dort steht rechter Hand ein Geräteschuppen. Dahinter kannst du dich postieren. Du meldest uns, wenn jemand durch das Tor kommt.«

»Okay!« Cat sprühte vor Tatendrang. Dieser Einsatz war genau nach ihrem Geschmack.

»Jo, du versteckst dich am besten in der Kapelle. Die Tür ist nicht abgeschlossen, und du kannst sie einen Spalt offen lassen, damit du den Weg überblicken kannst. Da muss sie vorbeilaufen, wenn sie zum Grab will.«

»Gut!« Die Detektivin schien diesen kleinen privaten Ausflug ebenso zu genießen wie Cat. Sie wirkte gelöst und gut gelaunt an diesem Abend.

»Ich verstecke mich da drüben hinter dem Bagger am Zaun. Da kann ich den Friedhof überblicken.« Frida sah in die Gesichter ihrer Observationshelferinnen. »Habt ihr eure Handys auf lautlos gestellt?«

Beide nickten.

»Gut, es wird bald dunkel. Postieren wir uns, bevor wir noch entdeckt werden.«

Frida sah Jo und Cat davongehen. Würde ihr Plan aufgehen? Oder hatte die Frau, nachdem sie sie gestern hier entdeckt hatten, zu viel Angst, noch einmal herzukommen? Vielleicht hatte sie auch im Verlauf des Tages im Radio von dem Leichenfund gehört. Oder die Zeitung gelesen, in der von der Toten auf dem Friedhof berichtet worden war.

Frida lehnte sich an die Rückwand des Baggers, behielt den Weg neben der Kapelle im Blick. Aber sie konnte sich entspannen, denn jeder Besucher musste erst einmal an Cat vorbei. Sie genoss den Blick über die Grabstätten. Sie mochte diesen Ort, jedenfalls am helllichten Tag. Langsam nahm das Licht ab, der Abend graute. Konturen wurden undeutlich, lange Schatten breiteten sich zwischen den Gräbern aus. Der Mond war hinter den ziehenden Wolken aufgegangen, schickte sein blasses Licht zu ihr nach unten.

Alles ruhig hier, schrieb Cat.

Gestern um diese Zeit hatte die fremde Frau den Friedhof mit den Blumen betreten. Aber bald schon war es so dunkel, dass Frida die Umrisse der Kapelle nur noch erahnen konnte.

Sie kommt nicht, dachte sie enttäuscht. Es war einen Versuch wert gewesen. Nun gut, ein paar Minuten konnten sie noch warten.

Frida spürte ihren Herzschlag. In diesem Moment war sie froh, dass sie nicht hier allein in der Dunkelheit auf dem Friedhof hockte, dessen unberührte Schönheit gerade zu einem schwarzen, unheimlichen Zombieland mutierte. So entstanden Horrorfilme. Denn immer wieder schien Frida zwischen den Gräbern Bewegungen zu erhaschen. Ihr Verstand spielte verrückt, wenn sie hier nicht bald wegkam.

Sie sah aufs Display, das aufleuchtete. *Da kommt jemand*, las Frida. Ihr Herz schien einen Satz zu machen. Vorsorglich schirmte sie das Licht des Displays mit der

Hand ab und schob das Smartphone unter ihre Jacke. *Ich höre Schritte*, schrieb Jo.

Lass sie zum Grab kommen!, schrieb Frida in die Gruppe.

Dann hörte sie ein Knirschen auf dem Weg. Da war jemand, kam näher und blieb schließlich am Grab von Björn Janssen stehen. Unfassbar, sie war wieder zurückgekommen!

GO!, schrieb Frida, lief los und versuchte, mit dem Handydisplay den Weg auszuleuchten, um nicht zu stürzen. Jo stand plötzlich neben Frida, Cat ein paar Sekunden später.

»Meine Güte!« Die Person vor der Grabstätte wich erschrocken zurück.

Frida leuchtete dem nächtlichen Besucher ins Gesicht. »Was machen Sie hier so spät?«

»Ich?«, fragte Enno Dahlsen, der Totengräber. »Was macht ihr hier so spät? Wollt ihr, dass ich einen Herzinfarkt kriege?«

Frida fluchte innerlich. Diese Aktion war ein kompletter Reinfall. »Wir haben jemand anderes erwartet.«

»Etwa die Grabschänder?« Der Totengräber lachte auf und lüftete die Schirmmütze. »Ich hab einen Spaziergang gemacht und wollte nach dem Rechten sehen. Aber wenn die Polizei hier ist, kann ich ja Feierabend machen.«

†

Viel schneller, als sie gedacht hatten, wurde es dunkel. Haverkorn und Sonja blickten auf die Rinder, die wiederkäuend vor ihnen auf einer Wiese standen. Sie hatten sich verfahren, waren in einen falschen Weg abgebogen und am Ende vor dieser Koppel gelandet. Er setzte zurück und blieb in einer mit Regenwasser gefüllten Fahrrinne eines Treckers stecken. Sonja stieg aus und leitete ihn an. Gefühlvoll versuchte er, seinen Dienstwagen freizubekommen. Endlich zogen die Räder wieder an. Ihm war bereits die Lust vergangen, den Gutshof der Eheleute Torge zu suchen.

Sie hatten lange mit Mutter und Tochter Kruse Tee getrunken und über alte Zeiten geplaudert. Es war eine gemütliche Runde gewesen. Erst kurz vor Sonnenuntergang hatten sie sich verabschiedet, und Sonja hatte unbedingt noch zu dieser Adresse fahren wollen.

Endlich fanden sie die richtige Zufahrt zum Gutshof und standen schließlich vor einer hohen Steinmauer, die sich vom Auto aus gesehen offenbar um das gesamte Grundstück zog. Die Autoscheinwerfer leuchteten ein schweres Metallgittertor an. Haverkorn machte den Motor aus, stieg aus und ging auf das Tor zu, aber es war fest verschlossen. Es gab weder ein Namensschild noch eine Klinke. Ein metallischer Türklopfer war an der winzigen Pforte angebracht, die ebenfalls abgeschlossen war. Er versuchte, dahinter etwas zu erkennen, trat näher ans Tor heran, blickte jedoch in undurchdringliche Finsternis. Er zuckte zusammen, weil sich dahinter plötzlich etwas bewegte. Zwei riesige Hunde mit aufgerissenen Mäulern sprangen hinter den Gitterstäben hoch und begannen wie verrückt zu kläffen. Haverkorn wich erschrocken zurück. Auch Sonja war ausgestiegen, wartete jedoch, bis er wieder am Wagen war. »Seltsames Anwesen!«, sagte sie.

»Wir sollten im Hellen zurückkommen. Verriegelt und bewacht, als würden hier Promis wohnen.« Er zog das Smartphone aus der Tasche und machte im Licht der Autoscheinwerfer ein Foto von Mauer und Tor. Die Hunde dahinter hatten sich beruhigt und waren in der Dunkelheit verschwunden, um sofort wieder anzuschlagen, sobald sich jemand ihrem Territorium näherte.

»Wenn das Mädchen hier war, finden wir es heraus«, sagte Sonja und stieg wieder ein.

»Und wie willst du da reinkommen? Die Schürze ist nicht mehr als ein wackeliges Indiz.« Er setzte sich auf den Fahrersitz und legte den Gurt um. »Selbst wenn die Eheleute Torge diese Schürze gekauft haben, heißt es nicht, dass sie in den letzten fünf Jahren in ihrem Besitz war. Dazu müssen wir mit ihnen sprechen.«

»Wir sollten es unseren Chefs berichten. Sie müssen entscheiden, was zu tun ist. Nicht dass wir schlafende Hunde wecken. Immerhin wird Sophie noch vermisst.«

Haverkorn startete den Motor und wendete vorsichtig, um sich nicht erneut festzufahren. Dann holperte er auf dem Feldweg zurück. Er war müde und hungrig, aber es wurmte ihn, dass sie diesen Weg umsonst gemacht hatten. Was verbarg sich hinter diesen hohen Mauern? Warum lebte jemand so abgeschieden und hinter verschlossenen Toren?

Ein Anruf ging ein, er nahm ihn über die Freisprecheinrichtung an. »Frida!«

»Wo bist du? Ich stehe bei dir vor der Tür. Wollte dir was erzählen.«

»Ich bin mit Sonja im Auto. Wir sind in zehn Minuten da. Setz dich einfach mal kurz auf die Terrasse. Der Kater freut sich sicherlich über Gesellschaft. Er wird dort schon warten.«

»Alles klar. Ich hoffe, du hast einen guten Wein offen.«

»Immer!« Er legte lächelnd auf.

Sie fuhren durch eine Ortschaft. Das Licht der Straßenlampen huschte über die Scheibe. Sonja sah ihn von der Seite an. »Du machst dir Gedanken um Frida, stimmt's?«

Haverkorn blickte sie kurz an und konzentrierte sich dann wieder auf die Straße. »Klar, sie ist ja nicht nur eine Kollegin. Wir sind Freunde.«

Sonja dachte nach. »Das meine ich nicht. Du machst dir Sorgen um sie. Gerade jetzt, nach diesem Anschlag auf ihren Kollegen.«

Er schwieg, weil er es nicht abstreiten wollte.

»Fühlst du dich immer noch für sie verantwortlich?«

Er atmete tief durch. War es so? Hatte er Schuldgefühle, weil er gegangen war und nicht auf Fridas Bitte, sie zum LKA nachzuholen, reagiert hatte? »Ich habe sie damals bestärkt, zur Mordkommission zu gehen. Gut, sie war ehrgeizig, wollte ja unbedingt zur Kripo. Auch ohne mein Zutun hätte sie diesen Karriereweg eingeschlagen. Aber, ja! Ich bin heilfroh, dass sie heute mit dem Leben davongekommen ist.« Er gab hinter dem Ortsschild wieder Gas. »Was wäre gewesen, wenn sie zuerst die Straße überquert hätte und nicht Leonard Bootz? Ich könnte es nicht ertragen, wenn ihr etwas passiert. Wir haben in den letzten Jahren so viel miteinander durchgemacht. Ich habe ihr das Leben gerettet. Und sie meins. Das verbindet!«

Sonja blickte lange geradeaus. »Du bist wirklich ein besonderer Mensch!« Zärtlich legte sie ihm die Hand auf den Arm.

Er genoss diesen innigen Moment, und plötzlich brannte ihm diese eine Frage auf den Lippen. Aber er wusste, dass es der falsche Moment dafür war.

†

Frida saß auf der Bank am Küchentisch von Haverkorns Reetdachkate und hörte seinem Bericht zu. Vorher hatte sie ihm und Sonja von der ergebnislosen Observation des Friedhofs berichtet und ein paar Lacher geerntet. Sonja schenkte Rotwein aus und stellte ein Brett mit Brotscheiben, Oliven und etwas Käse daneben. Sie hatten alle noch nichts gegessen und langten hungrig zu.

»Wir müssen mit Andreas und Nick klären, wie wir mit den Torges weiter verfahren, wenn die uns wirklich am Tor abweisen.« Haverkorn biss in ein Stück Gruyère. »Wir müssen wissen, wie diese Schürze den Weg in den Sarg genommen hat.«

»Rechtlich haben wir nicht viel Handhabe.« Sonja nippte am Wein, sah ihn nachdenklich an. »Das sind ganz offensichtlich unbescholtene Bürger. Ich habe das Ehepaar gerade mal durch unsere Systeme laufen lassen. Sie sind uns nicht bekannt, sind noch nie mit dem Gesetz in Konflikt geraten. Wenn die nicht mit uns reden wollen, können wir sie nicht zwingen.«

Der Rotwein in den Gläsern löste bei Frida eine Assoziation aus. Für den Bruchteil einer Sekunde hockte sie wieder neben Bootz und drückte seine blutende Schusswunde zu. Ihre Hände fühlten sich warm und klebrig an. Unbewusst knetete sie sie unter dem Tisch. Ihr wurde heiß im Nacken, sie begann mit einem Mal zu schwitzen. Ohne darauf einzugehen, entschuldigte sie sich bei ihren Gastgebern und ging ins Bad.

Frida wusch sich die Hände und spritzte sich kaltes Wasser ins Gesicht. Die Schweißflecken unter ihren Armen musste sie jetzt aushalten. Was passierte hier mit ihr? Warum hatte sie ständig diese Blutassoziationen? Erschöpft trocknete sie sich die Hände ab.

Es klopfte an der Badtür. »Frida, ist alles in Ordnung?« Sonjas Stimme. Sie klang besorgt.

»Alles okay, ich komme gleich!« Im Spiegel sah sie ihr eigenes Gesicht, und doch wirkte es alles andere als vertraut. Blass und schmallippig blickte sie die Fremde an. Sie sah die Angst in ihren Augen. Was hatte dieser Angriff auf Leonard mit ihr gemacht? Wo war die toughe Polizistin geblieben? Sie fühlte sich jämmerlich in ihrer Rolle, die sie vor ihren Kollegen spielte. Aber das war noch lange kein Grund, um mit einer Seelsorgerin zu sprechen. Oder doch? Warum wehrte sie sich so dagegen, obwohl sie offensichtlich irgendetwas tun musste? Das Gespräch mit Milan und Jo hatte ihr an dem Abend gutgetan. Warum fiel es ihr so schwer, professionelle Hilfe anzunehmen? Weil es dann schwarz auf weiß war, dass sie einen an der Klatsche hatte? Weil sie vielleicht für dienstuntauglich erklärt würde? Das konnte die Seelsorgerin gar nicht tun, dachte sie dann. Aber sie konnte ihr zuhören.

Frida ging wieder in die Küche und setzte sich.

»Du siehst blass aus. Willst du lieber nach Hause?«, fragte Haverkorn.

Frida schob das Weinglas zur Seite. »Ich bin einfach müde und muss mal durchschlafen.«

Er sah sie lange an. »Schlafprobleme hatte ich damals auch.«

Hörbar stieß sie den Atem durch die Nase aus, und er schien zu verstehen, dass sie nicht darüber sprechen wollte. Auch Sonja hielt sich zurück. Sie hatte gute Antennen, wusste genau, wann sie sich besser raushalten sollte. Frida lächelte sie an. »Was machen wir jetzt mit euren neuen Erkenntnissen?«

»Nun ja, wir haben nur diese Schürze, von der zwei alte Damen sagen, dass dieses Ehepaar sie vor fünf Jahren erworben hat. Das ist wirklich nicht viel«, sagte Haverkorn.

Sonja überkreuzte die Arme. »Aber ein Ansatz, dem man nachgehen sollte.«

Frida ächzte leise. »Das einzige unwiderlegbare Beweismittel ist dieses Eichenblatt aus dem Sarg. Aber es hilft uns nur, wenn wir die passende Vergleichsprobe liefern können.«

»Wann wollte Dr. Falk sich melden?«, fragte Sonja.

»Sobald er das Ergebnis hat. Aber es ist Samstagabend. Vor Montag wird da wohl nicht viel passieren.«

»Wissen wir, wie Anne Torge aussieht? Vielleicht war sie die Frau auf dem Friedhof?«

»Es gibt im Netz nirgendwo einen Eintrag über sie oder ihren Mann«, sagte Sonja.

»Morgen Vormittag sprechen wir erst mal mit Nick Wahler«, sagte Haverkorn. »Ich schlage vor, dass wir dann tagsüber noch mal zu dem Gutshof fahren und versuchen, dort jemanden zu erwischen. Der Ort ist so abgelegen, und es war heute schon dunkel. Da hätte ich Fremden auch nicht aufgemacht.«

Frida legte die Arme auf den Tisch. »Wie, glaubt ihr, passt dieser Gutshof ins Bild? Denkt ihr, die Mädchen waren all die Jahre dort hinter den Mauern eingesperrt?«, fragte sie.

Haverkorn sah Sonja an.

Sie nickte schließlich. »Ganz abwegig wäre das nicht!«

»Wenn da wirklich was dran ist, könnte Sophie noch dort sein? Eingesperrt von diesem Ehepaar?«

Schweigen am Tisch. Die Hoffnung, Sophie lebend aufzufinden, war der Motor, der sie alle antrieb.

Frida hatte das Bild eines ängstlichen Teenagermädchens vor sich, das allein in einem dunklen Kellerverlies hockte. Aber war das realistisch?

»Einen Durchsuchungsbeschluss können wir vergessen!« Sonja stand auf und lehnte sich an die Spüle. Sie hatte erhitzte Wangen. Der Fall ging auch ihr an die Nieren. »Vielleicht sollten wir morgen erst mal auf dem Grundstück nach einer Eiche Ausschau halten. In der Dunkelheit konnten wir ja kaum was erkennen.«

»Mir wird schon unwohl bei dem Gedanken, da noch mal hinzufahren.« Haverkorn unterdrückte ein Gähnen. »Die Hunde waren ganz schön scharf.«

»Unabhängig von dem Eichenblatt konzentrieren wir uns jetzt erst mal auf das Ehepaar Torge!«, sagte Sonja. »Wer hinter hohen Mauern und Gittern mit scharfen Wachhunden lebt, der hat bestimmt was zu verbergen!«

Kapitel 15

Am Sonntagmorgen kam Frida aus der Dusche und hörte den Vibrationston ihres Handys auf dem Nachttisch. Sie hatte am Abend eine Schlaftablette genommen, um durchschlafen zu können, und war tatsächlich erst kurz vor acht aufgewacht. Schnell steckte sie das Handtuch fest, ging zum Nachttisch und sah, dass es die Nummer vom LKA war. »Herr Dr. Falk. Guten Morgen!«

»Guten Morgen. Ich hoffe, ich habe Sie nicht an Ihrem freien Tag geweckt.«

»Nein, bin schon auf. Sind Sie etwa im Büro?«

»Ich hatte Ihnen doch ein schnelles Ergebnis versprochen!« Er räusperte sich leise. Sie hörte Papier rascheln. »Also, ich habe die ganze Nacht drangesessen und soeben das Ergebnis der Analyse vor mir liegen.«

»Ja?« Frida spürte ihre Aufregung. Würde dieser Moment dem Fall eine Wendung geben? Hatten sie endlich etwas Konkretes in der Hand? Sie sah durchs Fenster auf die Blätter der Kastanie, die leise im Wind flatterten. Ein herrlicher Frühsommertag brach in der Marsch an.

»Die Vergleichsprobe war kein Treffer. Der Baum ist nicht der richtige. Tut mir leid!«

Sie atmete aus, spürte ihre Enttäuschung. »Das wäre auch zu einfach gewesen. Vielen Dank für Ihren Anruf. Und dafür, dass Sie wegen uns am Wochenende Überstunden gemacht haben.«

»Nicht dafür! Das Labor ist mein zweites Zuhause!« Er

lachte. »Melden Sie sich, wenn Sie eine neue Probe haben. Schönen Sonntag!«

»Für Sie auch!« Sie drückte das Gespräch weg und blieb noch einen Moment am Fenster stehen. Unten auf dem Hof lief Cat mit einer Forke zu den Ställen. Bruno, der Setter, rannte vornweg. Sie hörte einen scharfen Pfiff, der Hund bremste ab und rannte zu ihrem Vater, der mit einer Schubkarre Mist in Richtung der Koppel ging. Frida öffnete die Fensterflügel komplett und atmete befreit durch. Es war ein Tag, der sie mit blauem Himmel und Sonnenschein nach draußen lockte. Sie würde heute ein paar Stunden mit ihrem Hengst verbringen. Er war in den letzten Tagen viel zu kurz gekommen. Aber erst einmal freute sie sich auf das gemütliche Familienfrühstück, das Marta auf dem Tisch hatte, wenn alle Tiere versorgt waren. Danach würden Haverkorn und Sonja sie abholen, um zum Gespräch mit Wahler ins Büro zu fahren. Im Anschluss an das Gespräch mit ihrem Chef wollten sie erneut zu diesem Gutshof fahren.

Frida wollte das Handy gerade weglegen, als sie sah, dass sie auf dem Display einen Anruf in Abwesenheit angezeigt bekam. Er war um 3.18 Uhr eingegangen. Sie hatte wohl zu fest geschlafen, um den Vibrationsalarm zu hören. Unruhe befiel sie. Wer hatte sie mitten in der Nacht versucht zu erreichen? Das konnte nichts Gutes bedeuten.

Sie tippte auf das Icon der entgangenen Anrufe und sah den Namen des Anrufers: *Leonard Bootz*. Seltsam. Warum rief er sie nachts an?

Nun bemerkte sie, dass er ihr auch auf die Mailbox gesprochen hatte. Sie wischte sich die nassen Haare aus dem Gesicht und hörte die Sprachnachricht ab. »Frida!« Ein Moment Schweigen. »Scheiße, geh doch ran! Sonst bist du immer sofort am Handy.« Sie hörte ihn atmen. »Ich brauche deine Hilfe! Ruf mich an, ja? So schnell wie möglich!«

Seine Stimme hatte einen seltsamen Unterton, der bei ihr eine Gänsehaut auslöste. Klang er so, wenn er Angst hatte?

Sie rief Bootz zurück, aber es klingelte einmal, dann ging seine Mailbox ran. Verdammt! Hatte er das Handy ausgestellt? Nun probierte sie es im Krankenhaus, ließ sich mit der Station verbinden. Es klingelte lange, bis eine Schwester abnahm.

»Frida Paulsen von der Kripo. Ich muss sofort mit Leonard Bootz sprechen.«

Stille am anderen Ende.

»Hallo? Hören Sie mich? Es ist dringend.«

»Ja, es tut mir leid. Das geht leider nicht.«

»Ich bin eine Kollegin von der Kripo und muss sofort mit ihm sprechen.«

»Das verstehe ich ja, aber …«

Frida spürte das Schlagen ihres Herzens. War Leonard in der Nacht im Krankenhaus etwas passiert? »Was ist los?«, rief sie aufgeregt. »Jetzt reden Sie schon!«

»Der Patient ist nicht mehr da. Heute Morgen um sechs Uhr, als die Nachtschwester noch einmal nach ihm sehen wollte, war sein Bett leer. Herr Bootz ist seitdem verschwunden.«

†

Auf der Etage der Mordkommission im zehnten Stock der BKI herrschte eine Betriebsamkeit, die Haverkorn an diesem Sonntagmorgen überraschte. Er wartete, bis Sonja durch die Automatiktür getreten war, und ging voraus. Beinahe das gesamte Team schien anwesend zu sein. Sie schoben sich an zwei Kollegen aus dem Bereich Internetkriminalität vorbei, die Wahler zu dieser Mordkommission geholt hatte und die in ein Gespräch vertieft waren. Sonja folgte ihm in den Besprechungsraum und sah sich neugierig um. Er hatte Nick Wahler angerufen, und der Leiter der Mordkommission hatte sie ins Büro bestellt. Aber der Besprechungsraum war besetzt, nur Frida fehlte. Sie war nicht zu Hause gewesen, als Haverkorn sie abholen wollte, ans Handy ging sie auch nicht. Was war hier los?

»Bjarne! Da seid ihr ja! Setzt euch schon mal.« Nick Wahler stand schon wieder unter Strom, sein Gesicht war gerötet. Er drückte sich das Handy ans Ohr.

»Darf ich dir Sonja Berger …«

Wahler nickte ihr zu. »Später!« Schon drängelte er sich nach draußen.

»Klaus, was ist denn los?«, fragte Haverkorn den mittlerweile dienstältesten Kollegen, der wirkte, als wäre er aus dem Tiefschlaf gerissen worden. Sein Hemd war falsch geknöpft, getrocknetes Ei klebte auf seiner Knopfleiste.

»Alle sind in Bereitschaft. Leonard ist aus dem Krankenhaus verschwunden.«

»Was?« Haverkorn zog Sonja einen Stuhl vom Tisch, ließ sie sich setzen. »Was ist passiert? Ich denke, er hatte einen Kollegen vor der Tür.«

»Ja, der Personenschutz war die ganze Nacht da. Aber als die Nachtschwester ins Zimmer ging, war Leonards Bett leer.«

»Gab es Kampfspuren?«, fragte Sonja.

»Keine Ahnung.« Klaus sah sie fragend an. »Und Sie sind …?«

»Sonja Berger.« Sie reichte ihm die Hand.

»Sonja arbeitet mit mir in der Cold Case Unit«, erklärte Haverkorn.

»Na, schau an, das LKA beehrt uns schon zu zweit!« Klaus schüttelte ihr herzlich die Hand, seine Miene hellte sich auf.

»Wir wollten mit Wahler was besprechen.« Haverkorn sah sich suchend um. »Das wird wohl erst mal nichts werden.«

»Er hat kurzfristig ein Teammeeting angesetzt. Mal schauen, was er von uns will.«

Haverkorn ging in die Teeküche, um zwei Tassen Kaffee zu holen, und überließ Sonja dem Silberrücken, der ihr die Kollegen der Mordkommission vorstellte. Die Automatiktür der zehnten Etage ging auf, Frida kam herein. Sie sah abgehetzt aus.

Er rief sie und ging ihr entgegen. »Wo warst du?«

»Im Krankenhaus. Leonard ist weg! Hast du es schon gehört?«

Er nickte.

»Beim Personenschutz herrscht Chaos. Und auch das Krankenhauspersonal ist völlig durch den Wind. Keiner weiß, was passiert ist. Die können nur sagen, dass Leo gestern Abend gegen zweiundzwanzig Uhr noch im Zimmer war. Der Personenschützer saß die ganze Nacht vor seiner Tür, war wohl nur kurz auf dem WC. Aber um sechs Uhr bei der letzten Runde der Nachtschwester war Leonard weg.«

»Ist jemand Fremdes ins Zimmer eingedrungen?«

»Sah nicht danach aus! Es wirkte, als wäre er nur kurz vor der Tür, um einen Spaziergang zu machen. Aber von ihm gibt es seit gut fünf Stunden keine Spur. Sein Handy ist weg. Und die Klamotten, die er sich hatte bringen lassen.« Frida zog Haverkorn in ein leeres Büro. »Er hat mich heute Nacht noch kontaktiert.« Sie gab ihm ihr Smartphone und ließ ihn Leonards Mailboxnachricht abhören.

Frida! Scheiße, geh doch ran! Sonst bist du immer sofort am Handy. Ich brauche deine Hilfe! Ruf mich an, ja? So schnell wie möglich!

»Klingt nicht gut.« Haverkorn gab ihr das Handy zurück. »Hören wir erst mal, was Nick zu sagen hat.« Er ging zurück auf den Gang, Frida folgte ihm. Was hatte das zu bedeuten? War Leonard mit Gewalt aus dem Krankenhaus gebracht worden, oder war er selbst gegangen, weil er sich dort nicht sicher fühlte?

Wahler kam aus seinem Büro und winkte sie in den Besprechungsraum. Dort setzten er und Frida sich neben Sonja.

»Wo ist der Kaffee?«, fragte sie und zwinkerte Frida zu.

»Entschuldige! Später!« Haverkorn sah den Leiter der Mordkommission an, der hinter seinem Stuhl stehen geblieben war und sich mit den Armen auf der Rückenlehne abstützte.

»Willkommen, zusammen! Ja es stimmt, was der Flurfunk sagt, Leonard ist heute Nacht aus dem Krankenhaus verschwunden.«

Ein Raunen ging durch den Raum.

»Der Kollege vor dem Zimmer, der ihn beschützt hat, hat nichts bemerkt. Er war in der Nacht zweimal direkt gegenüber auf Toilette. Und er sagt, es war die ganze Nacht ruhig.«

Das Raunen wurde lauter, geflüsterte Diskussionen setzten ein. Wahler ließ es durchgehen. Er redete einfach lauter. »Frida hat in der Nacht eine Nachricht von Leonard erhalten, die uns Grund zur Sorge gibt. Kannst du sie bitte mal abspielen?«

Frida legte ihr Handy auf den Tisch und holte mit ein paar Klicks Leonards aufgeregte Stimme in die Besprechung.

»Das ist alles, was wir bis jetzt wissen. Horst Lüttje versucht, Leonards Handy zu orten. Warten wir ab, was dabei rauskommt.«

Als die Lautstärke im Raum anstieg, hob er einen Arm.

Sofort war Stille. »Die Suche nach Leonard hat höchste Priorität. Vor allem, weil wir mittlerweile die Auswertung der ballistischen Untersuchung des Projektils haben, das wir vor dem Gebäude bergen konnten.« Er sah Frida an. »Dieser zweite Schuss ist in der Erde eines Blumenkübels gelandet, war nicht verformt. Dieses Projektil konnte die Ballistik für eine Vergleichsprobe nutzen. Und tatsächlich war uns die Waffe, mit der auf Leonard geschossen wurde, nicht unbekannt.«

Haverkorn sah Frida an. Sie machte ein Pokerface, knetete aber unter dem Tisch ihre Hände.

»2016 gab es in Lübeck eine Schießerei im Drogenmilieu, die für einen Mann tödlich endete. Das KDD hat innerhalb von vierundzwanzig Stunden mithilfe des SEK einen Schwerkriminellen verhaften können. Leonard hat einen von ihnen ausgeschaltet und bei ihm die Tatwaffe sichergestellt. Eine Heckler & Koch SFP 9. Die Schüsse auf Leonard wurden von ebendieser Waffe abgegeben!«

»Unfassbar«, raunte eine Kollegin von hinten.

»Warum ist die Waffe nicht in der Asservatenkammer?«, fragte Anja.

»Genau das ist das Problem.« Wahler sah unzufrieden aus. »Drei Jahre nach der Tat wurde am Landgericht Lübeck der Prozess gegen den Täter eröffnet. Kurz bevor der Staatsanwalt in die Beweisaufnahme eingetreten ist, wurde festgestellt, dass die Tatwaffe aus der Asservatenkammer entwendet worden war. Da waren Profis am Werk! Es gab damals einen kleinen Justizskandal, weil das wichtigste Beweismittel fehlte.«

»Dann ist der Täter freigekommen?«, fragte Klaus.

»Nein, er sitzt eine Haftstrafe ab. Aber nicht wegen Totschlags.« Wahler hielt kurz inne. »Auch wenn er eingefahren ist, existiert die Organisation weiter. Und wir müssen davon ausgehen, dass man versucht hat, an Leonard Rache zu nehmen.«

»Warum gerade jetzt?«, fragte jemand. Haverkorn kannte die Stimme nicht.

Wahler zuckte die Achseln. »Wissen wir nicht.«

»Wie konnte ein so wichtiges Beweisstück aus der Asservatenkammer verschwinden?«, fragte Frida aufgebracht.

Diese Fragen setzten Wahler sichtlich zu. Haverkorn mochte jetzt nicht in seiner Haut stecken. Wahler persönlich konnte nichts für diesen Skandal, aber da er damals in Lübeck als Führungskraft beim Kriminaldauerdienst gearbeitet hatte, als Leonards Vorgesetzter, musste er nun Rede und Antwort stehen. »Ich weiß noch, es gab damals eine lange Untersuchung, die aber kaum Erkenntnisse erbrachte. Es muss jemand aus Polizeikreisen die Finger im Spiel gehabt haben, ein Einbruch war es jedenfalls nicht. Das war monatelang Thema in allen Abteilungen.«

»Und wie geht's jetzt weiter?«, fragte Klaus. »Wenn eine kriminelle Vereinigung hinter Leonard her ist, ist sein Leben keinen Pfifferling wert. Falls er noch lebt!«

Frida zuckte neben ihm zusammen. Haverkorn legte ihr die Hand auf den Arm. Sie sah ihn dankbar an.

»Wie ich schon sagte, die Suche nach Leonard hat gerade in ganz Schleswig-Holstein höchste Priorität! Wir bekommen Hilfe vom LKA. Die Kollegen von der OK schicken uns jemanden. Und auch SEK und MEK sind einsatzbereit. Und die V-Leute sperren in Lübeck in den kriminellen Kreisen die Ohren auf.«

Organisierte Kriminalität, dachte Haverkorn. Schlimmer ging es fast nicht mehr. Wenn Leonard da draußen allein gegen diese Gang stand, war er Freiwild. Außer er hatte ein Versteck gefunden, das niemand kannte. Oder einen Freund, der ihn versteckte und sein Geheimnis bewahrte.

Denn wenn die Tatwaffe im letzten Jahr durch Mithilfe eines Polizeibeamten oder Bediensteten des Staates aus der Asservatenkammer verschwunden war, gab es offensichtlich einen Maulwurf in ihren Reihen, der auch Informationen an Kriminelle weiterleitete oder verkaufte. Vielleicht war Leonard deshalb abgetaucht. Weil er sich auch mit einem Personenschützer vor der Tür in Lebensgefahr befand. Oder weiterhin bedroht worden war.

Wahler zog den Stuhl vom Tisch und setzte sich. »Nun seid ihr erst mal auf Stand. Sobald es Neuigkeiten gibt, bekommt ihr sie sofort!« Er nahm eine Flasche Wasser vom Tisch und trank durstig. »Aber es gibt auch einen anderen Grund, weshalb ich die Besprechung angesetzt habe.« Er wischte sich einen Tropfen vom Kinn. »Heute Morgen ging ein anonymer Hinweis in unserer Leitstelle ein, der an mich weitergegeben wurde. Ein Mann hat Angaben gemacht, ohne seine Identität preiszugeben. Er will beobachtet haben, wie in den frühen Morgenstunden ein Mann einen Sack mit schwerem Inhalt in ein Auto lud und davonfuhr. Er habe sich dabei immer wieder umgesehen, sagte der Anrufer. Sein Verhalten sei auffällig gewesen. Auch habe die Form des transportierten Sackes sehr einem Menschen geähnelt.«

»Konnte der Anrufer nicht zurückverfolgt werden?«, fragte eine Kollegin.

»Doch, zu einer öffentlichen Telefonzelle an einer S-Bahn-Haltestelle in Blankenese.«

»Und warum ist das für uns relevant?«, fragte Rikarda. »Dass irgendein Spinner mal wieder Aufmerksamkeit erregen will.«

»Normalerweise wäre ich deiner Meinung, aber die Kollegen der Leitstelle haben die Adresse durchs System laufen lassen. An der Anschrift, die der Anrufer uns nannte, wohnen Ute und Kurt Heckmann.«

Schweigen im Raum. Schon wieder die Pflegeeltern. Neben Haverkorn sog jemand heftig die Luft ein, als sei kurzfristig der Sauerstoff aus dem Raum entwichen.

»Das glaube ich nicht«, murmelte Anja. »Denkt ihr, was ich denke?«

»Reden wir hier von Sophie Harloff, die möglicherweise in diesem Sack steckte?« Klaus sprach die Vermutung laut aus.

Frida hob den Kopf. »Aber das Eichenblatt, das bei Lilly gefunden wurde, stammt nicht vom Grundstück der Heckmanns! Mattis Falk, der Molekularbiologe, hat mich heute Morgen angerufen. Die Spur war kalt!«

Wahler nickte nachdenklich. »Es war eine Möglichkeit. Aber wenn Heckmann tatsächlich etwas mit dem Verschwinden der Zwillinge und dem Tod von Lilly Harloff zu tun hatte, wird er sie nicht an seiner Wohnadresse versteckt und getötet haben. Es muss woanders eine Eiche geben, die ins Profil passt.«

»Aber warum sollte Heckmann Sophie dann vor seinem Wohnhaus in sein Auto laden? Da stimmt doch was hinten und vorne nicht«, sagte Anja.

»Das müssen wir herausfinden!« Wahler streckte die Schultern durch. »Ich möchte, dass wir uns heute noch einmal diese Familie vornehmen. Wir brauchen einen Durchsuchungsbeschluss für das Haus und den Garten. Aber unsere Indizien sind hauchdünn! Wir müssen wissen, ob Heckmann noch weitere Immobilien besitzt oder nutzt. Wir überprüfen die Verkehrsüberwachung, ob sein Kennzeichen irgendwo an diesem Morgen auftaucht. Dann natürlich sein Handy! Vielleicht lassen die Funkmasten, wo es sich ins Netz eingewählt hat, einen Rückschluss zu, um seinen Weg heute Morgen zu verfolgen. Wir müssen wissen, wohin er mit seiner Fracht gefahren ist.« Wahler teilte die

Aufgaben im Team auf. »Frida, Bjarne und …« Er sah die unbekannte Kollegin fragend an.

»Sonja«, half ihm Haverkorn.

»Sonja! Erst mal willkommen an Bord. Ihr fahrt noch mal zu den Heckmanns. Bringt sie her, und vernehmt sie, am besten getrennt.«

»Als Beschuldigte?«, fragte Frida.

»Nein, erst mal als Zeugen. Wir müssen diesem anonymen Tipp nachgehen. Fragt sie, ob sie etwas vor dem Haus bemerkt haben. Klopft auf den Busch. Vielleicht kriegen wir sie, weil wir einen von ihnen beim Lügen ertappen. Oder weil sie sich widersprechen.«

»Gut!«

Wahler sah Haverkorn an. »Ach so! Was wolltet ihr noch mit mir bereden?«

Haverkorn warf ihr und Sonja einen fragenden Blick zu. »Nicht so wichtig. Darum kümmern wir uns später.« Sonja nickte. Auch Frida war einverstanden, die Hinweise zum Gutshof und zu den Eheleuten Torge erst einmal zurückzustellen.

Wahler sah auf seine Uhr. »Gut!«, sagte er laut. »Ihr wisst, was zu tun ist. Wir treffen uns hier in zwei Stunden wieder. Meine Bürotür steht offen, wenn ihr was gefunden habt. Ich informiere Andreas beim LKA, dass wir eine heiße Spur haben. Auf geht's!«

Kapitel 16

Frida war froh, dass sie eine Aufgabe hatte, die sie von Bootz ablenkte. Sie hatte ihm mehrere Nachrichten auf der Mailbox hinterlassen, aber er rief nicht zurück. Hoffentlich konnte der Standort seines Handys schnell von Lüttjes Leuten ermittelt werden. Sonst würde sie durchdrehen vor Sorge.

»Vielleicht weiß diese Judith was«, sagte sie, als sie Haverkorn zum Parkplatz der BKI folgte.

»Von wem sprichst du?«

Auch Sonja schloss auf, um mitzuhören.

»Als ich Leonard besucht habe, saß eine blonde Frau an seinem Bett. Wahrscheinlich seine Freundin. Vielleicht weiß sie, wo er ist.«

»Kennst du ihren Nachnamen?«

Frida blieb hinter Haverkorns Dienstwagen stehen. »Nein!«

»Wo wohnt sie?«, fragte Sonja.

»Keine Ahnung. Ich habe sie nur kurz gesehen und weiß, dass sie Judith heißt.«

Haverkorn klickte auf den Autoschlüssel, die Blinker des Wagens leuchteten auf, und die Türen wurden entriegelt. Sie stiegen ein. »Sie musste ja an dem Personenschützer vorbei. Er führt eine Liste. Da müsste sie draufstehen.«

»Du hast recht! Und wer hat diese Liste jetzt?«

»Nick Wahler, schätze ich.«

Haverkorn fuhr vom Parkplatz, und Frida rief ihren Chef an, der sofort ranging. »Frida?«

»Sag mal, mir fällt gerade was zu Leonard ein. Er hatte Besuch von einer Frau namens Judith, als ich ihn besucht habe.« Sie atmete durch. »Sie wirkten sehr vertraut miteinander. Vielleicht sind sie ein Paar, und er ist bei ihr untergetaucht. Du hast doch sicherlich seine Besucherliste von den Kollegen des Personenschutzes bekommen?«

»Nein, noch nicht.« Er schien nachzudenken. »Judith … wie sah sie aus?«

»Blond, zierlich, sehr hübsch!«

»Dann war das wahrscheinlich Judith Mehring. Leonard und ich haben mit ihr beim KDD zusammengearbeitet.«

»Eine Kollegin?«, fragte Frida überrascht.

»Ja, sie haben sich oft in derselben Schicht einteilen lassen. Sie waren in Lübeck sehr eng. Deshalb hat sie von mir auch die Berechtigung zum Besuch bekommen, als sie von Leonards Verletzung erfahren hat.«

»Rufst du sie mal an, ob er bei ihr untergekrochen ist?«

»Du denkst, er hat eigenständig das Klinikum verlassen?« Wahler wurde im Hintergrund gerufen.

»Ist doch eine Möglichkeit!«

»Okay, ich rufe Judith an und melde mich dann bei dir.« Er legte auf.

»Judith ist eine Kollegin vom KDD. Sie sind wohl befreundet«, erklärte Frida und ließ sich nicht anmerken, was diese Information mit ihr machte. War sie eifersüchtig auf diese Frau? Was sie dort im Zimmer gesehen hatte, war mehr als ein kollegialer Umgang gewesen. Sie hatte Leonard bei der Verabschiedung auf die Stirn geküsst. Vielleicht verband die beiden mehr, als Wahler ahnte. Nun, da er in Itzehoe arbeitete, konnten sie endlich offen eine Beziehung führen, was unter Kollegen derselben Abteilung nicht gern gesehen war. War es da nicht naheliegend, dass er zu ihr ging, wenn er sich verstecken wollte?

»Dann wissen wir bald, ob Leonard bei ihr in Lübeck ist«, sagte Haverkorn. »Bleib ruhig, ja?«

Frida schwieg während der Fahrt, Haverkorn und Sonja unterhielten sich leise. Judith Mehring beschäftigte sie mehr, als ihr lieb war. Sie sah ihr attraktives Gesicht vor sich, wie sie sie beim Hinausgehen angelächelt hatte. Hatte sie gewusst, dass sie Leonards Partnerin war, ihre Nachfolgerin?

Eine Nachricht von Wahler ging ein. *Judith weiß nicht, wo Leonard ist. Er hat sich nicht bei ihr gemeldet.*

Waren das nun *good* oder *bad news*? Frida wusste es nicht, hoffte nur, dass er an einem sicheren Ort war. Die neuen Informationen zu dieser Drogengang, die es wohl auf Leonard abgesehen hatte, ließen ihr keine Ruhe.

Hatte er sie bewusst angelogen bei ihrem letzten Gespräch? Hatte er da ganz genau gewusst, wer auf ihn geschossen hatte? Oder war es ihm erst später klar geworden? Wenn diese Typen ihn im Krankenhaus ausfindig gemacht hatten, standen die Chancen fifty-fifty, dass Leonard ihnen aus eigener Kraft entkommen war.

Sie antwortete ihrem Chef per WhatsApp. *O. k.! Kannst du Leonards Anruferliste vom Telefonanbieter besorgen?*

Jo, dachte sie plötzlich. Vielleicht hatte er in der Nacht auch die Detektivin versucht zu erreichen. Warum war sie nicht eher darauf gekommen? Sie wählte Jos Nummer und sah das flache Marschland vorbeifliegen, während sie wartete, dass ihre Freundin den Anruf annahm. Aber sie ging nicht ran, irgendwann sprang ihre Mailbox an. Vielleicht saß sie in einer Besprechung mit einem Klienten? Sie tippte eine Nachricht, *Ruf mich bitte mal dringend zurück*, und schickte sie ab. So oder so, sie würde später ins Boxstudio gehen und schauen, ob Jo dort war.

Frida sah aus dem Fenster. Sie fuhren durch ein Dorf, das sie kannte. Die bunten Stockrosen in einem der Gärten waren aufgeblüht und wiegten sich leicht im Wind. Vor dem Hofladen in der Ortsmitte waren Kisten mit Pflaumen, Beeren und frühen Äpfeln aufgebaut. Als sie zehn Jahre in Hamburg gelebt hatte, war das Landleben für sie zu eintönig gewesen. Sie hatte die Großstadt genossen, dieses Angebot an Restaurants, Kneipen und Kulturstätten, die multikulturelle Vielfalt der Bewohner. Selbst die Lautstärke auf den Straßen bis in die Nacht. Damals hatte sie sich nicht vorstellen können, wieder zurückzugehen aufs Dorf.

Dann war alles anders gekommen, und sie war wieder ins Haus ihrer Eltern auf den Obsthof gezogen. Und nun erwog sie sogar, im Elternhaus eine Wohnung zu beziehen, auf dem Land sesshaft zu werden. Sie dachte über Torben nach und daran, wie gern sie mit ihm diesen Traum leben würde. Aber selbst wenn er zustimmte, wusste sie, dass das Leben unschöne Überraschungen bereithalten würde. Dass es sich von einer Sekunde auf die andere vom größten Glück zur schlimmsten Katastrophe wandeln konnte. Was, wenn diese Drogentypen Leonard in ihrer Gewalt hatten? Oder noch schlimmer, wenn Leo längst tot war?

»Wir sind da«, sagte Haverkorn und parkte vor dem Haus der Heckmanns ein. »Bereit?«

Frida öffnete ohne eine Antwort die Autotür. Immer noch besser mit diesem schlecht gelaunten Ehepaar zu sprechen, als über Leonard nachzudenken. Sie wollte gerade die Straße überqueren, als ihr der blaue Volvo V90 auffiel, der zwei Autos vor ihrem in einer Parklücke stand. Sie schaute in ihr Handy, wo sie sich Heckmanns Fahrzeugtyp und sein Kennzeichen notiert hatte. »Wartet mal!« Sie ging zu dem Volvo und umrundete ihn. Der Kombi war im Fond lang genug, um eine Leiche zu transportieren. Zwei leere Bierkästen standen auf der Ladefläche, ein paar zerknüllte

Burgertüten lagen herum. Sonst war nichts zu sehen. Hatte Heckmann mit diesem Wagen in den frühen Morgenstunden eine lebende Person oder eine Leiche transportiert? Sie blieb hinter dem Fahrzeug stehen, und ihre Finger fingen an zu kribbeln, als ihr zwei kleine dunkle Tropfen auf dem Lack auffielen. Auf der blauen Farbe der lackierten Stoßstange kaum auszumachen. Aber ihr fielen sie ins Auge, weil sie nach Spuren der nächtlichen Aktion gesucht hatte. Übelkeit legte sich auf ihre Zunge. Sie ahnte, was dort am Fahrzeug klebte, atmete tief durch.

»Seht ihr das?« Sie zeigte mit dem Finger darauf. Haverkorn hockte sich hin, Sonja beugte sich näher heran. »Blutspritzer?«, fragte sie.

»Könnte alles sein«, sagte Haverkorn.

»Lasst uns eine Probe davon nehmen. Immerhin steht sein Auto auf einer öffentlichen Straße«, schlug Frida vor.

Haverkorn richtete sich auf. »Ich habe Beweismitteltüten im Wagen. Macht ein paar Fotos davon. Auch so, dass das Kennzeichen sichtbar ist.«

Frida fotografierte den Volvo aus verschiedenen Blickwinkeln, machte Nahaufnahmen der Blutstropfen und war froh, dass sie keinen neuen Schweißausbruch bekam. Wahrscheinlich, weil das Blut, falls es welches war, längst getrocknet war. Immer wieder blickte sie zum Haus der Heckmanns und erwartete, dass der wütende Fahrzeuginhaber gleich aus der Haustür stürzen und sie anschreien würde. Aber das Auto stand versetzt zum Haus, vielleicht war ihre Aktion noch nicht aufgefallen.

Haverkorn hatte Einweghandschuhe angezogen und kratzte behutsam mit einem Schlüssel über den getrockneten Spritzer, ohne den Lack zu beschädigen. »Sieht wirklich aus wie Blut!« Vorsichtig wischte er die winzigen Partikel in die Tüte.

»Kann sein, dass der Schnelltest bei der KT ergibt, dass es kein menschliches Blut ist. Aber wenn doch …« Er schob die beiden Tüten in die Innentasche seines Jacketts. »… dann haben wir genug in der Hand, um Heckmann in der Vernehmung Feuer unterm Arsch zu machen.«

Sie überquerten die Straße und betraten das Grundstück. Eine Katze saß auf dem Deckel der blauen Papiertonne und putzte sich. Eine zweite wartete vor der Tür und maunzte, um von ihnen ins Haus gelassen zu werden. Die Haustürklingel funktionierte noch immer nicht. Frida klopfte laut mit der Faust an die Tür.

Ute Heckmann öffnete, und die zwei Katzen huschten durch ihre Beine ins Innere. Heute hatte sie keine Lockenwickler im Haar, machte auch keinen überraschten Eindruck. »Sie schon wieder.« Mit verschränkten Armen stellte sie sich in den Eingang. »Ist wieder eines unserer Pflegekinder aufgetaucht?«

»Tag, Frau Heckmann!«, sagte Frida. »Wir würden Sie gern mitnehmen, Sie und Ihren Mann. Es geht um eine Zeugenaussage.«

»Kurt?«, rief sie laut nach drinnen und sah Frida an. »Zeugenaussage? Wir haben schon alles gesagt, was wir wissen.«

»Es geht um eine andere Angelegenheit«, sagte Haverkorn und stellte sich neben Frida. Ein wenig kollegiale Vehemenz konnte hier nicht schaden.

»Und wer ist *sie*?«, fragte die ehemalige Pflegemutter und zeigte auf Sonja.

»Eine Kollegin vom LKA in Kiel«, antwortete Frida. »Sie ermittelt ebenfalls im Fall Ihrer verschwundenen Pflegetöchter.«

Kurt Heckmann schob sich neben seine Frau. »Was ist hier los? Belästigen die dich?«

»Moin, Herr Heckmann«, grüßte Haverkorn. »Wir

möchten Sie gern einladen, mit uns in die Bezirkskriminalinspektion zu kommen. Wir benötigen eine Aussage von Ihnen.«

»Nix da!«, knurrte Heckmann und klemmte die Daumen hinter die Hosenträger. »Wir haben genug mit Ihnen geredet.«

»Dann fragen wir Sie hier«, entschied Frida. »In den Morgenstunden wurde ein Mann hier vor Ihrem Haus beobachtet, wie er einen verdächtigen Gegenstand in ein Auto geladen hat. Es geht um diesen blauen Volvo auf der anderen Straßenseite.«

»Was?« Heckmann erstarrte regelrecht.

»Was können Sie uns dazu sagen?«

»Das ist doch unser Wagen«, mischte sich seine Frau ein.

»Waren Sie der Mann, Herr Heckmann, der einen schweren Sack ins Auto geladen hat und damit weggefahren ist?«, bohrte Frida weiter.

»Verschwinden Sie, sofort!«, brüllte der Befragte.

»Kurt war die ganze Nacht hier im Haus«, sagte Ute Heckmann. »Bis jetzt! Wer erzählt so einen Unsinn?«

»Haben Sie etwas dagegen, wenn wir uns Ihr Fahrzeug im Innenraum ansehen?«, fragte Frida.

»Wollt ihr mich verarschen?« Heckmann trat einen Schritt vor. »Ihr untersucht hier gar nichts. Ich will, dass ihr verschwindet!« Er hob den Arm und zeigte auf die Straße. »Wenn ihr etwas durchsuchen wollt, dann bringt mir so einen … wie heißt der Wisch?«

»Durchsuchungsbefehl!«, half ihm seine Frau.

»Dann könnt ihr wiederkommen. Unbescholtene Bürger terrorisieren, das könnt ihr. Aber zwei verschwundene Mädchen finden, das ist zu viel verlangt.« Heckmann ging in die Diele, zog seine Frau am Arm hinter sich her. Dann flog die Tür ins Schloss.

»Das war dann wohl nix«, sagte Sonja.

»Ich glaube, der hatte Panik«, sagte Frida.

»Gut, bringen wir die Proben von der Substanz auf seinem Volvo zur Kriminaltechnik ins Labor.«

Frida checkte ihr Handy. Weder Leonard noch Jo hatten zurückgerufen. Sie versuchte es nochmals bei ihrer Freundin, und auch dieses Mal sprang nur Jos Mailbox an. »Könnt ihr mich auf unserem Hof absetzen? Ich muss da was abklären.« Sie erzählte ihnen vom Gespräch mit Leonard und seiner Frage nach Jos Nummer.

»Was ist das für ein Auftrag?«, fragte Haverkorn.

»Keine Ahnung. Angeblich etwas Privates. Auch Jo wollte mir dazu nichts sagen. Aber vielleicht weiß sie, wo er jetzt ist.«

»Gut. Und dein Auto? Das steht noch in Itzehoe.«

Frida zog ihren Autoschlüssel aus der Tasche, hielt ihn Sonja hin. »Würdest du es mitbringen?«

Lächelnd nahm sie den Autoschlüssel entgegen. »Klar!«

»Der erste Gang geht schwer, und die Kupplung rutscht ein wenig. Aber ansonsten schnurrt mein Senior wie ein Kätzchen.«

»Wir bleiben in Kontakt. Sobald ihr das Ergebnis der Blutprobe habt …«

»… rufen wir dich an.«

»Gut!« Frida wollte gerade bei Haverkorn ins Auto steigen, als ihr eine junge Eiche in den Blick fiel. Sie ging hinüber. »Seht ihr das?« Der Baum war nicht so hoch gewachsen wie die Stieleiche im Nachbargarten der Heckmanns. Aber er entfaltete sein Blätterdach genau dort, wo Heckmanns Volvo geparkt worden war. Frida drehte sich zu ihren Kollegen um. »Ich glaube, Dr. Falk bekommt eine weitere Blattprobe.«

Kapitel 17

Frida ließ sich auf dem Hof absetzen, um im Boxclub mit Jo zu sprechen. Haverkorn fuhr weiter nach Itzehoe und brachte mit Sonja die Proben zur Kriminaltechnik der BKI. Das Eichenblatt würde Sonja für Dr. Mattis mitnehmen, wenn sie am Abend wieder zurück nach Kiel fuhr.

Milan war im Büro des Boxclubs, als Frida hereinschneite. Er saß über einigen Unterlagen, die er auf dem Schreibtisch zu verschiedenen Stapeln sortiert hatte. Hinter ihm stand noch die Klappliege mit zusammengerolltem Schlafsack, auf der er ab und zu im Club übernachtete, wenn es wieder spät geworden war. »Verdammte Umsatzsteuer!« Entnervt lehnte er sich zurück. »Jedes Quartal dasselbe!«

»Ist Jo hier?«, fragte Frida.

»Ist heute nicht da.« Milan sah auf. »Wieso, was ist los?«

»Ich wollte sie nur was fragen. Nichts Besonderes. Hat sie gesagt, wo sie ist?«

Milan heftete zwei Papiere in einen Aktenordner. »Sie hat sich für heute abgemeldet. Mehr weiß ich nicht.« Er blickte auf. »Wie geht's Leonard?«

Frida hockte sich auf die Ecke seines Schreibtischs. »Er ist verschwunden!«

»Was?« Milan richtete sich in seinem Bürostuhl auf. »Wie meinst du das?«

Frida berichtete ihm, was sie bisher wusste.

»Scheiße! Das klingt übel.« Milan sah sie durchdringend an. »Willst du deshalb mit Jo sprechen?«

»Ich dachte, sie hat vielleicht was von Leo gehört.«

Er nahm sein Smartphone vom Schreibtisch und wählte eine Nummer, schließlich gab er auf. »Nur die Mailbox.«

Frida wusste nicht, was sie davon halten sollte. »Okay, ich geh mal rüber zu meiner Familie. Ich habe heute noch nichts gegessen.« An der Tür blieb sie stehen. »Wie steht es mit dir? Es ist Mittagszeit, Marta hat sicherlich einen Braten auf dem Tisch. Kommst du mit?«

Milan zog einen Flunsch. »Ich würde gern, aber dann ist der Club nicht besetzt. Ein anderes Mal!« Das Bedauern stand in seinem Gesicht.

Frida verabschiedete sich und überquerte den Hof. Cat kam aus dem Stall und beeilte sich, um zu ihr aufzuschließen. »Na? Was gibt's Neues bei eurem Fall? Wisst ihr, wer die Frau vom Friedhof war?«

Frida machte ein Zeichen, dass ihre Lippen versiegelt waren.

»Ach, komm!« Das Mädchen nestelte ihre langen Haare zu einem Knoten. »Ich habe dir doch geholfen!«

»Tut mir leid, ich darf dir nichts sagen.« Sie traten in die Diele, wo es deftig nach Rinderbraten duftete. Sofort sprang Bruno um ihre Beine. Cat bog ab und ging ins Bad. Frida half ihrer Mutter, den Tisch zu decken. Sie nahm einen Teller mehr aus dem Schrank. »Darf ich Milan was rüberbringen? Er kann nicht weg.«

»Wie schade!« Marta häufte eine besonders große Portion Braten, Rotkohl und Kartoffeln auf den Teller und gab ihn Frida, die sich Besteck schnappte und nach draußen lief. Der Setter hängte sich an ihre Fersen, aber Cat pfiff ihn zurück. Er spurte augenblicklich und machte kehrt. Frida war beeindruckt, wie das Mädchen ihn erzogen hatte.

Als sie ins Büro des Boxclubs kam, stand Milan mit dem Rücken zu ihr und telefonierte. »… soll ich ihr sagen? Ich will sie nicht anlügen.« Er schwieg und hörte zu. »Ja, gut! Ich sage nichts. Bis dann.« Seine Stimme klang angespannt. Er drückte das Gespräch weg und drehte sich um. Sein überraschtes Gesicht sprach Bände.

Frida stellte den Teller auf seinen Schreibtisch. »War das Jo? Lässt sie sich verleugnen?«

»Nein!« Er gab ein Lachen von sich, das ihn verriet. »Das war ein Freund. Jo hat noch nicht zurückgerufen.«

»Aha!« Sie legte das Besteck dazu. »Viele Grüße von Marta, guten Appetit!« Sie sah ihm in die Augen und ging hinaus. Es war so offensichtlich gewesen, dass Milan ihr nicht die Wahrheit gesagt hatte. Aber warum log er? Und warum wollte Jo nicht, dass sie mit ihr sprach? Wusste sie etwas über Leonard, was Frida nicht wissen durfte?

Zurück am Mittagstisch der Familie war sie tief in Gedanken versunken und aß ohne viel Appetit, um ihren Hunger zu stillen.

»Schmeckt es dir nicht?« Ihre Mutter sah besorgt aus.

»Doch, super! Entschuldige, der Job!« Frida sah ihren Vater an, der sich mit Cat unergründliche Blicke zuwarf.

»Was ist denn?«, fragte Frida.

»Hast du schon mit Torben gesprochen?«, fragte Cat.

»Mit Torben?«

»Na, wegen eurer Wohnung! Zieht er mit dir hier ein?«

»Ach so! Nein, ich möchte persönlich mit ihm darüber reden. Wenn ich zu ihm fahre.«

Fridtjof nickte. »Du hast recht. So was fragt man nicht am Telefon. Es geht um eure Zukunft.«

Frida zerquetschte eine Kartoffel in der dunklen Soße. »Was ist, wenn er nicht will?« Sie hob den Kopf. »Wenn er in Hamburg leben möchte?«

»Was möchtest *du* denn?«, fragte Marta ruhig.

Frida antwortete nicht sofort. »Ich möchte mit Torben

zusammen sein. Und hierbleiben.« Die Vorstellung, zurück in die Großstadt zu ziehen, behagte ihr nicht. »Aber wenn er es ablehnt ...« Sie zuckte die Schultern.

»Warte doch erst mal ab«, sagte ihr Vater. »Er hat sich in den vielen Wochen, in denen er hier bei uns war, doch sehr wohlgefühlt. Und das, obwohl es so eng in deinem kleinen Zimmer war. Er hat Freunde und Familie hier.« Er setzte das Glas mit dem Bier an, das er jeden Sonntag zum Mittag trank, und wischte sich über die Lippen. »Gib ihm Bedenkzeit! Einem Mann sollte man nie die Pistole auf die Brust setzen.«

Plötzlich war Ruhe am Tisch, nicht einmal Cat aß weiter.

Frida erstarrte. Die Kartoffel auf ihrem Teller schien in Blut zu schwimmen. Ihr war übel. Sie legte das Besteck ab.

»Fridtjof! Wie kannst du so etwas sagen, nach dem, was Frida durchgemacht hat?« Marta schüttelte den Kopf.

Ihr Vater wirkte erschrocken. »Entschuldige bitte, das ist ja nur so eine Redensart. Ich hab nicht darüber nachgedacht.«

Frida stand auf. »Entschuldigt mich. Ich gehe rüber zu Hetfield und Cobain.«

Cat erhob sich ebenfalls. »Kann ich mitkommen?«

»Nein, lass mich mal bitte allein. Ich muss nachdenken! Hilfst du Marta beim Abräumen?«

»Klar!« Das Mädchen zog eine Schnute, aber sie fing an, das Geschirr abzuräumen.

Frida rief Bruno und ging nach draußen. Als sie über den Hof lief, dachte sie an Milan. Warum log er für Jo? Was sollte das? Warum vertrauten ihre Freunde ihr nicht? Oder wollten sie sie schützen? Was wussten sie?

Frida öffnete das Tor zum Stall. Ein Geruch nach Stroh, Pferdemist und Leder stieg ihr in die Nase. Schon als Teenager hatte sie sich in den Stall zurückgezogen, wenn sie Sorgen hatte. Bei ihrem Hengst fühlte sie sich geborgen und verstanden. Er spürte, in welcher Verfassung sie war. Zuerst kraulte sie Cobain die Ohren, der später dazugekommen war, um Hetfield Gesellschaft zu leisten. Auch Bruno begrüßte ihn, nahm sich aber vor seinen Hufen in Acht. Denn der Esel schimpfte laut, bis er eine Karotte bekam.

Frida ging in die nächste Box, begrüßte Hetfield und machte ihn fertig, um mit ihm eine Runde auf einem Wirtschaftsweg ums Dorf zu laufen. Er durfte immer nur kurz raus auf die Koppel, die er liebte. Aber das Wiesengrün war nicht gut für seine Hufrehe-Erkrankung. Er musste meistens auf dem Paddock stehen. Deshalb ging Frida so oft wie möglich mit ihm spazieren, weil sie ihn schon lange nicht mehr reiten konnte. Setter und Esel liefen ihnen einfach hinterher. Sie überquerten den Hof, bogen zur Koppel ab, neben dem Cats aufgemöbelter Bauwagen stand. Dort waren alle Rollos geschlossen, wahrscheinlich, um die Mittagshitze abzuhalten. Frida führte Hetfield an der langen Leine und dachte plötzlich, was sie wohl für ein seltsames Bild abgeben mussten. Aber die Dorfbewohner hatten sich längst an sie gewöhnt. Sie zog das Handy aus der Tasche und rief Torben per Videoanruf an, ließ ihn mit den Tieren reden, die auf seine Stimme reagierten. Ihr wurde schwer ums Herz, aber sie zeigte es ihm nicht. »Auch die Vierbeiner hoffen, dass du bald wieder hier bist!«

†

Frida sah sich vor dem einsamen Anwesen um, während Haverkorn auf das hohe schmiedeeiserne Tor zuging. Hinter ihr lag eine eingezäunte Viehkoppel. Weites Grasland erstreckte sich in leichten Wellen in die Marsch, war von Wettern, künstlich angelegten Bewässerungsgräben, durchzogen. Rechts neben dem Grundstück wuchs ein Gehölz, das aussah, als sei es vor vielen Jahrzehnten künstlich angepflanzt worden. Vor allem schnell wachsende Nadelhölzer, Fichten und Kiefern, standen dort. Am Rand sah Frida auch ein paar Laubbäume wie Buchen und Eschen. Ob auch Eichen dort wuchsen, konnte sie nicht ausmachen.

Sie folgte Haverkorn zum Tor. Er und sie waren allein zu den Torges gefahren. Sonja war schon auf dem Weg nach Kiel, weil Dr. Mattis Falk gleich am Nachmittag mit der zweiten Blattanalyse beginnen wollte.

Auch wenn die Heckmanns momentan im Fokus der Ermittlungen standen, wollten sie die Spur der Schürze nicht außer Acht lassen. »Nie einseitig denken, den Blick offen lassen.« Das hatte ihr Haverkorn oft genug eingeschärft. »Nicht selten sind es die unauffälligsten Details, die später zum Erfolg einer Ermittlung führen.«

Als er den Türklopfer betätigte, trat sie zu ihm. Noch blieb es ruhig. Frida blickte nach oben. Die hohe Steinmauer war imposant. Es war offensichtlich, dass sie schon so alt sein musste wie der Gutshof selbst. Also hatte nicht das Ehepaar, das jetzt hier lebte, diese Sicherheitsvorkehrungen getroffen. Aber warum wollten sie hier draußen so abgeschieden leben? Lediglich ein ausgefahrener Wirtschaftsweg führte zu ihrem Anwesen mitten in der Marsch. Vielleicht waren sie Naturfanatiker. Oder Reichsbürger. Oder die beiden gingen einfach den Menschen aus dem Weg. Frida verstand es nur allzu gut, wenn man genug hatte vom Egoismus seiner Mitmenschen. »Keiner da?«, fragte sie.

Haverkorn klopfte nochmals. Irgendwo im Inneren bellten Hunde. Mehrere Krähen flogen im Wäldchen nebenan auf. Sonst passierte nichts. »Die hören doch bestimmt, dass jemand hier draußen steht«, mutmaßte er.

»Vielleich sollten wir anrufen und uns ankündigen?«, schlug Frida vor.

»Die haben hier keinen Festnetzanschluss und auch kein Internet. Das hat Sonja schon herausgefunden.«

»Und nun?«

Haverkorn sah sich um und wollte zurück zum Wagen gehen. »Wir kommen morgen wieder.«

»Warte mal!« Frida vernahm ein leises Geräusch. Ein Rumpeln auf dem Weg, das langsam lauter wurde. »Hörst du das?«

Er lauschte ebenfalls. »Was ist das?«

Kurz darauf sahen sie einen Einspänner näher kommen, auf dessen Kutschbock ein Mann mit einem üppigen Vollbart saß. Er mochte um die fünfzig Jahre alt sein und trug eine Baumwollhose mit Hosenträgern und einen Hut mit breiter Krempe, der Frida an einen Cowboyhut erinnerte. Wilder Westen in der Marsch!

»Ho!«, rief der Kutscher. Der Wallach stoppte und warf unruhig den Kopf herum. Der Mann stieg vom Wagen. »Wer sind Sie?«, fragte er. Nicht abweisend, aber er blieb bei seinem Pferd, um es zu beruhigen.

»Kripo Itzehoe, Paulsen und Haverkorn!« Frida hielt ihren Dienstausweis hoch.

Er führte das Pferd zu ihnen, warf nur einen schnellen Blick darauf. »Und was wollen Sie hier?«

»Sind Sie Krischan Torge?«, fragte Haverkorn.

»Der bin ich. Gibt's Probleme?«

»Nein, wir haben nur ein paar Fragen. Ist Ihre Frau zu Hause?« Mit einer nachdenklichen Geste schob er den Hut zurück. »Ich denke schon. Kommen Sie!«

Der Mann trat zum Tor und entriegelte es. Die Torflügel quietschten, als er sie öffnete. Frida packte mit an.

»Warten Sie bitte kurz«, sagte er, »ich pfeife nur die

Hunde zurück. Das Auto lassen Sie besser hier draußen stehen.« Damit stieg er auf den Kutschbock und lenkte das Fuhrwerk durch das Tor.

Haverkorn stellte sich neben Frida und verschränkte die Arme. »Der wirkte eigentlich ganz okay.«

»Bis auf den Hut und die Kutsche«, sagte sie. »Hast du gesehen? Da standen Kisten mit Einkäufen drauf. Der fährt mit diesem Vehikel zum Supermarkt.«

»Bei den Spritpreisen verstehe ich das.«

Sie hörten freudiges Hundewinseln, dann gellte ein scharfer Pfiff über das Gelände, und Frida betrat mit Haverkorn das Grundstück. Sie liefen über eine kurvige Einfahrt aus gestampfter Erde, die zwischen Bäumen und Büschen zum Haus führte, das von einer hohen Ahornhecke verdeckt wurde. Links und rechts lagen riesige Rasenflächen, auf denen sich wilde Sommerblumen im Wind wiegten. Wildbienen flogen darin und sammelten eifrig Nektar. Weiter hinten sahen sie Obstgehölze, Apfel-, Pflaumen- und Mirabellenbäume. An einem von ihnen lehnte eine Holzleiter. Vor der Steinmauer wucherten Büsche, Holunder und wilder Jasmin. In den hohen Gräsern summte und zirpte es. Frida sog die Luft ein, die leicht nach Jasmin duftete. Wie selten sah man einen so schönen verwunschenen Garten? Hier war niemand mit dem Aufsitzrasenmäher zugange. Was von außen wie eine Festung wirkte, entpuppte sich nun als naturbelassenes Paradies. Der Spaziergang zum Haus kam ihr vor wie der Einstieg in eine vergangene Welt, was das vor den Eingangsstufen stehende Pferdefuhrwerk noch unterstrich.

»Bente Kruse sagte, sie seien etwas seltsam, was ihre Lebensweise angeht, aber sympathische Menschen«, sagte Haverkorn. »Ich bin gespannt, ob sie sich einfach gut verstellen.«

»Sind das die scharfen Hunde?«, fragte Frida und beobachtete die beiden Rottweiler, die sie brav hechelnd neben ihrem Herrn erwarteten.

»Alles eine Frage der Perspektive«, raunte Haverkorn, bevor sie das Haus erreichten, ein dreiflügeliges Landhaus aus Backstein, das gut erhalten wirkte. Der linke Flügel wartete mit bodentiefen Fenstern auf, hinter denen sich Pflanzen bis unter die Decke zum Licht streckten.

»Sie haben ja wirklich einen grünen Daumen«, sagte Haverkorn.

»Nicht ich, meine Frau!« Krischan Torge wandte sich um. »Und da ist sie auch schon.«

Eine dunkelhaarige Frau, einige Jahre jünger als ihr Mann, war aus der Tür getreten. Frida schätzte sie auf Mitte dreißig. »Anne? Wir haben Besuch von der Polizei aus Itzehoe.« Er drehte sich zu ihnen. »Tut mir leid, Ihre Namen sind mir leider entfallen!«

Frida ging auf die Frau zu und reichte ihr die Hand. »Frida Paulsen. Und das ist mein Kollege Bjarne Haverkorn.« Anne Torge trug ein langes ärmelloses Kleid über einer weißen Bluse. Ihr langes Haar war zu einem Ballerinaknoten am Hinterkopf zusammengefasst. Obwohl sie weder Make-up noch Schmuck trug, strahlte sie wie eine dieser natürlichen Schönheiten, die von der Natur eine schlanke Figur, hohe Wangenknochen und einen klaren Teint geschenkt bekommen hatten. Dagegen wirkte ihr Mann etwas unscheinbarer. Nur sein Cowboyhut fiel aus dem Rahmen. Frida war gespannt, ob sie herausfanden, wie dieses Paar sich gefunden hatte. Aus dem Alter, die Qualitäten eines Partners ausschließlich nach seinem Äußeren zu beurteilen, war Frida längst heraus. War es echte Liebe? War es das Geld? Dieses Haus musste eine stattliche Summe gekostet haben. Aber wer sagte denn, dass *er* das Geld in die Beziehung mitgebracht hatte? Frida blickte auf das imposante Gebäude. Am Holzgiebel war eine Jahreszahl eingeprägt: *1896*. Sie war beeindruckt. Wer hatte hier vor über hundert Jahren ein Anwesen mit einer hohen Mauer erbaut? Wahrscheinlich hatte er auch vorsorglich den Wald angelegt, durch den die Bewohner genug Holz zur Verfügung hatten, um im Winter zu heizen.

Anne Torge drückte nun Haverkorn die Hand. »Kommen Sie doch herein. Mein Mann will schnell das Pferd ausspannen und versorgen. Er kommt gleich nach.«

Der Hausherr stieg wieder auf den Kutschbock und fuhr davon, gefolgt von den beiden Hunden.

Die Gastgeberin führte sie durch die hohe Empfangshalle, in deren Mitte eine breite Treppe in die obere Etage führte. Auch im Foyer standen riesige Blumenkübel mit ausladenden Stauden. Keine Bilder oder Statuen, die Frida in einem solchen Haus erwartet hätte. Hier spielte die Pflanzenwelt die erste Geige.

»Kommen Sie bitte!« Anne Torge ging voraus und bot ihnen Plätze auf gemütlichen Sesseln in einem Salon an, der mit reichlich antiquarischen Möbeln bestückt war, die an ein Landhaus reicher Engländer des neunzehnten Jahrhunderts erinnerten.

»Einen kleinen Moment, bitte! Ich hole uns eine Erfrischung.« Anne Torge ließ sie in dem Raum allein.

Frida sah sich um. »Siehst du diese Häkeldeckchen? Da in der Vitrine?«

Haverkorn folgte ihrem Blick.

»Könnten das Arbeiten von Frau Kruse sein?«

Er stand auf und stellte sich davor, schien jedoch überfragt. »Das ist gut möglich. Aber ehrlich gesagt könnte ich sie nicht von anderen Handarbeiten unterscheiden.« Er kam zurück und stellte sich ans Fenster. »Diese Ruhe …«, flüsterte er. »Daran könnte ich mich gewöhnen.«

»Du hast es mit deinem Häuschen doch gut getroffen«, sagte Frida.

»Ja, aber da hört man Autos auf der Straße, den Rasenmäher des Nachbarn oder seine Rasentrimmer. Hier fühlt man sich wirklich, als wäre man allein.«

»Genau das lieben wir!« Anne Torge war wieder bei ihnen und trug ein Tablett mit einem Krug und Gläsern herein. »Nach einem solchen Platz haben wir lange gesucht!« Sie setzte die Getränke auf dem kleinen Holztisch ab. »Mögen Sie selbst gemachte Limonade? Heute mit Gurke und Waldmeister. Ich hoffe, sie schmeckt Ihnen.« Sie schenkte vier Gläser ein und wies einladend darauf. Frida griff zu, und noch bevor sie einen Schluck nahm, stieg ihr ein leichter Hauch des Waldmeisterkrauts in die Nase. Beim Trinken wurde es jedoch von der Gurke abgemildert, sodass die Limonade frisch, aber nicht aufdringlich schmeckte.

Haverkorn nippte ebenfalls, aber sie sah ihm an, dass er lieber pures Wasser getrunken hätte.

»Wie können wir Ihnen weiterhelfen?«, fragte die Hausherrin, als die beiden Hunde in den Salon liefen und sich brav neben ihr niederließen. Auch ihr Mann kam herein, nahm sich ein Glas Limonade vom Tablett und setzte sich auf die Chaiselongue zu seiner Frau. Durstig trank er sein Glas leer.

»Wenn ich ganz ehrlich sein darf«, begann Haverkorn, »... neben einer fachlichen Frage war es auch die Neugier, die uns zu Ihnen getrieben hat. Was für ein einzigartiges Anwesen!«

Die Eheleute lächelten. »Ja, ein wahrer Glücksgriff!«

»Aber ganz schön weitab vom Schuss«, sagte Frida. »Sie sind hier auf sich allein gestellt. Gerade im Winter ist das hier bestimmt sehr einsam.«

Krischan Torge schlug die Beine übereinander. »Genau

das mögen wir so. Wir haben hier alles, was wir brauchen. Das Haus, gemütliche Kamine, einen großen Nutzgarten, die Weite, die Stille ...« Ein Lächeln umspielte seine Lippen. Sein gestutzter Vollbart stand ihm wirklich gut, musste Frida zugeben. Und seine eisblauen Augen unter den dunklen Wimpern wirkten auf gewisse Weise anziehend. Auf den zweiten Blick musste sie einräumen, dass Krischan Torge zwar nicht diese charismatische Ausstrahlung hatte wie seine Frau, aber doch nicht unattraktiv war.

»Ich hoffe, ich bin nicht indiskret«, fragte Frida weiter. »Haben Sie Kinder? Platz ist ja reichlich hier.«

Das Lächeln des Hausherrn wurde ausradiert. Anne Torge wirkte plötzlich angespannt, ein harter Zug legte sich um ihre Lippen. Ihr Mann nahm ihre Hand und drückte sie. Frida ärgerte sich selbst über ihre Unsensibilität. »Entschuldigen Sie bitte, das war unüberlegt.«

»Ist schon gut«, sagte der Gastgeber. »Leider haben wir keine Kinder, obwohl es unser Wunsch war.« Er zeigte auf die Hunde. »Sie sind wohl der Ersatz.« Die Rottweiler spitzten die Ohren.

»Gut, also. Warum sind Sie hier?«, fragte Torge. »Ich habe noch reichlich Arbeit im Garten, die auf mich wartet.«

»Wir ermitteln in einem Fall, bei dem wir auf etwas gestoßen sind.«

»Und das wäre was?«, fragte Anne Torge.

»Eine Handarbeit, quasi ein Unikat, das Sie gekauft haben sollen.« Haverkorn zog das Smartphone aus der Tasche, öffnete die Fotos der gehäkelten Schürze von Enna Kruse und hielt das Display den beiden Eheleuten so hin, dass sie sich darüberbeugen konnten.

Frida beobachtete sie. Der Mann schüttelte den Kopf, aber seine Frau schien die Schürze sofort erkannt zu haben. »Ja natürlich, ich kenne sie. Das war eine Auftragsarbeit!

Eine Häkelschürze, die mir vor ein paar Jahren von der Leine im Garten gestohlen wurde. Eine Arbeit von Frau Kruse«, erinnerte sie ihren Mann. »Ein Einzelstück, das nicht gerade billig war, weil sie es speziell für mich angefertigt hat.«

Er nickte. »Ach ja, stimmt! Du warst außer dir, als sie weg war.«

»Wie kann hier jemand etwas von der Wäscheleine stehlen?«, fragte Haverkorn. »Schon allein Tor und Mauer sind schwer zu überwinden.« Sein Blick ging zu den beiden Hunden. »Und sie passen doch auf, oder?«

»Als wir hier eingezogen sind, hat Krischan immer das Tor offen gelassen, wenn er weggefahren ist. Es war einfacher für ihn, nicht immer absteigen und aufschließen zu müssen. In dieser Zeit muss sich jemand Zutritt verschafft haben.« Ein schneller Blick zu ihrem Mann. »Ich war im Haus, habe davon nichts bemerkt. Aber in den Tagen danach habe ich mich nicht wohlgefühlt, obwohl wir immer alle Fenster und Türen in der Nacht abschließen.«

Krischan Torge nickte. »Seit diesem Vorfall, bei dem auch einige andere wertvolle Kleidungsstücke meiner Frau verschwunden sind, lassen wir Vorsicht walten. Wir haben uns die Hunde angeschafft. Und ich schließe immer das Hoftor hinter mir. So viel Zeit muss sein.«

»Wann genau wurde die Schürze gestohlen?«, fragte Frida.

Anne Torge legte den Kopf schräg und dachte nach. »Das wird gut vier oder fünf Jahre her sein. Weißt du es noch?«, fragte sie ihren Mann.

»Wir haben die Hunde seit 2019. Dann wird es so ungefähr hinkommen.«

»Haben Sie damals Anzeige bei der Polizei erstattet?«, fragte Frida.

»Wegen ein paar Wäschestücken?« Sie lächelte resigniert. »Nein!«

»Und Sie haben keine Ahnung, wer die Diebe waren?«, hakte Haverkorn nach.

Beide schüttelten den Kopf. »Wir haben sie nicht gesehen. Erst am Abend ist mir aufgefallen, was auf der Leine fehlte«, entgegnete Anne Torge.

»Ärgerlich«, sagte Frida. Die Hausherrin sah sie an, ihr Blick flackerte, aber ihr Lächeln kaschierte das Gefühl, das sie zu verbergen suchte. Unsicherheit? Scham? Oder log sie ganz einfach?

»Gut! Eine letzte Frage: Haben Sie diese Mädchen schon einmal gesehen?« Haverkorn tippte auf ein weiteres Bild und zoomte die Gesichter heran. Das Foto zeigte die Zwillinge Harloff kurz vor ihrem Verschwinden.

Die Hausbewohner sahen es sich an und schüttelten die Köpfe. »Wer ist das?«, fragte Krischan Torge.

»Lilly und Sophie Harloff. Die Zwillinge sind vor vier Jahren aus einem Marschdorf, gar nicht so weit von hier entfernt, verschwunden.«

Anne Torge lehnte sich zurück. »Furchtbar! Und sie sind nicht wiederaufgetaucht, wenn Sie jetzt ihr Foto dabeihaben?«

»Leider nein!« Haverkorn steckte das Smartphone wieder in die Tasche. Er sah Frida an. »Gut, dann wollen wir Sie nicht weiter belästigen.« Er stand auf. »Vielen Dank für die Erfrischung!« Er hatte kaum etwas getrunken.

Fridas Glas war leer. Sie stand ebenfalls auf.

Auch Anne Torge erhob sich. »Kommen Sie vorbei, wenn Sie wieder in der Nähe sind. Wir mögen zwar einsam leben, aber ungastlich sind wir ganz bestimmt nicht! Auch wenn wir hinter einer hohen Mauer leben, wir wollen nur uns und unser Hab und Gut schützen.«

Hutterer Kolonie, Crystal Spring, 3. Juni 1999

Ludwig schloss sich den anderen auf dem Weg zur *Essenschul*, dem Speisesaal der Kinder, an. Sie hatten heute in der deutschen Schule Unterricht gehabt, was ihn langweilte, weil er durch seine deutschen Verwandten schon fließend diese Sprache beherrschte. Defizite hatte er eher in der englischen Schule, die nach dem Essen begann. Die Schulen befanden sich auf dem Grundstück der Kolonie und waren, weil sie dem Lehrplan des kanadischen Bildungsministeriums folgten, offiziell genehmigt. Ihre Lehrerin, Frau Duheme, kam von außerhalb und fiel schon durch ihre bunte Kleidung auf, die der der hutterischen Frauen gänzlich widersprach. Mit ihren spitzen Stöckelschuhen tippelte sie vor ihnen zur Gemeinschaftsküche, wo sie mit den anderen Frauen zu Mittag essen würde.

Anne stieß ihn an. »Willst du mal was sehen?«

»Klar!« Er sah die anderen Kinder schon in den Speisesaal gehen. »Aber schnell! Sonst verpassen wir das Tischgebet!«

Seine Freundin grinste und zog ihn hinter das Gebäude der Essensräume. Ihr Kleid hatte wie alle Kleider der Hutterer keine Taschen. Wo also versteckte sie ihr Mitbringsel, das Ludi in Augenschein nehmen sollte?

»Schau mal!« Anne öffnete ihre kleine Hand, in der eine zarte goldene Kette funkelte. »Die hat die Frau Duheme im Klassenraum verloren.«

»Die Lehrerin?« Ludwig war entsetzt. »Die musst du ihr zurückgeben, sonst bekommst du richtig Ärger!«

»Keiner weiß, dass ich sie habe!« Anne streichelte die Kette und zog eine Schnute. Sie wusste genau, dass in der Gemeinschaft kein solcher Privatbesitz wie teure Schmuckstücke geduldet wurden.

»Gib sie zurück!«, verlangte er und stemmte die Arme in die Hüften. »Sonst tue ich es.«

»Das wagst du nicht ...«

Ein Geräusch ließ sie beide herumfahren. Ludwig zog Anne hinter eine Ecke. Dort drückten sie sich an die Wand des Gebäudes. Aus dem Hintereingang der Essensräume trat ein Mann mit Vollbart. Er trug eine dunkle Hose und einen schwarzen Hut und zog eine Frau hinter sich her, deren Tiechel schief auf dem Kopf saß, als habe ihr jemand am Tuch gerissen. Der Mann sah sich um, dann presste er sich gewaltsam an die Frau, die einen schmerzvollen Laut von sich gab. Ludwig hörte das leise Weinen der Frau, aber sie wehrte sich nicht, ließ den Mann gewähren, der seine Hände in ihrer Bluse und unter dem Kleid vergraben hatte.

Ludwig sah Anne ins Gesicht, die sich stocksteif neben ihm an die Wand lehnte. Sie schien nicht zu atmen, schaute starr geradeaus.

Dann sah er wieder hinüber. Sein Blick wurde magisch von dem Übergriff des Mannes angezogen. Dieser ließ jetzt von seinem Opfer ab und richtete seine Kleidung. Die Frau zog ihr Kleid herunter und knotete das Tiechel wieder unter dem Kinn fest. In diesem Moment erkannte er sie.

»Ist das nicht deine Mutter?«, fragte Ludwig überrascht. »Sie hat doch Küchendienst, oder?«

Anne starrte noch immer geradeaus. Ihre schmale Brust

hob und senkte sich rasch. Tränen liefen über ihre Wangen. Die goldene Kette lag vor ihr im Staub. Sie hatte sie in ihrem Entsetzen über das, was sie beobachtet hatte, fallen lassen.

Kapitel 18

»Was hältst du von den beiden?«, fragte Frida, als sie wieder zum Auto gingen. Hinter ihnen schloss Krischan Torge das Tor. Er pfiff, und die Rottweiler folgten ihm zurück zum Haus.

»Sie waren doch ganz angenehm!« Frida stieg in den Wagen und gurtete sich an.

Haverkorn startete den Motor und setzte zurück, bis er wieder in Richtung des Wirtschaftsweges stand. Er warf einen Blick zum Eingang, bevor er losfuhr. »Nimmst du ihnen die Geschichte mit dem Diebstahl der Schürze ab?«, fragte er stattdessen.

Er beschleunigte, und Frida blickte hinaus, sah grüne Wiesen und den Koppelzaun vorbeifliegen. »So abwegig ist das nicht. Meiner Mutter wurde mal Bettwäsche von der Leine geklaut.«

Haverkorn sah sie ungläubig an. »Wirklich?« Er konzentrierte sich wieder auf den Weg, bremste leicht ab. Der Dienstwagen hüpfte über leichte Bodenwellen.

»Ja, das waren Kinder! Die haben sich daraus ein Zelt gebaut!« Frida musste lachen, weil sie selbst dabei gewesen war und danach eine Woche lang Hausarrest hatte absitzen müssen. Wie alt war sie da gewesen? Zehn oder elf?

Haverkorn erwiderte nichts, war in Gedanken versunken. »Trotzdem, irgendwas hat mich an dieser Geschichte der Torges gestört«, sagte er nach einer Weile. »Sie wirkten angespannt. Fandest du nicht?« Er wich einer Pfütze aus. »Hast du bemerkt, dass sie immer wieder seine Hand drückte?«

Das war ihr einmal aufgefallen, aber sie hatte nicht weiter darauf geachtet. Sie hatte sich auf ihre Gesichter und Stimmen konzentriert, die sie nicht so richtig hatte lesen können. Eine gewisse Aufregung war Menschen, die von der Kripo aufgesucht wurden, immer anzumerken. Entweder waren sie etwas überdreht, sagten kaum etwas oder wirkten nervös. Das war ganz normal, und so hatte sie es auch bei diesem Ehepaar wahrgenommen. Konnte sie sich vorstellen, dass Anne und Krischan die Zwillinge gekidnappt und in diesem riesigen Haus für vier Jahre eingesperrt hatten? Sie sah die hellen Zimmer vor sich, die vielen Pflanzen, den wunderschönen Garten. Konnten Menschen, die so lebten, eine solch kriminelle Seite haben?

»Was machen wir jetzt wegen dieser Schürze?«, fragte Frida. »Wir haben nichts in der Hand.«

Er fuhr nachdenklich weiter, wich einer riesigen Pfütze aus. »Erst mal schreibst du deinen Bericht für Wahler. Er wird entscheiden, was zu tun ist.« Sein Handy klingelte, und er nahm das Gespräch über die Freisprecheinrichtung an. »Haverkorn!«

»Hier ist Nick! Bist du mit Frida unterwegs?«

»Wir sind im Auto.«

»Horst Lüttje hat mich angerufen. Der Schnelltest eurer Blutprobe hat ergeben, dass es menschliches Blut ist.«

»Kein Zweifel?«, fragte Haverkorn.

»Nein!« Wahlers Stimme klang begeistert. »Und ... sie stimmt mit der Blutprobe von Lilly Harloff überein!«

»Ich fasse es nicht«, sagte Frida leise.

Ihr Chef sprühte vor Energie. »Natürlich ist es ebenso möglich, dass es sich um Blut von Sophie Harloff handelt. Diese Zwillingsgeschichte, ihr wisst schon.« *Die genetische*

Übereinstimmung, dachte Frida. Hatten sie endlich eine Spur zu Sophie?

»Wie geht's weiter?«, fragte Haverkorn.

»Wir sind unterwegs zu den Heckmanns. Der Staatsanwalt kommt mit dem Haftbefehl nach, er hat gerade einen Richter erreicht. Der unterzeichnet außerdem endlich den Durchsuchungsbeschluss für das Haus, das Grundstück und den Volvo.«

»Ja gut, wir kommen hin«, sagte Haverkorn. »In fünfzehn Minuten sind wir am Haus der Heckmanns.«

»Okay! Dann bis gleich.«

Frida hob die Hand, damit Haverkorn ihn noch nicht wegdrückte. »Nick? Warte mal! Gibt's was Neues von Leonard?«

Er zögerte. »Nein!« Nun klang seine Stimme nicht mehr so euphorisch. »Bisher leider nicht.«

»Und die Handyortung?«, bohrte sie weiter. »Läuft die noch?«

Ihr Chef senkte die Stimme. »Frida, das war kein Erfolg. Sein Handy ist aus! Aber die Kollegen überwachen es. Sobald er es einschaltet, melden sie sich bei mir.«

»Wenn er dazu überhaupt noch in der Lage ist«, sagte sie.

Hinter Wahler kam Stimmengewirr auf. »Ich muss Schluss machen. Bis gleich!« Ihr Chef unterbrach die Verbindung.

Plötzlich war das Fiepen in ihren Ohren wieder da, wie vor ein paar Tagen, kurz nach der Schießerei vor der BKI. Am nächsten Morgen war es weg gewesen, nun malträtierte es wieder ihren Hörnerv. Sie schluckte, aber der hohe Ton blieb. »Kannst du mal kurz anhalten?«

»Was ist los?« Haverkorn lenkte den Wagen auf die Rasenkante und hielt an. Frida stieg aus, warf die Tür zu und lief ein paar Schritte. Tief sog sie die Luft ein. Ihre Kehle krampfte, Tränen stiegen auf. Dieses Mal ließ sie es zu, lief weiter. Sie glaubte nicht, dass Leonards Handy wieder eingeschaltet würde. Es lag sicherlich irgendwo zertrümmert auf der Straße oder versenkt in einem Gewässer.

Wenn er von diesen Kriminellen aus dem Krankenhaus entführt und umgebracht worden war, wie sollte sie dann weitermachen? Wie konnte sie noch als Polizistin arbeiten? Machte das hier alles eigentlich Sinn?

Haverkorn fuhr langsam neben ihr her. Er ließ das Beifahrerfenster herunter. »Geht's wieder?«

Sie nahm einen letzten tiefen Atemzug und stieg wieder ins Auto. »Lass uns fahren. Finden wir Sophie!«

†

In der Zugangsstraße zum Haus der ehemaligen Pflegeeltern versperrte ein Streifenwagen die Weiterfahrt. Haverkorn wies sich aus und erklärte, zu wem sie wollten. Der Schutzpolizist ließ sie durchfahren, indem er seinem Kollegen ein Handzeichen gab, den Wagen zurückzusetzen. Es wurde schon eng in der Straße, so viele Einsatzfahrzeuge waren vor Ort. Sie parkten hinter dem weißen Transporter der Kriminaltechnik und dem BMW von Wahler. Der Leiter der Mordkommission stand mit Anja am Gartentor der Heckmanns. Sie waren mit Staatsanwalt Arnold Junkers in ein Gespräch vertieft. Der Vertreter der Justizbehörde hielt eine Aktenmappe in der Hand. Als sie ausstiegen, verfolgten sie seinen Versuch, den Leiter der Mordkommission zu überreden, am Abend eine Pressekonferenz abzuhalten. »Je eher wir es offiziell machen, desto weniger Falschinformationen werden lanciert.«

»Das ist zu früh«, erwiderte Wahler. »Sie sehen doch,

dass wir gerade erst hier anfangen. Warten wir doch erst mal ab, was die SpuSi findet!«

Junkers sah unzufrieden aus, drehte sich um und ging davon. Wahler folgte ihm, um für seinen Standpunkt einzustehen. Aber der Staatsanwalt hatte den Hut bei den Ermittlungen auf. Die Kripo arbeitete für ihn, nicht umgekehrt.

»Da seid ihr ja«, sagte Anja. Sie sah Frida ins Gesicht. »Du bist blass. Ist alles okay?«

»Geht schon!« Sie schluckte, um endlich diesen Fiepton im Ohr loszuwerden. Erfolglos. Sie gab es auf und konzentrierte sich auf ihre Kollegin. Mit der Hand wies sie auf das Haus. »Sind die Heckmanns noch drin?«

»Nein, ihr habt die Verhaftung gerade verpasst. Der Typ wollte tatsächlich den Haftbefehl zerreißen.« Sie lachte und wurde wieder ernst. »So ein Idiot! Der hat sich null im Griff. Er und seine Frau sitzen schon im Polizeitransporter da drüben. Ihm haben wir sicherheitshalber die Acht angelegt.«

Frida hätte gern zugesehen, wie Heckmann in Handschellen aus dem Haus gebracht wurde. Seine Frau vergoss wahrscheinlich wieder dicke Krokodilstränen. Schade für sie, dass die Presse noch nichts spitzgekriegt hatte von diesem Einsatz. Lange würde es wohl nicht mehr dauern, bis ein Übertragungswagen am Flatterband parkte und die Pressemeute hier ihre Kameras aufbaute. Ein paar Nachbarn standen vor ihren Häusern und in den Einfahrten. Neugierig verfolgten sie das Geschehen. Aber sie wurden von Kollegen der Schutzpolizei hinter der Absperrung gehalten. Frida blickte zu dem Haus. Gerade gingen die Kollegen der Kriminaltechnik in den weißen Overalls die Stufen hinauf. Am benachbarten Gartenzaun lehnte der ältere Mann, der ihnen erlaubt hatte, auf seine Eiche zu klettern. Sie hob den Arm, und er grüßte zurück.

»Der Hundeführer ist unterwegs«, sagte Anja. »Er und der Leichenhund mussten ja auch aus dem Wochenende geholt werden.«

Ein Mann im weißen Overall kam aus dem Haus der Heckmanns und lief schnellen Schrittes die Stufen herunter. Er trug eine Maske und Kapuze, aber durch seinen Kugelbauch erkannte sie dennoch Horst Lüttje, den Chef der KTU. Er schob die Maske unters Kinn, hob seinen Arm und ließ etwas an einem Band herabbaumeln. »Hier ist der Autoschlüssel. Ich nehme mir direkt den Volvo vor. Wenn Blut oder Haare von dem verschwundenen Mädel im Innenraum sind, erfahrt ihr es sofort.«

Frida drehte sich zu Anja um. »Habt ihr was über die Verkehrsüberwachung ermitteln können? Wo war Heckmann heute Morgen mit dem Fahrzeug unterwegs?«

Anja wirkte unzufrieden. »Ach, Fehlanzeige! Der ist nirgendwo in den Systemen aufgetaucht. Auch sein Handy ist seit gestern hier im Funkmast eingeloggt.« Sie sah hinüber zum Haus. »Wahrscheinlich war er so schlau, es nicht mitzunehmen.«

Frida folgte ihrem Blick. Was verbarg sich darin? War es ein Tatort? Hatten die ehemaligen Pflegeeltern hier Lilly und Sophie jahrelang versteckt, vielleicht sogar umgebracht? »Vielleicht haben wir den Falschen!«, sagte sie, weil ihr plötzlich Zweifel kamen.

»Und wie kommt dann das Blut an die Stoßstange?«, fragte Anja. Sie schien überzeugt, dass sie auf der richtigen Fährte waren. »Nee, der und seine Alte haben was auf dem Kerbholz! Ich glaube, die stellen sich nur so dumm. Die wissen ganz genau, was sie tun!«

Ein schwarzer Kombi parkte neben ihnen ein. Durch die Streben der Metallbox im Kofferraum blickten Frida die braunen Augen eines Belgischen Schäferhundes an. Der

Polizeihundeführer öffnete den Kofferraum und ließ den Leichenhund herausspringen. Er folgte aufs Wort und blieb hechelnd neben seinem Herrn stehen, obwohl die neue Umgebung sicherlich mehr als aufregend für seine Hundenase war.

»Seid ihr hier zuständig?«, fragte der Kollege in Uniform und trat mit dem Hund zu ihnen, nachdem er ihn an die Leine gelegt hatte.

»Melde dich bei Nick Wahler«, sagte Anja. »Er steht da drüben mit dem Staatsanwalt.« Sie zeigte zu den beiden Männern, die die Leitung der Ermittlungen innehatten. Sie schienen ihr Streitgespräch beigelegt zu haben. Der Staatsanwalt stieg gerade ins Auto.

»Danke!« Der Kollege ging mit dem Hund zu Wahler.

»Hast du es schon gehört?«, fragte Anja leise. »Leonards Handy ist aus, sie kriegen kein Signal.« Sie verschränkte die Arme, wirkte unzufrieden, weil sie hier nichts tun konnte.

Frida atmete durch. »Ja, Nick hat es mir gesagt.«

»Das heißt noch gar nichts«, sagte Anja, und dennoch schwang Zweifel in ihrer Stimme mit. »Wenn Leo wusste, von wem er bedroht wird, ist er das Handy losgeworden. Nicht nur die Polizei kann es orten!«

»Aber warum besorgt er sich dann kein Wegwerfhandy?«, fragte Frida. »Oder ruft von einem öffentlichen Telefon an? Irgendwas?« Das letzte Wort hatte sie lauter gesagt, als sie gewollt hatte. Köpfe drehten sich zu ihnen.

Sie beobachtete den Diensthundeführer, der mit dem Schäferhund zur Gartenpforte ging. Sofort huschten ein paar Katzen aus ihren Verstecken hinter den Mülltonnen und Büschen auseinander. Aber der Hund war ein Vollprofi. In seiner Ausbildung hatte er gelernt, sich nicht ablenken zu lassen. Er achtete auf jedes Zeichen, jeden Befehl seines Herrn. Der Hundeführer hielt nun eine Plastiktüte in der Hand. Lagen darin Geruchsproben von Lilly Harloff?

Frida merkte, dass sie Kopfschmerzen bekam. Dieses verdammte Piepen in den Ohren. Es machte sie wahnsinnig! Hoffentlich war das kein Hörsturz. Jetzt krank zu werden, hätte ihr noch gefehlt.

»Bleib ruhig!« Anja legte ihr die Hand auf den Arm. »Alles wird sich aufklären.«

»Ja, spätestens wenn sie Leos Leiche finden.«

Anja sagte nichts, darauf gab es keine Erwiderung. Sie wussten beide, dass sein Verschwinden kein gutes Zeichen war.

Wahler kam mit Haverkorn zu ihnen. »Wir bringen die Beschuldigten jetzt zur Vernehmung in die BKI. Wollt ihr mitfahren? Bevor die KTU hier fertig ist, wird es Abend!«

»Ja, ich fahre mit.« Anja atmete aus. »Die beiden nehmen wir auseinander!«

Frida sah hinüber zu dem Transporter, in dem die Pflegeeltern saßen. Nichts wollte sie weniger, als mit diesen anstrengenden Menschen in einem Vernehmungsraum zu sitzen. Sie massierte sich die Schläfen. »Nein, macht ihr das. Ich brauch mal eine Pause.«

»Alles okay?« Wahler sah sie durchdringend an.

»Ja, ich habe nur Kopfschmerzen. Schafft ihr das ohne mich?«

Ihr Chef warf einen fragenden Blick zu Haverkorn. »Nimm dir den Rest des Tages frei. Wir sehen uns morgen früh zur Teambesprechung! Anja, kommst du?« Er eilte davon.

»Ich rufe dich an, wenn es was Neues gibt.« Anja nickte ihr zu und folgte Wahler zu dem Transporter, wo Türen zugeschoben wurden.

Haverkorn wies mit dem Kopf zu seinem Dienstwagen.

»Komm, fahren wir nach Hause. Wir haben erst mal genug getan.« Er zog den Autoschlüssel aus der Tasche. »Wenn die hier im Haus etwas finden, erfahren wir es, auch ohne dass wir uns stundenlang die Beine in den Bauch stehen.«

In ihrem Zimmer legte sich Frida ins Bett, fand jedoch keinen Schlaf, obwohl sie völlig erschöpft war. Irgendwann setzte sie sich auf und rief Torben an, aber er ging nicht ans Handy. Wo war er an diesem Sonntagnachmittag? Vielleicht traf er sich mit seinen Kollegen oder richtete schon die neue Wohnung ein. Sie schrieb ihm eine Nachricht. *Melde dich mal! Vermisse dich.*

Frida stand auf und ging hinunter in die Küche. Auch hier waren alle ausgeflogen. Vielleicht machten ihre Eltern ihren sonntäglichen Spaziergang ums Dorf. Sie nahm sich ein Eis am Stiel aus dem Gefrierschrank und trat durch den Hinterausgang hinaus in den Nutzgarten, der sich vom Haus bis an die Grundstücksgrenze zog. Die alte Bank stand im Schatten eines Walnussbaumes. Frida ließ sich nieder und zog die Beine hoch. Hier hatten schon ihre Großeltern gesessen und über den Zaun in die Marsch geblickt. Es war warm, aber nicht heiß. Ein Lüftchen wehte, die Bauernrosen neben den Gemüsebeeten wiegten im Wind. Frida genoss das Eis und versuchte, sich zu entspannen. Aber das Pfeifen im Kopf hatte kein Erbarmen. Vielleicht sollte sie das doch morgen mal bei ihrem Hausarzt abchecken lassen?

Ihre Gedanken wanderten erneut zu Leonard. Warum hatte er sie mitten in der Nacht angerufen? Wenn sie rangegangen wäre, worum hätte er sie gebeten? Dass sie ihn im Krankenhaus abholte? Warum hatte er sich nicht an Wahler gewandt, mit dem ihn eine langjährige Freundschaft verband? Nick hatte als Führungskraft viele Möglichkeiten, für seinen Schutz zu sorgen. Oder wusste Leonard, dass es in den Polizeikreisen einen Informanten gab, der ihn verraten konnte?

Sie schob den Rest des Eises in den Mund und zog ihr Smartphone aus der Tasche. So oft hatte sie vergeblich versucht, ihn in den letzten zwei Tagen zu erreichen. Dennoch wählte sie nochmals seine Nummer und war überrascht, dass es durchklingelte. Die Mailbox sprang nicht an wie sonst. Sie spuckte den Holzstiel aus, konzentrierte sich.

Geh ran, dachte sie. *Komm, rede mit mir!*

Plötzlich hörte sie eine Stimme. »*Merhaba!*«, sagte ein fremder Mann.

Frida nahm das Handy vom Ohr, aber sie sah auf dem Display, dass sie die Nummer von Bootz gewählt hatte. Sie machte die Freisprechfunktion an. »Hallo? Wer sind Sie?«, fragte sie.

»Und wer bist *du*?«, fragte der Fremde in gebrochenem Deutsch.

»Kann ich Leonard sprechen?«

»Nicht hier!«, wehrte der andere ab.

»Es ist seine Nummer!«, widersprach Frida. Was passierte hier gerade? Wer hatte Leonards Telefon in den Händen?

»Wo sind Sie?«, fragte sie wieder. »Wo haben Sie das Handy her?«

Das Gespräch wurde beendet. Sie wählte die Nummer nochmals, aber sie wurde weggedrückt. Was sollte das? War Leonard längst in den Händen der Drogengang aus Lübeck? Hatte einer der Kriminellen sein Handy an sich genommen?

Sie drückte auf Wahlwiederholung. Nach einem Rufton sprang wieder die Mailbox an. Das Handy war erneut ausgeschaltet. »Scheiße!«, brüllte sie. Warum hatte sie den Typen so blöd aus der Reserve gelockt? Hoffentlich hatten die Kollegen der KTU den Standort des Anrufers verfolgen können. Sie wählte Horst Lüttjes Nummer, aber er nahm nicht ab. Natürlich nicht! Er war im Großeinsatz in Heckmanns Haus. Was nun?

Frida probierte ihr Glück bei Nick Wahler. Auch er war nicht erreichbar. Wütend feuerte sie das Smartphone ins Gras. Es war zu spät! Sie hatte die Kriminellen mit ihrem Anruf aufgeschreckt. Der Typ am Telefon hatte seinen Fehler bemerkt und korrigiert. Spätestens jetzt würde Leos Handy für immer verschwinden. Falls Leonard noch am Leben war, hoffte sie inständig, dass sie ihn mit dieser Aktion nicht gefährdet hatte.

Irgendwo vorn auf dem Hof bellte der Setter. Dann waren ihre Eltern wieder zurück. Sie stand von der Bank auf und klaubte das Handy von der Wiese. Vielleicht konnte sie etwas Gesellschaft ablenken. Vor dem Haus war niemand. Sie ging zum Stall, aber Hetfield und Cobain standen nicht in ihren Boxen. Hatte Cat die beiden nach draußen geholt? Frida ging weiter zur Koppel, die leer war, und drehte den Kopf zum Paddock. Dort lief ihr Hengst, der Esel trottete neben ihm her, als würden sie ein gemütliches Schwätzchen halten. Ein Stück weiter sah sie eine Bewegung hinter der Jalousie von Cats Bauwagen. Vielleicht war ihre Familie dort. Frida beschleunigte ihren Schritt, erreichte die kleine Treppe und wollte gerade die Tür öffnen, als Cat diese von innen aufstieß. »Frida!« Bruno huschte durch ihre Beine und begrüßte sie stürmisch.

»Seid ihr alle hier?«, fragte sie das Mädchen.

»Alle?«

»Keiner ist da. Sind meine Eltern bei dir?«

Cat kam heraus und schloss die Tür hinter sich. »Ich habe geschlafen. Wo Marta und Fridtjof sind, weiß ich nicht.«

»Zeigst du mir deinen Wagen? Ich war lange nicht mehr hier. Ist deine Sitzecke jetzt fertig?«

»Ach …« Cat kam die Treppe runter. Sie trug abgeschnittene Jeans und Hosenträger über einem Schlabbershirt. Wie hübsch sie geworden war, konnte sie trotzdem nicht verbergen. Die Jungs mussten bei ihr Schlange stehen, aber sie erzählte nie etwas von einem Schwarm. »Nicht heute«, sagte sie. »Ich hab die Bude nicht aufgeräumt. Lass uns lieber die beiden Senioren vom Paddock holen und spazieren gehen.« Bruno lief hinter Cat her. Wenn sie da war, war der Rest der Familie bei ihm abgemeldet. Er hatte nur Augen für seine Cat.

»Okay!« Frida zog ihr Handy aus der Tasche. Kein Rückruf. Weder von Torben noch von ihren Kollegen. Dass Jo sie noch zurückrief, damit rechnete sie gar nicht mehr. Sie schob es zurück in die Hosentasche und folgte dem Mädchen zu den Tieren. Vielleicht war ein kleiner Ausflug mit Hetfield und Cobain ums Dorf die richtige Ablenkung.

Nach dem Abendessen blieb Frida noch lange mit Cat und ihren Eltern in der Küche sitzen. Sie spielten Karten, bis das Mädchen gähnte und ins Bett wollte. Fridtjof legte das Kartenspiel zur Seite. »Dass du abends mal zu Hause bist …«

Marta füllte ihr Glas mit Cidre auf und setzte sich wieder zu ihnen. »Du siehst müde aus, Kind. Hast du dich heute mal hingelegt?«

Frida lehnte sich auf der Bank zurück. »Hab's versucht.«

»Und Torben? Was macht er am Wochenende?«

»Keine Ahnung. Vielleicht richtet er die neue Wohnung ein.« Sie gähnte und trank etwas Cidre.

»Dann bleibt er länger in Bayern?«, fragte Marta.

»Das weiß keiner. Dieses Jahr ganz sicher noch. Mal schauen, was er sagt, wenn ich ihn besuche.«

»Sprichst du ihn drauf an?« Fridtjof blickte von der Zeitung auf, in die er sich vertieft hatte. »Auf deine Baupläne hier?«

»Du denkst also, ich hätte mich schon entschieden?« Sie musste lachen. Ihre Eltern wussten genau, dass sie sie längst überzeugt hatten. »Ja, ich frage ihn. Aber versprechen kann ich nichts. Torben hat seinen eigenen Kopf. Und ob er Hamburg einfach so aufgeben wird ...«

Ihre Mutter streckte die Beine unter dem Tisch aus. Bruno sprang auf und trottete zur Tür. Er wollte endlich in sein Körbchen im Schlafzimmer.

Frida war erledigt und wollte auch nach oben gehen. Dann kam ihr noch ein Gedanke. »Sagt mal, kennt ihr diesen Gutshof mit der hohen Steinmauer, weit draußen in der Marsch?« Frida öffnete die Fotodatei ihres Smartphones und zeigte die Fotos, die sie heute gemacht hatte.

Marta setzte sich die Lesebrille auf und schüttelte den Kopf.

Fridtjof nickte. »Ja, der Gutshof Westkamp! Da lebt so ein verkappter Adeliger. Freiherr von Wimmer, ein Zugezogener. Er muss mittlerweile uralt sein.«

»Nein, der wohnt da nicht mehr. Entweder ist er gestorben oder weggezogen. Auf dem Gut leben die Eheleute Anne und Krischan Torge. Der Mann fällt ziemlich auf, weil er mit dem Einspänner unterwegs ist.«

»Ach, der Verrückte mit dem Cowboyhut?« Fridtjof lachte. »Den hab ich schon ab und an gesehen, wenn ich mit dem Trecker unterwegs war. Aber freundlich ist er, grüßt mich jedes Mal. Warum fragst du?«

»Ich war heute mit Bjarne dort. Warst du mal auf diesem Gut?«

Ihr Vater schüttelte den Kopf. »Der alte von Wimmer hat niemanden reingelassen. Der war auch ziemlich wirr im

Kopf, den wollte man nicht besuchen.« Er raschelte mit der Zeitung. »Von dem Cowboy erzählt man sich dagegen so einiges im *Marschhus*. Er soll lange in Kanada gelebt haben, bevor er herkam. Soll mit seiner Frau sehr zurückgezogen wohnen. Da legt man wohl die alten Gewohnheiten und den Hut nicht ab.«

Fridas Handy gab einen Nachrichtenton von sich. Torben hatte geantwortet. *Bin im Hotel. Kurz skypen?*

Melde mich gleich, schrieb sie zurück.

Frida sah, dass auch Jo ihr vor einer Stunde eine WhatsApp geschickt hatte. *Bin im Club, komm rüber, wenn du magst.*

Sie stand auf. »Ich gehe noch mal in den Boxclub. Wartet nicht auf mich. Gute Nacht!«

Frida spürte ihre Aufregung. Würde Jo ihr etwas über Leonard erzählen? Sie ging aus dem Haus und überquerte den Hof. Leise rauschte die Krone der Kastanie über ihr. Es war kühl geworden, sie hätte eine Jacke anziehen sollen. Frida schlang die Arme um sich und ging schneller. Die Bewegungsmelder am Haus sprangen an und leuchteten den Weg aus. Jos Harley Davidson stand vor dem Boxclub. Vorhin war das Bike noch nicht hier gewesen. Frida zog die Schiebetür zum Trainingsraum auf und ging hinein. Das Boxstudio war verwaist, niemand war zu sehen. So still wie heute Abend war es selten.

»Jo?«, rief Frida. Sie ging zum Büro, sah durch die Glaswände. Der Raum war leer, nur die Steuerakten lagen noch auf dem Schreibtisch. Frida warf einen Blick zur Bar, wo ein paar schmutzige Teller auf der Spüle standen. Sie ging weiter, umrundete den Boxring. Niemand trainierte hier, auch die Hantelbänke waren leer. Sehr seltsam, da die Dorfjugend gern bis in den späten Abend hierblieb. Wo war Jo?

Sie öffnete die Tür zum Sanitärtrakt. Auch hier war

nichts zu hören. Die WC-Räume waren verlassen. Frida zog das Handy aus der Tasche. Hatte sie etwas an Jos Nachricht missverstanden? Sie öffnete nochmals ihre Nachricht.

Bin im Club, komm rüber, wenn du magst.

Sie wollte den Sanitärtrakt verlassen, als ihr die letzte Tür ins Auge fiel. Der Lagerraum, in dem Trainingsgeräte, Boxhandschuhe und Sanitärartikel aufbewahrt wurden. Vielleicht räumte Jo dadrinnen etwas ein? Sie öffnete die Tür, trat ins Dunkle. Fehlanzeige. Sie wollte wieder rausgehen, aber etwas Schemenhaftes bewegte sich in ihrem Augenwinkel. Erstarrt blieb sie stehen, tastete nach dem Lichtschalter an der Wand. In dem Moment wurde sie herumgerissen. Eine Hand drückte ihren Mund zu. Frida konnte nicht schreien, wollte ihren Angreifer abwehren und sich aus der Umklammerung winden, als sie etwas Kaltes an ihrer Schläfe spürte. Eine Waffe! Und plötzlich war es ganz still. Das Piepen in ihrem Kopf war verschwunden.

Kapitel 19

Es war still im Haus. Haverkorn saß mit einem Glas Rotwein auf der Terrasse und blickte in den Garten, der vom Schein der Solarlampen punktuell erleuchtet wurde. Der Kater hatte sich zu ihm gesellt, lag auf der Bank und putzte sich. Es war kühl geworden, aber er ging nicht hinein. Er brauchte diese klare Nachtluft, um richtig durchatmen zu können. Irgendwo an einem kleinen Tümpel hinter seinem Grundstück quakten Frösche. Sonst war es ruhig in der Nachbarschaft. Auch Henni war mittlerweile nach oben gegangen, um noch etwas Fachliteratur zu lesen.

Er zog die Decke hoch, die er sich über die Beine gelegt hatte, und blickte auf seine alte Streuobstwiese. Bald würden die Äpfel und Birnen reif sein. Nach der Ernte konnten sie die Früchte zu Saft pressen lassen. Henni würde Gelee kochen und Sonja leckere Kuchen backen. *Das Leben ist schön*, dachte er. Auch wenn das Glück oft nur einen kurzen Moment andauerte – heute spürte er es mit jeder Faser.

Sein Buch lag aufgeschlagen neben ihm, aber es war zu schnell dunkel geworden. Dennoch war er sitzen geblieben, um diesen Sommerabend zu genießen. Schön wäre es gewesen, wenn Sonja noch hätte bei ihm bleiben können. Ob sie irgendwann richtig zusammenleben würden? Gestern im Auto war er drauf und dran gewesen, sie zu fragen. Aber dann war der Moment verflogen, und er hatte gemerkt, dass es viel zu früh war, um über eine gemeinsame Zukunft zu sprechen. Vielleicht sollten sie es sich einfach gemeinsam gut gehen lassen und es so lange nicht an die große Glocke hängen, wie es möglich war. Sie arbeiteten zusammen in der Cold Case Unit. Wenn sie offiziell ein Paar wurden, konnte das Schwierigkeiten nach sich ziehen, die ihr Zusammensein sicherlich belasten würden. Dann beließ er es doch lieber bei diesem »Bratkartoffelverhältnis«, wie Henni es genannt hatte.

Er war froh, dass seine Tochter sich so gut mit Sonja verstand. Sie hatte sogar angedeutet, nichts dagegen zu haben, wenn Sonja bei ihnen einziehen würde. Solange sie ihre obere Etage im Haus behalten könnte. Aber würde es nicht hier unten zu eng werden? Was, wenn jemand von ihnen etwas Rückzug brauchte? Was, wenn sie stritten? Mit seiner Exfrau hatte er jahrelang nebeneinanderher gelebt, hatte sich in der Arbeit vergraben, war immer später aus dem Büro nach Hause gekommen. Mit Sonja war das anders, weil er gern mit ihr zusammen war.

Sie mochten beide Kultur und Ausflüge, Reisen und Gartenarbeit. Sie konnten gemütlich zusammen kochen, über Gott und die Welt diskutieren, aber auch schweigend nebeneinandersitzen und lesen. Bisher hatte es keine peinlichen Momente oder das Gefühl gegeben, dass ihm ihre Anwesenheit zu viel wurde. Aber ging es ihr ebenso?

Er nahm das Weinglas und trank, lauschte den Fröschen. Blitzschnell pfiff ein dunkler Schatten über die Terrasse. Die Fledermäuse waren erwacht und schossen durch die Luft. Momo reagierte nicht. Ihn interessierten nur Mäuse auf dem Boden, die er auch fangen konnte.

Haverkorns Gedanken wanderten zu Frida. Er hatte registriert, dass es ihr seit dem Angriff auf Leonard nicht gut ging. Aber sie blockte all seine Versuche, darüber zu reden, ab. Seine Vorschläge, mit einem Psychotherapeuten oder wenigstens der Seelsorgerin zu sprechen, nahm sie gar nicht ernst. Ihre Augenringe zeugten von durchwachten Nächten, in denen der Albtraum zurückkam. Hatte sie Schuldgefühle? Oder war es die pure Angst, dass die nächste Kugel sie erwischen würde?

Ihm war klar, dass er sich zurückhalten musste. Je mehr er auf sie einwirkte, desto mehr würde sie sich zurückziehen. Er kannte Frida. Sie musste es selbst wollen, und vielleicht war es nötig, dass sie ihre Schmerzgrenze erreichte, bis sie sich helfen lassen konnte.

Er hob sein Handy hoch, aber es war kein Anruf eingegangen. Er hatte Nick Wahler gebeten, ihn sofort über Neuigkeiten zu informieren. Nun war es kurz nach zehn, und noch immer war nichts passiert.

Waren sie auf der richtigen Fährte? Führte sie die Suche nach Sophie doch wieder zu ihren ehemaligen Pflegeeltern? Hatten die Heckmanns damals die Polizei und Medien von ihrer Unschuld überzeugen können, weil er und sein Team nicht gut genug ermittelt hatten? Wenn die Mädchen tatsächlich von diesem furchtbaren Mann und seiner Ehefrau versteckt worden waren, wenn er Lilly umgebracht hatte, dann würde Haverkorn Konsequenzen ziehen. Er hatte mit seiner neuen Stelle in der Cold Case Unit einen Neuanfang mit sechzig hingelegt. Aber vielleicht war das nicht bis zu Ende gedacht gewesen. Noch zwei Jahre, hatte er sich vorgestellt. Er wollte die Einheit mit aufbauen, ein wenig LKA-Luft schnuppern und nach den Jahren in der Mordkommission ein kleines Vermächtnis im Polizeidienst hinterlassen, bevor er sich hier in seinem gemütlichen Häuschen zur Ruhe setzte. Könnte er das noch, wenn Heckmann das Leben dieser Mädchen zerstört hatte?

Er trank den Wein aus und stand auf. Nahm sein Buch und das Handy mit und ging hinein in die Küche. Der Kater war von der Bank gesprungen und folgte ihm ins Warme.

Als er die Flügeltür schloss, war das Froschgequake kaum noch zu hören. Er stellte das Glas in den Geschirrspüler. Zeit, um ins Bett zu gehen.

Das Handy klingelte, aber es war nicht Nick Wahler, sondern Fridas Kollegin Anja Schlüte. »Ja?«

»Bjarne, ich erreiche Frida nicht. Ist sie bei dir?«

»Nein! Vielleicht schläft sie endlich mal. Was ist los?«

»Ach …« Sie gähnte ihm ins Ohr. »Wir haben bis jetzt die Heckmanns verhört. Ihr Anwalt ist hier und hat darauf gepocht, eine Pause bis morgen einzulegen.«

»Was sagen sie denn?«

»Nichts!« Ihre Stimme bebte. »Rein gar nichts. Sie haben die Zwillinge seit damals nicht gesehen, und sie wissen nicht, wohin sie verschwunden sind. Heckmann streitet vehement ab, sein Auto heute Morgen bewegt zu haben. Er denkt, jemand will ihm was anhängen.«

»Und wenn es so ist?«, fragte Haverkorn.

»Wer sollte ihnen was in die Schuhe schieben wollen? Niemand weiß, dass wir wieder gegen sie ermitteln! Erst morgen auf der Pressekonferenz wird Nick die Medien informieren, dass die Tote vom Friedhof Lilly Harloff war.«

Haverkorn dachte nach. »Was gibt es von der SpuSi?«

»Das ist der nächste Fehlschlag! Horst hat angerufen und gesagt, der Volvo sei innen sauber. Also kein Blut, keine Haare von den Mädchen im Kofferraum. *Niente!* Wir haben nur die Blutspritzer außen.«

Er wusste, was der Anwalt der Heckmanns als Argument anbringen würde. »Und die kann jemand dort platziert haben.«

Anja schwieg. »Darauf läuft es wohl hinaus.«

»Was sagt Wahler?«

»Er ist seit Stunden weg. Ich weiß nicht, wo er ist.« Anja redete sich ihre Enttäuschung von der Seele. »Der Leichenhund hat nichts gefunden. Im Haus der Heckmanns sind Lüttjes Leute noch nicht fertig, aber da ist wohl auch nichts zu holen. Wir stecken wieder in der Sackgasse. Bei der nächsten Haftprüfung sind die Heckmanns auf freiem Fuß.«

»Mach Feierabend! Ruh dich mal aus. Ich fahre morgen früh zu Frida und berichte ihr alles.«

»Danke, Bjarne. Gute Nacht!«

»Gute Nacht!« Er drückte das Gespräch weg und spürte auf der einen Seite Enttäuschung, weil sie auf der Suche nach Sophie kein Stück weitergekommen waren. Aber auch ein Stück Erleichterung, weil sie damals wohl doch keinen Fehler gemacht hatten. Oder waren die Heckmanns wieder einmal schlauer als sie alle?

†

Der Angreifer ließ Frida los, aber er stand hinter ihr. Was sollte sie tun? »Wer bist du?«, fragte sie, ohne sich zu bewegen. Die Waffe verschwand von ihrem Kopf. Langsam drehte sie sich um. Das Licht aus dem Flur fiel auf den Mann, der sie hier in der Dunkelheit überrascht hatte. »Leonard?«

Wütend packte sie sein T-Shirt, stieß ihn weg. »Verdammt! Ich bin fast gestorben vor Schreck!«

Er steckte die Waffe zurück ins Holster, das auf einem der Regale neben den Boxpratzen lag. Eine Glock 19, wenn sie das Modell richtig erkannt hatte. Sie benutzten die Walther P99Q als Dienstwaffe. Woher hatte er die andere Pistole? Leonard wischte sich übers Gesicht. »Du hast mich echt erschreckt! Ich dachte, jetzt bin ich dran.«

»Was machst du hier?« Frida sah sich um, entdeckte die Klappliege hinter dem Regal. »*Hier* hast du dich versteckt?«

Er lehnte sich an die Wand, verschränkte die Arme. »Jo hat mich hergebracht. Sie besorgt noch ein paar Klamotten und eine Zahnbürste für mich.«

»Du warst heute hier, während die Leute draußen trainiert haben?«

»Nein, tagsüber war ich im Bauwagen bei Cat. Da war es gemütlicher als in diesem fensterlosen Raum, in dem es nach Boxerschweiß müffelt.«

Bei Cat, dachte Frida. Deshalb waren die Jalousien geschlossen gewesen. Und deshalb hatte das Mädchen nicht gewollt, dass sie hineinging. Warum waren hier alle eingeweiht, nur sie selbst nicht? Sie fühlte sich von ihren eigenen Freunden hintergangen. »Warum habt ihr mich angelogen?« Sie wurde ärgerlich. »Denkst du, ich würde dich verraten?«

»Ach, Quatsch! Frida!« Er legte seine Hände auf ihre Schultern. »Ich wollte dich um Hilfe bitten. Heute Nacht, als ich wegmusste, habe ich zuerst dich angerufen. Aber du bist nicht rangegangen! Also habe ich es bei Jo probiert. Und sie sagte, wir sollten dich besser nicht in die Verlegenheit bringen, unseren Chef anlügen zu müssen. So lange, bis wir wissen, was überhaupt los ist. Deshalb wusstest du nichts.«

Frida setzte sich auf die Klappliege. Das musste sie erst einmal verdauen. Was hätte sie getan, wenn sie gewusst hätte, wo Leonard war? Hätte sie es Wahler gesagt? Sie war sich unsicher.

»Und dein Handy? Ich habe dich heute angerufen, und da ist ein fremder Typ rangegangen. Araber oder Türke, ich weiß nicht genau.«

Er lachte kurz auf. »Das war Jos Idee. Sie hat mein Handy in Itzehoe am Bahnhof auf eine Bank gelegt.« Er kratzte sich am Auge. Sein Gesicht war in den letzten Tagen im Krankenhaus schmal geworden. Sein dunkler Bartschatten ließ ihn älter wirken. Frida trat näher. Das weiße Pflaster am Hals sah frisch aus, war nicht unterblutet. Wahrscheinlich hatte ihn Jo mit Material aus dem Verbandskasten versorgt. »Dann scheint es ja jemand gefunden zu haben«, sagte er und drehte sich weg.

Falsche Fährte, dachte Frida. Das hieß, die Typen aus Lübeck wussten noch nicht, wo Leonard war. Ein guter Einfall von Jo! Hier war er erst einmal sicher. Auf einem Obsthof in der Marsch würde Bootz garantiert niemand aus seinem alten Leben suchen.

»Und was jetzt? Willst du dich die nächsten Jahre hier verstecken? Diese Lübecker Drogengang wird dich suchen, bis sie dich irgendwann findet.«

Leonard setzte sich neben sie. Frida roch sein Aftershave. Die Freude, ihn lebend wiederzusehen, überwog ihren Ärger. Er war ihr Partner! Sie würde alles tun, um ihn zu schützen. Auch Wahler anlügen, das war ihr jetzt klar. Sie wollte nicht, dass Leo gejagt und umgebracht wurde.

»Woher weißt du von der Drogengang?«, fragte er. »Von Nick?«

»Ja! Und durch die Tatwaffe! Jemand hat mit der Waffe auf dich geschossen, die damals vor dem Strafprozess aus der Asservatenkammer verschwunden ist.«

Leonard sah sie fassungslos an.

Frida ließ ihn die Neuigkeit verarbeiten. »Bei Milan und Jo bist du erst mal sicher. Ich werde es niemandem sagen, dass du hier bist! Auch unserem Chef nicht.« Ihre Blicke trafen sich. »Denkst du, er könnte der Maulwurf sein? Wahler?«

»Wieso ein Maulwurf?«

»Weil wohl jemand aus Polizeikreisen das Beweisstück aus der Asservatenkammer hat verschwinden lassen. Sie vermuten, dass derjenige auch Informationen weitergibt.«

»Shit«, flüsterte er, seine Schultern sackten nach vorn.

»Also, je kleiner der Kreis ist, der weiß, wo du bist, desto sicherer ist es für dich.«

Er stand auf, ging zur Wand und schlug mit der Faust dagegen. »Das ist doch Quatsch! Der Einsatz ist Jahre her«, sagte er. »Die Drogenjungs haben keinen Grund, mich umzubringen. Öztürk ist damals wegen seiner Drogengeschäfte eingefahren, nicht wegen des Totschlags! Weil die Tatwaffe fehlte, musste er in dieser Strafsache freigesprochen werden. Also, warum sollte er sich ausgerechnet wegen dieser Sache an mir rächen sollen? Das macht doch keinen Sinn!«

Frida richtete sich auf. »Aber jemand hat mit der Waffe, mit der Öztürk damals seinen Konkurrenten umgebracht hat, auf dich geschossen!«

Bootz atmete tief ein, grübelte einen Moment darüber nach. »Und genau das sollen alle denken. Derjenige, der mich abknallen wollte, hatte wohl die Absicht, dass alle genau diese Schlussfolgerung ziehen. Aber das ist zu offensichtlich.«

Frida nickte. Er hatte recht. Das war alles zu einfach. Aber es musste jemand aus Leonards Vergangenheit sein, aus seiner Zeit beim SEK oder KDD. Nur wer?

Bootz schien eine Entscheidung getroffen zu haben. »Nein, diese Drogensache ist nicht das Motiv. Es hat nichts mit Öztürk und seinen Leuten zu tun. Wir müssen ganz anders denken. Hilfst du mir dabei?«

Bevor Frida antworten konnte, wurde die Tür aufgeschoben. Jo lehnte sich in den Rahmen. »Da bringt man einmal die Mülltonnen an die Straße …«

»Du hast geschrieben, ich soll herkommen. Aber statt meiner Freundin habe ich hier diesen blinden Passagier gefunden.« Frida drückte sich von der Klappliege hoch. »Und hier drauf willst du pennen? Mir tut jetzt schon der Rücken weh!«

»Cat hat vorgeschlagen, dass ich im Bauwagen schlafe. Aber ich habe abgelehnt«, sagte Leonard. »Hier im Boxclub findet mich keiner. Die paar Nächte wird das schon gehen.«

»Ich habe vorn abgeschlossen«, sagte Jo. »Kommt, genehmigen wir uns einen Drink an der Bar. Und dann überlegen wir, wie wir weiter vorgehen.«

Montagmorgen, kurz vor sieben. Eine Unzeit, wenn man die Nacht davor versackt war. Frida setzte sich an den gedeckten Frühstückstisch, aber ihr fehlte der Appetit. Sie war müde und hatte einen Kater. Jo hatte gestern zu viele Gin Tonic gemixt, und sie waren erst gegen drei Uhr ins Bett gegangen. Immerhin hatte sie mal durchgeschlafen. Jo und Leonard hatten sicherlich keine so gute Nacht auf ihren Klappliegen im Boxclub verbracht. Sie würde gleich rübergehen und den beiden ein paar Brötchen vorbeibringen. Eine Kaffeemaschine gab es dort. Und darauf freute sie sich, auf einen Americano, wie Milan ihn machte. Sie nippte an dem bitteren Filterkaffee ihrer Mutter und verzog den Mund.

Torben hatte ihr irgendwann in der Nacht geschrieben, dass er nun ins Bett ginge. Sie hatte ihn zum ersten Mal beim Skypen versetzt. Aber was sollte sie ihm sagen? Sie konnte ihm am Telefon nicht erzählen, dass Leonard hier war. Lügen wollte sie nicht, aber vielleicht einiges weglassen. Jo hatte Gin Tonic gemixt, und sie war im Boxclub versackt. Das war immerhin die halbe Wahrheit. Sie würde ihn später anrufen. Frida nahm ein trockenes Brötchen und biss hinein. Etwas im Magen zu haben, konnte nicht schaden.

Cat warf ihr lange Blicke über den Tisch zu, aber sie reagierte nicht. Es war nicht gut, dass das Mädchen von Leonards Anwesenheit wusste. Sie würde sie nach dem Frühstück noch mal zur Seite nehmen und ihr das Versprechen abnehmen, dass sie mit niemandem darüber sprach. Cat war kein Kind mehr, sie traute ihr zu, dieses Geheimnis zu wahren.

»Guten Morgen allerseits!« Haverkorn kam in die Küche. »Die Tür war offen. Ich wollte niemanden bemühen.« Er legte eine Brötchentüte vom Bäcker auf den Tisch.

»Moin, Herr Nachbar!« Fridtjof faltete die Zeitung zusammen und machte ihm Platz auf der Bank.

»Bjarne! Guten Morgen! Setz dich doch!« Marta freute sich über den Gast. Ihre Eltern und Haverkorn waren endlich zum Du übergegangen, weil er nun ein Nachbar war und nicht mehr Fridas direkter Kollege. »Das Rührei ist gleich fertig!« Ihre Mutter ging zurück zum Herd und rührte in der Eisenpfanne.

»Gut geschlafen?«, fragte Haverkorn Frida, als er sich gesetzt hatte.

»Geht so«, sagte sie und nahm ein Brötchen aus der Tüte, die er ihr reichte. Sie bedankte sich mit einem Nicken. Nach dem Frühstück würde sie mit ihm reden müssen. Sie hatten gestern Nacht entschieden, Haverkorn über Leonards Aufenthaltsort drüben im Boxclub einzuweihen. Ihm vertraute Frida voll und ganz. Wahler wollte Leonard nicht einweihen, und er mauerte, wenn sie nachbohrte, warum er das nicht wollte.

»Anja hat mich gestern noch angerufen. Die Heckmanns sind wohl sauber«, raunte er ihr zu.

Frida stöhnte genervt auf. Sie standen wieder am Anfang, was diesen verzwickten Zwillingsfall anging.

»Ich würde gern noch mal mit dir zum Gutshof Westkamp fahren«, sagte Haverkorn und schmierte Butter auf eine Brötchenhälfte. »Ich habe die halbe Nacht darüber nachgegrübelt. Irgendwas stimmt nicht mit diesen beiden.«

Fridtjof hatte den Namen aufgeschnappt. »Frida hat gestern schon erzählt, dass ihr den Mann mit dem Cowboyhut kennengelernt habt.« Er lehnte sich nach vorn. »Beim Stammtisch haben sie von ihm erzählt. Er hat lange in Kanada gelebt. Deshalb diese Wildwest-Aufmachung.«

»Papa!« Frida war genervt. Die Gespräche am Stammtisch im *Marschhus*, der Dorfkneipe, konnte sie sich lebhaft vorstellen.

»Kanada?«, hakte Haverkorn interessiert nach. »Wirklich?«

»Man erzählt sich, er hätte da in so einer Kolonie gelebt. In einer Gemeinschaft, die sich nach alten Glaubenssätzen richtet. So ähnlich wie die Amischen, aber doch etwas fortschrittlicher. Sie nutzen moderne Technik, hab ich gehört. Wie heißen die noch?« Er dachte nach. »Mir fällt der Name nicht mehr ein, die kommen wohl ursprünglich aus der Schweiz!«

»Die Hutterer?«, fragte Cat mit dem Handy in der Hand.

»Genau! So hieß das.« Fridtjof hob die Kaffeetasse. »Hutterer! Was für ein Name.«

»Oder auch Hutterische Brüder«, erklärte Cat und überflog eine Internetseite. »Kann man einfach googeln. Das ist eine täuferische Gemeinde, die auf Jakob Hutter zurückgeht. Sie haben sich 1528 gegründet und wurden wohl immer wieder vertrieben. Die größten Kolonien leben jetzt noch in den USA und vor allem in Kanada.«

»Und das Ehepaar Torge hat in so einer Gemeinschaft gelebt?«, fragte Haverkorn. »Warum sind sie jetzt hier?«

Fridas Vater zuckte die Schultern. »Das weiß niemand genau. Vielleicht haben sie vom alten von Wimmer den Gutshof geerbt und sind dort eingezogen.«

Haverkorns Brötchen lag unbeachtet auf dem Teller. Er

dachte nach. »Gibt's noch mehr über die Hutterer?«, fragte er Cat.

»Ach, ganz viel! Sie führen ein arbeitsames und keusches Leben …«, las sie laut vor. »… und praktizieren die Glaubenstaufe. Sie leben streng nach der Bibel.« Sie überflog ein paar Zeilen. »Und ganz wichtig ist ihnen die Idee der Gütergemeinschaft.«

»Und was heißt das genau?«, fragte Fridtjof.

»Wahrscheinlich wie in einer Ehe, sie teilen alles untereinander auf«, sagte Haverkorn.

»Und wie kleiden sie sich?«, fragte Frida, sah Haverkorn an. Hatte er den gleichen Gedanken wie sie?

Cat tippte auf dem Smartphone einen neuen Reiter an und lachte plötzlich. »Ziemlich *cringe*!« Sie hielt das Gerät mit den Fotos hoch, die sie geöffnet hatte.

Frida sah die Bilder und spürte ihren Herzschlag, der losgaloppierte. Haverkorn neben ihr beugte sich langsam nach vorn. Die Fotos zeigten Männer mit weißen Hemden, mit Hosenträgern und großen Hüten. Und lachende Frauen, die lange Kleider über weißen Blusen trugen und schwarze, gepunktete Kopftücher. Frida nahm Cat das Smartphone aus der Hand und zoomte eines der Fotos heran. Die Tücher sahen genau so aus wie das der toten Lilly Harloff im Sarg.

Kapitel 20

Alle waren zum Teammeeting erschienen, aber Wahler war nicht da. Der Lärmpegel im Besprechungsraum war entsprechend hoch. Fast schon aggressiv.

»Wo ist euer Chef?«, fragte einer der Kollegen, der der Mordkommission zugewiesen worden war. »Wenn er es nicht nötig hat … mein Schreibtisch unten ist voll.«

»Er wird schon kommen«, beschwichtigte ihn Klaus und schob sich mit einer Tasse Kaffee durch die Grüppchen, die neben dem langen Konferenztisch standen.

Haverkorn hatte in Fridas Büro mit Sonja telefoniert und sie über die neuen Entwicklungen auf Stand gebracht. Sie hatte versprochen, dem Thema der Hutterer auf den Grund zu gehen. Wenn Sonja sich mit einem Thema beschäftigte, förderte sie oft Erstaunliches zutage. Sie würde auch das Team der Cold Case Unit und Andreas Vollmer über die neuen Erkenntnisse und Rückschläge bei den Pflegeeltern informieren, die heute Morgen aus der U-Haft entlassen worden waren.

Möglicherweise verspätete sich Wahler aus diesem Grund. Weil er dem BKI-Leiter die schlechte Nachricht, dass sie keinen Ermittlungserfolg vor der heutigen Pressekonferenz vorweisen konnten, überbringen musste. Der Staatsanwalt hatte unbedingt die Medien informieren wollen, war sich zu siegessicher gewesen, und nun würde Wahler allein die verbalen Prügel der Presse beziehen müssen. Haverkorn beneidete ihn nicht.

Bevor sie nach dem Frühstück auf dem Paulsen-Hof ins Auto gestiegen waren, hatte Frida ihn mit in den Boxclub genommen. Er hatte nicht fassen können, dass Leonard dort quicklebendig auf einer quietschenden Pritsche gesessen und Kaffee mit der Detektivin getrunken hatte. Er verstand, warum sie niemanden in Polizeikreisen über seinen Aufenthaltsort einweihen wollten. Für Frida legte Leonard ganz sicher die Hand ins Feuer, auch Jo war verschwiegen. Dass er auch ihm vertraute, freute ihn. Er hatte Leonard angeboten, auf seiner Gästecouch zu übernachten, aber er war offenbar zufrieden mit der Pritsche in diesem Lagerraum. Haverkorn war zuerst skeptisch gewesen, dass sie auf eigene Faust denjenigen finden wollten, der auf Leonard geschossen hatte. Es war gefährlich, und niemand konnte sagen, wie lange eine solche inoffizielle Ermittlung dauerte. Aber letztendlich hatten sie ihn überzeugt, es erst einmal auf ihre Weise zu versuchen. Was er nicht verstand, war, warum sie Nick Wahler nicht ins Boot holten. Vertraute Leonard seinem Freund und langjährigen Kollegen nicht mehr? Dachte er tatsächlich, dass er damals beim Verschwinden der Tatwaffe aus der Asservatenkammer in Lübeck seine Hände im Spiel gehabt hatte? Leonard hatte nichts dergleichen gesagt, aber er war klar dagegen gewesen, seinem Vorgesetzten ein Lebenszeichen zu senden. Haverkorn hatte sich gefügt. Er war Wahler nicht mehr direkt unterstellt, und er vertraute Leonards Instinkt. Auch wenn es schwer war, Kollegen anzulügen.

In diesem Moment kam Wahler herein. Hinter ihm folgte Frida mit ihrem Laptop, den sie an den Beamer anschloss, und schaltete beides an. Sie hatten vor dem Meeting besprochen, welche Fotos sie dem Team präsentieren wollten. Frida hatte diese nun vorbereitet.

»Guten Morgen zusammen!« Der Leiter der Mordkommission wartete, bis alle sich einen Platz gesucht hatten. »Das Wochenende war ja ziemlich arbeitsreich! Ich habe soeben noch mit Horst Lüttje gesprochen.« Er sog tief Luft ein. »Die Heckmanns sind erst mal aus dem Schneider. Die KTU hat nichts gefunden, was eine Ermittlung gegen sie weiterhin rechtfertigen würde. Ihr Anwalt hatte für heute Morgen einen Haftprüfungstermin erwirkt. Sie sind seit gut einer Stunde auf freiem Fuß!«

»Und die Blutspritzer am Auto?«, fragte Rikarda. »Ist es nicht eindeutig das Blut von Lilly Harloff?« Ihre Stimme klang verärgert. Sie hatte zwei Mädchen im Alter der Zwillinge zu Hause. Ihr schien dieser Fall besonders nahzugehen.

»Ja, das ist es!« Wahler zog einen Ausdruck aus einer Akte. »Es handelte sich um Blut von Lilly oder auch Sophie Harloff! Aber leider ist es nicht möglich festzustellen, wie alt das Blut war.« Er blickte zerknirscht in die Runde. »Und wie es da hingekommen ist. Das Fahrzeug war im Innenraum komplett unauffällig. Also kann jemand diese Blutspur absichtlich bei Kurt Heckmann platziert haben, um ihn verdächtig zu machen.«

Eine Diskussion brandete auf. Die Gemüter waren erhitzt, nachdem man einer Aufklärung des Falles so nahegekommen war. Diese Hoffnung zerplatzte nun mit einem Fingerschnippen. Wahler hob die Arme, es kehrte Ruhe ein. »Auch im Haus und auf dem Grundstück konnte die KTU keine neuen Beweismittel sichern. Außerdem war auch das zweite Eichenblatt nicht mit dem Blatt aus dem Sarg kompatibel. Dr. Falk hat Frida gerade darüber informiert.«

Nun brandete ihm Schweigen entgegen. Es war dieser Moment in einer Ermittlung, wo das Adrenalin verbraucht war und die Müdigkeit einsetzte. Der Moment, in dem man wusste, dass die ersten vierundzwanzig Stunden vergangen waren und jetzt die Sisyphusarbeit begann.

»Aber …«, setzte Wahler an, und seine Stimme klang doch ein wenig zuversichtlich »… wir haben eine weitere Spur. Und darüber werden euch Frida und Bjarne ins Bild setzen.« Er sah ihn an. »Bjarne, berichtest du über eure neuesten Erkenntnisse?«

Haverkorn sah, dass Frida ein Foto mit dem Beamer an die Wand warf, auf der die Kleidung von Lilly Harloff abgebildet war. Er berichtete, wie sie auf Enna Kruse gestoßen waren und durch sie auf den Gutshof Westkamp. »Die Eheleute Torge haben bestätigt, dass sie diese Schürze vor gut fünf Jahren erworben haben. Aber sie sagten, diese sei ihnen von der Wäscheleine gestohlen worden. Die Diebe seien bis heute unbekannt. Eine Anzeige wurde auch nicht gestellt.«

»Dann stehen wir ja wieder im Regen«, flüsterte jemand neben ihm.

»Moment! Wir sind noch nicht am Ende!« Haverkorn nickte Frida zu, die ein weiteres Foto präsentierte. Eines vom Anwesen mit dem Metalltor und der mannshohen Mauer. »Das ist der Gutshof. Das Ehepaar lebt dort ziemlich abgeschottet. Zwei Rottweiler laufen frei auf dem Grundstück. Es kann also niemand ohne Weiteres rein …«

»Oder raus!«, sagte Anja.

Haverkorn spürte das Vibrieren im Raum, weil die Kollegen plötzlich zu begreifen schienen, dass eine altmodische Häkelschürze sich plötzlich als die Nadel im Heuhaufen entpuppte. »Anne und Krischan Torge sind sympathisch. Er fährt übrigens mit einer Kutsche zum Einkaufen, trägt dabei einen breitkrempigen Hut, der sehr an einen Cowboyhut erinnert.« Frida zeigte das Foto, das sie heimlich von dem Mann und dem Einspänner gemacht hatte.

Ein Raunen ging durch den Raum, aber sie ließen ihn

ausreden. »Seine Frau ist sehr charismatisch. Sie räumten ein, dass die Ehe kinderlos geblieben ist. Und das schien ein wunder Punkt zu sein.«

»Was willst du uns sagen?«, raunte ein Kollege, der in zweiter Reihe saß.

Haverkorn sah Frida an, sie nickte und wartet darauf, dass er weitersprach. »Wir sind darauf gestoßen, dass die Eheleute Torge lange Zeit in Kanada in einer Gemeinschaft lebten, die sich Hutterer oder Hutterische Brüder nennen. Eine täuferische Gemeinschaft, so ähnlich wie die weitaus bekannteren Amish People.«

Frida warf eines der Hutterer-Bilder an die Wand, die sie aus dem Internet gezogen hatte. Sowohl Männer als auch Frauen in ihren Trachten waren zu sehen. Es verschlug allen die Sprache.

»Kannst du das mal größer machen?«, fragte Anja. »Die Frauen!«

Frida hatte ein weiteres Bild mit einer Huttererfrau vorbereitet. Haverkorn stellte sich daneben. »Ein solches ärmelloses Kleid über einer weißen Bluse trug auch Lilly Harloff. Und dieses gepunktete Tuch über dem Haar, das nennen sie ›Tiechel‹. Nicht typisch für die Garderobe der Kolonie ist die Schürze mit der Häkelspitze. Dennoch gehen wir davon aus, dass die Eheleute uns angelogen haben, als sie sagten, sie hätten die Zwillinge nie gesehen.«

»Danke!« Wahler erhob sich wieder. »Der Staatsanwalt ist informiert und wird abklären, ob das einem Ermittlungsrichter für einen Durchsuchungsbeschluss des Gutshofes reicht. Er wird mich umgehend zurückrufen.« Er sah in die Runde. »Wir brauchen so oder so mehr Informationen über dieses Paar. Im Internet findet man nichts über sie, auch in unseren Systemen sind sie bisher nicht in Erscheinung getreten.«

»Gibt es eine Eiche auf dem Grundstück?«, fragte Rikarda.

Haverkorn sah Frida an. »Ich habe keine gesehen. Aber wir waren nur im vorderen Bereich.«

»Warum bestellen wir sie nicht unter einem Vorwand her?«, fragte Frida.

Haverkorn sah Wahler an, der schüttelte den Kopf. »Wenn Sophie tatsächlich dort gefangen gehalten wird, wollen wir die Pferde nicht scheu machen. Nach eurem Besuch können sie sich erst mal in Sicherheit wiegen. Aber wenn wir sie jetzt zur Vernehmung holen, bevor der Durchsuchungsbeschluss da ist, gefährden wir das Mädchen.«

Wahlers Handy begann, auf dem Tisch zu vibrieren. Der Leiter der Mordkommission hob die Hand und nahm das Gespräch an. Ein paar Sekunden hörte er stumm zu. Seine Augenbrauen zogen sich zusammen. »Und da ist nichts zu machen?« Er starrte ins Leere. Als er das Gespräch wegdrückte, waren alle Augen auf ihn gerichtet. »Dem Richter reichen unsere Fakten nicht für einen Durchsuchungsbeschluss. Er will einen klaren Beweis, dass Anne und Krischan Torge etwas mit dem Verschwinden der Zwillinge zu tun haben. Bisher sind es nur vage Indizien.«

»Scheiße!«, rief jemand. Frida schaltete den Beamer aus. An ihrer Haltung sah Haverkorn, dass sie wütend war.

Wahler legte das Handy auf den Tisch. »So oder so! Nehmt euch die Torges vor. Grabt alles aus, was ihr über ihre Vergangenheit und ihren Kanadaaufenthalt findet. Schaltet die Botschaft dort ein. Vielleicht kennen die ein Ehepaar, das ein paar Jahre in Kanada gelebt hat.« Wahler sah Haverkorn ins Gesicht. »Du fährst mit Frida noch mal auf den Gutshof. Vielleicht könnt ihr euch ja das Haus zeigen lassen. Oder den Garten. Nur, findet etwas, um den Richter umzustimmen!«

»Das machen wir!« Frida war in kämpferischer Stimmung. »Die hatten eine Menge Grünpflanzen im Haus. Mal schauen, ob wir irgendwo im Garten dieses … wie hieß das Kraut, das Lilly in den Händen hatte?«

»Tausendgüldenkraut!«, half ihr Anja auf die Sprünge.

»Genau! Ob wir das dort finden.«

Haverkorn dachte an die scheußliche Waldmeisterlimonade und hatte plötzlich einen schattigen Kräutergarten vor Augen, in dem Anne Törge stand, mit einem diabolischen Lächeln in ihrem schönen Gesicht.

Nach dem Meeting sah Haverkorn, wie Frida mit ihrem Chef redete. Sie nickte ihm zu, also blieb er stehen. Er ahnte, worum es ging, und folgte beiden mit einigem Unbehagen. Wahler sah auf die Uhr, als sie in sein Büro traten, aber ein paar Minuten hatte er für Fridas Anliegen. »Worum geht's?«, fragte er und setzte sich an seinen Schreibtisch, auf dem ungewohntes Chaos herrschte.

»Gibt's was Neues von Leonard?«, fragte Frida und warf Haverkorn einen raschen Blick zu, der sich neben ihr auf einem der beiden Besucherstühle niedergelassen hatte.

Wahler öffnete den Knopf des Sakkos und lehnte sich zurück. »Wie man es nimmt …«, begann er. »Die Techniker konnten sein Handy gestern orten.«

»Wirklich?« Frida beugte sich nach vorn und legte ihre Unterarme auf die Knie. Haverkorn musste zugeben, dass sie gut schauspielerte.

»Sie haben den Standort eingrenzen können, und ich habe eine Einheit hingeschickt.« Er verzog sein Gesicht. »Das Handy war im Besitz einer Gruppe von Kleinkriminellen am Bahnhof. Sie sagten aus, sie hätten es dort auf einer Bank gefunden.«

»Die haben nicht auf Leonard geschossen, so viel ist klar.

Entweder hat er es dort selbst abgelegt, oder seine Entführer haben es als kleines Präsent für uns hinterlassen.«

Wahler sah Frida an. »Seine Telefondaten waren übrigens unauffällig. Keine Nummern in den letzten Tagen, die wir nicht zuordnen konnten.«

Frida ließ sich wieder in den Stuhl zurückfallen. »Shit!«

»Die KTU überprüft noch alle Daten auf seinem Handy, Fotos, Videos et cetera. Mehr können wir erst mal nicht tun.«

»Gibt's denn gar nichts, was uns hilft, den Schützen zu finden?«, bohrte Frida nach.

Wahler zog einen Ausdruck hervor. Es war ein Plan der Straße vor der Bezirkskriminalinspektion. Es waren vier geschwungene Linien in zwei Farben eingezeichnet. »Die Profis der Ballistik haben nun endlich die Flugbahnen errechnet. Wir wissen also ungefähr, wo der Schütze war, als er Leonard verletzte.«

Frida sah Haverkorn an. Jetzt kamen die Neuigkeiten. »Entweder wurden die Schüsse von der Straße aus einem Fahrzeug abgegeben oder aus einem Gebäude gegenüber. Aber nach der Flugbahn der Projektile zu urteilen, ist Letzteres weniger wahrscheinlich.« Er stützte die Arme auf. »Frida, denk nach! Kannst du dich an ein Fahrzeug erinnern, das dort parkte oder langsam an Leonard vorbeifuhr?«

Frida sagte nichts, war nachdenklich geworden. »Ich kann mich nur an Bruchstücke erinnern. Dass ich Bjarne eine Nachricht geschrieben und später als Leo vom Imbiss losgegangen bin. Dass er mich rief und schon über die Straße rannte.« Sie atmete durch, ihr Körper hatte sich versteift. »Und an die Schüsse. Zuerst habe ich noch gedacht, es seien Silvesterknaller. Dass uns jemand erschrecken will.« Sie schwieg erneut, schien sich erinnern zu wollen, was sie in diesem Moment gesehen hatte. Ihr Gesicht war angespannt.

Haverkorn sah Wahler an, der Frida beobachtete. Seine ganze Haltung war verkrampft, auch er stand unter Strom. Dieser Angriff auf Leonard Bootz bestimmte neben dem aktuellen Fall seine Tage. Aber war Wahler angespannt, weil er etwas mit diesem Heckenschützen zu tun hatte? Weil er ihn vielleicht sogar kannte und seine schützende Hand über ihn hielt?

Nein! Haverkorn wischte diese Gedanken weg. Wahler war kein einfacher Charakter, penibel, besserwisserisch, manchmal arrogant und ganz gewiss ein Karrierist, aber er war kein Verräter! Er wollte den Täter finden und stellen. Und er wollte Leonard lebend zurückholen!

Frida seufzte leise. »Kann sein, dass da ein Auto war. Ich weiß es nicht mehr.« Sie knetete ihre Hände. Es ging ihr nahe, sich noch einmal zu diesem Tag zurückzuversetzen. »Vielleicht hat Leonard ja was gesehen. Falls wir ihn finden, müssen wir ihn danach fragen.«

»Dann hat er sich nicht noch einmal bei dir gemeldet?« Wahlers Stimme war ruhig, aber etwas schwang darin mit. Misstrauen? Hatte er Frida durchschaut?

»Nein!« Sie straffte die Schultern. »Ich habe es Dutzende Male bei ihm versucht, ohne Erfolg!«

Wahler stand auf. »Gut, wir bleiben dran. Wenn ich mehr weiß, hörst du von mir. Und wenn er dich kontaktiert, sag mir sofort Bescheid!«

Sie verließen das Büro. Frida ging mit steifen Schritten den Flur hinunter zur Automatiktür. Kurz blickte sie über ihre Schulter und gab Haverkorn ein Zeichen, ihr zu folgen. Sie stieg mit ihm zwei Etagentreppen nach oben, stieß die Tür zum Dach auf. Hier hatte immer sein Aschenbecher gestanden, als er noch geraucht hatte. Im ganzen Gebäude herrschte Rauchverbot, hierher war er gekommen, um seinem Laster zu frönen. Es kam ihr vor, als wären seitdem Jahre vergangen.

Blauer Himmel spannte sich über die Stadt, ein paar Schäfchenwolken zogen über ihnen dahin. Frida lehnte sich an die Mauer. »Ich weiß, es ist scheiße, ihn anzulügen. Aber Leonard besteht darauf, Nick nicht einzuweihen.«

»Hat er gesagt, warum? Vertraut er ihm nicht?«

»Keine Ahnung, ehrlich! Leo will dazu nicht mit der Sprache rausrücken. Ich glaube, es hat etwas mit damals zu tun und ihrer gemeinsamen Zeit beim KDD. Aber Leo redet nicht darüber.«

»Wie geht es nun weiter?«, fragte Haverkorn und atmete die herrliche Sommerluft ein. Von irgendwoher klang das Lachen von Kindern. Zwei Stockenten segelten durch die Luft und setzten neben dem Gebäude zur Landung an. Dort war ein kleiner Teich im Außenbereich der Justizvollzugsanstalt, den die Enten belebten. »Habt ihr einen Plan?«

Frida schob sich eine Haarsträhne hinter das Ohr. Ihre Blicke trafen sich. »Wir wollen dem Schützen eine Falle stellen«, sagte sie dann.

Haverkorn blieb kurz die Luft weg. Er wollte fragen, ob sie das ernsthaft in Betracht zogen.

Frida kam ihm zuvor. »Wir wissen, dass das echt gefährlich werden kann. Aber wir müssen den Täter irgendwie aus der Reserve locken. Angriff ist die beste Verteidigung, oder?« Ihr Lächeln verrutschte.

»Was habt ihr vor?«

Sie zuckte die Schultern. »Keine Ahnung. Leonard und Jo tüfteln etwas aus. Wir hatten gestern Nacht einige Ideen, die wir aber wieder verworfen haben. Zu viele Gin Tonic!«

Haverkorn stieß die Tür ins Treppenhaus auf und ließ

Frida den Vortritt. »Sagt mir, wenn ich helfen kann. Aber vor allem, geht kein Risiko ein! Versprichst du mir das?«

Frida folgte ihm die Stufen hinunter. »Glaub mir, wir wollen alle lebend und ohne Schrammen aus der Sache rauskommen.«

Kapitel 21

Eine Stunde später standen sie wieder am verschlossenen Tor vor dem Gutshof Westkamp. Haverkorn betätigte mehrfach den Türklopfer, aber es blieb ruhig hinter den Mauern. Nicht einmal die beiden Hunde tauchten auf.

Frida rüttelte an der Eingangstür, die neben dem hohen Tor auf das Grundstück führte. Verschlossen. »Denkst du, die Torges sind verreist?«, fragte sie. »Haben wir mit unserem Besuch doch mehr Staub aufgewirbelt, als wir dachten?«

Haverkorn trat zurück, blickte nach links, die Mauer entlang. »Komm!«, sagte er und ging los. Frida folgte ihm. Was hatte er vor? »Willst du drübersteigen?«

Er legte einen schnellen Schritt vor. Immer wieder blickte er hoch, wo Büsche und Bäume über die Mauerkrone ragten. Endlich verstand sie. An der Ecke bogen sie ab, mussten sich den Weg durch hohe Brennnesseln und Bruchholz bahnen, was ihnen das Durchkommen erschwerte. Frida hob die Arme, um nicht die Brennnesseln zu berühren. Haverkorn blieb stehen und lauschte. Frida ebenfalls.

»Ich dachte, ich hätte einen Hund bellen gehört.« Beim Weitergehen behielt er die Bäume im Innern des Anwesens im Auge. Auf der Höhe des Gutshauses zeigte er nach oben. Tatsächlich! Über ihnen breitete eine Eiche ihr Blätterdach Richtung Marsch aus. Aber es war viel zu hoch, um es zu erreichen. Selbst wenn sie auf der Mauer stünde, würde Frida kein Blatt packen können. »Verdammt! Und jetzt?« Sie sah sich um, aber hier würde auch kein langer Ast helfen. Und das Laub am Boden war längst vertrocknet. Der Mikrobiologe würde damit nichts anfangen können. »Warte mal, Mattis Falk hat uns in seinem Büro erzählt, wie er die Blätter von den Bäumen herunterholt. Mit einer Wurfschleuder!« Sie blickte nach oben. Direkt über ihr ragte ein herrlicher Ast der Eiche über die Mauer, dessen Blätter sie nur abschießen mussten.

»Willst du in Kiel so ein Ding bei ihm holen?«, fragte Haverkorn skeptisch.

»Nein, wir improvisieren. Lass uns zu mir auf den Hof fahren. Wir bauen uns selbst eins!«

Haverkorn sah sie fragend an, aber endlich begriff er, dass sie es ernst meinte. »Ich glaube, das habe ich in den letzten Monaten vermisst!« Sein Handy klingelte, und er nahm das Gespräch an. *Sonja*, formte er mit den Lippen und lief los, leise telefonierend.

Frida blieb stehen, um ihm etwas Privatsphäre zu gönnen. Plötzlich blieb er stehen, drehte sich um und winkte sie heran. Er stellte das Gespräch auf laut. »Frida hört jetzt mit.«

»Hallo, Frida!«, sagte Sonja. »Ich habe ein paar Erkundigungen über die Torges eingezogen. Mir hat ein Freund geholfen, ein Kollege vom BKA. Ich habe ihn bei einem Seminar in Wiesbaden kennengelernt. Er hat via Interpol das Ehepaar Torge unter die Lupe genommen. Und gerade kam die Antwort vom NCB, dem National Central Bureau aus Ottawa. Dort ist zumindest Krischan Torge im Strafregister zu finden.«

»Wirklich? Und was für ein Delikt?«

»Schwere Körperverletzung! Er hat vor einigen Jahren einen Mann krankenhausreif geprügelt, hat jedoch auf Notwehr plädiert. Sein Anwalt hat es so hingebogen, dass Krischan Torge und seine Frau nach einigen Monaten Kanada verlassen konnten, um einem Strafverfahren zu entgehen.«

»*Deshalb* sind sie jetzt hier in Deutschland!«, sagte Frida.

»Kann gut sein.« Sonjas Stimme klang gestresst.

»Weißt du Genaueres? Über die Tat und das Opfer?«

»Noch nicht, aber ich recherchiere weiter. In den kanadischen Medien werde ich sicherlich etwas finden. Vielleicht kooperieren auch die Behörden in Kanada und schicken uns die Ermittlungsakte. Keine Ahnung, ob das möglich ist.«

»Klingt vielversprechend!«, sagte Haverkorn.

»Ich muss jetzt weiter«, sagte Sonja. »Wollte euch nur schnell informieren.«

»Kann sein, dass das Ehepaar abgängig ist. Wir sind gerade am Gutshof. Der scheint verlassen zu sein.«

»Liegt schon ein Haftbefehl vor?«, fragte sie.

»Nein, der Ermittlungsrichter sperrt sich dagegen. Wir sollen ihm eindeutige Beweise für eine Straftat der Torges bringen.«

»Viel Erfolg!«

Haverkorn steckte das Handy in die Tasche und ging zu seinem Dienstwagen.

»Schwere Körperverletzung!«, sagte Frida. »Der ist kein unbeschriebenes Blatt. Ich sage dir, wir sind auf der richtigen Spur!«

Haverkorn klickte auf den Autoschlüssel, die Türen wurden entriegelt, und er stieg ein. »Kümmern wir uns um die Schleuder. Vielleicht kommen wir damit ein Stück weiter!«

†

Haverkorn saß an seinem Küchentisch und las die E-Mail, die Sonja ihm zu Krischan Torge geschickt hatte. Er hatte Frida auf dem Paulsenhof abgesetzt, und sie war mit ihrem Vater in der Werkstatt verschwunden, um eine Schleuder zu bauen, die die Eichenblätter vom Baum holen würde.

Er trank Wasser und öffnete die Anhänge der Mail. Es war das Schreiben von Interpol, das zum National Central Bureau in Ottawa gegangen war. Und die Antwort, die recht umfassend ausgefallen war.

Krischan Torge hatte 2017 einen Mann, dessen Namen nicht genannt wurde, mit einer Glasflasche schwer verletzt. Der Tatort war ein Ort namens Crystal Spring in der kanadischen Provinz Manitoba. Er gab beide Begriffe in der Suchmaschine ein, bestätigte seine Suche und scrollte langsam nach unten. Schon erschienen die ersten Beiträge über eine Hutterer-Kolonie und eine hutterische Schule. Er lehnte sich zurück. Die Schlägerei zwischen Torge und seinem Opfer hatte also höchstwahrscheinlich auf dem Gelände dieser Kolonie stattgefunden. Worum war es gegangen? Um seine Frau, die bildschöne Anne?

Was auch immer der Grund gewesen war, Krischan Torge war gewaltbereit. Wie weit ging seine kriminelle Veranlagung? War er auch zu Entführung und Freiheitsberaubung fähig?

Was, wenn die beiden längst auf der Flucht waren? In gut einer Stunde war man von hier an der dänischen Grenze, in drei Stunden in den Niederlanden. Von Amsterdam gingen Flüge in die ganze Welt. Aber Sophie konnten sie schlecht mit ausfliegen. Befand sich dieses Mädchen tatsächlich in ihrer Gewalt? Oder war sie wie ihre Schwester schon vor Tagen umgebracht worden? Nur mit dem Unterschied, dass ihre Leiche noch nicht gefunden worden war?

Es war zum Verrücktwerden! Was verbargen diese Mauern des Gutshofes Westkamp? Wie sollten sie diesen sturen Ermittlungsrichter überzeugen, ihnen einen Durchsuchungsbeschluss auszustellen, wenn sie nicht hineindurften?

Aber so sah es das Gesetz nun einmal vor. Die Persönlichkeitsrechte wurden geschützt, bis ein Richter genug Fakten vorgelegt bekam, um diese mit einem entsprechenden Beschluss einschränken zu können. Er dachte an die Heckmanns, deren Haus zum zweiten Mal komplett durchwühlt worden war. Was, wenn sie tatsächlich unschuldig waren? Wie konnte man diesen staatlichen Eingriff rechtfertigen? Noch dazu die Pressemeute, die wieder in ihrer Straße kampieren würde.

Er stand auf und ging zum Kühlschrank, nahm sich ein Stück Käse heraus. Er verbrauchte Energie beim Denken, das redete er sich jedenfalls gern ein. Die Schale mit Äpfeln, die Henni mitten auf den Tisch gestellt hatte, ignorierte er geflissentlich.

An der Arbeitsplatte schnitt er sich eine Scheibe von dem Gruyère ab und schob sie in den Mund. Sofort zerging der Käse auf der Zunge. Nochmals öffnete er den Kühlschrank und nahm den Camembert heraus. Sein Handy klingelte. Er seufzte und schob den Käse wieder zurück ins Kühlfach.

»Frida?«, fragte er kauend.

»Wir haben die Schleuder!«, sagte sie lachend. »Sieht etwas seltsam aus mit der Astgabel und den Einweckgummis. Aber es wird funktionieren. Holst du mich ab?«

»Ich komme!« Er schluckte und drückte sie weg. Dann klappte er den Laptop zu und nahm die Autoschlüssel. Es klapperte hinter ihm. Der Kater war durch die Katzenklappe geschlüpft und maunzte hungrig. Haverkorn schüttete ihm etwas Trockenfutter in den Napf. *Auf in den Wil-*

den Westen, dachte er und zog die Haustür hinter sich ins Schloss.

†

Frida klemmte die provisorische Wurfbeutelschleuder unter den Arm und machte ein paar Fotos von Mauer und Eiche für ihr Team. Danach befestigte sie das Seil an den Gummi und zielte auf den Eichenast über ihr, zog den Gummi straff und ließ los. Das Seil schnellte nach oben, flog über den Ast hinweg und fiel auf der anderen Seite herunter.

»Na gut … für den ersten Versuch«, lachte Frida und hob das Seil auf. »Willst du mal?«, fragte sie Haverkorn, der mit verschränkten Armen neben ihr stand.

Er schüttelte den Kopf. »Mit dieser Konstruktion kenne ich mich nicht aus. Ich assistiere dir nur.«

Beim dritten Versuch blieb das Seil tatsächlich auf dem Ast hängen. Es war lang genug, um das Ende zu erreichen. Aber wenn sie daran zog, würde es einfach so herunterfallen. »Das andere Ende hängt zu hoch. So ein Mist!« Frida blickte nach oben. »Von der Mauer aus würde ich rankommen!«

Haverkorn folgte ihrem Blick. Dann machte er eine Räuberleiter. Frida warf die Schleuder ins Gras. »Du bist dir sicher?«

»Na komm, so alt bin ich nun auch noch nicht!«

Frida legte beide Hände auf seine Schultern und stieg in seine ineinander verhakten Hände. Sie holte mit dem anderen Bein Schwung und schob sich hoch auf die Mauer. Vor ein paar Monaten war sie so mit Bootz' Hilfe in ein Gebäude eingestiegen, in dem vor vielen Jahren ein Mord passiert war. Immer wieder wurde sie an ihn erinnert. Wie wichtig er für sie in den letzten Wochen geworden war, hätte sie anfangs nicht glauben wollen.

Frida stand auf der Mauer. Zum Glück waren hier keine Glasscherben eingearbeitet worden. Sie balancierte weiter in Richtung des Baumes und beugte sich vorsichtig nach vorn, um das Seil zu erreichen. »Mist! Ich komme nicht ran.«

Haverkorn reichte ihr die Schleuder nach oben. »Vielleicht damit?«

Sie nahm die Astgabel entgegen und konnte nun das kurze Seilende erreichen. Sie zog es lang und warf es nach unten. Plötzlich hörte sie Hunde bellen und hockte sich erschrocken hin. Sie drehte sich zum Haus. Tatsächlich, dort liefen die beiden Rottweiler durch den Garten!

»Was ist?«, fragte Haverkorn.

»Die Hunde sind draußen!« Frida blieb hinter dem Stamm der Eiche und lugte daran vorbei. Anne Torge kam aus dem Haus. Sie trug einen Korb über dem Arm und rief die Hunde, die mit ihr zusammen zu den Ställen gingen. Frida hatte genug gesehen. Sie setzte sich auf die Mauerkrone und ließ sich fallen.

»Sie sind nicht geflüchtet. Auf jeden Fall ist Anne Torge noch im Haus!« Frida nahm beide Seilenden und begann, sie über den Ast hin- und herzuziehen. Erst fielen ein paar Blätter, dann ein paar Zweige. Mehr brauchten sie nicht für den Molekularbiologen. Sie legte die Zweige in eine Papiertüte und zog das Seil vom Baum.

»Und weißt du, was sie anhatte?«

Haverkorn sah sie fragend an.

»Ein langes Kleid und ein Tuch auf dem Kopf. Ich konnte es nicht genau sehen, aber ich gebe eine Wette ab, dass es Punkte hatte wie das Tuch von Lilly Harloff!«

Frida klopfte an Cats Bauwagen. Das verabredete Zeichen. Zweimal kurz, zweimal lang. Die Tür wurde einen Spalt aufgestoßen, ohne dass sie sah, wer dahinter stand. Sie trat zurück, und Leonard öffnete ihr. Er sah ihr über die Schulter, als er sie hereinwinkte, und drehte hinter ihr den Schlüssel im Schloss.

Der Bauwagen hatte sich in der Mittagssonne aufgeladen. In der Ecke lief ein Ventilator, der ein wenig die warme Luft aufwirbelte. Frida legte die Pizzakartons auf den flachen Tisch vor der Couchgarnitur, wo ein Tablet lag. Bootz schien im Internet recherchiert zu haben.

»Cat ist in der Berufsschule?«, fragte Frida und zog ein Taschenmesser hervor, um die Pizza aufzuteilen.

»Nein, in ihrem Ausbildungsbetrieb. Sie muss heute mit in die Ernte.«

»Und Jo?« Frida öffnete den ersten Karton, schnitt ein paarmal quer durch die Pizza. Sofort hing der Geruch nach Salami und Käse in der Luft. Leonard griff zu und biss herzhaft in sein Viertel. Tomatensoße tropfte herunter, er leckte sie von der Hand. »Unterwegs«, sagte er kauend. »Sie besorgt ein paar Wegwerfhandys.«

Frida öffnete die Schachtel mit der Thunfischpizza und schnitt sich eine große Ecke heraus. Sie setzte sich auf die Couch, zog die Schachtel heran und begann darüber zu essen.

»Wo ist Bjarne?« Leonard griff nach dem nächsten Stück. Er schien richtig Kohldampf zu haben.

»Fährt gerade nach Kiel, bringt ein neues Beweisstück zum LKA.« Sie erzählte ihm von der improvisierten Wurfbeutelschleuder und dass sie und Haverkorn damit einen Zweig von der Eiche außerhalb der Mauer des Anwesens Westkamp hatten herunterholen können.

»Dann gibt es neue Verdächtige?«

»Ja, alles deutet auf dieses Ehepaar hin, das ein paar Jahre in Kanada in einer Kolonie der Hutterer gelebt hat.« Sie umriss ihm kurz, wie sie darauf gekommen waren.

Leonard nickte, aber er schien nicht bei der Sache zu sein.

»Okay.« Frida wischte sich die Lippen mit einer Serviette ab und lehnte sich zurück. »Wir waren heute Vormittag bei Nick. Ich habe versucht, ein paar Infos zu bekommen. Wir wissen jetzt, dass der Schütze wahrscheinlich in einem Auto saß, als er auf dich geschossen hat. Möglich ist auch, dass er in einem Gebäude gegenüber war, aber das hält der Ballistikexperte für weniger wahrscheinlich.« Sie sah ihm in die Augen. »Hast du ein Fahrzeug bemerkt, als du über die Straße gelaufen bist?«

Bootz legte einen abgebissenen Pizzarand in die Schachtel und wischte sich die Hände an der Serviette ab. Er dachte nach, in seinem Gesicht sah Frida den verzweifelten Willen, sich zu erinnern.

»Ich weiß es nicht. Eigentlich ist alles weg. Von dem Zeitpunkt an, als ich beim Imbiss losgelaufen bin. Totaler Blackout. Erst ab dem Krankenhaus ist meine Erinnerung wieder da.«

Sie hatte es schon vermutet. »Okay.«

»Und du? Du warst doch hinter mir. Hast du nichts gesehen?«

Sie schüttelte den Kopf. »Ich habe in den letzten Stunden so oft darüber nachgedacht. Ich kann mich auch nicht erinnern. Ich hatte gerade Bjarne eine Nachricht geschrieben und war mit dem Kopf bei den Zwillingen. Bis es knallte, habe ich auf nichts um mich herum geachtet.« Sie schluckte. »Und dann habe ich nur noch dich gesehen. Wie du am Boden lagst.« Ihre Kehle schnürte sich zu. Sie biss in die Pizza, um sich abzulenken, obwohl ihr der Appetit vergangen war.

Leonard stand auf, ging zu einem kleinen Retrokühlschrank und holte zwei Coladosen heraus. Er bewegte sich in Cats Bude, als würde er hier wohnen, und reichte Frida ein Getränk. »Ist okay. Ich habe Cat dafür bezahlt, dass sie alles wieder auffüllen kann.«

»Du hast ihr ein bisschen den Kopf verdreht.« Sie lachte, um ihre Anspannung zu lösen, und öffnete mit einem Klick die Dose.

Leonard schien gar nicht zuzuhören und starrte ins Leere. Die Dose in seiner Hand schien er vergessen zu haben.

»Leo?«

Er drehte sich zu ihr, klickte die Dose auf und trank nun ebenfalls. »Hat Nick was gemerkt?«

»Ich glaube nicht. Er zerreißt sich zwischen den beiden Fällen. Der steht total unter Strom.«

Bootz setzte sich Frida gegenüber. »Ich würde ihn gern anrufen, aber irgendwas hindert mich.«

»Traust du ihm nicht?«, hakte sie nach.

»Doch! Aber …« Er starrte auf den Tisch.

»Ist zwischen euch was vorgefallen?«

»Na ja, wir geraten immer mal aneinander, weil jeder den Größeren haben will. Weißt du ja. Aber …«

»Also reines Bauchgefühl?«

»Nein!« Er stellte die Dose auf den Tisch. »Er hat mich zum Imbiss geschickt. Ich sollte dort auf dich warten.« Leonard sah sie an.

Frida stockte. »Mir hat er auch geschrieben, als ich von der Rechtsmedizin kam. Dass ich dich dort am Imbiss treffen soll.«

Die Erkenntnis, dass sie ohne Wahler dem Täter nicht in die Arme gelaufen wären, ließ die Luft im Raum zum Stehen kommen. »Dann hat er gewusst, dass wir genau zu dem Zeitpunkt, als es knallte, dort sind?«

Leonard nickte langsam. Das war es also, was ihn davon

abhielt, mit seinem Freund zu sprechen. Die Saat des Zweifels, die immer größer wurde, je länger man darüber nachdachte.

Frida fühlte sich nicht wohl dabei. Sie traute es Wahler einfach nicht zu. Er war manchmal ein Arschloch, aber er würde nie einen Kollegen und Freund verraten.

Oder doch?

»Selbst wenn er nichts damit zu tun hatte, ist es besser so. Falls Nick wüsste, wo ich bin, würde er darauf bestehen, dass ich in ein Schutzhaus der Polizei gehe. Aber wenn es wirklich einen Maulwurf in unseren Reihen gibt, wäre ich im Safe House nicht sicher.«

»Das wäre ihm doch auch klar.« Frida stellte die Dose ab. »Lass uns erst mit Jos Hilfe versuchen, Licht ins Dunkel zu bringen.« Frida zögerte, aber diese Frage musste sie stellen. »Und diese Judith, deine ehemalige Kollegin, vertraust du ihr? Könnten wir sie für Recherchen vor Ort anheuern?«

Leonard antwortete nicht sofort. Dann deutete er ein Kopfschütteln an. »Besser nicht. Sie ist mit einem Polizisten liiert. Ich will nicht, dass sie ihn anlügen muss. Und dem Typen traue ich nicht von hier bis zur Tür. Der würde mir eine reinklinken, wenn er wüsste, dass Judith mich besucht hat.«

Frida spürte ein Kribbeln. »Und wenn er der Schütze war? Eifersucht ist ein starkes Motiv.«

»Ich habe schon darüber nachgedacht. Aber das wäre dem viel zu kompliziert. Erst nach Itzehoe zu fahren und mir dann vor der BKI aufzulauern. Nein, der will seine Faust in meinem Gesicht und das Blut darauf spüren.«

Frida hatte sofort den metallischen Geruch von Blut in der Nase, und ihr wurde übel. Sie stand auf, ging zum Waschbecken und ließ sich kaltes Wasser über die Hände laufen. »Wie heißt Judiths Freund eigentlich?«, fragte sie beiläufig. Leonard sollte nichts von ihrer Psychoattacke merken. »Jo muss ihn überprüfen.«

»Sie hat schon jemanden darauf angesetzt.« Er atmete aus, stützte den Kopf in die Hände. »Ein Albtraum«, murmelte er.

»Wir finden ihn!« Frida machte ein Fenster auf der Schattenseite einen Spalt auf und ging zurück zur Couch. »Lass uns alles noch mal durchgehen. Den Drogenfall von damals. Alles, woran du dich erinnerst. Ich schreibe mit. Jeder Name, der dir einfällt, jede noch so kleine Erinnerung. Bjarne versucht, über das LKA die Akten über die Ermittlung gegen Öztürk aus Lübeck anzufordern. Wir gehen alles in Ruhe durch.«

Er nahm die Hände vom Gesicht und sah sie lange an. »Warum machst du das? Du hast genug mit dem Zwillingsfall um die Ohren.«

Frida sah ihn an. »Weil du mein Partner bist. Und weil du das Gleiche für mich tun würdest!« Sie hielt ihm die Hand hin. Er schlug ein. Dann stand er auf und nahm sie in den Arm.

Kapitel 22

Haverkorn ließ die Computermaus los, schob die Lesebrille hoch und blickte aus dem Fenster seines Büros beim LKA. Es war der heißeste Tag der Woche. Die Mittagssonne brannte auf die Stadt herunter, sodass die Fassaden der Nachbargebäude ihn blendeten. Er blinzelte und wandte sich erneut seiner Arbeit zu. Die letzte Stunde hatte er nur damit verbracht, seine E-Mails zu beantworten. Auch wenn einige davon nicht dringend waren, wollte er dennoch gleich darauf reagieren. Je mehr er vor sich herschob, desto länger würde die To-do-Liste. Und in den letzten Tagen war hier einiges liegen geblieben.

Er klickte eine Mail von Andreas Vollmer an, die gerade hereingekommen war. Sein Chef hatte das Team der Cold Case Unit um vierzehn Uhr zu einer Besprechung geladen. Haverkorn bestätigte die Einladung und sicherte den PC. Denn vorher musste er noch etwas essen. Vielleicht hatte Sonja Zeit, mit ihm in die Kantine zu gehen.

Er ging ins Nachbarzimmer und stellte sich neben ihren Schreibtisch. Überrascht blickte sie von Ausdrucken auf, die sie konzentriert las und auf denen sie sich mit Bleistift Notizen machte. Sie schob den Stift hinter ihr Ohr und tippte etwas in die Googleübersetzung ein: *detention review*. Sie kritzelte *Haftprüfung* an den Rand des Textes. »Die Akte aus Kanada zu Krischan Torge. Ich bin gleich durch mit der Übersetzung.«

»Und? Gibt's was Neues?«

Sonja steckte den Bleistift zwischen die Zähne, fuhr sich mit den Händen ins Haar, knotete es zusammen und befestigte den Haarknoten mit dem Stift. »Nun ja, ein bisschen mehr, als wir bisher wissen.« Ihr schmales Gesicht wurde durch die Hochsteckfrisur noch unterstrichen. »Ich habe den Ermittlungsbericht gelesen. Danach sieht es so aus, dass Torge tatsächlich aus Nothilfe gehandelt hat, um seine Frau zu beschützen. Zeugen haben ausgesagt, dass Anne Torge schon Tage vorher von einem Mann aus der Kolonie bedrängt wurde. Am Tag der Tat hat, laut Aussage des Ehepaars, Krischan so einen Übergriff beobachtet und dem Widersacher eine Flasche über den Kopf gezogen.«

»Gab es dafür auch Zeugen?«, hakte Haverkorn nach.

Sie schob skeptisch die Unterlippe vor. »Offenbar nicht. Das hat wohl niemand gesehen. Seine Frau hat angegeben, dass der andere sie schon körperlich bedrängte.«

»Wollte er sie vergewaltigen?«

»So weit sind sie in ihrer Aussage nicht gegangen, aber man könnte es zwischen den Zeilen lesen.«

Haverkorn sah sich um, zog sich vom Nachbarschreibtisch einen Rollstuhl und setzte sich. »Wer war dieser Mann? Also das Opfer, das Krischan Torge mit der Flasche niedergeschlagen hat?«

»Der ursprüngliche Angreifer, ja!« Sie blätterte in den Unterlagen. »Sein Name ist Jacob Henninger. Geboren 1973 in Montreal. Viel steht hier nicht über ihn, nur dass er selbst lange in der Kolonie Crystal Spring lebte, bevor er sie für mehrere Jahre verlassen hat und dann zurückkam.« Sie blickte hoch. »Das ist alles.« Sonja hob die Hände. »Ach nein, da ist noch was!« Sie suchte eine Stelle im Text und fand sie schließlich. »Hier steht es. Anne Torge hatte nach dem Streit der beiden Männer eine Fehlgeburt, im vierten

Monat. Das könnte vielleicht wichtig sein, da ihre Ehe danach kinderlos geblieben ist.«

Haverkorn dachte nach. »Und direkt danach haben sie Kanada verlassen?«

»Nein, es lief ja ein Ermittlungsverfahren, Krischan war auch kurz in Haft. Erst nach dem Freispruch von Krischan sind sie nach Deutschland ausgereist.«

»Steht in der Akte, was aus diesem Jakob Henn…« Ihm fiel der Name nicht mehr ein.

»Henninger!«

»Ja, was aus ihm geworden ist?«

Sie schüttelte den Kopf und zog den Bleistift aus ihrem Ballerinaknoten. Weich fiel ihr Haar auf die Schultern. Gern hätte er sie jetzt geküsst, aber zwei Schreibtische weiter saßen Kollegen. »Nein, davon steht hier nichts.«

»Wir sprechen das gleich im Teammeeting an. Könnte ja ein Motiv sein, zwei Mädchen zu entführen. Vielleicht hat er es für seine Frau getan.«

»Oder *sie* war die treibende Kraft.« Sonja zuckte die Schultern. »Frauen haben auch kriminelle Energie, sind da manchmal noch etwas subtiler und ausgeklügelter.«

»Na, na, na!«, erwiderte er. »Stell das Licht von uns Männern nicht so unter den Scheffel!«

»Mach ich nicht!« Sie sah ihm in die Augen. »Du weißt, wie viel ich von dir halte, oder?«

Er musste lachen. »Komm! Mach eine Pause! Ich lade dich auf ein köstliches Kantinenessen ein.«

Sie schob die Ausdrucke zusammen und sicherte ihren PC. Mit Schwung stand sie auf. »Wer kann schon dazu Nein sagen?« Sie reichte Haverkorn die Hand und zog ihn hoch.

†

Es klopfte an der Bauwagentür. Zweimal kurz, zweimal lang. Bootz nahm trotzdem die Waffe mit zur Tür, steckte sie aber wieder ins Holster, als er Jo einließ. Sie brachte zwei Tüten mit Döner Kebab herein und stockte, als sie die Pizzakartons sah. »Da hatten wir wohl die gleiche Idee!«

»Vielleicht isst Cat den zweiten«, sagte Frida.

Bootz nahm ihr einen Döner aus der Hand. »Nachtisch, super!«

Frida zog die Augenbrauen hoch. Wie konnte er nach einer Pizza noch Döner essen? Bootz hatte kein Gramm Fett am Körper, wie machte er das bei all diesem Fast Food, das er verzehrte?

Jo ließ sich neben sie fallen und biss hungrig in den Döner.

Frida lehnte sich zurück. Während die beiden aßen, checkte sie ihr Handy. Torben hatte ihr eine Nachricht geschrieben. *Heute Abend skypen, oder kippt ihr wieder Schnäpse bei Jo?*

Ha, ha!, schrieb sie. *So gegen acht?*

»Was gibt's Neues von deinen Kollegen?«, fragte Jo kauend.

Frida legte das Handy weg. »Wir wissen jetzt, dass der Schütze im Auto gesessen hat.«

»Aha. Was noch?« Jo biss erneut ab, ein Zwiebelring fiel herunter, aber sie aß über Fridas Pizzaschachtel. Sie klaubte ihn auf und schob ihn in den Mund.

»Bjarne hat die Akten aus Lübeck angefordert. Er meldet sich, wenn er da was findet.«

Jo legte den Rest vom Döner ab und wischte sich den Mund mit einer Serviette ab. »Mein Mann in Lübeck hat was rausgekriegt.« Sie nahm Leonards Coladose vom Tisch und trank sie aus. »Also zuallererst: Judith Mehring ist nicht mehr mit ihrem Kollegen Alex Werft zusammen.« Sie sah Leonard an, der den Döner sinken ließ. »Echt nicht?« Er schluckte, bevor er weitersprach. »Davon hat sie letztens gar nichts gesagt.«

»Wohl schon seit einer ganzen Weile nicht mehr. Er ist krankhaft eifersüchtig. Judiths Nachbarin ist sehr gesprächig, die hat wohl einige Storys zu erzählen. Er muss ihr mehrfach aufgelauert haben. Dann ging es immer lautstark zu. Bis er irgendwann nicht mehr kam.«

Leonard starrte auf den Boden, seine Gesichtsmuskeln arbeiteten. »Hat er sie angefasst?«

Jo ging zur Spüle und wusch sich die Hände. »Du meinst, ob er sie geschlagen hat? Wissen wir nicht. Gesehen hat es niemand.«

»Judith hatte mal ein blaues Auge, als ich sie in Lübeck getroffen habe. Sie sagte, sie hätte sich an einem Regal gestoßen.« Er ächzte leise. »Ich habe ihr das auch noch abgekauft. Dieses Schwein!«, zischte er wütend.

Jo lehnte sich an die Spüle, überkreuzte die Beine. Ihre Ohrpiercings funkelten in der Sonne, die durch einen Spalt der Jalousie fiel. »Und es gibt noch was.« Sie wartete, bis Leonard sie ansah. »Alex Werft ist seit Freitag verschwunden.«

Es war wie eine kleine Detonation in diesem engen Raum. Frida schluckte. Am Freitag war auf Leonard geschossen worden.

»Vielleicht ist er im Urlaub?«, mutmaßte Frida.

»Das hat mein Mitarbeiter überprüft. Er ist nicht im Dienst erschienen. Urlaub hat er nicht eingereicht, auch keinen Krankenschein. Sein Handy ist aus, und auch seine Nachbarn haben ihn das ganze Wochenende nicht gesehen.«

Leonard nickte, aber er schwieg. Frida sah, wie es in ihm arbeitete. Waren sie dem Täter auf der Spur? War Leonard

Ziel eines eifersüchtigen Liebhabers geworden, weil er und Judith noch Kontakt gehalten hatten?

»Hast du ihm einen Grund gegeben, auf dich zu schießen?«, fragte Jo.

Leonard blickte auf. »Du meinst, ob ich was mit Judith hatte?«

Sie sagte nichts, hielt seinen Blick fest.

»Nicht mehr, seit ich von Lübeck weg bin. Die sind erst später zusammengekommen.«

»Trotzdem bist du Konkurrenz«, sagte Frida. »Expartner kommen beim neuen Kerl gar nicht gut an, wenn sie wieder aufkreuzen.«

»Vor allem, wenn sie aussehen wie du!« Jo lächelte schief, ging zum Kühlschrank und nahm eine Flasche Mineralwasser heraus.

»Denkt ihr echt, wir haben unseren Mann? Dass er auf der Flucht ist? Oder in irgendeinem Versteck abwartet, bis sich die Wogen geglättet haben?« Frida merkte selbst, dass ihre Stimme skeptisch klang.

»Mich stört, dass das alles so inszeniert wirkt. Wenn er sich ganz normal verhalten würde, zum Dienst gehen, abends in die Kneipe und die Bälle flach halten, wäre das nicht so auffällig.« Jo atmete durch.

»Nicht wenn es eine Tat im Affekt war.« Frida stand auf und holte sich ebenfalls ein Wasser, schraubte den Deckel ab und trank durstig.

»Wann hast du Judith vor dem Anschlag das letzte Mal gesehen, Leo?«, fragte Frida.

»Am Wochenende vorher. Wir waren was essen.«

Frida ließ es sich durch den Kopf gehen. »Also! Alex erfährt davon oder sieht euch zusammen in Lübeck. Er will vor seiner Ex nicht austicken, deshalb fährt er ein paar Tage später nach Itzehoe, um das unter Männern zu regeln. Er weiß, wo du arbeitest, und hockt im Auto vor der BKI, weil er dir eine verpassen will. Er sieht dich über die Straße laufen …«

»Und dann?«, fragte Bootz.

»Dann brennen ihm die Sicherungen durch«, fuhr Frida fort, »… als er dich sieht. Er scheint ja eine niedrige Impulskontrolle zu haben. Also holt er die Heckler & Koch aus dem Handschuhfach. Vielleicht fällt ihm ein, woher die Waffe stammt und dass man die Drogengang für den Anschlag verantwortlich machen wird.«

Sie schwiegen einen Moment. Leonards Gesicht hatte rote Flecken bekommen.

Jo holte Luft und atmete wieder aus. »Oder Werft wusste die ganze Zeit, wo die Tatwaffe von Öztürk ist. Vielleicht hat er sie damals mitgehen lassen, vielleicht ein Kollege von ihm. Er weiß, wo die Waffe ist, holt sie und fährt mit dem Ziel nach Itzehoe, dich umzubringen, weil er denkt, dass Judith wieder was mit dir angefangen hat. Aber als er dich nach den Schüssen daliegen sieht, zeigt er Nerven. Er ist doch nicht so abgebrüht, einfach nach Hause zu fahren und wieder zum Dienst zu gehen. Er fährt aus Itzehoe raus und entsorgt erst mal die Waffe.«

Frida sah ihn vor sich, wie er auf der Landstraße Gas gab, voll mit Adrenalin. »Und dann ruft er einen Kumpel an, der ihn verstecken soll.«

»Du hast recht!« Jo zog ihr Smartphone aus der Tasche und wählte einen Kontakt. »Chip! Du musst uns die Anrufliste von Werft besorgen.« Sie hörte zu. »Ja, weiß ich. Bevor er es ausgemacht hat. Die letzten Kontakte! Die brauchen wir.« Kurzes Schweigen. »Gut, melde dich!« Sie drückte ihn weg. »Chip ist mein IT-Experte. Der checkt das mal.«

Leonard war die ganze Zeit stumm geblieben. »Ich muss mit Judith reden!«

»Nein!«, sagte Jo barsch. »Du redest mit niemandem in Lübeck.«

»Ich vertraue ihr!«, erwiderte er mit erhobener Stimme.

»Das ist gut! Trotzdem, du verhältst dich hier still, und wir versuchen, Werft zu finden. Vielleicht hat er eine Überwachungs-App auf ihrem Handy laufen, weißt du es? Wenn der mitkriegt, dass du noch lebst und wo du bist, dann gute Nacht!«

Leonard schlug mit der flachen Hand auf den Tisch. »Ich werde verrückt hier!«

»Wenn du was tun willst, dann zocke oder lies ein Buch. Aber du machst nichts, wovon ich nichts weiß!« Jos Stimme war eindringlich. »Du hast mich angeheuert, um den Typen zu finden!«

Frida horchte auf. Dann hatte Leonard schon im Krankenhaus die Idee gehabt, auf eigene Faust nach dem Schützen zu suchen. Er hatte ihr nichts davon gesagt. Sie schluckte das Gefühl herunter, ausgeschlossen worden zu sein.

»Vertraust du mir?«, fragte Jo und sah ihn an.

Er nickte.

Das schien ihr nicht zu genügen. Jo wartete und hielt seinen Blick fest.

»Ja!«, sagte er endlich. »Ich vertraue dir!«

»Dann machen wir, was ich sage! Und ich sage, du versteckst dich hier und nimmst mit niemandem in Lübeck Kontakt auf. Wir wissen nichts, wir vermuten lediglich, wie es gewesen sein könnte. Also, halt die Füße still!«

Frida hatte noch eine letzte Frage, die sie unbedingt stellen musste. »Leo, warum bist du in der Nacht eigentlich aus dem Krankenhaus verschwunden?«

»Ich konnte doch nicht einfach abwarten! Ich musste da raus und selbst was unternehmen.« Er sah zu Jo. »Mit ihrer Hilfe!«

Frida konnte ihn verstehen. »Und wie bist du an dem Personenschützer vorbei, ohne dass er dich bemerkt hat?«

Leonard lachte. »Der hat die halbe Nacht auf dem Stuhl vor der Tür gepennt. Die Nachtschwestern mussten ihn immer wieder aufwecken, haben sie mir erzählt. Ich bin einfach an ihm vorbeigegangen und rausspaziert. Bis zum Bahnhof habe ich mich durchgeschlagen. Dort hat Jo mich abgeholt.«

»Lüttjes Leute lesen gerade deine Handydaten aus.« Jo sah Frida verschwörerisch an. »Wir haben noch einen letzten Anruf getätigt. Leo hat in einem Hostel in Bremen angerufen. Da sitzt ein Spitzel von mir am Empfang. Wenn sich im Hostel jemand nach Leonard erkundigt, also inoffiziell, dann wissen wir, dass erneut brisante Informationen nach außen getragen werden. Nicht aus Lübeck, sondern aus Itzehoe.«

»Nick?«, fragte Frida leise.

»Läuft darauf hinaus!« Leonard schien mit dieser Antwort ebenso wenig zufrieden zu sein wie sie selbst.

Kapitel 23

Haverkorn eilte mit langen Schritten hinter Sonja her, die gerade einen Anruf von Dr. Falk erhalten hatte. Warum hatte er sie ins Labor gebeten? Er war schneller außer Puste, als er dachte. An der letzten Treppe blieb er stehen, um tief Luft zu holen. Sonja war längst oben und wartete vor der Eingangstür zu den kriminaltechnischen Laboren auf ihn. Haverkorn war froh, dass sie nichts sagte, obwohl der Spott auf ihren Lippen lag. Er nahm sich vor, endlich wieder mehr auf seine Fitness zu achten. Weniger Brot, Käse und Wein, mehr Einheiten bei Milan. Schon allein eine halbe Stunde Cardiotraining am Wochenende wäre ein Fortschritt.

Sonja hielt ihre Chipkarte vor die Tür, es piepte kurz, und sie zog die Tür auf. Der Molekularbiologe saß am Schreibtisch, als sie an seinem Büro anklopften und eintraten.

»Frau Berger, wunderbar, dass Sie sofort kommen konnten!« Er stand auf, schüttelte ihr die Hand und blickte den Kriminalhauptkommissar fragend an.

»Haverkorn«, brummte er.

»Ach, stimmt! Entschuldigung!« Falk wandte sich wieder Sonja zu.

»Was haben Sie für uns?«, fragte sie und sah sich neugierig um.

Der Biologe nahm zwei Ausdrucke vom Schreibtisch und hielt sie nebeneinander in die Luft. Es sah aus wie ein DNA-Strichmuster. Haverkorn zog seine Lesebrille hervor und setzte sie auf. »Die sehen identisch aus!«

»Das sind sie auch!« Der Forensiker schob die Hemdsärmel hoch, sodass man sein Tattoo sah. »Dank *quercus robur* haben wir nun einen eindeutigen Pflanzencode und hiermit den Beweis, den Sie brauchten. Die DNA der letzten Blattprobe stimmt mit der Probe aus dem Sarg überein.« Er ging zurück zu seinem Schreibtisch und setzte sich. »Ich schreibe noch einen Bericht für Sie, der auch einen Ermittlungsrichter überzeugen sollte.«

»Das hätten Sie uns auch am Telefon sagen können«, erwiderte Sonja lächelnd.

»Ich weiß! Aber ich wollte gern persönlich an einem Ermittlungserfolg teilhaben. Sonst stauben wir Laborratten noch hinter unseren Kondensröhrchen ein.«

Haverkorn glaubte ihm nicht. Er hatte seine Blicke gesehen, als Sonja in sein Büro gekommen war.

Sie lachte, zog sich einen Besucherstuhl heran und setzte sich. »Erklären Sie mir, wie Sie die Baum-DNA bestimmen? Ich will es gern verstehen.«

Haverkorn atmete entnervt aus. Er wollte sofort zurück ins Büro und diese wichtige Information seinem Chef sowie Nick Wahler überbringen. Sobald der Bericht des Molekularbiologen da war, konnten sie einen Durchsuchungsbeschluss für den Gutshof Westkamp erwirken. Und hoffentlich endlich weitere Beweise finden, dass die Zwillinge dort gewesen waren. Er lehnte sich an ein Bücherregal.

Falk begann zu dozieren. »Also, das Blatt wird gemörsert und das dadurch entstandene Pulver mit Enzymwaschlösungen vermischt. So wird die DNA des Blattes isoliert. Danach kommt der heikle Teil der Analyse. Ich muss die DNA zerstückeln, vervielfältigen und die Abschnitte durch radioaktive und fluoreszierende Markierungen sichtbar machen. Diese kann ich letztendlich ausmessen und dieses DNA-Strichmuster erstellen.« Er hielt einen Ausdruck hoch.

»Spannend! Könnte ich die mitnehmen?«

»Natürlich!« Er legte sie in eine Plastikfolie und reichte sie ihr. »Es ist eine Sisyphosarbeit, aber ich liebe das! Vor allem, wenn es am Ende funktioniert!«

Haverkorn trat in die Mitte des Raums. »Gut, dann wollen wir Sie nicht länger aufhalten, damit Sie den Bericht schreiben können. Wir müssen heute noch einen Richter aufsuchen.«

»Aber sicher doch! Ich setze mich gleich ran. Geben Sie mir eine Stunde!« Der Biologe drückte Sonja die Hand und nahm Augenkontakt auf. Flirtete er etwa mit ihr?

Haverkorn ging demonstrativ zur Tür. Es fiel ihm schwer, sich nicht anmerken zu lassen, dass es ihm zu schaffen machte, wenn Sonja offen umschwärmt wurde.

†

Frida verließ den Bauwagen und lief zügig an der Koppel entlang. Sie hatte soeben den Anruf von Haverkorn bekommen, dass die Blattprobe die richtige war und dass nun so einiges ins Rollen kam. Sie konnte es nicht fassen! Das Blatt, das im Sarg auf Lilly Harloffs Kleid gelegen hatte, stammte tatsächlich von der Eiche, die auf dem Gut Westkamp stand. Nun konnte der Richter nicht mehr von einem Indiz sprechen, das war ein Beweis, dass das tote Mädchen dort gewesen war.

Fridas Autoschlüssel lag oben in ihrem Zimmer. Sie lief über den Hof, um ihn zu holen. Nick Wahler wusste schon Bescheid und hatte ein Teammeeting angesetzt. Sie musste sofort nach Itzehoe fahren. Das würde eine Nachtschicht werden. Vielleicht konnte heute noch der Durchsuchungsbeschluss für das Anwesen der Torges ausgestellt werden. Endlich ging es im Zwillingsfall vorwärts!

Auf dem Hof stand ein schwarzer Pkw, den sie nicht beachtete. Erst als sich die Fahrertür öffnete und eine blonde Frau ausstieg, die sie beim zweiten Hinschauen erkannte, blieb sie stehen. Judith Mehring, Leonards Exkollegin aus Lübeck. Und Exgeliebte. Sie verschränkte ihre Arme und wartete. Was wollte sie hier?

»Frida?« Judith kam mit einem offenen Lächeln auf sie zu und reichte ihr die Hand. »Wir kennen uns aus dem Krankenhaus.«

»Ja, ich erinnere mich.« Sie merkte, dass sie ihre Augenbrauen zusammenzog. »Wie kann ich helfen?«

»Können wir irgendwo in Ruhe reden?« Leonards ehemalige Kollegin sah sich suchend auf dem Hof um.

»Komm, wir gehen rein!« Frida lief einfach los und drehte sich nicht um. Sie führte den Besuch in die Wohnküche, in der sich jetzt niemand von ihrer Familie aufhielt. »Ich habe aber nicht viel Zeit, muss gleich nach Itzehoe.«

»Da komme ich gerade her.« Ihr Gast setzte sich auf die Bank am Tisch. »Nick sagte mir, dass du zu Hause bist.«

Wahler hatte Judith ihre Privatadresse rausgegeben? Frida würde mit ihm darüber reden müssen, dass das tabu war, auch wenn er mit Judith Mehring einige Jahre beim Kriminaldauerdienst in Lübeck zusammengearbeitet hatte und sie eine Freundin von Leonard war. »Möchtest du ein Wasser?«

»Gerne!«

Frida fühlte sich beobachtet, während sie Leitungswasser in zwei Gläser füllte und zum Tisch zurückging. Sie stellte die Gläser ab und setzte sich Judith gegenüber.

Ihr Gast trank einen Schluck. Sie wirkte nervös, was Frida ruhiger machte. *Die steht noch auf Leo,* dachte sie. *Wahrscheinlich hat sie sich deshalb von Alex Werft getrennt. Alte Liebe rostet nicht.* »Also, warum bist du hier?«

»Ich muss wissen, dass es Leonard gut geht«, sagte sie und lehnte sich zurück.

»Das weiß ich so wenig wie Nick Wahler!«

Judith Mehring ließ das Kinn sinken, dachte nach. »Das hat er mir gesagt. Aber ich glaube nicht, dass er entführt wurde. Er ist selbst aus dem Krankenhaus abgehauen. Er hat mir gesagt, dass er das vorhat, als ich bei ihm war.«

»Ach, echt?«

»Ja, er fühlte sich dort nicht sicher.«

»Er hatte Personenschutz vor der Tür.« Frida trank einen Schluck Wasser. Sie hatte immer noch den scharfen Zwiebelgeschmack der Pizza im Mund.

»Das reichte ihm nicht. Er fühlte sich dort wie auf dem Präsentierteller!«

Frida sah sie an, hielt ihrem Blick stand.

»Vielleicht hast du eine Idee, wo er hingehen würde in so einem Fall.«

»Ihr kennt euch viel länger als ich ihn«, wehrte Frida ab. »Ich kenne Leonard gerade ein paar Monate. Und ehrlich gesagt hat er nichts aus seinem Privatleben erzählt. Ich wusste nicht mal, dass er verheiratet ist.«

»Er lebt in Scheidung!« Das schien ihr wichtig zu sein.

»Ja, oder so. Leo ist ein Eigenbrötler. Er weiht mich nicht in seine Pläne ein. Er hat seinen eigenen Kopf, das müsstest du doch wissen!«

Judith nickte und wirkte plötzlich verzweifelt. Ihre Hände auf dem Tisch zitterten leicht. »Ich muss wissen, ob er lebt. Sonst drehe ich durch.« Sie wischte sich etwas aus dem Auge.

Frida dachte daran, dass Leonard nicht weit von hier in seinem Versteck saß. Was, wenn sie mit Judith rüberginge? Er hatte sie kontaktieren wollen, aber Jo war dagegen gewesen. Und sie hatte recht. Sie konnten nicht wissen, wem

Leonard aus seinem alten Leben trauen konnte. Auch wenn Judith augenscheinlich sehr an ihm hing, ja, Gefühle für ihn hatte. Sie war ein Risiko, wenn sie von seinem Aufenthaltsort wusste. »Machen wir es so, wenn ich Leonard auf dem Handy erreiche oder er sich bei mir meldet, rufe ich dich an.« Sie zog ihr Smartphone aus der Tasche und sah ihren Gast auffordernd an.

Judith diktierte Frida ihre Handynummer. »Und Leonard hat nie von einem Freund erzählt oder …« Sie schluckte. »… von einer neuen Frau in seinem Leben?«

»Das bin ich dann wohl«, scherzte Frida. »Also, die neue Partnerin. Aber ich bin vergeben, wir sind nur Kollegen.« Dass sie sich im Boxclub auch regelmäßig privat trafen, ließ sie unter den Tisch fallen. Es konnte bei Judith, die ohnehin schon instabil wirkte, Gefühle verletzen.

Ihr Gast stand auf. »Gut, dann fahre ich zurück.« Sie zog einen Brief aus der Tasche. »Gibst du ihm den, wenn du ihn siehst?« Sie reichte ihn Frida.

»Klar!«

»Und danke, dass du mit mir geredet hast. Er hat mir von dir erzählt. Er mag dich und arbeitet gern mit dir zusammen.«

Für Frida nahm das Gespräch eine unangenehme Wendung. Wollte Judith sie aushorchen, wie eng sie wirklich waren? »Wir sind ja ein großes Team in Itzehoe, aber unsere Schreibtische stehen zusammen. Und Leonard ist ein toller Kollege«, erwiderte sie und stand ebenfalls auf.

Sie erhaschte eine Bewegung an der Tür. Jo war eingetreten, und Frida sah an ihrem Gesicht, dass sie sofort erkannt hatte, wer hier mit ihr sprach. Schon verschwand sie, ohne etwas zu sagen, nach draußen.

»Und wenn *du* was von Leonard hörst, informierst du mich auch, okay?«

»Klar! Mache ich. Hoffen wir, dass es ihm gut geht und sie dieses miese Arschloch bald haben.«

Frida stockte. »Wen meinst du? Gibt es schon einen Verdächtigen?«

Judith öffnete den Mund, aber sie zögerte. »Nein, also … den Schützen!«

»Ich habe gehört, dein Freund ist nicht so gut auf Leonard zu sprechen«, bemerkte Frida.

Judith atmete aus. »Wir sind seit drei Monaten getrennt. Alex datet schon wieder eine neue Frau.«

»Ah, okay. Leonard erwähnte nur, dass ihr wohl Probleme hattet.«

»Hat er das? Woher wusste er davon?«

Scheiße, dachte Frida. Hatte sie sich verraten? »Ich glaube, von Nick. Der hört so einiges aus Lübeck. Flurfunk unter Kollegen.« Sie folgte Judith durch die Diele. »Entschuldige, das war unsensibel. Und geht mich auch nichts an.«

Judith Mehring verabschiedete sich und ging zu ihrem Auto. Sie sah aus wie ein schmales Vögelchen mit hängenden Flügeln. Und Frida fühlte sich furchtbar, dass sie ihr nicht sagen konnte, dass der Mann, den sie liebte, gerade mit ihr Pizza gegessen hatte. Was, wenn sie jemand über Torbens Zustand angelogen hätte? Sie schob die Gedanken weg und eilte zurück ins Haus, um ihren Autoschlüssel zu holen. Sie sah hinüber zum Boxclub, aber sie hatte keine Zeit, um mit Jo zu sprechen und ihr zu erklären, warum Judith Mehring hier gewesen war.

Frida zog den Brief an Leonard aus der Hosentasche. *Später*, dachte sie. Vor der Haustür überkam sie ein schlechtes Gewissen. Sie drehte um und lief zurück zum Bauwagen.

†

Haverkorn stand am Fenster und beobachtete eine Nebelkrähe, die gegenüber auf einer Dachkante saß. Krähen, Raben und Dohlen waren schlaue Tiere. Er hatte gehört, dass man sie zahm bekam, wenn man sich mit ihnen beschäftigte und sie anfütterte. Der aschgraue Vogel mit schwarzem Kopf, Flügeln und Schwanz schien ihn anzuschauen, die klugen Knopfaugen glänzten. Nun legte die Krähe den Kopf schräg, als dächte sie über Haverkorn nach.

Er drehte sich mit einem tiefen Seufzer zu seinem Schreibtisch und sah auf sein Handy. Aber es blieb stumm.

In Itzehoe liefen die Kollegen gerade zur Höchstform auf, aber er war hier zur Untätigkeit verdammt. Den Laborbericht von Dr. Falk hatte er vor einer Stunde an Wahler geschickt, und nun hieß es nur noch warten und hoffen, dass ihn jemand mit weiteren Informationen versorgte.

Reichte die Analyse der identischen Blatt-DNA dem Ermittlungsrichter für einen Durchsuchungsbeschluss und zwei Haftbefehlen? Zu gern wäre er bei dem Einsatz dabei gewesen, aber Andreas Vollmer hatte entschieden, dass sie sich da raushielten. Wahler und seine Mannschaft waren jetzt am Zug. Sein ehemaliges Team! Er hatte es aus freien Stücken für diesen Schreibtisch hier verlassen.

Haverkorn setzte sich und wippte im Bürostuhl nach hinten. Auf ihn warteten wieder Excellisten und Büromaterialbestellungen. Wenn er Glück hätte, konnte er Andreas einige der Bewerbungsgespräche mit den Pensionären abnehmen, die mit ihrem Fachwissen die Cold Case Unit unterstützen würden. Ein neues Modell, das zuerst die Polizeibehörden in Nordrhein-Westfalen eingeführt hatten und das Schleswig-Holstein nun übernahm. Altfälle, die seit Jahren in den Mordkommissionen ungelöst herumdümpelten, konnten nun mit einer geschulten Mannschaft aus aktiven Polizeibeamten, rekrutierten Pensionären, Rechtsmedizinern und Kriminaltechnikern komplett neu aufgerollt werden. Eine großartige Aufgabe, hatte er gedacht. Warum fühlte er sich dann hier gerade wie altes Eisen?

Sonja kam herein und stellte ihm eine Tasse Kaffee hin. »Noch kein Anruf?«, fragte sie.

Er schüttelte den Kopf. »Wer weiß, wie lange es dauert, bis überhaupt der Beschluss vorliegt.«

Sie lehnte sich an die Schreibtischplatte neben ihm. »Hoffentlich finden sie das Mädchen lebend!« Sie trank einen Schluck, ihre Stirnfalte wurde tief. »Sie ist eine Zeugin, die die beiden schwer belasten kann, wenn sie die Mädchen tatsächlich entführt haben.«

Haverkorn spürte, dass es keinen Sinn machte, einer erfahrenen Kollegin wie ihr unnötig Hoffnung auf einen guten Ausgang zu machen. Sie hatte wie er genug Leid gesehen. Tote und missbrauchte Kinder gehörten dazu, auch wenn niemand gern darüber sprach. Sie waren die schwächsten Glieder der Gesellschaft. Im letzten Monat war von einer LKA-Taskforce ein Kinderhändlerring ausgehoben worden. Was allein im Flurfunk nach dem Einsatz darüber erzählt wurde, was die Kinder hatten durchmachen müssen, war grauenvoll. Und das Schlimmste daran war, dass die Drahtzieher auf der Flucht waren, weil jemand sie offenbar gewarnt hatte.

Er sah zu Sonja. »Ich war noch nie gut im Warten.«

»Ruf Frida an! Sie wird dir sagen, wie weit sie sind.«

»Ich will sie nicht nerven.« Er lächelte, nahm die Kaffeetasse und trank einen Schluck.

»Wie wäre es, wenn wir heute mal etwas früher Feierabend machen und noch ein bisschen durch die Stadt bummeln? Vielleicht lenkt dich das ab. Wir gehen zu unserem Lieblingsitaliener oder ins Kino. Was sagst du?«

Er stand auf, ging zu ihr und küsste sie auf die Stirn.

»Du bist das Beste, was mir seit Langem passiert ist. Weißt du das?«

Sie antwortete nicht, aber ihr Lächeln war Antwort genug.

»Ja, wir machen Feierabend!«, sagte er schließlich, weil er das Warten leid war.

Der Signalton einer eingehenden E-Mail lenkte ihn ab. Diese kam von der Bezirkskriminalinspektion in Lübeck. »Ah!«, sagte er, als er sie geöffnet hatte. »Die Ermittlungsakte von Malik Öztürk!«

Sonja lehnte sich über seine Schulter. »Wofür brauchst du die?«

»Hat was mit dem Anschlag auf Leonard Bootz zu tun.« Er öffnete den Anhang. »Könnte sein, dass er oder seine kriminelle Vereinigung in diesen Anschlag verwickelt ist.« Er sah zu ihr auf. »Das wird wohl doch nichts mit frühem Feierabend. Tut mir leid!«

Sonja machte einen Schmollmund. »Immer hat die Arbeit Vorrang! Mal schauen, wer Lust hat, mit mir ins Kino zu gehen.« Schon musste sie lächeln.

»Wir holen das nach! Spätestens am Wochenende.«

Sie lachte und ging zur Tür. »Davon gehe ich aus.«

Kapitel 24

Die Karawane der Einsatzfahrzeuge quälte sich über den unebenen Wirtschaftsweg. Noch war es dunkel, aber am Horizont hing ein dämmernder rosa Streifen, der von Minute zu Minute breiter wurde und die weite Graslandschaft aus der Dunkelheit hob. Frida mochte diese Zeit in der Marsch, kurz vor Sonnenaufgang. Gleich würde sich das zögerliche Morgenlicht über die Weiden legen und die Rinderherde, die hier draußen graste, sichtbar machen. Sie saß mit Anja auf der Rückbank. Klaus fuhr den Dienstwagen, Rikarda saß neben ihm. Sie sprachen nicht viel auf der Fahrt, die Anspannung war allen anzumerken.

Der Durchsuchungsbeschluss und die beiden Haftbefehle für Anne und Krischan Torge waren kurz vor Mitternacht beim Staatsanwalt eingegangen. Wahler hatte entschieden, den Zugriff auf den frühen Morgen zu terminieren, wenn die meisten Leute noch schliefen. »Wir wissen nicht, was uns dort erwartet. Im besten Fall holen wir sie aus dem Bett«, hatte er am Telefon gesagt, als er Frida über den Einsatz informierte.

Ihre Nacht war kurz gewesen, weil sie nicht zur Ruhe gekommen war. Als sie endlich eingenickt war, wachte sie mitten in der Nacht auf und wälzte sich schlaflos hin und her. Nicht nur der Einsatz auf dem Gutshof Westkamp hatte sie beschäftigt, sondern auch die Vermutung, dass der Exfreund von Judith Mehring auf Leonard geschossen hatte. Viele Fragen waren ihr durch den Kopf gegangen:

Stellte Alex Werft noch eine Gefahr für Leonard dar, oder war er nach der Tat irgendwo untergetaucht und versuchte bloß noch, seine Haut zu retten?

»Frida?« Anja stieß sie leicht an.

»Hm?«

»Gibt es nur die eine Einfahrt am Gut?«

»Ja, das Tor vorn. Wir sind einmal drumrum gelaufen, aber da gibt es lediglich eine kleine Pforte auf der Rückseite, und die war abgeschlossen.«

»Der Diensthundeführer verspätet sich«, sagte Rikarda.

»Leichenhund oder Mantrailer?«, fragte Anja.

Rikarda drehte ihren Kopf nach hinten. »Mantrailer. Einen Leichenhund können wir immer noch anfordern.«

Frida war froh, dass der Personensuchhund kam. Dann hatte Wahler wohl doch noch Hoffnung, Sophie lebend auf dem Gut zu finden. »Wir sind gleich da«, sagte sie.

Zwei Minuten später parkten sie in Sichtweite der Gebäude neben den anderen Dienstfahrzeugen. Im ersten Licht des Tages zogen die Kollegen ihre schusssicheren Westen aus dem Kofferraum. Staatsanwalt Arnold Junkers lehnte am BMW von Nick Wahlers und ließ seinen Blick über das Gelände gleiten. »Das Anwesen ist ja riesig!«

Ihr Chef rief alle zusammen und gab letzte Anweisungen. Dann ging es los, sie rückten vor. Der neue Morgen ließ die Farben der Marsch erstrahlen. Es war ein so friedvoller Moment. Lediglich ein paar frühe Vogelstimmen aus dem nahen Wäldchen wurden durch die Luft getragen, sonst war es vollkommen still hier draußen. Frida hatte ihre Hand auf dem Holster ihrer Waffe und folgte Wahler, der mit dem Staatsanwalt vorauseilte. Dieser hielt wieder seine obligatorische Mappe mit den Dokumenten in der Hand. Würde ihnen am Tor jemand öffnen, oder waren die Bewohner des Hauses ausgeflogen?

Junkers betätigte den Türklopfer wie ein Feldherr, mit erhobenem Kopf und siegessicherem Lächeln. Wahler stand mit hängenden Schultern daneben. Sein Kinn war nicht so sorgfältig rasiert, wie sie es von ihm gewohnt war. Die Sorge um seinen Freund schien ihm zuzusetzen. Oder hing er selbst mit drin? Hatte er Leonard an den Imbiss bestellt, weil er wusste, wer dort auf ihn wartete? Blödsinn! Nicht Wahler! Sie wischte diesen absurden Gedanken beiseite und konzentrierte sich.

Junkers schlug nochmals Metall auf Metall. Im Inneren begannen die Hunde zu bellen.

Es dauerte eine ganze Weile, bis hinter dem Tor Schritte zu vernehmen waren. Kurz darauf erschien das verschlafene Gesicht von Krischan Torge hinter den Metallstäben. Neben ihm liefen die Rottweiler. Als sie zu kläffen begannen, wies er sie scharf zurecht. Sie gehorchten aufs Wort.

Der Staatsanwalt erklärte, dass er einen Durchsuchungsbeschluss für das Haus und das gesamte Grundstück in den Händen hielte. Er forderte den Hausherrn auf, sie einzulassen. Torge zögerte einen Moment, dann öffnete er das Tor und stand nun vor ihnen. Er schien sich übereilt angezogen zu haben. Das Hemd war unordentlich in die Hose gesteckt, die Hosenträger hingen herunter. »Was soll das?«, fragte er. »Durchsuchungsbeschluss? Was werfen Sie uns vor?«

Wahler ging zu ihm. »Können wir das im Haus besprechen? Ist Ihre Frau auch da?«

Torge blickte sich um, schien Frida zu erkennen und nickte ihr zu. »Geht's um diesen Diebstahl?«

»Das klären wir gleich. Können Sie die Hunde irgendwo festmachen?«

»Ja, die Leinen sind im Haus. Ich hole sie.«

»Wir kommen mit!«, sagte Wahler und drehte sich um.

»Ihr holt die Fahrzeuge!«, wandte er sich an die Kollegen, die gefahren waren.

»Wir möchten kein Auto auf dem Hof!«, wehrte Torge ab.

»Da machen wir heute mal eine Ausnahme!«, sagte Wahler, und sein Blick duldete keine Widerrede.

Der Hausherr sah zerknirscht aus, aber er fügte sich der Ansage des Polizisten. Wahrscheinlich hatte er in Kanada am eigenen Leib erfahren, sich besser nicht mit den staatlichen Organen anzulegen. Er drehte sich um und schlurfte durch das Tor. Frida hielt sich im Hintergrund, als die Kollegen mit den schusssicheren Westen hinter ihm herliefen und sich neugierig im Garten umsahen.

Als die Hunde angeleint und an einem Baum festgebunden waren, gingen sie zum Haus, vor dem die Kollegen mit den Fahrzeugen bereits warteten. Auch Horst Lüttje und seine weißen Schneemänner stiegen aus, hielten sich jedoch im Hintergrund. Vor dem Haus blieb Torge stehen. »Kann ich meine Frau kurz vorwarnen? Sie wird sich zu Tode erschrecken.«

»Tut mir leid, wir gehen mit Ihnen!« Wahler trat zum Eingang. »Bitte!«

Sie folgten dem Hausherrn hinein. »Anne?«, rief er nach oben.

Seine Frau erschien auf der Galerie. Ihr Blick sprach Bände, als sie die Polizisten sah. »Was ist hier los?«

»Eine Hausdurchsuchung!«, entgegnete ihr Mann.

Ein uniformierter Kollege lief nach oben und brachte Anne Torge herunter.

»Ist noch jemand im Haus?«, fragte Wahler.

Anne warf einen schnellen Blick zu ihrem Mann. »Nur wir und die Hunde.«

»Was ist denn eigentlich hier los?«, fragte der Hausherr.

»Sie überfallen uns früh am Morgen und wollen unser Haus durchsuchen. Sagen Sie doch einfach, was Sie suchen!«

Wahler zog sein Smartphone aus der Tasche und öffnete eine Fotodatei. »Wo ist Sophie Harloff?« Er hielt das Foto der Zwillinge hoch.

»Nie gesehen!«, sagte Torge mit Nachdruck. »Wie ich Ihnen das beim letzten Besuch schon sagte.«

»Was ist mit Ihnen?«, fragte Wahler und zeigte Anne Torge das Foto.

Sie schüttelte den Kopf.

»Gut! Wir gehen dort rein«, entschied der Leiter der Mordkommission und zeigte auf den kleinen Salon, in dem die Torges schon mit Frida und Haverkorn gesprochen hatten. »Der Rest schwärmt im Haus aus.«

Der Staatsanwalt reichte Krischan Torge den Durchsuchungsbeschluss und vollstreckte die beiden Haftbefehle. Zwei Beamte legten dem Ehepaar Handfesseln an, führte sie aber nicht zu einem der Fahrzeuge, sondern in den Salon, wo sie sich hinsetzen konnten. Wahler wollte, dass sie der Suche im Haus beiwohnten und vielleicht doch endlich mit der Sprache rausrückten, was mit Lilly und ihrer Schwester geschehen war.

Dann begann die Suche. Frida ging mit Anja und Rikarda nach oben. Von einem langen Flur gingen vier Türen ab. Hinter der ersten befand sich ein Zimmer mit einer alten Nähmaschine und einem halb fertigen Kleid auf einer Schneiderpuppe, die anderen führten in drei Schlafzimmer. Das erste gegenüber dem Nähzimmer war offensichtlich das Schlafzimmer der Torges, weil die Bettdecken zerwühlt waren. Die anderen Räume wirkten wie Gästezimmer, die leer standen. Frida sah sich dennoch länger darin um. Wenn die Torges so menschenscheu waren, warum gab es hier drei Zimmer mit bezogenen Betten? Sie zog einen schweren Vorhang zurück, um mehr Tageslicht hereinzulassen. Irgendetwas irritierte sie. Aber sie konnte nicht sagen, was es war. Am Fenster stand eine altertümliche Kommode, daneben eine Keramikschüssel mit Wasser. Frida fasste hinein, es war kalt. Rikarda kam herein. »Die Etage ist leer, wir können hier die SpuSi reinlassen. Vielleicht finden die mehr als wir.«

»Okay, gehen wir runter.« Frida sah sich nochmals um, aber sie konnte nicht sagen, warum das Zimmer ihr anscheinend etwas sagen wollte, was sie nicht verstand.

Im Untergeschoss ging Frida in die Richtung des Hauses, in der sie beim letzten Mal von Weitem all die Pflanzen gesehen hatte. Ein halber Urwald war in diesem Wintergarten mit den bodentiefen Fenstern liebevoll gezogen worden. Erdiger Geruch schlug ihr entgegen, verfeinert von Blütenduft. Hier im Raum fühlte die Luft sich feuchter an als im Rest des Hauses. Frida schritt durch die Gänge der vielen Blumentöpfe, die offenbar nach Größe und Gattung geordnet waren, und betrachtete die Pflanzen. Einige erkannte sie, wie die Glückskastanie oder den Affenbrotbaum. Auch bei den Kräutern in einem Kasten am Fenster konnte sie mitreden, aber viele der Pflanzen waren ihr nicht bekannt. Sie versuchte, sich an die blühende Pflanze zu erinnern, die Lilly Harloff im Sarg in den Händen gehalten hatte. Aber diese suchte sie hier vergebens.

»Kein Tausendgüldenkraut?«, fragte Anja hinter ihr.

»Nein, wäre zu schön gewesen.« Frida schob die Hände in die Hosentaschen. »Sie wussten, dass wir wiederkommen.«

Anja legte vorsichtig den Finger auf eine Mimose, die sofort ihre zarten Blätter zusammenrollte. »Okay! Gehen wir mit den anderen raus. Da sind noch Nebengebäude.«

Sie durchsuchten den Pferdestall, den Strohschuppen

und das riesige Gewächshaus, in dem Nutzpflanzen angebaut worden waren, aber kein Tausendgüldenkraut. In einer Scheune standen der Einspänner, den Frida schon kannte, und ein größeres Pferdefuhrwerk mit zwei Achsen und einem Planendach. Ein Pflug und eine Egge waren ebenfalls hier abgestellt. Frida sah alte Dreschflegel an der Wand hängen und Sensen, die wahrscheinlich noch in Gebrauch waren, weil die Blätter wie frisch gedengelt glänzten. Daneben Holzregale mit Körben und allerlei kleinen Gerätschaften für den Garten. Der Boden bestand aus rotem Backstein und sah sehr alt aus. Frida sog tief die Luft ein. Ihr war, als könnte sie das Flair vergangener Zeiten riechen.

»Wir sind durch«, sagte Klaus, der plötzlich im Tor der Scheune stand. »Auch unten im Keller. Da gibt es nur eingelagertes Gemüse und Eingewecktes.« Er stützte die Arme in die Seite. »Das war wohl nix!«

Frida konnte nicht glauben, dass sie schon wieder einen solchen Rückschlag zu verzeichnen hatten. Erst bei den Heckmanns, nun hier auf dem Gut. Warum hatte das Blatt des hier wachsenden Baumes mit im Sarg gelegen? Sie verließ die Scheune und blickte zu der Stelle, wo die Eiche an der Mauer stand. »Wartet mal!« Mit langen Schritten ging sie durch das hohe Gras der Wiese auf den Baum zu. Ein kleiner Pavillon aus Stein wurde sichtbar. Fünf Säulen, offenbar aus Granit, darauf ein Schieferdach. Dieses alte runde Gartenhäuschen musste vom dichten Laub der Eiche verdeckt gewesen sein, als sie auf der Mauer gestanden und in den Garten geblickt hatte.

»Was ist das hier?«, fragte Anja hinter ihr.

»Keine Ahnung!« Frida trat in den Pavillon, in dem lediglich ein langer Holztisch und ein paar Stühle aus geschmiedetem Metall standen. »Vielleicht halten sie hier ihre Kaffeekränzchen ab!«

Frida blickte auf den Steinboden, wo vertrocknete Eichenblätter lagen, die der Wind hereingeweht hatte. War Lilly Harloff hier ermordet worden? Hatte sich deshalb das Blatt in den Falten ihres Kleides verfangen? »Die SpuSi muss auch hier alles absuchen!« Sie verließ den Pavillon und ließ ihren Blick über die blühenden Gräser des Gartens gleiten. Wenn hier das Tausendgüldenkraut gestanden hatte, dann war es ganz sicher längst entfernt worden. Die Torges führten sie gewaltig an der Nase herum!

»Habt ihr was?«, rief ihnen ein Kollege im weißen Overall vom Haus aus zu.

»Ja, hier müsste ihr auch ran!« Sie lief zurück zum Haus. »Wo ist der Mantrailer?«, fragte sie Klaus, der an einem der Einsatzfahrzeuge stand. Funkgeräte knackten und machten Meldung. Sie sprach lauter. »Kommt er noch?«

»Ein Unfall auf der A7, er steht in der Vollsperrung.«

»Shit!« Sie sah sich um und blickte auf das Nebengebäude, in dem die Kutschen und Erntegerätschaften standen. An der linken äußeren Ecke fiel ihr ein kleines Fenster ins Auge, das sie im Innern nicht gesehen hatte. »Warte mal …« Sie eilte zu der Scheune, betrat den langen Raum und ging bis zur hinteren Wand. Dort, wo das Fenster hätte sein müssen, war lediglich eine geschlossene Backsteinmauer. Ihr Herz begann aufgeregt zu schlagen. Sie stellte sich mit dem Rücken an die Wand und machte lange Schritte bis zum Tor. »Neunzehn!«, sagte sie laut.

»Was machst du?«, fragte Anja, die ihr gefolgt war.

»Ich überprüfe was!« Schon ging sie nach draußen und zählte ihre Schritte neben dem Gebäude bis zu dessen Ende. »Einundzwanzig!« Sie drehte sich zu Anja. »Außen ist dieses Gebäude länger als innen. Schon seltsam, oder?« Sie zeigte auf das lukenartige Fenster. »Das sieht man von innen nicht.«

Anja folgte ihrem Blick. »Du meinst, da ist ein versteckter Raum?«

Frida lief mit ihr zurück in die Scheune und blieb an der Rückwand stehen. Hier hingen Holzrechen und Sensen. In einem hohen Regal standen Weidenkörbe, daneben lagen gefaltete Jutesäcke. »Das muss weg!« Frida warf die Körbe und Säcke hinaus. Eine Holztür wurde hinter dem Regal sichtbar.

»Das gibt's doch nicht!« Anja sah sie an. »Wir brauchen Wahler!«

»Helft ihr uns mal?«, rief sie laut nach draußen.

Zwei Kollegen erschienen in der Türöffnung. »Was ist los?«

»Hier ist eine verdeckte Tür.« Anja wischte sich eine Strähne hinter das Ohr. »Und holt Wahler her! Schnell!«

Als das Regal leer geräumt war, zogen sie es mit der Hilfe eines jungen Polizeikollegen zur Seite. Frida sah Anja an. Sie spürte das Adrenalin in ihrem Körper. Was verbarg sich hinter dieser Tür? Die Leiche von Sophie Harloff?

»Was habt ihr?« Wahler kam mit langen Schritten zu ihnen. Arnold Junkers brauchte ein paar Sekunden länger und war außer Atem, als er bei ihnen eintraf. Anne und Krischan Torge wurden von zwei Beamten hereingeführt. Sie warfen sich einen schnellen Blick zu, was Frida nicht entging. Die wussten also, dass sie hier auf etwas gestoßen waren, was ihnen nicht in den Kram passte.

Frida drückte die Türklinke herunter, aber sie war abgeschlossen. »Wo ist der Schlüssel?«, fragte sie das Ehepaar, erhielt jedoch keine Antwort.

»Sollen wir die Tür aufbrechen?«, fragte Anja scharf. Sie drehte sich um. »Holt ihr mal die Ramme?«

Krischan Torge bewegte sich. »Darf ich?« Er sah zur Tür.

»Bitte!«, antwortete der Leiter der Mordkommission.

Torge trat zur Tür und klopfte dreimal. »Liebes, ich bin's. Komm raus, du brauchst keine Angst zu haben! Es ist alles in Ordnung.«

Sie hörten das Schloss knacken, dann wurde die Tür von innen aufgeschoben. Ein Teenagermädchen in einem langen Leinennachthemd stand ihnen gegenüber. Ihre Haare waren unter einem gepunkteten Tuch verborgen. Sie war Lilly Harloff wie aus dem Gesicht geschnitten.

Plötzlich war es totenstill.

Alle Blicke waren auf dieses Mädchen gerichtet, als wäre sie eine Erscheinung. Keiner schien wirklich damit gerechnet zu haben, Sophie heute hier lebend zu finden.

»Bitte, kommen Sie zu uns«, sagte Frida und ging dem Mädchen entgegen. »Sie müssen keine Angst haben. Ihnen kann nichts mehr passieren.«

Sie warf einen fragenden Blick zu dem Ehepaar. Als Anne Torge nickte, kam sie mit zögerlichen Schritten näher. »Was wollen Sie hier?«

»Sind Sie Sophie Harloff?«, fragte Wahler, obwohl die Antwort offensichtlich war.

Das Mädchen sah ihn abschätzend an. »Ja, und wer sind Sie?«

»Nick Wahler, Kripo Itzehoe. Wir suchen Sie seit vier Jahren, Sophie! Wir sind hier, um Sie endlich in Sicherheit zu bringen.«

Sophie wich zurück. »Was soll das? Ich will hier nicht weg! Ich *bin* hier in Sicherheit!« Sie stürzte plötzlich zu Krischan Torge und fiel ihm um den Hals. »Das hier ist mein Zuhause!«

Kapitel 25

Frida blieb im Türrahmen des Raumes stehen, der hinter dem Regal versteckt gewesen war. Sie war überrascht, denn sie schaute nicht in eine vergitterte Zelle mit einer schäbigen Matratze auf dem Boden, was sie erwartet hatte, sondern in ein gemütlich eingerichtetes Zimmer. Ein Teppich war ausgelegt. An der linken Wand stand ein Doppelbett, das nicht benutzt worden war, rechts gab es einen kleinen Kamin. Auf der anderen Seite lag eine Wolldecke auf einer Couch, die mit Kissen bestückt war und auf die das Licht einer Schirmlampe fiel. Hier schien das Mädchen gesessen zu haben, denn es lag ein Buch auf einem antiken Beistelltisch.

»Kaum zu glauben«, sagte Anja, die hinter ihr stand. »Sieht so aus, als hätten sie die beiden hier drin versteckt.« Frida starrte auf das Doppelbett.

Anja wirkte unschlüssig. »Aber trotzdem ist das seltsam! Der Schlüssel steckte von innen. Das Mädchen hätte einfach die Tür öffnen und das Regal wegschieben können, schon wäre sie frei gewesen. Eingesperrt war Sophie hier nicht.«

Frida machte ein paar Fotos von dem Zimmer für Haverkorn und schickte sie ihm mit der Nachricht, dass sie Sophie wohlauf auf dem Gut gefunden hatten.

»Lassen wir die SpuSi rein!« Anja ging hinaus und durchquerte die Scheune. Frida blieb noch einen Moment stehen. Was übersahen sie? Warum war Sophie ihrem Entführer um den Hals gefallen? Oder stand sie unter Drogen?

Wusste sie überhaupt schon, dass ihre Schwester nicht mehr lebte?

Sie winkte Horst Lüttje, der den Transporter rückwärts in die Scheune steuerte. Der Leiter der Kriminaltechnik stieg aus. »Dadrin?«, fragte er.

»Ja, ich gehe zurück ins Haus.«

Wahler, Staatsanwalt Junkers und Fridas Kollegen drängten sich im Salon, in den Anne und Krischan Torge wieder gebracht worden waren. Sophie hatte sich eine Strickjacke über das Nachthemd gezogen und saß nun neben Rikarda auf der Chaiselongue.

Einfühlsam befragte Fridas Kollegin das Mädchen. »Du und deine Schwester, ihr seid vor vier Jahren aus dem Haus eurer Pflegeeltern verschwunden. So viele Menschen haben euch seitdem gesucht.«

Sophie hielt den Kopf gesenkt, knetete ein gehäkeltes Taschentuch in ihren Händen. »Wir sind weggelaufen!« Sie sah auf, ihr Blick war hart geworden. »Wir haben es dort nicht mehr ausgehalten!«

»Wo wolltet ihr denn hin?« Rikarda hielt Blickkontakt zu Wahler, der ihr zublinzelte.

»Zu unserer Tante nach Norderstedt.«

Rikarda atmete durch. »Und weiter?«

»Wir wollten zur Bushaltestelle laufen. Aber es war eiskalt, und wir haben den Bus verpasst.« Sie warf einen Blick zu Krischan. »Und dann wollten wir zur S-Bahn laufen. Da kam uns auf der Landstraße diese Pferdekutsche entgegen. Anne und Krischan trugen diese Kostüme. Wir dachten erst, sie würden von einer Faschingsfeier kommen. Dann haben sie uns angesprochen und angeboten mitzufahren. Sie hatten Tee und Decken dabei.« Sophie lächelte plötzlich.

»Aber ihr seid nicht zum Bahnhof gefahren?«

»Nein, sie haben uns angeboten, dass wir uns auf ihrem Hof erst einmal aufwärmen können. Und etwas essen, weil wir ohne Frühstück los sind.« Sie zögerte. »Ich wollte eigentlich nicht, weil wir sie nicht kannten, aber Lilly hat mich überredet. Also sind wir mitgefahren.«

»Weißt du denn, dass Lilly nicht mehr lebt?«, fragte Fridas Kollegin beinahe im Flüsterton.

Sophie nickte und schloss für einen Moment die Augen.

»Weißt du, was mit ihr passiert ist?«

Das Mädchen sog die Luft ein. »Sie ist weggelaufen.« Sie fing an zu schluchzen. »Vor ein paar Tagen.«

»Ist ja gut, mein Schatz«, mischte Anne Torge sich ein. Sie sah Wahler bittend an, wie eine Mutter, die ihr Kind beschützen will. »Das ist zu viel für sie, sehen Sie das nicht?«

»Noch eine Frage, Sophie«, schaltete Wahler sich ein. »Bis Lilly weggelaufen ist, seid ihr da freiwillig hiergeblieben? Oder haben euch Anne und Krischan nicht mehr gehen lassen?«

Sophie sah auf, ihr Puppengesicht wirkte aufgebracht. »Sie haben uns in ihre Familie aufgenommen. Wir hätten wieder gehen können. Bei den Heckmanns war es die Hölle! Hier hatten wir endlich ein richtiges Zuhause!«

»Aber warum ist Lilly dann weggelaufen?«, fragte Frida.

Sophie sah sie mit ihren blauen Augen an, in denen tiefe Verzweiflung lag. »Weil es ihr zu langweilig wurde. Sie wollte hier raus, in die Stadt und was erleben.« Das Mädchen schluckte aufgebracht. »Sie hat ihre Kleider abgeschnitten und gegen Anne und Krischan rebelliert.« Ein schneller Blick zu dem Ehepaar. »Und dann war sie nachts öfter mal weg. Ich glaube, sie hat sich im Garten heimlich mit jemandem getroffen. Einmal bin ich ihr gefolgt, als sie sich rausgeschlichen hat. Da wartete jemand an der Pforte zum Feld.«

»Und wer wartete dort auf Lilly?«

Sophie zuckte die Schultern. »Hab ich nicht richtig gesehen. Aber ich wollte auch nicht hinterherlaufen. Ich hatte Angst.«

»Gut«, entschied Wahler. »Ihr nehmt das Ehepaar Torge mit zur BKI zur Vernehmung. Ich telefoniere mit dem Jugendamt, damit sich jemand um Sophie kümmert.«

»Nicht das Jugendamt«, rief das Mädchen dazwischen. »Bitte, ich will bei Anne und Krischan bleiben!«

»Das geht leider nicht«, sagte Rikarda und legte ihr die Hand auf den Unterarm.

Sie riss ihn weg. »Ich will nicht wieder in eine Pflegefamilie! Ich will einfach hierbleiben. Hier ging es uns doch gut.« Ihre Augen wurden feucht. »Wenn Lilly nicht weggelaufen wäre, würde sie noch leben!«

†

Fridas Nachricht erreichte Haverkorn, als er beim Frühstück in seiner Kieler Wohnung saß. Er legte das angebissene Brötchen auf den Teller und las. *Wir haben Sophie! Ihr geht's gut so weit. Hier in diesem Zimmer hat sie sich versteckt, als wir kamen. Sieht nicht wie ein Gefängnis aus mit all den Kissen, oder?*

Er sah sich die Fotos an. Wieso hatte Sophie sich in diesem gemütlichen Raum »versteckt«, wie Frida schrieb? Er wollte mehr hören, aber die Polizeiaktion lief noch, und er wollte Frida nicht stören.

»Guten Morgen!« Sonja kam in die kleine Küche, beugte sich zu Haverkorn hinunter und gab ihm einen Kuss. Dann sah ihn an. »Was ist los? Du schaust, als hättest du einen Geist gesehen.«

Er reichte ihr das Smartphone. »Der Zugriff war erfolgreich. Sie haben Sophie auf dem Gut Westkamp gefunden.«

»Wirklich?« Sie nahm sein Handy und blätterte durch die Fotos. »In diesem Raum? Seltsam!«

»Lies mal Fridas Nachricht!«

Sonja las die Zeilen und nickte. »Sie hatte sich dort vor der Polizei versteckt. Dann sind die beiden dort untergetaucht bei diesem Ehepaar. Kann ich gut verstehen, wenn man die Pflegeeltern kennt.«

Haverkorn biss von seinem Brötchen ab und kaute nachdenklich. »Ich rufe Frida mal an. Da wird sie sicherlich schon mehr wissen.«

»Wir sollten Andreas informieren«, sagte Sonja, setzte sich an den gedeckten Tisch und goss sich Kaffee aus der Stempelkanne ein. Sie nahm sich eine Scheibe Vollkornbrot und bestrich sie mit Frischkäse.

»Das wird Nick Wahler erledigen. Kommt sicher nicht gut, wenn wir früher Bescheid wissen als unser Chef.«

Sonja schnitt eine Tomate auf. »Wie lange warst du noch im Büro gestern? Ich habe dich nicht kommen hören.«

»Ich glaube, kurz vor Mitternacht bin ich raus.«

»Und?« Sie biss von ihrer Stulle ab und sah ihn an.

»Viel war in der Akte nicht zu holen. Öztürk konnte nicht für den Totschlag an seinem Konkurrenten verurteilt werden, weil die Tatwaffe aus der Asservatenkammer verschwunden war.«

»Wirklich? Wer hat sie entwendet?«

»Weiß man bis heute nicht. Jemand aus Polizeikreisen, so viel steht fest. Ist auch seltsam, weil vor der Asservatenkammer ein Metalldetektor ist. Die Pistole einfach so in einer Tasche rauszuschmuggeln war unmöglich.«

Sonja schob sich eine Tomatenspalte in den Mund und kaute, in Gedanken versunken. »Wenn die Waffe nicht bei dem Angriff auf Leonard Bootz benutzt worden wäre, hätte ich gesagt, sie ist noch in der Asservatenkammer.

Jemand hat sie einfach anderem Beweismaterial beigelegt.«

Haverkorn sah sie an. Darauf war er selbst nicht gekommen. »Vielleicht war das ja auch so! Jemand hat sie erst jetzt dort rausgeholt. Zusammen mit Beweismaterial, das offiziell am Metalldetektor vorbeidurfte!«

Sonja lehnte sich nach vorn. »Bjarne, das sollte überprüft werden! Willst du Andreas darauf ansetzen oder Nick Wahler?«

Haverkorn antwortete nicht. Leonard misstraute Wahler, und er war sich sicher, dass er Frida den wahren Grund dafür bisher nicht genannt hatte. Die beiden hatten jahrelang im KDD zusammengearbeitet. Wusste Leonard etwas über Wahler, was ihn an seiner Loyalität zweifeln ließ?

»Ich spreche dann im Büro mit Andreas. Er hat eine objektive Sicht auf die Dinge.« Er stand auf und stellte sein Frühstücksbrett in die Spüle.

Er musste noch einmal mit Leonard reden. Ohne Frida. Vielleicht würde sein ehemaliger Kollege bei ihm offener sein als bei Frida, weil er nun im LKA und nicht mehr unter Nick Wahler arbeitete. Er musste es wenigstens versuchen, mehr über seinen ehemaligen Chef zu erfahren. Und ob Leonard ihm zutraute, ein Beweisstück aus der Asservatenkammer verschwinden zu lassen. Wenn ja, was hieß das dann im Subtext? Dass Nick Wahler von Öztürk geschmiert worden war und ihn beschützt hatte? Haverkorn musste den Gedanken zu Ende denken. Das würde bedeuten, dass Wahler korrupt war. Und ein solcher Mann auf dem Posten eines leitenden Beamten hätte enorme Sprengkraft. Was sollte er tun?

†

In der Mitte des riesigen Konferenztischs stand eine Pappschachtel mit Butterkuchen, den Frida auf Wahlers Anordnung bei der Bäckerei in Deichgraben geholt hatte. Nach und nach setzten die Kollegen sich an den Tisch. Die Nachzügler brachten von den Büros nebenan Stühle mit herein. Nick Wahler hatte angekündigt, die Erkenntnisse aus den Vernehmungen von Anne und Krischan Torge sowie das unter einer Fachaufsicht geführte Gespräch mit Sophie Harloff auswerten zu wollen.

Frida saß neben Haverkorn, der am frühen Nachmittag aus Kiel dazugestoßen war. Als Abgesandter der Cold Case Unit war auch er an der Besprechung interessiert – und er war nicht unwesentlich am Erfolg des morgendlichen Zugriffes beteiligt gewesen.

»Sonja lässt dich grüßen. Sie fragt, ob du am Wochenende zu uns zum Essen kommst.«

»Klar, gerne!«, flüsterte sie, weil Wahler das Teammeeting eröffnete.

»Nehmt euch Kuchen!«, sagte er. »Ihr habt in den letzten Tagen gute Arbeit geleistet. Das soll ich euch erst einmal von unserem großen Chef ausrichten!«

Die Kollegen klopften mit den Fingerknöcheln lautstark auf den Tisch, was Wahler veranlasste, sein Sakko auszuziehen und über die Rückenlehne des Stuhls zu hängen. Heute saß sein Hemd nicht auf Taille wie sonst, es hing locker um seinen Oberkörper, als habe er sich in der Größe vertan. Der Chef schien in den letzten Tagen Gewicht verloren zu haben. Er blieb hinter dem Stuhl stehen, während die Kollegen sich Kuchenstücke auf Servietten setzten und zu ihrem Platz zurückgingen. Müde, aber sichtlich erleichtert stützte der Leiter der Mordkommission die Arme auf die Lehne. Lange sah er in die Gesichter seiner Mannschaft.

»Wir haben Sophie Harloff gefunden«, begann er. »Ein

Arzt hat bestätigt, dass es ihr körperlich gut geht. Eine Psychologin spricht mit ihr, ein psychiatrisches Gutachten ist also in Vorbereitung. Die Presse erwartet am späten Nachmittag eine Pressekonferenz, zu der wir auch Hanno Tehfs, den BKI-Leiter, erwarten.« *Natürlich*, dachte Frida. Diese Lorbeeren wird der große Chef sich nicht entgehen lassen. Bei schlechten Meldungen war er meistens bei wichtigeren Terminen. Wahler zwinkerte und nahm ein paar der Dokumente in die Hand, die vor ihm auf dem Tisch lagen. »Horst Lüttje hat mir erste Auswertungen geschickt. Die SpuSi hat Haare der Mädchen in den oberen Schlafzimmern gefunden. Sie lebten also im Haus, nicht in dem Raum, in dem wir Sophie gefunden haben.«

»Weshalb war sie dann dort?«, rief ein Kollege von hinten.

Wahler hob die Hand. »Eins nach dem anderen. Lasst mich ausreden, dann werden sicherlich schon viele eurer Fragen beantwortet.« Er atmete durch. »Dieser Raum war natürlich als Versteck gedacht. Die Eheleute Torge haben das eingeräumt. Das sollte der Sicherheit der Mädchen dienen, die sich dort versteckt hielten, wenn doch einmal Fremde aufs Grundstück kämen.«

Dann saß Sophie dadrin, als wir die Torges das erste Mal aufgesucht haben, dachte Frida. Kein Wunder, dass es an dem Morgen so lange gedauert hatte, bis Krischan Torge am Tor erschien. Sie hatten erst Sophie in diesen Raum gebracht, bis er nach vorn kam.

»Auch Sophie hat bestätigt, dass sie sich nur selten in diesem Versteck aufhielt. Sie und ihre Schwester Lilly schlossen dann von innen die Tür ab. Das spricht dafür, dass die Torges sie nicht festgehalten haben.« Er blickte wieder auf den Zettel in seiner Hand. »Es wurden bisher keine Spuren auf dem Gut gefunden, dass Lilly dort erstickt worden ist.

Natürlich sind Proben von Textilien, insbesondere von Kissen, mitgenommen worden, um sie mit den Fasern aus Lillys Atemwegen abzugleichen. Aber diese Auswertung wird dauern.« Er zog das zweite Blatt hervor. »Bei Sophie wird ein toxisches Screening durchgeführt. Der Schnelltest auf Drogentest war negativ. Mal schauen, wie es die Psychologin einschätzt, aber momentan müssen wir davon ausgehen, dass das Mädchen tatsächlich nicht von dem Gutshof weggebracht werden wollte, weil es sich dort gut aufgehoben fühlte.«

Rikarda hob die Hand. »Was ist mit einer gezielten Manipulation durch das Ehepaar? So, wie man es von Sekten oft hört?«

Wahler nickte. »Wir müssen das psychologische Gutachten abwarten.« Er schob seine Notizen herum.

Jemand räusperte sich, Wahler blickte erneut hoch. »Ja?«

»Gehen wir davon aus, dass die Zwillinge vier Jahre aus freien Stücken bei den Torges lebten?«, fragte eine Kollegin.

»So sieht es aus. Sowohl die beiden Beschuldigten als auch Sophie Harloff sind sich da sehr einig. Natürlich wissen die Torges, dass es sich dennoch um eine Straftat handelte, zwei minderjährige Jugendliche ihren Eltern oder Pflegeeltern dauerhaft zu entziehen. Der Staatsanwalt bereitet eine entsprechende Anklage vor.«

Es wurde leise geflüstert, Wahler sprach einfach weiter.

»Dr. Mattis Falk, der Biologe vom LKA, ist bereits auf dem Gut eingetroffen. Er wird zwischen all den Pflanzen nach dem Tausendgüldenkraut suchen. Wir haben nichts dergleichen bei der ersten Begehung gesehen, aber wir sind ja auch keine Profis. Warten wir ab, was er findet.«

Er zog den Stuhl vom Tisch und setzte sich. »Momentan sieht es so aus, dass die beiden Mädchen sich dem Lebensstil der Torges anpassten, was wohl die einzige Bedingung war, die an sie herangetragen wurde. Sie konnten bleiben, wenn sie sich ihren Sitten unterwarfen. Sie trugen diese seltsam anmutende Kleidung und die Kopftücher und führten ein so frommes Leben mitten in der Natur wie die Eheleute Torge, die in großen Teilen den Lebensstil der Hutterer übernommen haben, als sie von Kanada nach Deutschland kamen. Es gab sogar Unterricht, wie Sophie erzählte. Tatsächlich haben wir Schulbücher in der Bibliothek im Erdgeschoss gefunden, die offenbar gebraucht gekauft worden sind, um nicht aufzufallen.« Er blickte auf. »Wir sind ja noch dabei, alle Informationen zu sortieren und zu dokumentieren. Eine wichtige Frage ist immer noch offen: Wer hat Lilly Harloff erstickt und sie in den fremden Sarg gelegt?«

Betretenes Schweigen. Was den Mordfall anging, waren sie kein Stück weitergekommen.

Wahler räusperte sich. »Sowohl Anne und Krischan Torge als auch Sophie Harloff sagen, dass Lilly eines Nachts mit einem Fremden, mit dem sie sich heimlich an der hinteren Pforte traf, weggelaufen sei. Wer diese Person ist, weiß angeblich keiner von ihnen. Und auch nicht, was danach mit Lilly passierte, bis sie in diesem Sarg gefunden wurde.«

Die Kollegen begannen zu tuscheln.

»Ja, wir vernehmen sie weiterhin zu dieser Frage.« Wahlers Handy auf dem Tisch begann zu vibrieren, er sah auf die Nummer und stand auf. »Da muss ich rangehen. Anja übernimmt an der Stelle und beantwortet eure Fragen. Wir müssen die Person finden, mit der Lilly Harloff sich heimlich getroffen hat!« Damit verließ er den Konferenzraum.

Kapitel 26

Zurück im Büro in Itzehoe setzte Frida sich mit der Kaffeetasse in der Hand auf die Schreibtischkante neben Haverkorn, der seltsam zerstreut wirkte, seit er hier angekommen war. »Alles okay bei dir?«, fragte sie und trank einen Schluck.

Er sah zu ihr auf. »Ja, warum?«

»Ich weiß nicht. Du wirkst so abwesend. Kaust du auf irgendeinem Problem herum?«

»Ach, es ist nichts.« Er atmete aus. »Konzentrieren wir uns auf die Suche nach Lillys heimlicher Bekanntschaft. Sollte es sie wirklich geben … Vielleicht lügt Sophie in diesem Punkt, um die Torges zu decken. Was denkst du?«

Frida ging zu ihrem Platz, stellte die Tasse ab und ließ sich auf den Bürostuhl fallen. »Das kann ich schlecht einschätzen. Sie wirkte ganz agil und ihrem Alter angemessen auf mich. Auch wenn sie in diesen komischen Klamotten einfach völlig aus der Zeit gefallen scheint. Kein Schmuck, kein Make-up, kein Handy. Sehr seltsam bei einer Sechzehnjährigen!« Sie musste an Sophies tote Schwester auf dem Seziertisch denken.

Haverkorn lehnte sich nach hinten in seine Denkerpose. Frida redete weiter. »Und wenn es doch ein verstecktes Handy auf dem Gut gibt? Wie sollte Lilly sich sonst mit jemandem von außerhalb verabredet haben? Über Rauchzeichen?«

Haverkorn schürzte die Lippen und nickte nachdenklich. »Eine gute Frage. Das sollten wir über die KTU abchecken lassen.«

»Vor allem: Wenn sie seit vier Jahren ununterbrochen auf dem Gut war, wie konnte sie jemanden draußen kennenlernen?« Frida loggte sich in den PC ein und rief auf Google Maps eine Landkarte auf, auf der das Gut und seine Umgebung zu sehen waren. »Hier ist doch nichts, außer grüner Wiese und ein paar Feldwegen.« Sie vergrößerte langsam den Bildausschnitt und stockte. »Bjarne, kannst du mal rumkommen?«

Er stand auf und trat neben sie.

»Siehst du, was ich sehe?«

Neugierig beugte er sich über sie und starrte auf die Landkarte. »Keine Ahnung, was du meinst.«

Sie klickte auf den Reiter *Satellit*. Jetzt wurden drei helle Quadrate sichtbar. »Kommt dir das bekannt vor?« Sie zeigte mit dem Finger auf die auffälligen Gebäude, die etwas abseits eines Dorfes zu sehen waren. »Der Sitz unserer Klimaaktivisten!«

»Das gibt's doch nicht! Da wohnt Bill, der ehemalige Pflegebruder.« Er lächelte zufrieden. »Wie weit ist das von den Hallen bis zum Gut?«

Frida ließ Google die Entfernung ausrechnen. »Mit dem Auto über die Feldwege 4,2 Kilometer.« Dann änderte sie die Option von Auto auf Fußgänger. »Zu Fuß querfeldein 1,6 Kilometer. Das schafft man gut in einer halben Stunde.« Sie sah zu ihm hoch.

»Solche Zufälle gibt es nicht! Dieser Bill hat uns nach Strich und Faden angelogen. Er muss Lilly wiedergesehen haben! Das war doch kein Zufall, dass er sich mit seinen Freunden so nah am Gut eingenistet hat.« Haverkorn blickte auf das Whiteboard an der Wand, nahm einen Stift und schrieb *Bill Brandstetter* dazu. Dann malte er einen

Pfeil zum Namen *Lilly* und einen Pfeil, ergänzt durch ein Fragezeichen zu *Sophie*. »Wer war das, der gesagt hat, dass Bill zu Lügen neigt? Seine ehemaligen Mitschüler? Die Heckmanns? Dem müssen wir wohl nun Glauben schenken. Mittlerweile hat er seine Technik verbessert.«

Frida stand auf und nahm ihr Smartphone. »Ich denke, wir sollten ihm noch einmal einen Besuch abstatten.«

†

Als er seinen Dienstwagen vor den Hallen parkte, ließ schon der Anblick der Behausung der Klimaaktivisten bei Haverkorn eine Ahnung aufkommen. Alle Transparente waren entfernt worden, lediglich zwei Graffiti mit Slogans waren geblieben. Auf dem Dach flatterte eine Plane, die sich losgerissen hatte. Kein Fahrzeug stand auf dem Hof, der dadurch noch verlassener wirkte als beim letzten Mal.

»Sie sind wohl ausgeflogen«, sagte Frida.

»Vielleicht sind sie unterwegs zu einer Demo«, gab Haverkorn zu bedenken.

»Vielleicht …« Frida stieg aus und lief los, die Hand auf ihrem Holster. Die Dienstwaffe trug sie seit dem Angriff auf Leonard immer bei sich, und in gewisser Weise war er froh darüber. Er folgte Frida zum Eingang der Halle, in der sie vor ein paar Tagen mit Bill Brandstetter gesprochen hatten. Der Vorraum war verwaist, die Couch verschwunden. Nur ein paar Bierkästen mit leeren Flaschen wiesen darauf hin, dass die Aktivisten hier gewesen waren. Frida ging durch den Vorhang, und er hörte ihr Fluchen. »Scheiße!«

Haverkorn folgte ihr. Dort, wo Brandstetters Wohnung gewesen war, sahen sie nur noch blanke Hallenwände. Alles war ausgeräumt worden. Lediglich die blank geputzten Fenster erinnerten daran, dass er hier gewohnt hatte.

Frida drehte sich zu Haverkorn um. »Und jetzt?« Sie trat gegen einen leeren Pappkarton, der in der Ecke stand. »Wir waren so nah dran. Der hat uns komplett verarscht!«

»Wir sprechen mit Nick, er soll eine Fahndung rausgeben.«

»Wenn die sich irgendwo eingenistet haben, wird das dauern. Vielleicht hängt er jetzt mit der Thunberg in Schweden seine Plakate auf.«

»Gut, das ist wieder ein Rückschlag. Aber wer so plötzlich verschwindet, hat ein schlechtes Gewissen.« Haverkorn ging hinaus und blieb auf dem Hofplatz stehen. Der Tag war nicht so heiß wie der gestrige. Ein leichter Wind bewegte die Büsche und Bäume in der Umgebung. Der Mais stand auf dem nahen Feld stramm und grün wie eine kleine Armee. Was hatten sie übersehen, als sie zuletzt hier gewesen waren? Warum hatte Bill Brandstetter sie so um den Finger wickeln können?

Er sah den blonden jungen Mann wieder vor sich. Die Trauer in seinen Augen. *Das war nicht gespielt*, dachte Haverkorn. Lilly hatte ihm etwas bedeutet. Vielleicht hatte sie genau deshalb sterben müssen.

Hinter ihm verließ Frida das Gebäude, ihr Handy klingelte. »Ja?«, hörte er sie sagen. »Wo bist du?«, fragte seine Kollegin und hörte ein paar Sekunden zu. »Ja, Bjarne ist bei mir. Wir kommen hin!«

Haverkorn drehte sich zu Frida um und sah an ihrem Gesicht, dass sie keine guten Nachrichten hatte.

»Das war Jo. Sie hat wahrscheinlich den Schützen gefunden, der auf Leonard geschossen hat.«

Haverkorn nickte. »Wo ist er?«

Sie ging zum Auto. »In Lübeck! Er ist tot!«

†

Die Schrebergartenkolonie lag am Stadtrand der zweitgrößten Stadt Schleswig-Holsteins, ein von Büschen, Bäumen und diversen Gartenzäunen eingerahmtes Areal mit Gartenzwergflair. Frida hatte die Adresse ins Navi eingegeben, und dieses führte Haverkorns Dienstwagen bis zu einem kleinen Parkplatz, wo an diesem Nachmittag mitten in der Woche schon ein paar andere Pkw standen. Von hier ging es nur noch zu Fuß weiter, weil Fahrzeuge in der Kolonie nicht erlaubt waren, wie eine rot-weiß gestreifte Kette mit Hinweisschild deutlich machte. Sie stiegen aus und bogen in den Weg ein. Ein Duft nach Grillsteaks waberte ihnen entgegen, als sie die Parzelle suchten, die Jo Frida per Whatsapp durchgegeben hatte. Die einzelnen Gärten waren an diesem Wochentag nur mäßig besucht, aber hier und da hörte man Lachen und im hinteren Bereich einen rumorenden Rasenmäher.

»5 F«, sagte Frida, und sie suchten die entsprechende Parzelle. Schließlich zeigte sie auf ein verwittertes Tor mit einem Schild. Der Kleingarten *5 F* befand sich an der hinteren Grenze der Kolonie und war von Büschen zugewuchert. Haverkorn schob die hölzerne Gartenpforte auf, der ein paar Latten fehlten. Hier war lange kein Gras mehr gemäht worden. Der einstmals angelegte Nutzgarten wirkte verwildert, und die Regentonne am Haus hatte Rost angesetzt. »Das wird den Nachbarn nicht gefallen«, kommentierte Frida den verwahrlosten Eindruck.

Jo erschien in der Tür der schwedenrot gestrichenen Gartenlaube. Sie trug Einweghandschuhe und nickte ihnen zu. »Er liegt dadrin.« Sie machte eine Bewegung mit dem Kinn, ihr zu folgen.

»Moment!« Frida und Haverkorn zogen die weißen Overalls, Maske und Handschuhe über, die er noch immer im Dienstfahrzeug bei sich hatte. Dann betraten sie das Holzhaus.

Der süßliche Duft des Todes schlug ihnen gnadenlos entgegen. Es war warm hier drin, was den Gestank verstärkte. Das Geräusch summender Insekten bescherte Frida eine Gänsehaut.

»Da, neben dem Tisch«, sagte Jo, die sich ein Tuch vor Mund und Nase drückte.

Frida ging auf Zehenspitzen über das abgelaufene Linoleum und betrat den kleinen Wohnraum. Nahe der Tür blieb sie stehen. Haverkorn hielt sich hinter ihr. Ein Schwarm Schmeißfliegen stieg von der Leiche auf. Wenn es Alex Werft war, wie Jo erklärt hatte, dann war er wahrscheinlich schon seit ein paar Tagen tot. Er saß mit ausgestreckten Beinen an der Wand. Sein Kopf hing vornüber. Ein Stück seines Schädels fehlte, und an dieser Stelle des Kopfes wimmelte es von weißen Maden. In seiner Hand, die am Boden lag, entdeckte sie eine Schusswaffe. Hinter dem Toten waren Boden und Wand von getrocknetem Blut und heller Gehirnmasse überzogen.

Frida wurde schlecht. Der Gestank im Raum wurde plötzlich unerträglich. Ihre Speiseröhre begann zu krampfen. Beim Zurückweichen stieß sie gegen Haverkorn, weil sie nur noch rauswollte. Weg von Blut und Tod, die ihren Magen aushoben. Das war keine gute Idee gewesen, sich die Leiche anschauen zu wollen. Aber sie hatte sich vergewissern müssen, dass der Mann, der Leo angeschossen hatte, wirklich tot war. Frida drückte die Tür auf und stürzte zum nächsten Beet. Sie riss ihre Maske herunter und spuckte sich die Seele aus dem Leib.

Jo lief hinter ihr her und legte eine Hand auf ihren Rücken. Als nur noch Speichel kam und die Würgekrämpfe besser wurden, wischte Frida sich mit dem Handrücken den Mund ab. Der saure Geschmack im Mund blieb.

»Geht's wieder?«, fragte Jo.

»Gibt's hier irgendwo Wasser?«

»Warte!« Jo ging weg und kam mit einem Gartenschlauch zurück, aus dem Wasser sprudelte. Frida hielt ihre Hände davor und schöpfte sich das kühle Nass ins Gesicht. Dann spülte sie sich den Mund aus und spuckte es ins Gras. »Danke!«

Jo stellte das Wasser ab und warf den Schlauch beiseite.

Auch Haverkorn war herausgekommen und zog Maske sowie Kapuze herunter. »Und du denkst, das ist dieser Polizist, den ihr gesucht habt?«

Jo winkte sie zu einem wackeligen Tisch und vier Stühlen im Garten, wo sie sich setzten. »Chip hat Werfts Handy geknackt und die letzten Nummern, die er angerufen hat, gecheckt. Darunter war ein Freund von ihm, dessen Eltern dieser Garten gehört. Der hat mir gesagt, Werft hätte sehr aufgeregt am Telefon geklungen und ihn gefragt, ob er ihm für ein paar Tage eine Bleibe beschaffen könne. Also hat er seinen Kumpel hier in diese Schrebergartenkolonie geschickt. Das Haus steht seit Längerem leer.«

»Wann war das?«, fragte Frida.

»Freitagnachmittag.«

»Hat er ihn hier besucht?«, fragte Haverkorn.

»Nein, er ist gerade auf Dienstreise. Aber der Schlüssel liegt wohl immer unter einem Blumentopf.« Jo zeigte auf ein Terrakottagefäß neben der Haustür. »Es war nicht abgeschlossen, deshalb bin ich rein!« Sie warf Haverkorn einen Blick zu, als müsse sie sich ihm erklären. »Die Fliegen an den Scheiben.«

Er nickte. Das erklärte ihre Entscheidung.

»Ist es die Tatwaffe?«, fragte Frida.

»Eine Heckler & Koch SFP 9!« Jo sah sie an. »Ich denke, wir haben unseren Schützen.«

Haverkorn stand auf. »Ich rufe die Kollegen an. Hier

ist die BKI Lübeck zuständig.« Er wandte sich an Jo. »Du solltest eine gute Erklärung haben, warum du einen Tatort kontaminiert hast.«

»Ich wollte schauen, ob er noch lebt und Hilfe braucht.« Sie lächelte kurz, wurde wieder ernst. »Lass mich nur machen. Ich kriege das schon hin. Ohne mich hätte er vielleicht noch ein paar Tage hier unentdeckt gelegen.«

Haverkorn nickte und ging mit dem Handy am Ohr ein paar Schritte in den Garten.

»Weiß Leo es schon?«, fragte Frida.

»Nein! Besser wir sagen ihm erst etwas, wenn wir sicher sind, dass es Selbstmord war.«

»Okay!« Frida zog den Reißverschluss des Overalls auf, streifte ihn ab, weil sie zu schwitzen begonnen hatte. Wie sollte sie ihren Kollegen erklären, dass sie beim Anblick einer Leiche ihr Frühstück im Garten verteilt hatte? Was war nur los mit ihr? »Denkst du echt, er hat sich selbst in den Kopf geschossen?«, fragte sie.

»Auf den ersten Blick sieht es nach Suizid aus. Lassen wir die SpuSi ihre Arbeit machen. Dann wissen wir es genau.« Jo tauschte einen Blick mit ihr. »Und so lange bleibt Leonard noch bei euch. Erst wenn wir sicher sein können, dass es wirklich die Tatwaffe ist und Werft sich selbst umgebracht hat, kann er wieder nach Hause.«

»Ich sollte Judith informieren.« Frida griff in den Overall und zog ihr Smartphone aus der Hosentasche. »Sie war ja mal mit ihm zusammen.«

»Das würde ich lassen.« Jo verschränkte ihre Arme. »Sie wird es früh genug erfahren. Greifen wir ihren Kollegen nicht vor.«

Frida zögerte. »Vielleicht hast du recht.«

Haverkorn kam zurück. »Wir sollen hier warten. In fünfzehn Minuten sind die Kollegen des KDD vor Ort.«

Er setzte sich wieder auf einen der wackligen Stühle. »Und jetzt noch mal von Anfang an. Wie seid ihr auf diesen Werft als Schützen gekommen?«

Kapitel 27

Eine halbe Stunde später war es mit der Ruhe in der Schrebergartenkolonie vorbei. Die Lübecker Polizei übernahm den Tatort und sperrte die Siedlung um den verwilderten Garten ab. Haverkorn sprach kurz mit den Kollegen und ging anschließend mit Jo und Frida zum Parkplatz zurück. Schnell war die Mordkommission vor Ort, nachdem die Beamten vom Lübecker Kriminaldauerdienst die Lage sondiert und das Tötungsdelikt offiziell bestätigt hatten.

Da es sich um einen erschossenen Polizisten handelte, wurden auch hier alle notwendigen Kräfte mobilisiert, um die Tat möglichst schnell und umfassend aufzuklären. Haverkorn kannte Thomas Bünding, den Leiter der Lübecker Mordkommission. Sie hatten schon mehrfach miteinander bei Polizeieinsätzen zu tun gehabt, und so war die Ansprache unkompliziert. Haverkorn hatte mit Frida und Jo besprochen, dass er als der Erfahrenste von ihnen den eintreffenden Kollegen den Leichenfund erklärte.

Er stellte Bünding und dessen Team Frida und Jo vor, und die Detektivin beantwortete ohne Umschweife die Fragen der Beamten. Sie berichtete, dass sie Alex Werft hätte ausfindig machen wollen, diese Adresse in der Gartenkolonie von einem seiner Freunde bekommen hätte und hergekommen wäre. Weil er auf Klopfen nicht reagierte und die Fliegenschwärme an den Scheiben sie stutzig gemacht hätten, wäre sie in das Gartenhaus hineingegangen. Dort habe sie sich lediglich vergewissert, dass drinnen ein Toter lag.

Anschließend habe sie das Haus sofort und, ohne etwas zu berühren, wieder verlassen.

Vorerst schienen die Kollegen mit dieser Aussage zufrieden zu sein, obwohl Jo sich über den Grund, warum sie mit Alex Werft hatte sprechen wollen, noch bedeckt hielt. Darauf wollten sie später zurückkommen. Frida war nach Absprache und Zustimmung der Lübecker Kollegen mit Jos Landrover zurück nach Itzehoe ins Büro gefahren, um die Suche nach Bill Brandstetter in die Wege zu leiten. Haverkorn war geblieben und hielt sich mit Jo in seinem Dienstwagen für weitere Fragen der Mordkommission zur Verfügung.

Ein großes Einsatzteam der Spurensicherung arbeitete in dem schwedenroten Holzhaus. Flatterband hing an Zäunen und versperrte Wege. Die vermummten Gestalten in den weißen Overalls zogen sofort die Aufmerksamkeit auf sich. Einige der Schrebergartenbesitzer standen hinter der Absperrung, um einen Blick auf die Beamten zu erhaschen. Auch die Presse war mittlerweile eingetroffen, aber Haverkorn, den die Journalistin angesprochen hatte, war nicht auf ihre Fragen eingegangen. Und Bünding ließ sie vorerst abblitzen.

Haverkorn sah Jo an, die neben ihm auf dem Beifahrersitz saß und seit Minuten Löcher in die Windschutzscheibe starrte. Sie war schon immer ein wortkarger Mensch gewesen, aber nach der Befragung durch die Mordkommission verhielt sie sich noch stiller als sonst. Ihr Gesicht zeigte keine Emotionen. Wie nah ging ihr der Tod dieses Mannes in der Gartenhütte? Gab es vielleicht etwas, was sie ihm und den Kollegen verschwieg?

»Alles okay bei dir?«, fragte er.

»Hm!« Sie sah ihn kurz an, begann wieder zu starren.

Haverkorn gähnte verhalten und dachte daran, bei einem

der Laubenpieper nach einem Kaffee zu fragen. Aber er wollte sich nicht in Gespräche über diese Leichensache verwickeln lassen, die zu erwarten waren, weil noch niemand wusste, was dieses Polizeiaufgebot herbeigeführt hatte.

Eine Flasche Mineralwasser lag im Fach der Fahrertür. Er angelte sie heraus und bot Jo etwas Wasser an. Sie schüttelte den Kopf. Durstig drehte er den Verschluss auf und trank ein paar Schlucke.

Etwas tat sich in der Kolonie. Der Tatortfotograf kam den Weg entlanggelaufen, packte sein Equipment ins Auto und fuhr weg. Ihm folgte Thomas Bünding. Er trat zu Haverkorn ans Auto und machte mit der Hand ein Zeichen, dass er mit ihnen sprechen wollte. Die Detektivin öffnete die Tür und stieg aus. Auch Haverkorn stellte sich dazu.

Der Leiter der Lübecker Mordkommission, ein hochgewachsener Mann mit grauen Haaren und Geheimratsecken, machte einen konzentrierten Eindruck. »Dem ersten Anschein nach war es Suizid. Die Fingerabdrücke auf der Waffe sind die von Alex Werft, sagen die Kriminaltechniker. Er hat Schmauchspuren an der rechten Hand. Auch der Schusswinkel spricht im Moment für Selbstmord.« Bünding hob die Augenbrauen und sah Jo an. »Sie wurden ja schon erkennungsdienstlich behandelt, aber die Kollegen führen bei Ihnen gleich noch einen Test auf Schmauchspuren durch. Auch Ihre Kleidung müssen wir mitnehmen. Ein Kollege bringt Ihnen gleich einen Overall vorbei.«

»Okay!«, sagte sie. »Ich habe ihn nicht erschossen.«

»Das ist alles reine Routine«, erklärte Bünding. »Sie waren zuerst am Tatort. Und ich muss endlich wissen, warum Sie hier mit dem Opfer sprechen wollten.«

Jo verschränkte die Arme. »Ich muss erst mit meinem Klienten darüber …«

»Dann rufen Sie ihn an«, fiel ihr Bünding ins Wort.

»Wir brauchen Ihre Aussage jetzt!« Er sah Haverkorn an. »Bjarne, worum geht's hier eigentlich? Warum war das LKA früher am Tatort als wir? Etwas stinkt doch gewaltig, also raus mit der Sprache!«

Jo warf Haverkorn einen langen Blick zu. Er deutete ein Nicken an.

Die Detektivin zögerte, dann löste sie ihre Abwehrhaltung auf und steckte die Hände in die Hosentaschen. »Mein Klient ist Leonard Bootz.« Sie stockte, aber als Bünding nickte, er also mit dem Namen etwas anfangen konnte, fuhr sie fort. »Er hat mich beauftragt, Nachforschungen bezüglich des Heckenschützen vorzunehmen, der versucht hat, ihn am Freitag in den Kopf zu schießen.«

Bünding brauchte einen Moment. »Warte mal ... Ein Polizist heuert auf eigene Faust eine Privatdetektivin an, um seinen Angreifer zu finden?« Die Falten auf seiner Stirn wurden tief. »Bjarne, was ist das für eine hanebüchene Story? Wir wissen alle, dass gerade eine der größten landesweiten Polizeiaktionen am Laufen ist, um diesen Schützen zu finden. Und Bootz sucht Hilfe bei einer Privatdetektivin?« Das letzte Wort sprach er etwas schnippisch aus.

Jo antwortete nicht und warf Haverkorn einen verärgerten Blick zu. Er verstand, dass er der Diplomatischere war, und übernahm das Wort. »Bootz fühlte sich im Krankenhaus nicht wohl. Er musste davon ausgehen, dass er dort nicht sicher ist. Und mittlerweile gehen wir von einem Maulwurf in unseren Reihen aus. Deshalb hat Bootz eine externe Ermittlerin angeheuert.«

»Einen Maulwurf? Was redest du da?«

»Nimm das erst mal so zur Kenntnis, Thomas. Details klären wir später. Fakt ist: Ihre Recherche hat Johanna Arndt zu dieser Gartenlaube geführt. Sie ist davon ausgegangen, dass Alex Werft dieser gesuchte Schütze war. Wahrscheinlich hat er sich aus diesem Grund das Leben genommen.«

Bünding blieb die Erwiderung im Hals stecken. Er lief ein paar Schritte und kam zurück. »Das ist doch Blödsinn! Werft war ein Kollege!«, sagte er lauter als nötig.

»Die Tatwaffe beim Angriff auf Bootz war eine Heckler & Koch SFP 9.« Haverkorn sah Bünding in die Augen, wartete auf eine Reaktion. Aber sein Kollege schien noch nicht zu verstehen, worauf er hinauswollte. »Die verschwundene Öztürk-Waffe. Du erinnerst dich?«

»Du verarschst mich!« Bündings Widerrede war beinahe geflüstert.

»Nein, es besteht kein Zweifel. Du weißt sicherlich schon, was für ein Waffentyp hier heute in der Hand von Alex Werft vorgefunden wurde?«

Die Erkenntnis traf Bünding schwer, seine Kiefer arbeiteten. »Das muss nicht die Tatwaffe von Öztürk sein.«

Haverkorn blieb ruhig. Er ahnte, dass Bünding das Ausmaß dieses Falls gerade erst bewusst wurde. »Lass die Ballistiker ran. Dann weißt du es mit Sicherheit.«

»Werft war seit Freitag, seit dem Angriff auf Bootz, abgetaucht. Er ist dem Dienst ferngeblieben«, mischte Jo sich erneut ein. »Sehr auffällig, oder nicht? Sein Handy ist seit Tagen ausgeschaltet. Aber eines seiner letzten Telefonate, das mit seinem Freund, hat mich hierher in die Gartenkolonie geführt.«

»Warum?« Bünding würgte an den neuen Informationen wie an einem stinkenden Fisch. »Warum sollte er in Itzehoe auf Bootz gewartet und auf ihn geschossen haben? Die beiden haben lange beim KDD zusammengearbeitet!«

»Und beide waren mit Judith Mehring zusammen«, sagte Haverkorn.

»Werft war schwer eifersüchtig und neigte zur Gewalt«,

übernahm Jo erneut. »Nach der Trennung von Judith Mehring hat er nicht ertragen, dass Bootz sich weiterhin mit seiner Exfreundin traf.«

»Eifersucht? Wollt ihr sagen, Werft hat Bootz aus Eifersucht niedergeschossen?«

Jo und Haverkorn schwiegen. Bünding wusste selbst, dass Eifersucht ein gar nicht so seltenes Mordmotiv war, das sich nicht von der Hand weisen ließ.

In diesem Moment bog ein schwarzer BMW auf die Einfahrt des Parkplatzes. Haverkorn erkannte Nick Wahler hinter dem Steuer. Zuerst war er überrascht, dass er hier auftauchte, aber Frida hatte ihm sicherlich von diesem Leichenfund erzählt. Natürlich wollte er sich persönlich einen Eindruck verschaffen, ob es sich wirklich um den Heckenschützen handelte. Oder hatte er andere Gründe? Haverkorn beobachtete, wie Bünding zu seinem Kollegen aus Itzehoe ging und lange mit ihm am Autofenster sprach. Haverkorn verstand nur Wortfetzen, aber Wahlers Gesicht sah aus, als fiele der Druck der letzten Tage von ihm ab.

†

»Wo warst du denn?«, fragte Anja beinahe vorwurfsvoll, als Frida zurück in der BKI war. Mittlerweile war es halb sechs. Der Nachmittag war mit der Fahrt nach Lübeck und dem Rückweg draufgegangen.

»Erzähle ich dir später! Wo ist Nick?« Frida wollte ihm persönlich berichten, dass sie Leonards Angreifer tot aufgefunden hatten. »In seinem Büro ist er nicht.«

»Keine Ahnung! Er hat einen Anruf bekommen und gesagt, dass er sofort wegmüsse.«

»Und wohin?«

»Bin ich seine Sekretärin?« Anja wirkte unausgeglichen,

was bei ihr selten der Fall war. »Wir haben hier einen Fall, und jeder hat Wichtigeres zu tun.«

Frida bemerkte die Spitze gegen sie. »Bjarne und ich haben den ehemaligen Pflegebruder von Sophie gesucht.« Sie erklärte, wie nah der Treffpunkt der Klimaaktivisten, denen Bill Brandstetter angehörte, am Gutshof Westkamp lag. Und dass dieses Nest nun plötzlich leer war. »Das wirkt so, als seien sie abgehauen, nachdem wir zuletzt dort waren.«

Anja wurde ruhiger. »Dann geh dem nach. Wo ist Bjarne?«

»An einem Tatort in Lübeck.« Sie wollte nicht lügen, aber diese Information musste erst einmal reichen.

Anja fragte nicht nach, schien in Gedanken woanders zu sein.

Frida nahm ein Gummitier aus der Tüte auf ihrem Schreibtisch und schob es in den Mund. »Was ist mit den Torges?«

»Ihr Anwalt ist bei ihnen. Die Freiheitsberaubung ist durch Sophies Aussage erst mal entkräftet, aber natürlich steht noch die Entziehung Minderjähriger im Raum. Der Haftprüfungstermin ist morgen. Da sie einen festen Wohnsitz haben und keine Flucht- oder Verdunkelungsgefahr besteht, werden die Haftbefehle sicherlich aufgehoben.«

Frida nickte nachdenklich. »Klingt eigentlich wie eine Win-win-Situation. Die Mädchen hatten ein schönes Zuhause und die Torges die Kinder, die sie sich immer gewünscht haben.«

»Bis zu Lillys Tod«, erwiderte Anja.

»Und was hat Sophie über ihren Pflegebruder gesagt? »Angeblich wollte er am nächsten Tag mit ihnen weglaufen.«

Anja zog die Augenbrauen hoch. »Das war gelogen, laut Sophie. Bill war ängstlich und hätte wohl nie etwas getan, was Heckmann verärgert. Lilly dagegen war die Aufmüpfige, die diesen Fluchtplan geschmiedet hat. Bill hat sogar versucht, ihnen ihre Flucht auszureden. Deshalb hatten sie ihn gar nicht eingeweiht, als sie in den frühen Morgenstunden das Haus verlassen haben.«

»Der lügt, wie es ihm in den Kram passt«, sagte Frida.

Anja wischte sich über die Augen. Sie sah erledigt aus. »Ich suche seine Aussagen von damals noch mal raus.«

Frida konnte nicht glauben, wie mühelos Brandstetter sie belogen hatte. »Der hat behauptet, die Zwillinge seit ihrem Verschwinden nicht mehr wiedergesehen zu haben. Und wir haben ihm das abgekauft.« Sie sah den blonden Typen vor sich, der nach der Nachricht von Lillys Tod ziemlich aufgewühlt gewirkt hatte. Was hatte er alles vor ihnen verheimlicht? Hatte Lilly sich an der Pforte des Guts mit ihm getroffen und war dann zu Bill in den Pick-up gestiegen und zu seiner Wohnung in den Hallen gefahren? Hatte er ihr etwas angetan? Sie sah die anderen im Vorraum auf der Couch lümmeln. Oder war es einer der anderen Klimaschützer gewesen, die das schöne Mädchen sicherlich mit Bill gesehen hatten? »Ich muss diesen Kerl finden! Er ist der Schlüssel!«

Anja wirkte erschöpft. »Dieser Fall schafft mich!« Sie atmete schwerfällig aus. »Aber wenigstens haben wir Sophie wohlauf gefunden. Der BKI-Leiter glänzt gerade in seiner Rolle als strahlender Held und gibt eine Menge Interviews. Wahler dagegen taucht einfach ab, obwohl es immer noch einen Mordfall aufzuklären gibt. Nur wir machen hier die ganze Arbeit.«

Frida legte ihr aufmunternd die Hand auf die Schulter und ging von ihrem Büro hinaus auf den Gang. Wie ging es nun weiter?

Die Handynummer, die Bill Brandstetter ihr gegeben hatte, funktionierte nicht mehr, was sie kaum verwunderte.

Er hatte vorerst seine Spuren verwischt. Aber so einfach tauchte in Deutschland niemand unter. Außer er hatte gute Freunde wie Leonard Bootz.

Frida stieg die beiden Etagen hinauf aufs Dach des BKI-Gebäudes, wo sie unbelauscht telefonieren konnte. Dort wählte sie die Nummer des Wegwerfhandys, die Leonard ihr für die Kontaktaufnahme gegeben hatte.

Er ging sofort ran. »Ja?«

»Ich bin's.« Sie versuchte, ruhig zu atmen. »Alex Werft ist tot!«

»Was?« Er atmete aufgeregt. »Bist du sicher?«

»Ich habe seine Leiche gesehen.« Frida berichtete, was sie in Lübeck erlebt hatte und dass Jo und Bjarne noch dortgeblieben waren, bis die Mordkommission sie nach Hause schickte.

»Dann ist es vorbei?« Bootz klang erleichtert. »Ich kann wieder raus. Holst du mich ab?«

»Geh rüber in den Club, ich muss hier noch was recherchieren und komme dann hin. Du kannst Milan noch etwas Gesellschaft leisten.«

»Bekommt Jo jetzt Probleme?«, fragte er aus gutem Grund. »Ich kenne Bünding. Ihm wird es gar nicht schmecken, dass ihr vor ihm am Tatort wart.«

»Bjarne wird das schon deichseln. Mach dir keine Gedanken. Jo hat schon ganz andere Situationen unbeschadet überstanden.«

»Sie möchte ich auch nicht zum Feind haben.« Er lachte erleichtert. »Danke, Frida! Du hast was gut bei mir.«

»Ich nehme dich beim Wort. Bis später.« Frida drückte ihn weg und blickte über die Stadt. Ein Schwarm Tauben flog in Richtung der Stadtkirche St. Laurentii. Die Sonne war hinter einer dichten Wolkendecke verschwunden. Sie hatte das Gefühl, endlich wieder durchatmen zu können. Diese stetige Bedrohung, die von einem unbekannten Schützen ausgegangen war, hatte sie in ihren Grundfesten erschüttert. Noch nie hatte sie sich die Frage gestellt, ob der Polizeiberuf das Richtige für sie war. Es war nicht nur ein Beruf, den sie gewählt hatte, es war ihre Lebenseinstellung. Dass das Motiv für den Anschlag auf Leonard ein persönliches gewesen war, erleichterte sie. Auch wenn die Kenntnis über den Täter und seine Hintergründe die Brutalität der Tat und die heimtückische Ausführung nicht abschwächte.

Frida stieg die Stufen hinunter in die Etage der Mordkommission und ging zu ihrem Schreibtisch. Sie loggte sich in den PC ein und begann ihre Suche nach Bill Brandstetter. In seinem Dunstkreis, da war sie sich sicher, befand sich derjenige, der Lilly Harloff umgebracht hatte.

Hutterer-Kolonie Crystal Spring, 30. Oktober 2006

Als die Glocke nach dem Frühstück erklang, machte sich Anne mit Schürze und Gummihandschuhen ausgerüstet, zusammen mit den anderen *Dienen* und *Buben* auf den Weg zum *Gonsstoll*, dem Gänsestall. Jetzt im Herbst wurden die Tiere zusammengetrieben und geschlachtet. Viele helfende Hände wurden gebraucht, denn die hutterische Kolonie brachte Zigtausende Gänse auf den Markt. Zusätzliche Arbeiter kamen in diesen Wochen hierher, junge Männer, die gern mit den heiratswilligen Mädchen flirteten. Lange Arbeitstage lagen vor ihnen, aber auch eine aufregende Zeit mit diesen fleißigen Fremden, die Anne schüchtern aus dem Augenwinkel beobachtete. Seit Ludwig weggegangen war, hatte niemand mehr ihr Herz so erweichen können. Der Schmerz über den Verlust ihres besten Freundes saß noch immer tief. Vor allem, da sie wusste, dass sie ihn nie wiedersehen würde.

Wie die anderen Mädchen musste Anne beim Rupfen der Gänse helfen und die Federn einsammeln, die später ebenfalls verkauft wurden. Das hieß, stundenlang im Gänsestall auszuharren, wo die Vögel abgedampft wurden, um die Federn besser entfernen zu können. Schnell klebte ihr Körper vor Schweiß durch den Dampf und die Anstrengung. Jeder musste heute mit anpacken, sie kannte es nicht anders.

Anne sah auf, wischte sich eine Haarsträhne aus dem Gesicht und schob sie unter ihr Tiechel. Ihr war einer der

Arbeiter von außerhalb aufgefallen, der Krischan hieß und ihr immer wieder ein munteres Lächeln zuwarf. Ein großer dunkelhaariger Mann, der zwar auch den hutterischen, den alten Kärntner Dialekt sprach, aber mit leichtem Akzent. Er lebte in einer der anderen Kolonien und half in den nächsten Wochen hier beim Gänseschlachten aus. Und er ließ die Augen kaum von ihr, wenn er sich von der Arbeit aufrichten konnte.

Hinter ihr begannen die Dienen zu singen. Die klaren Stimmen der Mädchen flogen hinaus in die Welt und zogen die Aufmerksamkeit der jungen Männer auf sich, die in den nächsten Tagen hier in der Kolonie wohnen würden. Harmonie und Heiratsgeplänkel zwischen Blut und Gänsefedern. Ein Bub warf plötzlich eine der Dienen in eine große Kiste mit Federn. Zum Gelächter der anderen tauchte sie wieder auf, über und über mit Federn und Daunen übersät. Sie sah zum Schreien aus. Anne lachte aus vollem Hals und sah lange zu Krischan, der in ihr Lachen einfiel. Mit einem wohligen Gefühl im Herzen rupfte sie bis zum Abendessen weiter.

Am Abend trafen sich die jungen Leute an einem Lagerfeuer, wo Kartoffeln ins Feuer geschoben wurden. Selbst gebrautes Bier wurde herumgereicht, Wein und selbst gemachte Limonade. Mohn-*Krapflen* wurden verteilt. Hier am Feuer wurde weiter geflirtet, was das Zeug hielt. Auch Krischan saß plötzlich neben Anne und reichte ihr eine der im Feuer gebackenen Kartoffeln, die er ihr soeben geschält hatte. Ihre Hände berührten sich, und Anne spürte ein seltsames Kribbeln im Magen, als sie ihm tief in die Augen sah.

Die Nacht brach viel zu schnell herein, und Anne verabschiedete sich. Krischan wollte sie zum Haus ihrer Familie begleiten, aber sie lehnte ab. So schnell wollte sie sich nicht festlegen und an diesem lauen Herbstabend lieber allein den

Heimweg antreten. Hinter ihr wurde wieder ein Lied angestimmt. Die fröhlichen Stimmen wurden nur von lautem Lachen unterbrochen. Der strenge Geruch nach verbrannten Kartoffeln lag in der Luft.

Als sie um die Ecke des neu errichteten Gebäudes der *Essensstuben* trat, hatte sie das Gefühl, nicht allein zu sein. Sie zog ihre *Wannick*, die Jacke, enger und lief schneller. Sie hörte eilige Schritte hinter sich, als sie plötzlich von hinten gepackt und herumgerissen wurde. Sie blickte in das Gesicht, das ihr jahrelang in den dunkelsten Albträumen erschienen war. Sie wollte schreien, aber jeder Laut steckte in ihrer Kehle fest, als sie in das Grinsen des Mannes sah, der sie als Kind in einen Brunnen geworfen und zum Sterben dort zurückgelassen hatte.

»Gibt's ein Problem, Bruder?«, fragte plötzlich eine männliche Stimme hinter ihnen. Der Angreifer ließ Anne los und blickte überrascht zu Krischan, der ihr offenbar heimlich gefolgt war, um sie sicher nach Hause zu geleiten.

Schon war der Unruhestifter im Schatten der Gebäude verschwunden. Krischan kommentierte nicht, was er gesehen hatte, aber er brachte Anne bis zur Tür. Sie zitterte noch immer, als sie ihn verabschiedete. Denn sie wusste, dass Jacob Henninger mit den Arbeitern in die Kolonie zurückgekommen war und dass es nicht ihre letzte Begegnung mit diesem Satan in Menschengestalt sein würde.

Kapitel 28

Am späten Abend fanden sie sich an der Sportbar im Boxclub ein. Die letzten Studiobesucher waren gerade gegangen, und Milan schloss hinter ihnen ab. Leonard half ihm, die Trainingsgeräte wegzuräumen, während Frida am Tresen klar Schiff machte und den Geschirrspüler befüllte. Jo nahm sich ein Bier und stellte sich zu ihr.

»Wo ist Bjarne?«, fragte Frida und polierte ein Glas.

»Nach Hause. Er war auch geschafft.«

Leonard kam zu ihnen und legte seinen Arm um Jos Schultern. Sie schüttelte ihn ab.

»Gib ihm mal ein Bier.«

»Für mich auch!« Milan lehnte sich neben Jo an den Tresen.

Frida öffnete Bierflaschen, und als alle ein Getränk hatten, stießen sie an.

»Auf Jos Spürsinn«, sagte Leonard.

»Ist mein Job«, wiegelte sie ab.

»Unsere Kollegen würden immer noch im Dunklen tappen«, erwiderte er. »Ist ja auch nicht vorstellbar, dass es jemand aus den eigenen Reihen war.«

»Klärt mich mal jemand auf?«

Milans Einwurf war berechtigt. Frida übernahm und berichtete ihm, wie Jo den Angreifer aufgespürt hatte.

»Nick Wahler war auch am Tatort«, sagte Jo.

»Er war in Lübeck?« Frida stockte. Woher hatte er davon erfahren? Er war schon weg gewesen, als sie in Itzehoe angekommen war. Wer von seinen ehemaligen Kollegen informierte Wahler? Und vor allem, wer hatte so schnell die Schlüsse gezogen, als der Lagedienst von einem Tötungsdelikt ausgehen musste?

»Ich rufe ihn morgen an«, sagte Leonard. »Er wird sauer sein, wenn er erfährt, wo ich war.«

»Aber auch froh, dass es dir gut geht!« Frida prostete ihrem Kollegen zu. »Du solltest dich noch ein paar Tage ausruhen, damit die Wunde richtig verheilt.«

Bootz fasste an das riesige Pflaster an seinem Hals. »Die verheilt auch, wenn ich im Büro sitze. Oder habt ihr den Täter im Zwillingsfall schon?«

Frida stellte die Flasche ab. Sie sah Jo und Milan an. Die verstanden, dass es nun um Dienstgeheimnisse ging, und ließen sie allein. Die Bürotür fiel hinter ihnen ins Schloss.

»Alles scheint darauf hinauszulaufen, dass Bill Brandstetter, der ehemalige Pflegebruder der Zwillinge, mit drinhängt.« Sie berichtete ihm in Kürze, was seit Leonards Verletzung geschehen war.

»Ich hätte nicht gedacht, dass dieser Molekularbiologe einen Fall so vorantreiben kann! Gencode einer Eiche …« Er lachte. Die Anspannung der letzten Tage schien auch von ihm endlich abzufallen. »Morgen machen wir uns gemeinsam auf die Suche nach Brandstetter. Diese Nacht bleibe ich noch hier. Langsam gefällt mir meine gemütliche Bleibe im Lagerraum.«

Fridas Handy klingelte. Es war Torben. Sie warf Leonard einen entschuldigenden Blick zu. Er nickte, ging um den Tresen und holte sich ein neues Bier.

»He!«, sagte Frida und entfernte sich ein paar Schritte.

»Wo bist du?«, fragte Torben.

»Im Boxclub!«

Sie hörte ihn lachen. »Klar, wo sonst?«

»Und du?«

»Zu Hause.«

»Dann bist du schon in der neuen Wohnung?« Es klopfte an der Tür des Boxclubs, und Frida wandte überrascht den Kopf. »Warte mal kurz!« War Cat da draußen? Sie ging zum Eingang und drehte den Schlüssel im Schloss. Sie hatte durch das Telefon nur einen Arm frei, mit einem Ruck zog sie die hohe Schiebetür auf.

Draußen stand Torben und lachte sie an. »Ich sagte doch, dass ich zu Hause bin.«

Frida brauchte einen Moment. Sie konnte nicht glauben, ihn nach all den Wochen wiederzusehen. Fassungslos vor Freude fiel sie ihm in die Arme. »Was machst du hier? Mitten in der Woche?«

»Ich konnte mir ein paar Tage freinehmen. Muss eh noch ein paar Sachen aus meiner Wohnung holen. Und natürlich wollte ich dich sehen!« Er legte seine Hände an ihr Gesicht und küsste sie. Dann schob er Frida in die Halle und schloss die Tür hinter sich. Jo und Milan kamen aus dem Büro und begrüßten den Heimkehrer.

»Wie geht's deinen Händen?«, fragte Milan.

Torben ging in Grundstellung und hob die Fäuste. »Für einen Fight reicht es.«

Sie lachten und gingen zur Bar. Torben drückte Leonard fest die Hand. »Ich habe davon gehört. Wie geht's dir?«

Leonard winkte ab. »War nur ein Streifschuss.« Er öffnete eine weitere Flasche Bier und reichte sie Torben.

Jo packte ein paar Tüten Knabberzeug auf den Tresen. »Zur Feier des Tages!«

Die kommenden Tage verliefen ruhig und ohne jedweden Ermittlungserfolg, weil seit der Entlassung von Anne und Krischan Torge aus der U-Haft die Luft raus war. Das

Team war erschöpft. Die Suche nach der ominösen Person, die sich mit Lilly Harloff getroffen hatte, verlief im Sande. Bill Brandstetter war nicht auffindbar, und Sophie beharrte darauf, dass sie den Besucher an der Pforte nicht hatte sehen können.

Zumindest Wahler hatte wieder bessere Laune, weil der Heckenschützenfall durch den Tod des mutmaßlichen Täters einen Abschluss fand. Die kriminaltechnische Untersuchung in Lübeck war noch nicht abgeschlossen, aber inoffiziell wurde Werfts Tod zwischen den beiden Bezirkskriminalinspektionen als Suizid behandelt, was es Leonard ermöglichte, wieder zu arbeiten. Auch wenn die Kollegen ihm rieten, er solle die Verletzung noch für ein paar Tage abheilen lassen, wehrte er ab. Zu Hause würde er sich doch nur langweilen, im Büro könne er das Team wenigstens bei der Recherche unterstützen.

Er saß Frida gegenüber am Schreibtisch und war noch wortkarger als sonst. Der Suizid von Alex Werft schien ihm zuzusetzen, obwohl er hätte erleichtert sein müssen, dass diese Geschichte für ihn so ein glimpfliches Ende gefunden hatte. Sie versuchte, ihn aufzumuntern, aber sie drang nicht zu ihm durch. Was beschäftigte Leonard, und warum wollte er nicht darüber sprechen?

Frida nutzte die Ruhe im Büro, um relativ früh Feierabend zu machen und Zeit mit Torben zu verbringen, der bis zum Wochenende auf dem Hof bleiben konnte. Noch hatte sie sich nicht getraut, ihm die Frage zu stellen, ob er im Haus ihrer Eltern eine Wohnung mit ihr beziehen würde. Was hieße, auch seinen Lebensmittelpunkt aufs Land zu verlegen. Bisher hatte er immer noch seine Hamburger Wohnung als Ausweichmöglichkeit behalten. Aber zur Finanzierung des Bauvorhabens müsste auch er sich finanziell mit einbringen, was wahrscheinlich bedeutete, seine Wohnung in Eimsbüttel zu verkaufen. Es hatte bisher noch nicht den richtigen Moment gegeben, ihm diese Idee schmackhaft zu machen. Oder, einfach gesagt, Frida hatte Angst, dass er ablehnen würde. Was dann?

Am Donnerstagmorgen ließ sie ihn ausschlafen und fuhr nach dem Familienfrühstück zur BKI nach Itzehoe.

Kurz vor Mittag kam Anja in ihr Büro. Sie hatte rote Wangen vor Aufregung.

»Ihr werdet es nicht glauben!« Sie steckte die Hände in die Hosentaschen und lehnte sich an die Wand, hinter ihr das Whiteboard. »Bill Brandstetter sitzt auf einer Polizeiwache in Hamburg. Er und ein paar seiner Klimafreunde haben heute Morgen eine Aktion gestartet. Sie haben sich auf der Zufahrt zum Rathaus festgeklebt. Nachdem sie wieder losgemacht und zur Wache gebracht worden waren, stellten die Hamburger Kollegen fest, dass nach Brandstetter gefahndet wird.« Sie lachte auf. »Könnt ihr das glauben?«

Bootz kratzte sich am Kinn. »Wann können wir ihn befragen?«

»Sie wollen die Aktivisten so schnell wie möglich wieder loswerden.«

»Sollen wir Brandstetter in Hamburg abholen?«, fragte Frida.

Anja nickte. »Ich habe den Kollegen angekündigt, dass wir ihn zur Befragung gern zu uns überführen möchten. Die Hamburger haben nichts dagegen. In ein paar Stunden würden sie ihn eh laufen lassen.«

†

Haverkorn tippte seine E-Mail fertig, suchte die Dokumente auf dem PC heraus, die er im Anhang versenden wollte, und schickte alles ab. Erledigt. Vollmer musste nun noch die Büromöbelbestellungen gegenzeichnen, und dann konnte die Einrichtung der neuen Mitarbeiterbüros beginnen. Eine Aufgabe hatte er geschafft, was hieß: eine Excel-Tabelle weniger.

Zufrieden lehnte er sich zurück. Die Bestelllisten für die Büroausstattung hatten bis nächste Woche Zeit. PCs, Telefone, Drucker und Kleinteile wie Locher, Klammeraffen, Stifte et cetera würden ihn eine Weile beschäftigen. Aber wenigstens würden ab nächster Woche auch die ersten Bewerbungsgespräche stattfinden, was ganz nach seinem Geschmack war. Bald könnten die neuen Büros bezogen werden.

Er trank einen Schluck Kaffee, der mittlerweile kalt geworden war, und sah auf sein Smartphone. Noch keine neue Nachricht von Frida, die ihm vor einer Stunde kurz mitgeteilt hatte, dass Bill Brandstetter in Hamburg von der Polizei auf einer Klimakleberaktion einkassiert worden war. Gern wäre er selbst bei der Befragung dabei gewesen, aber der Fall Harloff lag nun, da Sophie lebend gefunden worden war, wieder allein in der Hand seines alten Teams. Die Cold Case Unit befasste sich mit anderen ungelösten Altfällen.

»Bjarne, hast du einen Moment?« Jens Bartusch kam an seinen Schreibtisch.

Er war einer der Polizisten, die von der BKI Lübeck ins LKA in Kiel zur Unit gewechselt waren. Haverkorn mochte den stillen Kollegen, der ein gutes analytisches Gespür mitgebracht hatte.

»Klar, was gibt's?« Er rollte mit dem Drehstuhl herum.

»Du hast mich mal gefragt, ob ich Leonard Bootz und Nick Wahler näher kenne.«

»Ja?« Haverkorn horchte auf.

»Ich hatte ja nie direkt mit ihnen zu tun, sagte ich dir ja

schon.« Bartusch lehnte sich an einen der freien Schreibtische und zog es in die Länge, zum Punkt zu kommen.

Haverkorn spürte seine Ungeduld, dennoch fiel er seinem Gesprächspartner nicht ins Wort.

»Ich habe gerade mit einer ehemaligen Kollegin bei der Mordkommission in Lübeck telefoniert.« Er verstummte einen Moment. »Eigentlich dürfte ich dir das gar nicht erzählen, aber angesichts dieses Heckenschützenfalls, der einen Kollegen von dir betrifft, tue ich es trotzdem.«

Haverkorn sah ihn an und wartete.

»Die scheinen den Täter in einer alten Gartenhütte tot aufgefunden zu haben.«

»Alex Werft, ich war dabei.«

»Ach, du auch? Nick Wahler ebenfalls. Und er mischt da immer noch mit, obwohl seine Kompetenzen das nicht hergeben. Das ganze Team hat einen Maulkorb bekommen.«

»Angesichts der Brisanz des Falles ist das nicht ganz unangebracht.«

»Sie sollen nicht nur gegenüber den Medien, also der Öffentlichkeit, Stillschweigen bewahren, sondern auch intern! Bei ihren Kollegen!«

»Weißt du, warum?«, hakte Haverkorn nach.

»Die Tatwaffe ist nicht mit der Waffe des Heckenschützen aus Itzehoe identisch.«

Haverkorn starrte ihn ungläubig an. »Was?«

»Ja, gleicher Typ, aber nicht dieselbe Waffe. Werft muss also nicht der Heckenschütze gewesen sein! Außerdem ist wohl ein Beweismittel aufgetaucht, das einen Suizid als Todesursache kippen könnte.«

Haverkorn beugte sich nach vorn. »Was für ein Beweismittel?«

»Das wollte sie mir nicht sagen. Wegen besagten Maulkorbs. Sie deutete nur an, dass Nick Wahler vorher lange mit Thomas Bünding in dessen Büro gesprochen hat.«

»Ein Beweismittel kann Bünding nicht unter den Tisch fallen lassen. Ich verstehe den Maulkorb so, dass er noch keine Gewissheit hat. Und bis dahin will er die Theorie des Suizids nicht torpedieren. Was das bedeuten würde, kannst du dir vorstellen. Wenn es doch eine Fremdeinwirkung gab, dann würde dieser Fall hohe Wellen schlagen.«

»Da hast du recht. Ich wollte es dir nur erzählen.« Er ging zur Tür. »Ach so, die Kollegin von Bootz, mit der er was gehabt hat …«

»Judith Mehring«, half ihm Haverkorn auf die Sprünge.

»Genau. Es geht das Gerücht, dass sie eine Affäre mit Nick Wahler hat und sich deshalb von dem Polizisten getrennt hat, der tot in der Hütte lag.«

»Ach, wirklich?«

»Das ist nur Flurfunk aus Lübeck. Ob da was dran ist, kann ich dir nicht sagen.« Er nickte Haverkorn zu und ging hinaus.

Der Kriminalhauptkommissar blieb eine Weile nachdenklich sitzen. Dann wählte er die Nummer von Leonard Bootz. Das Handy klingelte, bis die Mailbox ranging. Wahrscheinlich war er unterwegs mit Frida, um Bill Brandstetter nach Itzehoe zu überführen. Er hinterließ ihm eine Nachricht, ihn zurückzurufen. »So schnell es geht, Leonard!« Er legte das Handy mit dem unguten Gefühl weg, das ihn beschlich, wenn er eine seltsame Ahnung hatte. Und dieses Gefühl sagte ihm, dass der Lübecker Polizeisumpf noch längst nicht ausgetrocknet war.

Kapitel 29

Frida und Leonard brauchten länger als gedacht durch den Hamburger Verkehr. Die Übernahme von Bill Brandstetter auf der Polizeiwache in der Innenstadt ging unbürokratisch vonstatten. Am frühen Nachmittag waren sie mit dem Klimaaktivisten zurück im Vernehmungsraum der Mordkommission in Itzehoe. Es war ruhig auf der Etage, einige der Kollegen waren schon im Feierabend. Wahlers Tür war geschlossen, also wollte er nicht gestört werden. Frida würde ihn dazuholen, wenn es spannend wurde. Bis dahin würde sie den ehemaligen Pflegebruder der Zwillinge zusammen mit Leonard befragen.

Sie trug das Glas Wasser in den Raum, in dem nur ein Tisch und vier Stühle standen. Hier gab es keinen venezianischen Spiegel, wie es nicht selten im TV-Krimi bei Vernehmungsräumen suggeriert wurde. Oft nutzten sie nicht einmal ein Diktiergerät, geschweige denn eine Kamera, um die Zeugen- oder Beschuldigtenbefragungen aufzuzeichnen.

Bei Brandstetter wollte Frida aber den Trick anwenden, ein Diktiergerät in die Mitte des Tisches zu legen. Sie hatten ihn mehrfach der Falschaussage überführt, und eine technische Aufzeichnung, die jederzeit wieder hervorgeholt werden konnte, sollte ihn vom Lügen abhalten. Ob das klappte, konnte sie nicht sagen. Aber einen Versuch war es wert.

Der Blondschopf saß zusammengesunken hinter dem Tisch. Seine Hände hatte er auf dem Hamburger Polizeirevier vom Klebstoff weitestgehend sauber bekommen.

Aber seine Hosen und das T-Shirt starrten vor Dreck und Schweiß. Die Aktion war schon in den Medien gewesen, als sie sich von Itzehoe auf den Weg nach Hamburg gemacht hatten. Allein das schien für Klimaaktivisten genug Aufmerksamkeit zu sein, um Klebeaktionen wie diese zu wiederholen. Ob noch andere der Gruppe dabei gewesen waren, die sie auf der Couch in der nun verlassenen Halle gesehen hatte, war nicht überprüfbar gewesen. Die anderen Klimakleber waren alle schon wieder auf die Straße gesetzt worden, nachdem sie erkennungsdienstlich behandelt worden waren. Nur Bill Brandstetter hatte in einer Zelle auf sie warten müssen.

Auf der Rückbank im Auto war er sehr wortkarg gewesen. Wahrscheinlich hatte die angelegte Handfessel doch Eindruck geschunden.

»Wirklich keinen Kaffee?«, fragte Frida und stellte ihm das Wasserglas hin.

Er schüttelte den Kopf. »Was wollen Sie denn noch von mir? Sie sind doch für die Aktion in Hamburg gar nicht zuständig!«

»Darum geht es auch nicht.«

Bootz kam herein und stellte zwei Tassen Kaffee auf Fridas Seite. Er ging zu der Wand hinter Brandstetter, der sich unwohl zu fühlen schien, die Schultern durchdrückte und sich auf seinem Stuhl aufrichtete.

Frida schaltete das Diktiergerät ein, sprach Ort und Zeit darauf, belehrte ihn und lehnte sich zurück.

»Wann haben Sie Lilly Harloff das letzte Mal lebend gesehen?« *Gleich mit der Tür ins Haus fallen*, dachte sie.

»Das hatten wir doch schon. Vor vier Jahren, kurz bevor die Zwillinge verschwunden sind.«

»Sagt Ihnen der Gutshof Westkamp etwas?«, fragte Frida weiter.

Er zögerte nur einen Moment, aber es reichte, um Frida zu sensibilisieren. »Nee, wo soll das sein?«

»Luftlinie keine zwei Kilometer von Ihrem letzten Wohnsitz entfernt.«

»Ich habe keinen Wohnsitz.«

Bootz kam zum Tisch und stützte seine Arme darauf. »Hör auf mit den Spielchen. Ihr habt die Hallen und deine kleine Bude kürzlich ausgeräumt. Hast du dich dort mit Lilly Harloff getroffen?«

»So ein Schwachsinn! Ich sagte doch, dass ich sie vier Jahre lang nicht mehr gesehen habe.«

»Und das ist gelogen«, erwiderte Bootz. »Du hast sie wiedergesehen. Und jetzt hören wir hier nur noch, was wirklich passiert ist. Die Märchenstunde ist vorbei!« Sein Ton war knallhart, aber ruhig. Brandstetter lehnte sich langsam zurück. Sein Gesichtsausdruck sagte, dass Bootz bei ihm auf Granit biss.

Frida beugte sich über den Tisch. »Bill. Wir haben Sophie auf diesem Gutshof gefunden!«

Er erwiderte ihren Blick, sagte aber weiterhin nichts.

»Das Mädchen ist wohlauf und hat sich, so wie es scheint, dort seit Jahren mit ihrer Schwester versteckt. Sophie hat uns gesagt, dass Lilly eines Nachts weggelaufen ist. Sie hätte sich mit jemandem am Tor getroffen.« Frida atmete durch. »Waren Sie dieser Jemand?«

Bill Brandstetter legte plötzlich die Hände auf den Tisch und fing an, sie zu kneten. »Sie wollen doch bloß einen Schuldigen!«

Frida warf Bootz einen Blick zu. »Wir wollen wissen, was passiert ist. Wenn Sie uns sagen können, wo Lilly war, hilft uns das weiter.«

Der Klimaschützer starrte geistesabwesend auf die Wand hinter ihr. Was ging in ihm vor?

»Es geht um die Wahrheit, Bill. Nicht darum, jemanden für ihren Tod verantwortlich zu machen, der nichts damit zu tun hat. Vertrauen Sie mir!«

»Dann soll *er* rausgehen!« Er warf einen kurzen Blick über seine Schulter.

Bootz reagierte nicht, aber Frida nickte ihm zu. Unwillig drückte ihr Kollege sich von der Wand ab und verließ den Vernehmungsraum.

Brandstetter schwieg, starrte seine ineinandergefalteten Hände an. »Ja, ich habe sie getroffen.« Sein Kopf hob sich. »Aber ich habe ihr nichts getan!«

»Okay, von Anfang an. Wann habt ihr euch wiedergesehen?«

»Vor ungefähr einem Jahr.«

Frida horchte auf. *Vor so langer Zeit*, dachte sie. »Und wo? Soweit ich weiß, hat Lilly das Gut nie verlassen.«

»Sie hat geschrieben. Ich hatte ihr mal von einem Freund erzählt, der in Hamburg lebt. Die Adresse scheint sie sich gemerkt zu haben, denn vor einem guten Jahr hat er mich angehauen, weil ein Brief für mich angekommen sei. Er war von Lilly.«

Wie hat sie einen Brief versenden können?, fragte sich Frida. Sie würde Sophie dazu befragen müssen. Durften die Mädchen Briefe verschicken?

»Sie hat mir geschrieben, wo sie und Sophie sind und wie ich mit ihr Kontakt aufnehmen kann. Sie wollte am Donnerstag um Mitternacht an der hinteren Pforte des Guts auf mich warten. Natürlich bin ich hingefahren.«

»Und dann haben Sie sich in der Nähe eine Bleibe gesucht?«

»Die Hallen standen leer. Die haben wir einfach übernommen, hat niemanden interessiert. So konnte ich in ihrer Nähe sein.«

»Wart ihr ein Paar?«, fragte Frida.

Bill Brandstetter nickte. »Ich habe ihr ein Handy mitgebracht, darüber haben wir heimlich kommuniziert. Aber sie musste aufpassen, dass Sophie nichts merkt. Die konnte noch nie was für sich behalten.«

»Okay, ihr habt euch also regelmäßig getroffen. Wie lief das ab?«

»Ich habe Lilly um Mitternacht an der Pforte abgeholt und vor Sonnenaufgang wieder dort abgesetzt, damit sie im Bett lag, wenn Anne sie geweckt hat.«

»Und Anne oder Krischan haben nichts davon mitbekommen?«

Er schüttelte den Kopf. »Einmal dachte Lilly, dass ihr jemand gefolgt wäre. Aber alles blieb am nächsten Tag ruhig.«

»Nun zu eurem letzten Treffen. Wann war das?«

»Letzte Woche, ich glaube, Dienstagnacht.«

Am Mittwoch war Björn Janssens Beerdigung gewesen. Das konnte hinkommen.

»Ich habe sie am Tor abgeholt, wie immer. Dann sind wir rübergefahren. In dieser Nacht hat Lilly mir gesagt, dass sie nicht mehr zurück zu den Torges will.« Er atmete aus und hob die Hände. »Auf der einen Seite habe ich mich gefreut. Aber ich habe ihr auch gesagt, dass sie Sophie nicht einfach zurücklassen kann. Dass sie ihre Schwester einweihen und überreden muss, mit ihr abzuhauen.« Er schluckte aufgewühlt. »Sie sagte, dass Sophie dort glücklich ist und nicht wegwill. Wir haben uns gestritten. Auf der Rückfahrt hat sie mich angeschrien. Sie meinte, ich wäre ihr nicht wichtig, dann wollte sie aussteigen.« Er schwieg betreten.

»Wo? Wo haben Sie sie abgesetzt? Am Gut?«

Er konnte Frida nicht ansehen. »Nein, auf dem Weg an der Koppel.«

»Mitten in der Nacht?«

Ihre Blicke trafen sich. »Sie wollte den Rest laufen. Ich weiß, dass das Scheiß war, aber ich war wütend.«

»Wie weit musste sie zu dem Anwesen gehen?« Er zuckte die Schultern. »Vielleicht zwanzig Minuten.«

»Und in der Nacht ist Ihnen kein Auto begegnet?«

Sein Kopfschütteln war nur angedeutet, aber in seinem Gesicht sah sie tiefen Schmerz. »Ich hätte sie nicht mitten in der Marsch alleinlassen dürfen.«

Sie schwiegen einen Moment. Wem war Lilly in jener Nacht auf dem Weg zum Gut begegnet?

»Geben Sie mir ihre Handynummer!«, verlangte Frida.

Bill diktierte sie ihr aus dem Kopf. »Das Handy ist aus. Die letzten Nachrichten sind gar nicht mehr zugestellt worden.«

»Das überprüfen wir!« Sie ließ sich die Adresse des Freundes in Hamburg geben, der Lillys Brief erhalten hatte. Er zögerte nicht, also schien diese Geschichte wahr zu sein.

»Hat jemand aus Ihrer Gruppe Lilly bei Ihnen gesehen?«

Der Blondschopf sah sie an. »Nein, die kamen nur tagsüber. Lilly und ich waren ja immer nachts zusammen.«

»Bei Ihnen hat also niemand übernachtet?«

Er dachte nach. »Nein! Nicht wenn Lilly kam.«

»Also sind Sie sicher, dass es niemand mitbekommen hat, dass Sie sich mit Lilly getroffen haben?«

»Uns ist mal auf einem Feldweg ein Fahrzeug entgegengekommen. Sah aus wie ein Jäger, der von der Jagd kommt. Aber Lilly hat sich gleich runtergeduckt.«

»Gut!« Frida wurde nachdenklich. Konnte sie ihm diese Geschichte abkaufen? Oder log er gerade wieder, und das mit einer Überzeugungsgabe, die ihn authentisch wirken ließ? Natürlich mussten sie seine Aussagen überprüfen. Die

Handynummer, den Freund in Hamburg. Da die Hallen ausgeräumt worden waren, war dort sicherlich nichts mehr für die SpuSi zu holen.

»Warum haben Sie niemandem davon erzählt? Ihnen war doch bewusst, dass die Zwillinge seit Jahren gesucht wurden.«

»Den beiden ging es super bei Anne und Krischan. Das sind gute Menschen! Lilly wollte nicht, dass sie Ärger bekommen.«

Das war plausibel, Frida nickte nachdenklich. Eine verrückte Geschichte, aber sie konnte tatsächlich stimmen.

»Wo wohnen Sie jetzt?«, fragte sie.

»Ich bin bei einem Kumpel in Hohenhorst untergekommen.«

Sie hob den Stift, und er diktierte ihr auch diese Adresse.

»Aber lassen Sie ihn in Ruhe! Er hat nichts mit unseren Aktionen zu tun.«

»Dürfen wir uns dort umsehen?«

»Warum?«

»Um Sie zu entlasten, Bill. Wenn Sie nichts getan haben, müssen Sie nichts befürchten.«

»Okay, gut.«

»Haben Sie den Brief von Lilly aufgehoben?«

»Ja, klar. Der liegt in meinem Skizzenbuch.« Er erwiderte ihren überraschten Blick. »Ich male ein bisschen. Porträts und Landschaften. Es liegt neben meiner Matratze.«

»Gut, alles klar.«

»Darf ich Sophie sehen?«, fragte er leise. »Ich möchte es ihr selbst erzählen, dass Lilly sich schon länger mit mir getroffen hat.«

»Ich spreche mit meinem Chef und der Psychologin, die Sophie betreut. Aber sie muss es auch wollen.«

Er senkte den Kopf. »Jetzt hat sie niemanden mehr«,

flüsterte er. »Lilly war immer Sophies Beschützerin. Lilly war stark, sie war neugierig und sehr fordernd. Sie war etwas ganz Besonderes.«

Bootz stand vor dem Whiteboard an der Wand. »Und? Hat er gestanden?«, fragte er, ohne sich umzudrehen.

»Dass er Lilly getroffen hat, ja.«

Nun sah er Frida doch an. »Aber mit ihrem Tod hat er nichts zu tun?« Er zog die Brauen nach oben. »Glaubst du ihm das etwa?« Er fragte in einem leicht abfälligen Ton. Frida ging nicht darauf ein. Bootz war beleidigt, weil sie ihn rausgeschickt hatte.

»Bis ich ihm das Gegenteil beweisen kann. Wir müssen ein paar Sachen überprüfen.« Sie legte das Diktiergerät auf den Tisch und spielte ihm die Aufnahme vor.

»Wenn das alles so stimmt und Bill Brandstetter nichts mit ihrem Tod zu tun hat, wer war es dann?«

»Einer von seinen Kumpels?«, dachte sie laut. »Vielleicht wurde sie aus Eifersucht umgebracht. Oder weil sie was mitbekommen hat, eine illegale Aktion, so was halt.« Sie setzte sich auf ihren Drehstuhl und wartete, was er davon hielt.

Bootz starrte auf das Whiteboard. »Irgendwas stimmt hier nicht«, sagte er schließlich. »Wenn Lilly wirklich abgehauen ist und mit diesem Brandstetter unterwegs war, warum hatte sie dann diese altmodische Kleidung an, in denen sie im Sarg gefunden wurde?«

»Wir wissen ja nicht, ob sie sich draußen andere Klamotten angezogen hat.«

»Die beiden waren verliebt. Denkst du wirklich, sie ist bei ihm in dieser Tracht und mit Kopftuch rumgelaufen?« Er atmete aus, starrte das Whiteboard an, als ständen dort die Antworten, die er suchte. »Steht nicht in der Zeugenaussage von Sophie, dass Lilly plötzlich anfing, ihre Kleider zu kürzen? Das klingt für mich wie ein aufmüpfiger Teenager, dem seine Sachen zu altbacken sind.«

Frida dachte darüber nach. »Ja, du hast recht.«

Bootz atmete aus. »Fährst du mit mir raus auf den Friedhof? Ich will das Grab noch mal sehen.«

»Warum?«

»Nur so ein Gefühl.« Er lehnte sich an die Wand und verschränkte die Arme. »Hattet ihr eine Verbindung zu dem Toten gefunden, der dort offiziell beigesetzt wurde?«

»Zu Björn Janssen?« Frida spürte einen kleinen Stich, weil sie es nicht noch einmal zu seinem Grab geschafft hatte. Wie schnell das Leben die Toten in den Hintergrund drängte. »Nein! Wir müssen davon ausgehen, dass Lilly zu ihm gelegt wurde, weil dieses Grab das frischeste war.«

»Ich glaube nicht, dass das die Erklärung ist. Lass uns noch mal hinfahren. Wir übersehen hier was.«

»Gut, dann los! Dann können wir auch gleich in Brandstetters neuer Bleibe vorbeischauen und den Brief von Lilly suchen.«

Eine Stunde später parkten sie vor einem Mehrfamilienhaus, dessen bröckelige Fassade ein Schandfleck im sonstigen Straßenbild war. Bootz blieb im Wagen, er wollte telefonieren. Frida ging mit dem Kriminaltechniker zum Haus, an dessen Klingelschildern der Name, den der Klimaaktivist ihnen genannt hatte, nicht zu finden war. Sie drückte eine Klingel, die nicht beschriftet war. Ein blasser Mann mit roten Haaren ließ sie herein und zeigte ihnen, nachdem er ihren Dienstausweis abgenickt hatte, Brandstetters Zimmer. Dort ließ er sie allein. Der Kriminaltechniker öffnete seinen Koffer in der Diele, und sie streiften Overalls über. Dann betraten sie das WG-Zimmer. Frida fand neben dem

Bett Bills Skizzenbuch und blätterte es durch. Er war wirklich begabt, die Bleistiftzeichnungen wirkten professionell. Sie fand eine Zeichnung von Lilly, die mit hochgezogenen Beinen auf einem Stuhl saß. Und eine Bleistiftskizze von dem Mädchen, schlafend im Bett. Frida überraschte die Zärtlichkeit, die in diesen Bildern lag. Wenn Bill sie bei seiner Vernehmung noch nicht überzeugt hatte, dass er Lilly gerngehabt hatte, dann wusste sie es jetzt. Der Brief, den sie suchte, steckte im hinteren Umschlag des Skizzenbuchs. Sie ließ ihn den Beamten der Spurensicherung herausnehmen und in eine Beweismitteltüte stecken. Wenn Lillys Fingerabdrücke darauf gesichert werden konnten, war er auch echt, woran sie jedoch nicht zweifelte. Sie beobachtete den Kriminaltechniker, der sich vor allem auf alle Stoffe wie Bettwäsche, Kissen und Kleidung konzentrierte, von denen er Fasern zum Abgleich mit der Probe aus der Rechtsmedizin sicherte.

Frida fuhr mit Bootz zwei Ortschaften weiter zu dem Friedhof, auf dem Lilly heimlich beigesetzt worden war. Sie schienen allein hier draußen zu sein. Auch Enno Dahlsen oder sein Gehilfe waren nicht zu sehen. Der Bagger stand außer Betrieb am Zaun.

Vor ein paar Minuten hatte es hier geregnet. Die Grabsteine glänzten, so wie auch die Blätter der Büsche und Bäume. Ein Sonnenstrahl ließ die Tropfen glitzern. Nun brach die Sonne ganz hinter den Wolken hervor, und sofort wurde es warm. Frida atmete tief durch. Ringeltauben gurrten auf dem Dach der Kapelle, und Insekten summten auf den Blüten einer Grabpflanzung. Am Tag war der Friedhof eine herrlich grüne Oase, aber in der Dunkelheit wollte Frida lieber einen großen Bogen darum machen. Sie erzählte Bootz auf dem Weg zu Björn Janssens Grab, wie sie hier mit Jo und Cat nach der Abenddämmerung der seltsamen Frau aufgelauert hatten. »Wir haben dem Totengräber einen riesigen Schreck eingejagt«, lachte sie.

Bootz musste ebenfalls lachen. »Denkst du, die Frau, die ihr einen Tag vorher von Weitem gesehen habt, war Anne Torge?«

Frida zuckte die Schultern. »Tja, wenn ich das wüsste. Aber wer trägt sonst so seltsame Kleidung?« Frida blieb am Grab ihres Schulfreundes stehen.

»Sie muss es gewesen sein!«

»Es ist bisher nur eine Vermutung! Ob sie die Lilien für Lilly herbringen wollte, wissen wir nicht. Wenn sie es abstreitet, stehen wir dumm da.«

Bootz erwiderte nichts, aber auf seinem Gesicht lag ein entschlossener Ausdruck.

Die Trauerkränze auf Björn Janssens Grabstätte waren wie die Sträuße vertrocknet, die Schleifen flatterten lustlos im Wind. Nur eine frische Blume lag dort, wie ein Zeichen des Lebens zwischen all der Vergänglichkeit, eine weiße Lilie. Frida hockte sich daneben. »Das verstehe ich nicht. Für Lilly kann sie nicht sein, ihre Leiche ist in der Rechtsmedizin.«

Bootz zog sein Smartphone aus der Tasche und machte ein Foto von der Blüte.

»Vielleicht kann uns Enno Dahlsen weiterhelfen.«

»Wer ist das?«

»Der Totengräber. Er hebt hier die Gräber aus und achtet darauf, dass auf dem Friedhof alles seine Ordnung hat. Kann ja sein, dass er etwas bemerkt oder die Frau noch einmal gesehen hat.«

»Wo finden wir ihn?«

»Wenn er nicht auf dem Friedhof ist, dann wahrscheinlich zu Hause. Ich weiß, wo er wohnt.«

Kapitel 30

Haverkorn öffnete die Terrassentür und trat hinaus in die Sonne. Der Regen war weitergezogen, aber der Geruch eines sommerlichen Schauers lag noch in der Luft. Im Lavendelbusch, den Sonja in einen großen Steintopf gepflanzt hatte, summten die Bienen. Er atmete tief durch und nahm einen Schluck Espresso. Diese kurze Kaffeepause hier draußen hatte er sich verdient. Purer Luxus, dass er mit Andreas Vollmer die Absprache hatte, zwei Tage in der Woche im Homeoffice zu Hause arbeiten zu können. Das Glück hatte Sonja nicht, sie war noch in Kiel im Büro. Heute Abend käme sie wieder zu ihm, weil sie mittlerweile ihre Wochenenden lieber in seinem Landhaus als in der Stadtwohnung verbrachte. Hoffentlich hätte er es bis dahin geschafft, die Wochenendeinkäufe zu erledigen.

Haverkorn ging wieder in die Küche, trat zum Esstisch, auf dem sein Laptop stand, und beugte sich darüber. Ein Kollege der Cold Case Unit hatte eine Rundmail geschrieben. Ein Geburtstag im Team stand an. Er sagte den Umtrunk zu.

Auf dem Handy war eine Sprachnachricht von Frida eingegangen. Sie berichtete ihm, was Bill Brandstetter ausgesagt hatte. Gespannt lauschte er ihren Ausführungen zur Vernehmung und war überrascht über diese neue Entwicklung im Zwillingsfall. Sollte Brandstetter tatsächlich die Wahrheit gesagt haben? Er war gespannt, was die weiteren Ermittlungen noch offenbaren würden. Am Ende der

Nachricht fragte Frida, ob die Essenseinladung am Wochenende noch stünde. In diesem Fall würde sie gern Torben mitbringen, der gerade ein paar Tage zu Hause wäre. Er antwortete ihr, dass sie beide morgen Abend hier erwartet würden. Er freute sich, auch Torben wiederzusehen. Das würde sicherlich eine gemütliche Runde werden. Drei Polizisten und ein Rechtsmediziner. Falls nicht auch Henni als Außenstehende Zeit dafür fand. Wenn seine Tochter später nach Hause käme, würde er sie fragen, ob sie dabei sein konnte.

Er nippte den letzten Rest des Espressos und stellte die kleine Tasse in die Spüle. Seine Gedanken wechselten zu Leonard Bootz, mit dem er vor einer guten Stunde telefoniert hatte, als Frida im Vernehmungsraum mit Bill Brandstetter beschäftigt gewesen war. Er hatte ihm von seinem Gespräch mit Jens Bartusch erzählt und davon, dass Alex Werfts Kopfschuss doch nicht so eindeutig ein Suizid gewesen sein musste. Bootz hatte es erstaunlich ruhig aufgenommen, und für einen kurzen Moment hatte Haverkorn gedacht, dass er nicht überrascht darüber war.

»Wusstest du, dass Judith Mehring eine Affäre mit Nick Wahler haben soll?«, fragte Haverkorn am Schluss des Telefonats.

Bootz hatte länger geschwiegen. »Nein, wusste ich nicht. Judith hat nur angedeutet, dass sich bei ihr etwas Neues anbahnen würde. Aber dass das Nick sein soll, ist mir neu. Ich dachte immer, dass er eine glückliche Ehe führt.« Mehr hatte er dazu nicht gesagt. Aber immerhin war er nun vorgewarnt. Haverkorn bat ihn, dieses Telefonat vertraulich zu behandeln. Immerhin hatte er Interna aus Lübeck weitergegeben. Aber Leonard war kein Schwätzer, eher das Gegenteil. Auch das konnte ein Problem sein, weil er niemanden in seine Gedankenwelt einweihte und Probleme nicht teilte.

Nicht einmal Frida schien so weit zu ihm durchzudringen. Oder er wollte sie nicht damit belasten.

Haverkorn setzte sich wieder an den Laptop, rief die Liste der Büromaterialien auf und stöhnte leise. Aber auch diese Bestellung würde bald erledigt sein, dann konnte er sich auf die Bewerber konzentrieren.

Nach ein paar Minuten lehnte er sich zurück. Seine Konzentration ließ heute zu wünschen übrig – irgendetwas ging ihm nicht aus dem Sinn. Warum mischte Wahler so tatkräftig in Lübeck mit, fuhr zum Tatort, sprach mit dem Leiter der Mordkommission? Was für einen Grund hatte er? Normalerweise reichte es, wenn er sich telefonisch auf dem Laufenden hielt. Und wer von den Lübecker Kollegen hatte ihn informiert, dass Alex Werfts Leiche in der Schrebergartenkolonie gefunden worden war? Frida war es nicht gewesen, wie er mittlerweile von ihr wusste. Jo hatte keinen Kontakt zu Wahler. Thomas Bünding war ebenfalls überrascht gewesen, Nick Wahler dort zu sehen.

Ob er das Gespräch mit seinem ehemaligen Vorgesetzten suchen sollte? Er war immer dafür gewesen, Probleme direkt anzusprechen. Gerüchte und Mutmaßungen führten meist zu noch größeren Missverständnissen. Er würde Sonja um Rat fragen. Sie war nicht direkt involviert in den Fall. Und ihre Argumentation war meistens zielführend.

Unzufrieden wandte er sich seiner Arbeit zu, die ihm auch in den nächsten Stunden nicht viel leichter von der Hand ging. Schließlich riss ihm der Geduldsfaden. Er brauchte Klarheit. Und diese würde er nur im Gespräch mit Nick Wahler erhalten. Den Rat, seinen ehemaligen Chef aufzusuchen, würde ihm auch Sonja geben, da war er sich sicher.

†

Die Wohnung des Totengräbers befand sich in einem weiß getünchten Haus in der Nähe des Friedhofs, das einer alten Frau gehörte. Sie schien keine Kinder zu haben, hatte sich wohl deshalb einen Mieter ins Haus genommen, der ihr zur Hand gehen konnte. Gegenüber war eine Tür zur Garage oder Werkstatt geöffnet, von dort hörten sie das Summen einer laufenden Maschine. Nachdem auf ihr Klingeln im Wohnhaus niemand geöffnet hatte, gingen sie hinüber. Der Hof sah gepflegt aus. Körbe mit ausladenden Bepflanzungen standen auf einer Mauer zwischen den Gebäuden. Eine getigerte Katze lag in der Sonne und blinzelte sie verschlafen an.

Bootz stieß die Tür zur Werkstatt auf, ging jedoch nicht hinein. Er ließ Frida den Vortritt.

»Hallo? Herr Dahlsen?«, rief sie in das Zwielicht tanzender Sägespäne. »Sind Sie hier?«

Tatsächlich trat der Totengräber ins Licht, das von draußen hereinfiel. »Hallo!« Er wischte sich die Hände an einem Lappen ab. »Entschuldigung, wenn ich Sie nicht gleich gehört habe. Ich stehe an der Drechselbank.«

»Dürfen wir Ihnen noch ein paar Fragen stellen?« Als sich ihre Augen an das Zwielicht gewöhnt hatten, schaute Frida sich kurz um. Sie sah Holzvasen und -schalen auf einer Werkbank stehen. »Schöne Sachen machen Sie da. Verkaufen Sie die auch?«

Er lachte irritiert. »Eher nicht. Ich habe ja kein Gewerbe.«

Frida übersetzte für sich: *Ich verdiene mir ein bisschen was dazu, aber nur unter der Hand.*

»Können wir rausgehen?«, fragte Bootz, der, ohne die Antwort abzuwarten, die Werkstatt verließ.

»Worum geht's?«, fragte Dahlsen auf dem Hof und verschränkte die Arme.

»Das Grab von Björn Janssen …«

Er nickte.

»Darauf liegt eine frische Lilie. Wissen Sie, wer sie dorthin gelegt hat?«

Er runzelte die Stirn. »Keine Ahnung! Ich habe da niemanden gesehen.«

»Gut. Ist Ihnen auf dem Friedhof vielleicht mal eine Frau aufgefallen, in einem langen Kleid, mit einem Kopftuch?«

Er lachte auf. »Sie beschreiben beinahe jede Rentnerin, die dort Grabpflege betreibt.«

»Nein, keine alte Frau. Sie ist höchstens Mitte dreißig und sieht aus, als hätte sie eine altmodische Tracht an.«

»Das sagt mir nichts. Aber ich bin ja auch meistens beschäftigt.« Er blickte über ihre Schulter. »Da kommt Jonas, mein Gehilfe auf dem Friedhof. Wir können ihn fragen, ob er die Frau mal gesehen hat.«

Ein junger Mann um die zwanzig stieg von einem Fahrrad, hielt sich jedoch im Hintergrund.

»Komm ruhig mal ran, Jonas. Die Polizei hat noch zwei Fragen an uns.«

Er war bei der Beerdigung und der Exhumierung dabei gewesen. Frida erinnerte sich an den schweigsamen Kerl, der den Erdaushub mit dem Spaten machte, während Dahlsen den Bagger bediente. Aber vor allem fiel ihr gerade ein, wo sie ihn noch gesehen hatte. Er hatte zwischen den anderen Typen auf der Couch von Bill Brandstetter gehockt. »Ich kenne Sie doch! Von den Klimaaktivisten!«

Der Angesprochene wich zurück.

Dahlsen seufzte. »Er ist etwas schwierig«, raunte er leise. »Komm doch her, Jonas. Stell dich nicht so an. Sie wollen nur was fragen.«

»Bleiben Sie mal kurz hier!«, rief Frida und lief los, weil ihr die Reaktion dieses langen Kerls seltsam vorkam. Der stieg überstürzt auf sein Fahrrad und fuhr davon, als wäre er auf der Flucht.

»Der Junge hat echt einen Knall!« Dahlsen winkte ab und ging zurück zur Werkstatt.

»Komm!«, rief Frida und rannte in Richtung ihres Jeeps. Bootz folgte ihr und stieg neben ihr auf den Beifahrersitz.

»Was ist denn los?«, fragte er.

Sie startete den Motor und gab Gas. »Den kenne ich. Er ist einer der Klimakumpels von Bill Brandstetter.«

Der Radfahrer hatte mittlerweile einen guten Abstand herausgefahren. Als er bemerkte, dass sie ihn verfolgten, bog er in einen Weg ein, der zu schmal für ein Auto war. Aber Frida kannte sich hier aus. Sie wusste, wo der Flüchtige herauskommen würde, und legte einen Zahn zu. Sie erreichten die Ausfahrt jedoch zu spät. Jonas war schon wieder vor ihnen auf der Straße, überquerte diese und schlingerte seitlich in eine Kurve. Dort geriet er auf die Gegenfahrbahn, auf der ihm ein Kleinwagen entgegenkam. Frida sah, wie er bremste. Dennoch knallte er gegen die Stoßstange und stürzte. Bevor er sich aufrichten konnte, waren Frida und Bootz zur Stelle. Sie sprangen aus dem Jeep. Bootz packte den Gestürzten und half ihm, sich aufzurichten. Seine Hose war zerrissen, am Ellenbogen hatte er eine Schürfwunde. Aber ernsthaft verletzt schien er nicht zu sein.

»Bist du wahnsinnig?«, rief Frida. »Wolltest du dich umbringen?«

Die Fahrerin des Pkw war ebenfalls ausgestiegen. »Ich konnte gar nichts machen. Er war einfach auf meiner Spur!«

»Wir haben gesehen, wie es passiert ist«, sagte Frida beruhigend.

»Ich muss die Polizei rufen!« Die Frau ging zurück zum Wagen, wahrscheinlich, um ihr Handy zu holen.

»Auch das noch!« Bootz schüttelte den Kopf. »Das kann dauern!«

»Komm!« Frida wies auf den Jeep. »Bis die Kollegen kommen, erzählst du uns, warum du abgehauen bist.«

Jonas Katenbrink, wie der Gehilfe des Totengräbers hieß, saß neben Bootz auf dem Rücksitz. Frida hatte sich vorn zu ihm herumgedreht. »Was sollte der Scheiß gerade?«

»Ich dachte, es geht um unsere letzte Aktion«, sagte der groß gewachsene junge Mann, der in der Enge des Wagens die Beine anziehen musste.

»Waren Sie auch bei der Klebeaktion in Hamburg dabei?« Frida wechselte wieder zum offiziellen Sie.

»Nö. Aber wir haben Plakate an einer Autobahnbrücke aufgehängt.«

»Deswegen sind wir nicht hier.« Sie blickte zu Bootz, der still neben Jonas saß.

»Es geht um das Grab, in dem letztens das tote Mädchen gefunden wurde.«

Jonas' Gesichtsausdruck änderte sich. *Panik*, dachte Frida. Er war nicht so abgeklärt wie Bill Brandstetter. Der junge Kerl trug seine Gefühle im Gesicht wie ein Schuldanerkenntnis.

»Spucken Sie's aus! Was wissen Sie?«

»Gar nichts!« Er riss die Augen auf, aber die Lüge war offensichtlich.

»Das glaube ich Ihnen nicht. Und wenn Sie das Wochenende nicht in einer Zelle auf Staatskosten verbringen wollen, dann reden Sie!« Das war weit hergeholt. Bootz drehte sein Gesicht weg, weil er sein Lachen nicht verbergen konnte. Aber bei Katenbrink schien sie damit durchzudringen.

Er starrte auf die Lehne des Vordersitzes, in ihm arbeitete es.

»Hat es was mit der Leiche im Sarg zu tun?«

Er schluckte. »Das war nicht meine Idee!«

»Was für eine Idee?«

Jonas atmete aus. »Den Sarg noch mal auszugraben!«

»*Sie* waren das?«, fragte Bootz von der Seite.

Der Junge ließ den Kopf hängen. »Ich fand das ja auch seltsam. Und ich will ja meinen Job nicht verlieren. Aber der hat mir fünfhundert Euro Cash geboten!«

»Wer?«

Er blickte Frida an. »Keine Ahnung! Ein Zettel war in meiner Arbeitsjacke. Die hing an einem Baum, als ich was gepflanzt habe. Da drauf stand eine Anweisung, in der Nacht das neue Grab noch mal zu öffnen. Und es am nächsten Morgen, bevor Enno kam, wieder zuzuschütten. Da waren zweihundert Euro dabei. Den Rest sollte es geben, wenn es erledigt ist.«

»Und deshalb haben Sie Björn Janssens Sarg ausgegraben?«

»Na ja, es gab ja zwei frische Gräber. Ich wusste nicht, welches er meint. Wir hatten an dem Tag ja zwei Beerdigungen. Weiter hinten wurde am Nachmittag noch eine Frau beigesetzt.« Er hob die Hände. »Ey, ich habe ja nicht nachfragen können, welches Grab gemeint war.«

Frida sah Bootz an. »Welches ist das zweite Grab?«

»Weiß den Namen nicht mehr.«

»Können Sie es uns auf dem Friedhof zeigen?«

»Klar, da steht ja auch noch kein Grabstein. Nur ein Holzkreuz.«

Ein Streifenwagen bog von der Hauptstraße ein. Frida stieg aus und zeigte den Kollegen ihren Dienstausweis. Sie erklärte kurz den Unfallhergang und ließ sie die Ausweisdaten von Jonas Katenbrink aufnehmen. »Wir müssen den Unfallverursacher jetzt mitnehmen. Es geht um eine Mordermittlung.«

»Aber lassen Sie das Fahrrad hier. Wir machen noch ein paar Fotos!«

»In Ordnung!« Sie stieg wieder ein. »Wir fahren zum Friedhof. Okay?«

Jonas nickte.

Fridas Puls beschleunigte sich. »Haben Sie diesen Zettel noch? Den mit den Anweisungen?«

»Nee, den hab ich zerrissen und weggeworfen, als der Rest des Geldes in meiner Jacke steckte. Ich dachte, es ist besser so. War ja illegal, die ganze Aktion!«

»Und die Geldscheine? Was haben Sie damit gemacht?«

Er blickte zum Fahrrad, das vor dem angefahrenen Pkw lag. »Das habe ich in mein Bike investiert.«

Frida stöhnte innerlich. Das durfte alles nicht wahr sein!

»Sie haben keine Ahnung, wer Ihnen diesen Auftrag gegeben hat?«

»Nein!«

»Wenn Sie uns anlügen, behindern Sie unsere Ermittlungen!«

»Echt nicht. Ich schwör's!« In seiner Stimme hörte sie tiefe Verzweiflung.

Frida drehte sich nach vorn und startete den Motor. »Die Suppe löffeln Sie aber aus. Sie erzählen das alles dem Pastor. Und Enno!«

Jonas schwieg auf dem Rücksitz. Frida drehte sich zu ihm. »Ist das angekommen?«

Er nickte, konnte sie nicht ansehen. »Okay.«

Frida fuhr los. Zum Friedhof waren es keine zwei Kilometer. Nach dem Sarg mit den zwei Leichen würde es den nächsten kleinen Skandal geben. Wer würde jetzt auf dem Friedhof noch jemanden beisetzen wollen? Aber viel wichtiger war: Was hatte es mit dem anderen Grab auf sich?

Kapitel 31

Der Gehilfe des Totengräbers führte sie über die Wege des Friedhofs bis ganz nach hinten zum Zaun, an dem sich die ältesten Ruhestätten befanden. Diese waren überwuchert von Efeu und hohem Gras oder eingefasst von Buchsbaumhecken, die lange nicht mehr geschnitten worden waren. Nur wenige waren gepflegt.

Über ihnen rauschten die Pappeln im Westwind, der erneut Regenwolken vor sich hertrieb. Bald würde es wieder einen Schauer geben. Besser, sie beeilten sich.

Jonas blieb vor der einzigen Ruhestätte stehen, auf der kein Grabstein stand, sondern ein schlichtes Holzkreuz. Hier war wahrscheinlich eines der alten Gräber aufgelöst worden, weshalb eine Beisetzung hatte stattfinden können.

Frida las die Prägung auf dem Holzkreuz, lediglich ein Name mit Geburts- sowie Sterbedatum.

Edda Kruning

06.04.1927 – 12.07.2023

Frida kannte den Namen nicht. Laut den Jahresangaben war die Frau stolze sechsundneunzig Jahre alt geworden. Auf dem Grab lag nur ein vertrockneter Kranz mit einer Schleife. Diese war umgeschlagen, sodass man nicht sehen konnte, von wem das Gesteck stammte. Frida hockte sich hin und hob das Band an. »*Von den Landfrauen*«, las sie vor. »Mir sagt der Name der Toten nichts. Vielleicht kennt sie mein Vater. Aber wenn hier nur dieser eine Kranz liegt, hatte sie wohl keine Angehörigen mehr.«

Jonas Katenbrink wurde unruhig. »Kann ich jetzt gehen?«

»Sie sind sicher, dass diese Beisetzung am selben Tag wie die von Björn Janssen erfolgte?«

Er zuckte die Schultern. »Ich denke schon!«

»Wir fragen noch mal in der Kirchengemeinde nach«, sagte Bootz.

Frida richtete sich auf. Sie war enttäuscht. Auch dieses Grab stellte keine Verbindung zu Lilly Harloff her. Wahrscheinlich war es dem Täter wirklich nur darum gegangen, sie in dem frischesten Grab unter die Erde zu bringen. Aber die Art und Weise, wie das tote Mädchen gebettet worden war, sprach doch für eine emotionale Verabschiedung, oder? Sie schaute sich um, und ihr Blick blieb am Zaun hängen. Plötzlich stand sie unter Strom. »Sieh mal!« Vor dem Maschendraht, direkt hinter dem Grab, an dem sie standen, entdeckte sie die kleinen rosafarbenen sternenförmigen Blüten, die sie schon einmal gesehen hatte. Am Abend der Exhumierung, in den Händen von Lilly. Sie trat näher und hockte sich davor.

»Ist es das, was ich denke?«, fragte Bootz.

Frida sah hoch zu ihm und lächelte. In diesem Moment fing es an zu regnen. Aber sie ignorierte den einsetzenden Schauer. Auch wenn sie nicht wusste, was es zu bedeuten hatte: Hier wuchs das Tausendgüldenkraut, nach dem sie in den letzten Tagen so verzweifelt gesucht hatten, in freier Natur.

†

Es war wie immer ein seltsames Gefühl für Haverkorn, die BKI zu betreten, ein Gebäude, in dem er beinahe dreißig Jahre ein und aus gegangen war. Als er seine ehemaligen

Kollegen in der Kaffeeküche traf, empfand er etwas Melancholie, nicht mehr dazuzugehören. »Ist Nick im Büro?«, fragte er Anja, die blass aussah und tiefe Ringe unter den Augen hatte.

»Müsste da sein. Aber er sagt uns ja nicht alles.«

»Machst du heute mal etwas früher Feierabend?«, fragte er vorsichtig. »Du siehst ziemlich erschöpft aus.«

»Jaja …«, sagte sie, zog eine Grimasse und ging hinaus auf den Gang.

»Wie läuft es so beim LKA?«, fragte Klaus, der seine Tasse abspülte, bevor er sie in die Spülmaschine stellte. Er war schon immer ordnungsliebend gewesen.

»Ganz gut! Bald kommen die Neuen.«

»Hältst du mir einen Platz frei? Vielleicht will ich ja auch noch nicht mit sechzig in Pension gehen.«

Haverkorn lachte und hob die Kaffeetasse. »Schick mir deine Bewerbung. Aber länger als die nächsten zwei Jahre bin ich da nicht mehr zu finden.«

Klaus lehnte sich an die Arbeitsplatte. »Der Job wird nicht einfacher. Wir krebsen hier seit Tagen mit diesem Fall rum, der einfach immer verzwickter wird.«

»Komplexe Fälle hatten wir doch früher auch.«

»Ja, aber da ist dann auch mal ein Erfolgserlebnis dabei gewesen. Ich habe das Gefühl, wir drehen uns nur noch im Kreis.«

»Sophie wurde lebend und unversehrt gefunden. Das ist doch ein Erfolg!«

»Hast ja recht.« Klaus seufzte leise, strich über seinen Bierbauch. »Na gut, ich mach jetzt Feierabend. Nick sitzt im Büro. Geh doch einfach rüber.«

»Schönes Wochenende, Klaus!«

»Komm mal wieder vorbei!« Er hob die Hand und ging hinaus.

Haverkorn klopfte kurz darauf an Wahlers Bürotür, die einen Spalt offen stand.

»Ja?«

»Nick, hast du fünf Minuten?«

»Komm rein! Passt gerade ganz gut.« Wahler stand auf und kippte das Fenster an.

Haverkorn setzte sich auf den Stuhl vor dem Schreibtisch, der heute aufgeräumt aussah. So wie Wahler wirkte.

»Ich hab da auf dem LKA-Flurfunk was aufgeschnappt, was mich beschäftigt.«

Wahler setzte sich und lehnte sich zurück. »Schieß los!«

»Mir wurde zugetragen, dass du in Lübeck bei den Ermittlungen in der Leichensache Werft aktiv beteiligt bist.«

Wahler setzte ein Pokerface auf.

»Und ich hab gehört, dass im Schrebergarten nicht die Waffe des Heckenschützen neben der Leiche gefunden wurde, sondern lediglich der gleiche Typ.« Er beobachtete Wahler, der wie erstarrt wirkte. »Und auch, dass es ein Beweismittel gibt, das die Selbstmordtheorie bei seinem Tod entkräftet.«

Jetzt verrutschte seinem ehemaligen Vorgesetzten die Miene. »Woher hast du das?«

»Flurfunk in Lübeck.«

»Wer genau?«

»Das ist nicht wichtig.« Haverkorn senkte die Stimme. »Ist es wahr?«

Wahler stand auf und drehte sich zum Fenster. Er fasste in die Lamellen der Jalousie und zog sie herunter. »Dass ich aktiv beteiligt bin, stimmt nicht.« Er wandte sich Haverkorn zu. »Ich war vor Ort, das ist richtig. Habe auch mit Thomas gesprochen.« Er straffte die Schultern. »Und natürlich bin ich sofort hingefahren, als ich davon hörte. Leonard ist nicht nur ein langjähriger Kollege, er ist ein Freund!

Ich wollte mich selbst davon überzeugen, dass der Schütze gefunden wurde.«

»Woher wusstest du so schnell von Werfts Tod? Und dass er der mutmaßliche Heckenschütze war?«

Wahler sah Haverkorn an, zögerte. »Ich habe noch meine Kontakte«, antwortete er vage.

»Judith Mehring?« Haverkorn achtete auf seine Reaktion.

»Unter anderem!« Er ließ sich nicht in die Karten schauen.

»Und was weißt du über dieses neue Beweismittel?«

Wahler sah ihn nachdenklich an. »Du verstehst, dass das nicht nach außen dringen darf. Wenn die Presse das spitzkriegt, haben wir ein riesiges Problem.«

»Du kennst mich, Nick. Was wir hier besprechen, bleibt auch hier.«

»Zuerst sah alles nach Suizid aus. Der Schusswinkel, die Schmauchspuren! Auf Werfts Handy war eine Abschieds-SMS an seine Mutter.« Wahler sah Haverkorn in die Augen.

Dieser spürte ein Kribbeln im Nacken. Was kam jetzt?

»Der Blutspurenexperte hat jetzt seinen Bericht abgegeben. Es geht um eine Stelle auf dem Fußboden, wo sich der Blutnebel nicht abgelegt hat. Direkt neben Alex Werft. Dort muss eine weitere Person gestanden haben, als der Schuss fiel.« Haverkorn verstand. Ein Selbstmord konnte arrangiert werden, aber das Blut erzählte die Wahrheit.

»Wir haben auch einen Zeugen, der in der Tatnacht in der Kolonie übernachtet hat. Er hörte gegen zwei Uhr morgens ein Auto wegfahren, nach einem lauten Knall. Er sagte, er hätte gedacht, es wären Jugendliche, die immer wieder Knaller in die Gärten werfen, wenn sie von einer Kneipe kommen.«

Haverkorn wurde heiß. »Das hieße ja, dass Werft von einem Unbekannten getötet wurde und der Täter auf freiem Fuß ist. Vielleicht war der Polizist gar nicht der Heckenschütze, sondern nur ein Strohmann! Dann ist Leonard doch noch nicht sicher!«

Wahler setzte sich wieder. »Ich habe bereits mit ihm gesprochen. Aber er weigert sich, in ein Schutzhaus zu gehen. Ich kann ihn nicht zwingen.«

Haverkorn stand auf. »Er ist aber auch ein Sturkopf«, sagte er laut. »Damit bringt er nicht nur sich, sondern auch Frida in Gefahr!«

Sie schwiegen einen Moment. Haverkorn hatte noch eine letzte Frage. »Warum hast du Leonard zum Imbiss geschickt, bevor auf ihn geschossen wurde?«

Der Leiter der Mordkommission zögerte. »Was?«

»Leonard sagte, dass er runter zum Imbiss gegangen ist, weil du ihn dorthin geschickt hast.«

Wahler starrte ihn an. »Ja, das kann schon sein! Vielleicht habe ich gesagt, er soll mit Frida schnell was essen gehen, wenn sie von der Rechtsmedizin kommt. Leo liegt einem ja ständig in den Ohren, dass er Hunger hat.«

»Dachte ich mir schon«, sagte Haverkorn.

»Denkt Leonard, dass ich da mit drinhänge?« Wahler hatte die Stimme erhoben, stand erneut auf. »Wir kennen uns ewig! Wir haben so viel zusammen durchgemacht über all die Jahre. Und jetzt verdächtigt er *mich*?«

Wahlers Entrüstung war nicht gespielt. Ihm ging diese Frage wirklich nahe. »Jemand hat auf ihn geschossen, Nick. Leonard ist komplett durcheinander und weiß nicht mehr, wem er noch vertrauen kann.«

Wahler stützte die Arme auf dem Schreibtisch ab, sah Haverkorn in die Augen. »Deshalb ist es gut, dass du gekommen bist, Bjarne. Ich habe einen Plan. Und ich brauche deine Hilfe dafür.«

»Worum geht's?«

»Wir stellen dem Täter eine Falle!«

†

Torben hatte gekocht, als Frida auf den Hof kam. Marta hatte ihm anstandslos ihre Küche überlassen. Bei ihr wäre das in ein Wortgefecht mit ihrer Mutter ausgeufert, aber Torben war ein begnadeter Koch, den Marta zu gern an ihre Töpfe ließ. Im Gegensatz zu ihrer Tochter.

Frida blickte ihm über die Schulter, als er den Deckel der Kasserolle öffnete.

»Wirsingrouladen. Du kannst mir beim Kartoffelstampf helfen. Ich brauche Butter. Und etwas warme Milch!«

Sie ging zum Kühlschrank, nahm die Butterdose und eine Milchflasche heraus.

»Leonard und ich hatten gerade ein kleines Erfolgserlebnis.« Sie berichtete ihm von dem Tausendgüldenkraut und dass der Biologe vom LKA, dem sie Fotos davon geschickt hatte, es schon bestätigt hatte. »Ungewöhnlicher Standort, aber eben nicht ausgeschlossen«, hatte er gesagt.

»Wofür nimmt man dieses Heilkraut?«, fragte Torben.

Frida schüttete die Milch in einen kleinen Topf. »Laut Dr. Mattis vor allem bei Magenbeschwerden. Es regt den Appetit an, weil es Bitterstoffe enthält, die gut für Magen und Darm sind, also bei Magersucht und Leber- und Gallenleiden.« Sie drehte den Deckel der Milchflasche zu und stellte den Topf auf den Herd. »Aber es wirkt auch gegen Entzündungen und ist fiebersenkend, hilft bei der Blutbildung und bei Eisenmangel oder bei Menstruationsbeschwerden.«

»Ein echter Allrounder!« Er sah sie an. »Und, warum denkst du, hat der Täter das Kraut zu der Toten in den Sarg gelegt?«

Frida entzündete die Gasflamme und reduzierte sie auf eine niedrige Stufe. »Das habe ich den Biologen auch gefragt. Lilly war sehr dünn, aber eine Magersucht kommt laut der Rechtsmedizin nicht in Betracht. Andere Krankheiten sind bei ihr nicht festgestellt worden. Auch das toxikologische Screening hat keine Auffälligkeiten gezeigt. Dr. Mattis hatte nur eine Idee. Er führt es auf die vielfältigen Namen des Krautes zurück.« Sie rührte in der Milch, damit sie nicht anbrannte. »Man nannte es früher auch Aderntee, Erdgalle, Fieberkraut und …« Sie blickte zu Torben, der ihr interessierte zuhörte. »… Himmelblume.«

»Dann hat diese Beigabe eher einen ideellen Charakter?« Er nahm den Kartoffeltopf und goss das Wasser ab.

»Wahrscheinlich!«

»Und das Eichenblatt?«

»Das war wohl zufällig mit im Sarg. Ich glaube nicht, dass das dort extra platziert worden ist.«

»Gibst du mir die Milch?«

Sie brachte ihm den Topf zur Arbeitsplatte.

Mit einem Kartoffelstampfer, mit dem schon Fridas Großmutter hier in der Küche gewerkelt hatte, begann er, die heißen Kartoffeln, Butter und Milch miteinander zu verarbeiten.

Frida sah Torben zu. Und wie er dastand und die Kartoffeln stampfte, überkam sie ein tiefes Glücksgefühl. Noch im letzten Jahr, nach seinem Unfall, war es beinahe undenkbar gewesen, dass er mit seinen Händen wieder etwas festhalten konnte. Ob die Feinmotorik wieder so gut arbeiten würde, dass er ein Skalpell führen konnte, würde sich noch zeigen. Aber Torben schien endlich wieder im Leben angekommen zu sein. Sie lehnte sich an ihn. »Ich bin so froh, dass du da bist!«

Lachend stampfte er weiter. »Wo ist das Salz?«

Sie reichte es ihm. »Hier!«

»Holst du schon mal deine Familie? Jo und Milan wollen sich abwechseln. Zuerst kommt Milan zum Familienessen, danach löst er Jo drüben im Club ab.«

Es schien wie in alten Zeiten. Die Küche füllte sich, Bruno wuselte um ihre Beine. Marta hob den Topfdeckel an und kostete die Soße. Sie sah zufrieden aus.

»Ich hole uns Männern ein Bier«, sagte Fridtjof.

»Für mich auch!«, erwiderte Cat und begleitete den Bauern in den Keller.

Milan kam herein und stellte eine Familienpackung Eis auf den Tisch. »Nachtisch!«

»Das muss aber erst mal in die Gefriertruhe!« Marta kümmerte sich darum.

Frida deckte den Tisch und merkte, dass sie leise ein Lied summte, das wunderbar zu diesem Sommerabend passte.

»Ich kenne den Song«, sagte Torben neben ihr, als er den Topf mit dem Kartoffelstampf auf den Tisch setzte.

Sie begann lauter zu summen. *Watermelon sugar high …*

Kapitel 32

»Frida? Das ist dein Handy!« Torben klang verschlafen.

Sie richtete sich auf, griff nach ihrem Smartphone und ging ran. »Ja?«

»Morgen, du musst sofort kommen!« Es war Anja.

»Was ist denn los?«

»Sophie ist verschwunden!«

Frida war noch nicht richtig wach. »Wie, verschwunden?«

Der Tonfall ihrer Kollegin war angespannt. »Sie war in einer Pflegefamilie in Kiel untergebracht. Die hat uns heute Morgen informiert. Sophies Bett war leer. Sie ist abgehauen.«

»Scheiße! Und jetzt?« Frida zwinkerte mehrfach, um richtig wach zu werden.

»Wir suchen sie natürlich. Nick schickt uns zum Gutshof. Vielleicht will sie zu den Torges. In einer Stunde vor dem Tor?«

»Ja, ich brauche nur eine Dusche und einen Kaffee.«

»Okay, dann beeil dich!« Anja drückte sie weg.

»Was ist los?« Torben hatte sich im Bett aufgerichtet.

Frida ging zu ihm, wuschelte ihm durchs Haar. »Schlaf weiter. Ich muss los.«

»Denkst du an das Essen heute Abend bei Bjarne?«

Das hatte sie schon wieder vergessen. »Na klar, ich hole dich kurz vor sieben hier ab.« Sie ging zu ihrem Schrank und nahm Jeans und T-Shirt heraus. »Was machst du heute?«

»Ich fahre mal nach Hamburg. Will was in meiner Wohnung holen und in der Rechtsmedizin vorbeischauen. Mal sehen, wer von meinen Kollegen Dienst hat.«

»Gut!« Sie gab ihm einen flüchtigen Kuss. »Dann dir einen schönen Tag.«

Den Kaffee trank Frida im Stehen, obwohl ihre Mutter schon den Frühstückstisch deckte.

»Iss doch wenigstens eine Stulle mit uns!«

Frida schmierte sich ein Brot an der Arbeitsplatte. »Keine Zeit. Ich muss los.« Sie drehte sich um. »Cat, übernimmst du die Tiere?«

»Klar!« Das Mädchen hockte über dem Smartphone. »Wie geht's Leo?«

Frida musste lächeln. Ihr cooler Kollege schien ja mächtig bei ihr Eindruck gemacht zu haben.

»Ich glaube, er wollte heute Abend trainieren. Frag ihn selbst.«

»Er kommt her?«

»Yep!« Frida trank den Kaffee aus, nahm die Stulle und lief hinaus. »Bis später!«

Anja wartete schon vor dem Tor zum Gutshof, als Frida ankam.

»Alles ruhig hier«, sagte sie und trat eine Zigarette auf dem Weg aus.

»Seit wann rauchst du denn?«, fragte Frida. Anja war immer ganz besonders auf ihre Gesundheit bedacht gewesen, machte regelmäßig Sport und ernährte sich gesund.

»Ach, ab und zu eine, wenn ich gestresst bin. Nicht ständig.«

»Vielleicht solltest du mal Urlaub machen«, sagte Frida, der Anjas Augenringe auffielen. Dieser Job verlangte ihnen eine Menge ab. Deshalb war es wichtig, dass man sich Auszeiten nahm, wenn ein gewisses Stresslevel eintrat. »Mach ich, wenn dieser Fall geklärt ist.«

»Jetzt müssen wir erst mal Sophie finden. An ihrer Stelle würde ich hierherkommen.« Anja sah auf das geschlossene Tor.

»Vielleicht finden wir ja auch Lillys Handy dadrin.«

»Kann nicht sein! Die Spurensicherung hat alle Zimmer sorgfältig durchsucht. Wenn es ein Handy gab, ist es nicht hier.« Anja atmete tief ein. »Na dann, los!«

Sie betätigten den Türklopfer. Die Hunde begannen zu bellen, und dieses Mal öffnete Anne Torge. Sie trug ein langes Kleid über einer Bluse und das gepunktete Tuch der Hutterer. Neben ihr hechelten die Rottweiler. »Sie schon wieder?«

»Ist Sophie bei Ihnen?«

Ihre Überraschung schien echt. »Nein! Warum sollte sie hier sein?«

»Dürfen wir uns davon überzeugen?«

Anne Torge sah sie an, dann ließ sie die Hunde Platz machen und bat sie herein. »Was ist denn los?«

»Sophie ist heute Morgen verschwunden. Sie war bei einer Pflegefamilie untergebracht.«

»Und Sie haben keine Ahnung, wo sie sein könnte?« Ihre Aufregung war nicht gespielt. So sah mütterliche Sorge aus.

»Wir dachten, sie will vielleicht zu Ihnen.«

»Kommen Sie, mein Mann ist im Stall bei den Pferden.«

Bereitwillig führten die Torges sie durch das Haus, die Schuppen und die Ställe. Sie öffneten auch den Raum, in dem sie Sophie gefunden hatten. Das Mädchen war nicht auf dem Gut.

»Glauben Sie, wir würden sie wieder hier verstecken? Jetzt, wo Sie unsere Geschichte kennen, wissen Sie hoffentlich, dass wir immer im Sinne der Mädchen handeln wollten.«

Frida sah Anja an. Ihre Kollegin schien ein Einsehen zu haben.

»Gut, bitte geben Sie uns Bescheid, wenn Sie etwas von Sophie hören.« Anja ließ ihre Nummer auf einer Karte da. »Ich weiß, Sie haben kein Handy. Aber vielleicht können Sie bei einem Nachbarn telefonieren.«

Die Hausherrin nahm die Karte. »Natürlich.« Sie rieb ihre Arme. »Bitte informieren Sie uns, wenn Sie Sophie finden, ja? Sie ist ein Teenager und seit Jahren nicht vor der Tür gewesen. Die Welt ist fremd für sie geworden.« Anne Torge sah Frida schmerzerfüllt in die Augen. »Und der Mörder ihrer Schwester ist noch da draußen!«

†

Die erregten Stimmen im Besprechungsraum der Mordkommission an der BKI in Itzehoe waren für diese Zeiten, in denen Nick Wahler das Ruder führte, fast ein kleiner Tumult. Er versuchte, seine Leute zur normalen Zimmerlautstärke zu bringen, aber dieses Mal wurde er komplett ignoriert. Haverkorn saß zurückgelehnt neben Frida, die augenscheinlich genervt war von dem ungewohnten Durcheinander.

Es war klar, dass das Verschwinden von Sophie Harloff die Gemüter erhitzte. Die Emotionen kochten über, und die Kollegen machten ihrem Ärger Luft. Nachdem das Mädchen nach jahrelanger vergeblicher Suche endlich in Sicherheit gebracht worden war, lief es kurz darauf, in der Verantwortung des Jugendamtes, erneut weg.

Leonard stand auf und schlug sein Notizbuch so laut auf den Tisch, dass es wie ein Knall klang. Die Stimmen verstummten. »Kriegt euch mal ein! Denkt ihr, so kommen wir weiter? Indem einer lauter schreit als der andere?«, sagte er und setzte sich wieder.

Stühle scharrten, letzte Stimmen ebbten ab. Niemand widersprach dem Kollegen, der trotz seiner Verletzung jeden Tag im Büro saß. Alle Anwesenden ließen sich am Tisch nieder. Endlich herrschte Stille im Raum.

Wahler nickte Leonard dankbar zu. »Also, was wissen wir bisher?« Er sah in die Runde seiner Leute. »Sophie ist weder bei den Torges noch bei den Heckmanns aufgetaucht. Ja, auch bei den ungeliebten Pflegeeltern waren wir heute Morgen. Wir ziehen alle Möglichkeiten in Betracht.« Er nahm ein ausgedrucktes Foto einer jungen Frau in einer schwarzen Jacke in die Hand, hielt es hoch. Haverkorn kniff die Augen zusammen, aber das Bild blieb unscharf. »Das stammt von einer Kamera am Hamburger Hauptbahnhof. Leider ist nur das Profil dieser jungen Frau zu sehen. Es könnte Sophie sein.«

»Oder jedes andere Teenagermädchen«, sagte eine Kollegin.

»Okay, wenn sie tatsächlich in Hamburg ist, wo will sie hin?«, fragte Rikarda.

»Mit der S-Bahn kann sie bis Wedel gefahren sein, von dort aus mit dem Bus oder als Tramperin in die Marsch!«, erklärte Wahler. »Es wird gerade eine Menge Filmmaterial der öffentlichen Verkehrsmittel von heute Morgen ausgewertet. Die Bus- und Bahnmitarbeiter sind sensibilisiert, denn sie wird ohne Fahrschein unterwegs sein, da sie kein Geld hat.« Der Chef der Mordkommission klopfte nervös mit den Fingern auf die Tischplatte. Dass Wahler Nerven zeigte, war kein Wunder. Wenn publik wurde, dass sie Sophie wieder verloren hatten, würden die Zeitungsmeldungen sich überschlagen. Und ganz sicher würde sich nicht Hanno Tehfs als BKI-Chef vor Wahler stellen.

»Ein Foto von Sophie ist im Umkreis von hundert Kilometern an jede Dienststelle geschickt worden«, fuhr Wahler fort. »Und die Bundespolizei durchkämmt gerade den Hauptbahnhof in Hamburg. Vielleicht ist sie noch dort … falls es Sophie war.«

»Wie konnte das überhaupt passieren?«, fragte Klaus. »Konnte sie da einfach so rausmarschieren?«

»Sie ist wohl heute Nacht durch ein Fenster im ersten Stock und über ein Schuppendach aus dem Haus der Pflegefamilie geklettert. Sie konnten sie schließlich nicht ans Bett fesseln«, sagte Wahler.

Wieder schien die Lautstärke aus dem Ruder zu laufen, dieses Mal reichte aber eine Ansage des Chefs, um die aufgebrachten Stimmen zum Schweigen zu bringen.

»Ich weiß, dass ihr erschöpft seid. Und dass wir noch kein Stück weitergekommen sind beim Tötungsdelikt Lilly Harloff. Wir müssen durchhalten!«

»Wenn Lillys Mörder mitbekommt, dass ihre Schwester wie Freiwild draußen herumirrt, wird es gefährlich«, sagte Anja. »Da wir immer noch nicht wissen, warum sie sterben musste, können wir den Täterkreis nicht eingrenzen. War es eine Zufallstat, eine Tat im Affekt, ein geplanter Mord? Hatte es was mit der seltsamen Lebensweise der Torges zu tun? Oder war es ein Verbrechen aus Leidenschaft?«

»Was ist mit diesem Brandstetter?«, fragte ein Kollege, den Haverkorn nicht kannte.

»Seine Wohnung war sauber, die SpuSi hat nichts Belastbares bei ihm gefunden«, erklärte Frida nach einem Blick von Wahler. »Bill Brandstetter hat eingeräumt, dass er sich mit Lilly getroffen hat, aber mehr eben auch nicht. Wir haben keinen Grund, an seiner Aussage zu zweifeln. Ein Pflichtverteidiger hat ihn heute Vormittag rausgeholt.«

Leises Gemurmel im Raum, Wahler fuhr fort. »Also,

wir gehen jede Adresse durch, die Sophie noch ansteuern könnte. Ihre alte Schule, ehemalige Klassenkameraden, selbst das Umfeld von Bill Brandstetter ist wichtig. Wir wissen nicht, ob Sophie gelogen hat oder ob sie Bill doch mit Lilly an der Pforte gesehen hat.« Er erhob sich vom Stuhl und stützte sich auf den Tisch. »Und da ist noch eine Sache, über die ich euch unterrichten muss.«

Jetzt kommt es, dachte Haverkorn und beobachtete die Gesichter, während Wahler sprach. Der Leiter der Mordkommission hatte ihn gestern in seinen Plan eingeweiht, der heikel war, aber tatsächlich Aussicht auf Erfolg hatte.

»Zumindest haben wir die verschwundene Tatwaffe im Fall Öztürk wieder und werden sie der Staatsanwaltschaft in Lübeck zur Verfügung stellen, da der Schütze, der auf Leonard geschossen hat, tot ist. Vielleicht kann wenigstens ein Drogenboss längere Zeit aus dem Verkehr gezogen werden.«

Wahler unterschlug, dass gar nicht sicher war, ob der wahre Schütze tot war. Er sagte nicht, dass die Tatwaffe gar nicht die des Heckenschützen gewesen war. Dass der Täter möglicherweise noch da draußen herumlief und mutmaßlich auch Alex Werft erschossen hatte, um die Schuld auf den Polizisten zu lenken. Wahlers Idee, die seit Jahren verschwundene Tatwaffe zu nutzen, war genial. Es war lediglich eine Finte. Denn Malik Öztürk würde, wenn er durch seine Spitzel erfuhr, dass die Tatwaffe von damals wieder-aufgetaucht war und erneut gegen ihn im Strafprozess als Beweismittel eingesetzt werden sollte, im Knast kalte Füße bekommen. Das würde den inhaftierten Drogenboss, der sonst in zwei Jahren wieder auf freiem Fuß gewesen wäre, gehörig auf die Palme bringen. Wenn er also damals einen Helfershelfer in Polizeikreisen gehabt und dieser die Waffe aus der Asservatenkammer entwendet hatte, musste Öztürk ihn wieder aktivieren.

Das Lockmittel, das ihn aus seiner Deckung locken sollte, war nicht Leonard, sondern die fingierte Tatwaffe. Und Wahler präsentierte diese fingierte Information soeben seinem Team als echt. Haverkorn würde die Fake News mit nach Kiel nehmen und auch Jens Bartusch wissen lassen, der sie wiederum nach Lübeck zu seinen ehemaligen Kollegen tragen sollte, mit denen er noch Kontakt hatte. Wer auch immer dieser Maulwurf war, der Kriminelle in den Reihen der Polizei, der diese Waffe entwendet und die letzten Jahre versteckt hatte, musste endlich aufgescheucht werden. Entweder reichte der Flurfunk in den Dienststellen, oder es lief über seinen kriminellen Auftraggeber im Knast. Öztürk würde nicht zulassen, dass er doch noch wegen Totschlags verurteilt wurde. Und seine Drohungen würden etwas in Bewegung setzen, was Wahler sich zunutze machen wollte.

Haverkorn war einverstanden gewesen, ihn dabei zu unterstützen, weil es momentan keinen anderen Weg gab. Er hoffte, dass dieser gefährliche Schachzug nicht nach hinten losginge. Leonard war das schwächste Glied in der Kette, weil er hier wie eine Zielscheibe herumlief. Niemand wusste, ob für ihn weiterhin die Gefahr bestand, angegriffen zu werden. Haverkorn würde ihm auch noch einmal ins Gewissen reden, für einige Zeit von der Bildfläche zu verschwinden. Er sah den jungen Kollegen neben sich an. Sein verschlossener Blick ließ keinen Rückschluss auf seine Gedanken zu. Aber sein Pflaster am Hals war ein Zeichen für die Gefahr, in der man in diesem Job jederzeit schwebte. Aber auch ein Symbol der Hoffnung, weil dieses Attentat das Team zusammengeschweißt hatte.

Kapitel 33

Frida musste am Morgen lange Schritte machen, um mit Anja Schritt zu halten. Sie liefen an der Polizeiabsperrung entlang über einen kleinen Pfad, der zum Flussufer führte. Die Nachricht, dass an der Elbe eine weibliche Wasserleiche aufgefunden worden war, hatte sie aus einer kurzen Nacht gerissen. Sie hatte Kopfschmerzen, war ohne Frühstück und Kaffee losgefahren. Die Sorge, dass Sophie tot am Flussufer lag, war kaum zu ertragen.

Den ganzen gestrigen Tag war sie mit Bootz in der Marsch unterwegs gewesen, um sie zu finden. Sie waren die Feldwege abgefahren, hatten alle Bushaltestellen abgesucht, Sophies alte Schule im Außenbereich durchkämmt und mit dem Hausmeister die leeren Klassenzimmer inspiziert. Sie hatten Leute befragt und ihnen Sophies Bild gezeigt, aber niemand hatte sie gesehen. Zweimal waren sie noch beim Ehepaar Torge vorbeigefahren. Aber auch dort war sie nicht aufgetaucht. Anne Torge wurde immer verzweifelter. Ihr Mann konnte sie kaum beruhigen, und sein Gesicht war von tiefen Sorgenfalten gezeichnet. Der Schmerz des Ehepaares war echt. So ängstigte man sich um ein eigenes Kind.

»Da drüben ist es!« Anja zeigte auf das Flatterband, das an einem Schilfgürtel begann und sich über eine Wiese zog. In der Entfernung grasten ein paar Schafe.

Frida spürte einen Kloß im Hals, als sie die Kollegen begrüßte. Auch Horst Lüttje, der Leiter der Kriminaltechnik, war schon da. Seine Schneemänner packten das Equipment aus. Wahler stand am Rand und telefonierte. Er sah unzufrieden aus, gestikulierte und ging ein paar Schritte. Wenn diese Leiche Sophie Harloff war, würde das für ihn zum Fiasko werden.

»Ist sie es?«, fragte Frida, als sie Lüttje begrüßt hatte.
»Kann ich nicht sagen. Seht sie euch selbst an.«

Frida nahm sich wie Anja einen Wegwerfanzug aus dem Koffer der Kriminaltechnik und zog ihn an. Sie fluchte, als sich der Reißverschluss verhakte. Anja half ihr. »Was ist denn los mit dir?«, fragte sie, weil Frida wütend an der Kapuze riss.

»Alles okay«, sagte sie. »Sehen wir nach, ob es Sophie ist.«

Sie näherten sich der Stelle, wo ein Kriminaltechniker dafür sorgte, dass die Leiche nicht vom Fluss weggeschwemmt wurde. Die Elbe war an dieser Stelle beinahe einen Kilometer breit, und die Strömungen waren gefährlich. Wer hier ins Wasser ging, konnte heruntergezogen oder kilometerweit abgetrieben werden.

»Können wir sie uns ansehen?«, fragte Anja.

»Ja, aber bleibt auf den Trittplatten!« Der Kollege der Spurensicherung machte ihnen Platz.

Sie balancierten über die markierten Platten und blieben neben der Wasserleiche stehen. Die Frau lag auf dem Bauch. Die langen Haare waren vor Schlamm, Algen und Blättern kaum zu sehen. Das Gesicht war auf den Boden gedrückt, sodass Frida nicht sagen konnte, ob es Sophie Harloff war. Die Tote war gertenschlank, trug eine Jogginghose und einen Hoodie, die nass und verdreckt waren. »Wissen wir, welche Kleidung Sophie bei ihrem Verschwinden anhatte?«, fragte sie Anja.

»Es hieß, eine helle Sporthose und einen schwarzen

Anorak«, antwortete die Kollegin und hockte sich neben den leblosen Körper.

»Können wir sie rumdrehen?«, fragte sie den Kriminaltechniker. »Wenigstens das Gesicht?«

»Wir warten auf den Rechtsmediziner. Dr. Samuel müsste gleich hier sein.«

Ausgerechnet dieser arrogante Idiot, dachte Frida. Aber sie sagte nichts, betrachtete nur den Rücken der Leiche, die hier lag, und spürte eine tiefe Traurigkeit. So zu enden war einfach unwürdig, egal für wen. Es war eine neue menschliche Tragödie, wie es noch viele in ihrem Job geben würde. Würde sie das aushalten können? Immer wieder an Orten zu stehen, wo sie tief in menschliche Abgründe blicken musste?

»Morgen zusammen«, sagte jemand hinter ihr. Frida schloss kurz die Augen. Sie erkannte diese Stimme sofort, und ihr widerstrebte, ausgerechnet an diesem Morgen mit diesem Mann sprechen zu müssen. Sie nickte ihm professionell einen Gruß zu, blickte dann weg. Er würde seine Arbeit tun, dann würden ihre Wege sich wieder trennen.

»Was haben wir hier?« Der Rechtsmediziner ließ sich kurz vom Kriminaltechniker auf Stand bringen, dass diese Wasserleiche am Morgen vom Hund eines Paares aufgespürt worden war.

»Hat er sie bewegt?«, fragte er.

»Soweit wir wissen, nicht. Der Hund hat angezeigt, das Paar hat ihn weggeholt und sofort die Polizei verständigt.«

Dr. Samuel hockte sich auf die Trittplatte, die am nächsten zur Leiche am Ufer befestigt worden war. Er hob einen Arm an, versuchte, ihn anzuwinkeln, was misslang.

Totenstarre, dachte Frida. Also musste sie schon einige Stunden hier gelegen haben.

»Wir müssten ihr Gesicht sehen«, schaltete Anja sich ein.

»Nicht so schnell, Frau Schlüte!« Samuel sah sie durch seine Nickelbrille an. »Jetzt bin ich am Zug. Danach geben Sie das Tempo vor.«

Vorsichtig streifte er am Arm den Hoodie der Toten hoch, prüfte wahrscheinlich, ob Totenflecken zu sehen waren.

»War der Fotograf schon da?«, fragte er.

»Ist schon durch!«, antwortete der Kollege der Spurensicherung.

»Dann würde ich sie tatsächlich hier vom Ufer wegnehmen und auf eine Plane legen.«

»Ist schon alles vorbereitet!«

»Gut, dann los!«

Zwei Kriminaltechniker hoben die Wasserleiche unter Anleitung des Rechtsmediziners an und trugen sie zu einer ausgebreiteten Plane auf der Wiese.

»Auf den Rücken!«, sagte Dr. Samuel.

Sie legten den Körper vorsichtig ab und drehten ihn herum. Nasse Haare lagen über dem Gesicht, der Sweater war hochgerutscht, und der nackte Bauch der Toten mit den Totenflecken war zu sehen.

»Ist sie es?«, fragte Anja, die neben Frida stand.

»Könnten Sie die Haare vom Gesicht wischen?«, fragte Frida und lächelte Dr. Samuel an.

Er warf ihr einen kalten Blick zu.

»Seit gestern wird die sechzehnjährige Sophie Harloff vermisst. Wir brauchen Gewissheit, ob sie es ist«, erklärte sie, auch wenn es ihr zuwider war, weiterhin freundlich zu bleiben.

»Na, dann wollen wir mal sehen.« Der Rechtsmediziner schob die nassen Haare zur Seite.

Frida betrachtete das totenblasse Gesicht und war erleichtert, dass eine Frau mittleren Alters vor ihr lag, aber klar erkennbar kein Teenager. Ihrer schmalen Statur nach zu urteilen hätte es Sophie sein können.

»Das ist sie nicht!«, sagte Frida und atmete durch. »Danke!«

»Immer gern!« Dr. Samuel wandte sich der Leiche zu. »Darf ich jetzt meiner eigentlichen Arbeit nachgehen?« Der unterkühlte Ton des Rechtsmediziners stachelte Frida an, ihm eine Spitze zu geben, aber sie riss sich zusammen. »Natürlich!« Sie entfernte sich von der Leiche.

»Uns geht die Arbeit nicht aus«, seufzte Anja. »Und ich dachte, wir können mal Luft holen.«

»Noch wissen wir nicht, ob es Fremdverschulden war. Vielleicht ein Unfall«, sagte Frida.

Wahler kam ihnen entgegen. »Wisst ihr schon was?«, fragte er, noch immer mit dem Handy in der Hand.

»Es ist nicht Sophie!«

»Gut, das ist wirklich gut!« Er blickte hinüber, wo die Spurensicherung anfing, ein Zelt aufzustellen.

Eine neue Leichensache hieß noch mehr Überstunden. »Ist mein Urlaub jetzt gestrichen?«, fragte Frida, die gar nicht genau wusste, wann sie Torben in Bayern besuchen konnte, da sie nun einen weiteren Fall aufzuklären hatten. Würde ihre Beziehung das aushalten, wenn sie absagen musste? Machte das alles überhaupt Sinn, diese Fernbeziehung, die sie gar nicht wollte?

»Ich fordere personelle Unterstützung an«, sagte Wahler. »Dieses Pensum ist nicht zu schaffen.«

Leonard kam zu ihnen gejoggt. »Klaus rief gerade an. Es gibt eine aktuelle Vermisstenmeldung aus der Nähe. Eine Frau Mitte vierzig ist aus einem Wohnheim für Behinderte verschwunden. Er schickt mir gleich das Foto zu.«

Fridas Handy klingelte. Sie streifte den Overall bis

auf die Hüften herunter und zog es aus der Hosentasche. »Papa? Was ist los?«, fragte sie überrascht.

»Enno Dahlsen steht hier. Warte mal ...« Ihr Vater schien das Gerät weiterzugeben.

»Frau Paulsen?« Die Stimme des Totengräbers.

»Ich habe eine junge Frau bei mir im Auto.« Er atmete aufgeregt. »Sie war auf dem Friedhof, hat offensichtlich in der Kapelle übernachtet.«

»Hat sie gesagt, wie sie heißt?«

»Nein, sie redet nicht. Starrt nur vor sich hin.«

»Ist sie verletzt?«

»Nein, ich glaube nicht.«

»Wie sieht sie aus?«

»Lange braune Haare, schwarze Jacke, helle Hose.«

»Okay!« Frida hob die Hand, gab Leonard ein Zeichen, zu ihr zu kommen. »Bleiben Sie mit ihr bei meinen Eltern. Ich komme sofort hin!«

»Was ist los?«, fragte Bootz.

»Wir müssen los. Ein Mädchen hat heute Nacht in der Friedhofskapelle übernachtet. Der Beschreibung nach könnte es Sophie sein.«

Sie hörten gedämpfte Stimmen, als sie das Reetdachhaus betraten, das ihre Familie in vierter Generation bewohnte. Frida ging in die geräumige Wohnküche, wo sich ein Großteil des Familienlebens der Paulsens abspielte. Nun war dieser Raum auch in ihren Job involviert, denn am Tisch saß tatsächlich Sophie Harloff. Sie hatte eine Decke um die Schultern gelegt bekommen, in den Händen hielt sie eine Teetasse.

Frida hockte sich vor das Mädchen. »Ich bin so froh! Wir haben dich seit gestern Morgen gesucht!«

Sophie sah kurz auf, blickte aber sofort wieder auf ihre Tasse.

»Sie sagt nichts!« Fridas Mutter saß mit sorgenvollem Blick neben dem jungen Gast.

Enno Dahlsen stand neben ihrem Vater an der Arbeitsplatte. Sie hatten Kaffeetassen in der Hand. Frida ging zu ihnen und sprach den Totengräber an. »Sie war in der Kapelle, sagten Sie?«

»Ja, heute Morgen gegen acht. Die Tür war offen, als ich kam. Sie lag auf einer der Holzbänke, wo die Trauernden sitzen.«

»Wieso ist sie zum Friedhof gekommen?«, fragte sie.

Dahlsen zuckte die Schultern. »Sie redet ja nicht.«

Frida hockte sich vor das Mädchen. »Sophie. Es ist ganz wichtig, dass du uns sagst, warum du auf dem Friedhof warst. Was hast du dort gewollt?«

Das Mädchen hob den Kopf, sah Frida in die Augen. Eine Träne löste sich. »Lilly«, flüsterte sie fast unhörbar.

»Du wolltest zu Lilly?«

Das Mädchen deutete ein Nicken an. Frida spürte ihre Anspannung. »Woher wusstest du, dass sie auf dem Friedhof ist?«, hakte Frida nach.

Ihre Blicke trafen sich. »Wir haben sie dort begraben.«

»Du, Anne und Krischan?«

Sophie wischte sich eine Träne von der Wange, dann nickte sie. »Ich hab ihr meine Schürze mitgegeben, die Festliche. Und die Himmelblume. Rosa war Lillys Lieblingsfarbe …«

»Was ist mit Lilly passiert, Sophie? Warum musste sie sterben?«

Sie schüttelte den Kopf. Ihre Augen wurden wieder feucht, und sie blickte ängstlich hinüber zu Bootz, der an der Spüle lehnte.

Frida gab ihr ein Stück Küchenrolle, das Bootz ihr reichte. Sophie schnäuzte hinein. »Sie lag draußen im Pavillon! Am Morgen, nachdem sie weggelaufen ist.« Sie begann zu schluchzen. »Ich weiß, ich sollte es niemandem sagen. Aber ich vermisse Lilly so!«

Frida nahm ihre Hände. »Es ist gut, dass du es mir erzählt hast. Die Wahrheit darf man immer aussprechen.«

Sophie nickte, schien endlich Vertrauen zu fassen.

Frida strich ihr über die Haare und stand auf. Sie blieb neben Bootz stehen. »Hast du gehört?«, flüsterte sie.

»Jetzt wissen wir auch, dass Anne Torge die Lilien abgelegt hat.«

Frida sah hinüber zu dem Mädchen, das sich an Marta lehnte. Ihre Mutter sprach leise mit ihr.

»Wir müssen noch mal mit Anne und Krischan Torge reden«, sagte Frida. »Sophie nehmen wir mit. Dann können sie es nicht abstreiten!«

»Ist es nicht besser, sie in der BKI zu vernehmen?«

»Nein, es muss auf dem Gut sein. Wir wissen jetzt von dem Pavillon. Und von der Schürze. Und wir nehmen zwei Kollegen mit, damit wir sie etwas einschüchtern.«

»Die sind alle an der Elbe!«

»Ich dachte, wir holen uns Hilfe beim LKA. Zufälligerweise haben wir zwei Kollegen, die ganz in der Nähe wohnen und die auch in den Fall involviert sind.«

Kapitel 34

Haverkorn blickte lange in die Marsch, während sie den holprigen Wirtschaftsweg zum Gut Westkamp entlangfuhren. Frida saß hinter ihm, Bootz hatte das Steuer übernommen und sah schweigend geradeaus. Neben ihr auf der Rückbank saßen Sonja und Sophie. Frida wusste, dass Haverkorn sich vor Fahrtantritt telefonisch das »Okay« von Nick Wahler geholt hatte, dass er und Sonja die Befragung auf dem Gut begleiten durften, da sie nicht mehr offiziell in diesem Fall ermittelten. Auch Andreas Vollmer, seinen Vorgesetzten in Kiel, hatte er davon in Kenntnis gesetzt. Jeder war daran interessiert, endlich die Wahrheit zu erfahren, was mit Lilly Harloff in der Nacht ihres Todes geschehen war. Sie alle waren davon überzeugt, dass diese wohl eher auf dem Gut zu finden war als in einem nüchternen Vernehmungsraum.

Sie parkten vor dem Tor und stiegen aus. Das Ehepaar Torge kam gemeinsam zum Tor, als sie klopften. Beide schienen überglücklich, Sophie wieder in die Arme schließen zu können.

»Mein Schatz, wo warst du denn?«, fragte Anne, die an diesem Vormittag das Tiechel, das gepunktete Kopftuch der Hutterer, trug. »Wir haben uns solche Sorgen gemacht!«

Frida stellte die Kollegen vor. »Leonard Bootz, Kripo Itzehoe, und Sonja Berger sowie Bjarne Haverkorn vom LKA in Kiel!«

Anne Torge zögerte einen Moment. Ihr Blick blieb an

Bootz hängen, der mit seinem Sechstagebart und dem großen Pflaster am Hals nicht sehr seriös wirkte. Sie war ganz in Schwarz gekleidet. Das Tiechel verdeckte ihr schönes Haar. Das Gesicht war schmal geworden in den letzten Tagen. Tiefe Schatten lagen unter ihren Augen. Sie drückte allen die Hand, sah Bootz einen Moment länger in die Augen als nötig. Er war der Einzige von ihnen, der bisher noch nicht mit hier auf dem Gut gewesen war.

»Kommen Sie bitte!« Das Paar führte sie zum Haus und sperrte die Hunde im Gartenzimmer ein.

Im Salon setzten sie sich. Sophie blieb neben Anne Torge sitzen, umarmte sie immer wieder. Ihr war anzusehen, wie froh sie war, wieder hier zu sein.

Frida trat ans Fenster und wies auf den Gartenpavillon neben der Eiche, der vom Haus aus zu sehen war. »Sophie hat uns erzählt, dass Sie Lilly dort gefunden haben.«

Haverkorn, der neben ihr stand, beobachtete das Ehepaar. Anne Torge zeigte Nerven, ihr Mann schien unbeeindruckt. »Weiterhin hat sie gesagt, dass Sie sie gemeinsam auf dem Friedhof beigesetzt haben.« Frida sah der Frau in die Augen, die für die Zwillinge in den letzten Jahren wie eine Mutter gewesen sein musste. »Ist das richtig?«

»Warum sagt ihr es ihnen nicht endlich?«, begehrte Sophie mit weinerlicher Stimme auf. »Hört doch auf zu lügen!«

Das Ehepaar blieb stumm. Anne Torge sah unsicher zu Bootz, der an der Wand lehnte. Wollte sie diesen Fremden bei der Befragung nicht dabeihaben?

»Sophie, gehen wir mal raus?«, fragte Sonja das Mädchen, die die brisante Situation offenbar richtig einschätzte. »Die beiden sollten mal allein mit meinen Kollegen reden.«

»Geh nur«, sagte die Hausherrin. »In der Küche steht ein Käsekuchen. Den magst du doch so gern.«

»Ja, lass uns Kuchen essen!« Sonja lächelte, und Sophie schien Vertrauen zu ihr zu fassen. Sie folgte ihr hinaus.

»Es stimmt, dass wir Lilly auf dem Friedhof in den Sarg des gerade beigesetzten Mannes gelegt haben«, sagte Krischan Torge. »Wir haben einen der Friedhofsgehilfen dafür bezahlt, dieses Grab zu öffnen.«

»Jonas Katenbrink«, sagte Frida. »Das wissen wir.« Sie warf Haverkorn einen Blick zu. Aber er würde sich nur einmischen, wenn er merkte, dass einer der beiden Torges ihnen einen Bären aufbinden wollte.

»Erzählen Sie uns alles. Was ist in der Nacht passiert, in der Lilly weggelaufen ist?«

Die Hutterin straffte ihre Schultern. Wieder sah sie zu Bootz, der sie ganz offensichtlich irritierte. Aber er reagierte nicht, sodass die Hutterin zu erzählen begann. »Lilly lag an diesem Morgen, um den es geht, nicht in ihrem Bett. Sophie erzählte mir, dass sie sich nachts mit jemandem hinten an der Pforte getroffen hatte. Sie war ihr nachgelaufen, hatte aber nur ein Auto wegfahren hören.«

»Und weiter?«, fragte Frida.

»Ich bin dann rausgelaufen, um nachzuschauen. Die Pforte stand offen, was ungewöhnlich war, da wir sie immer abgeschlossen halten. Ich war fast verrückt vor Sorge.« Ihre Stimme zitterte. »Ich wollte meinen Mann benachrichtigen und bin zurück zum Haus gelaufen. Dabei fiel mir aber etwas ins Auge. Etwas Helles lag auf dem Tisch im Pavillon.« Sie schluchzte auf und schlug die Hände vors Gesicht. »Ich habe nachgesehen …« Ein hoher Ton quälte sich aus ihrer Kehle, gefolgt von einem Schluchzen. »… und habe Lilly gefunden. Sie lag dort auf dem Tisch wie ein schlafender Engel.«

»War sie noch am Leben?«, fragte Frida.

»Nein, sie war schon ganz kalt.« Ihr Kinn zitterte. »Und

sie hatte nicht mehr ihr Kleid an, sondern Jeans und einen hellen Pullover.«

»Wollen Sie damit sagen, dass jemand Lilly, nachdem er sie umgebracht hatte, dort im Pavillon abgelegt hat?«

Die Hutterin weinte stumm, schüttelte fassungslos den Kopf, wischte schließlich die Tränen weg.

»Sie war tot, als Anne sie dort fand. Wir konnten nichts mehr tun«, sagte ihr Mann. Seine Augenbrauen waren zusammengezogen, die Stirnfalten kleine Bollwerke.

»Warum haben Sie nicht die Polizei gerufen?«, fragte Frida in anklagendem Ton. »Es ging hier offensichtlich nicht um einen natürlichen Todesfall!«

»Um Sophie auch noch zu verlieren?«, begehrte Anne Torge auf. »Es war doch klar, dass sie uns das Mädchen dann auch wegnehmen würden.«

Frida konnte ihren Zwiespalt nachvollziehen. »Deshalb sind Sie auf die Idee gekommen, sie in einem kürzlich begrabenen Sarg zu beerdigen?«

»Wir wollten eine Trauerwache halten und sie in geweihter Erde bestatten. Und sie nicht wie ein Tier im Garten verscharren«, sagte der Ehemann. »Und wir wünschten uns einen Ort für Sophie, wo sie ihre Schwester immer besuchen kann. Ich hatte die Idee mit dem Friedhof.«

Frida war nicht zufrieden mit den Antworten, auch wenn sie plausibel klangen, denn sie erkannte an den langen Blicken, die das Ehepaar sich zuwarf, dass ihr etwas Entscheidendes vorenthalten wurde.

»Sie haben also keine Ahnung, mit wem Lilly sich heimlich draußen getroffen hat? Wo sie die Nächte verbracht hat?«, fragte Frida weiter.

»Nächte?«, fragte Anne Torge überrascht.

Frida nickte. »Lilly war schon eine ganze Weile nachts nicht mehr hier. Und wir wissen, dass sie dieses Mal nur zurückkehren wollte, um ihre Schwester zu holen. Sie wollte den Gutshof und Sie beide verlassen.«

»Das ist nicht wahr!«, schrie Anne Torge. Ein tiefer Schmerz lag in ihrer Stimme. »Die Mädchen hatten hier ein neues Zuhause gefunden.«

»Die erste Zeit schon, das glaube ich Ihnen auch. Aber Lilly wollte kein Leben hinter hohen Mauern führen. Sie war ein Teenager, der etwas erleben wollte.« Frida hockte sich vor Anne Torge und sah ihr lange in die Augen. »Musste sie deshalb sterben?«

Die Hutterin sah sie sprachlos an. »Was?«, flüsterte sie.

»Ich glaube Ihnen nicht, dass Lilly schon tot war. Das Grundstück war abgeschlossen und wurde von Ihren Hunden bewacht. Wer hätte ihren Leichnam heimlich in den Pavillon legen können?«

Anne Torge sah Hilfe suchend zu ihrem Mann. »LILLY HÄTTE UNS NIE VERLASSEN!«, schrie sie, schluchzte laut auf und sackte in sich zusammen.

»Sie war ein Teenager! Sie hatte sich verliebt, wollte ein ganz normales Leben führen«, fuhr Frida mit ruhiger Stimme fort. »Die beiden Mädchen hatten es gut bei ihnen, da bin ich mir sicher. Aber einem jungen Menschen wachsen irgendwann Flügel. Und dann muss man ihn gehen lassen.«

Sie erntete einen wütenden Blick der Hausherrin, die auch Bootz vorwurfsvoll ansah. Ihr Kollege hielt sich glücklicherweise zurück, bot ihr keine Bühne für neuen Ärger.

»Noch einmal, was ist wirklich passiert in jener Nacht?«, fragte Frida unerbittlich. »Sagen Sie uns endlich die Wahrheit!«

Anne Torge presste die Lippen aufeinander. »Ich habe Ihnen alles gesagt!«

»Es ist vorbei, Anne«, brach es plötzlich aus ihrem Mann heraus. Sein Atem ging schnell, seine ganze Haltung drückte Verzweiflung aus.

»Nichts ist vorbei!«, schrie sie ihn an. »Halt einfach den Mund!«

Er hob wütend die Arme. »Ich kann so nicht weitermachen. Sophie wird daran zerbrechen, wenn sie keine Hilfe bekommt!«, widersprach er.

»Wir helfen ihr doch!«, schluchzte Anne Torge. »Ich kann sie nicht auch noch verlieren!«

»Wir haben sie schon verloren. Siehst du das nicht? Es ist alles zerstört!«

Der Ausbruch der Frau, die den Zwillingen ein schönes Zuhause gegeben hatte, kam nicht überraschend. Anne Torge weinte still vor sich hin, und Frida gab ihr die Zeit, sich zu sammeln.

»Erzählen Sie mir, was in der Nacht passiert ist«, sagte sie nach einer Weile. »Wir wissen, dass Lilly noch vor Tagesanbruch zurück zum Gut gekommen ist. Und zwar lebend!«

Die Hutterin sah ihren Mann an. Dann schien sie eine Entscheidung zu treffen und straffte ihre Schultern. »Ich hatte in der Nacht etwas gehört und habe aus dem Fenster Lilly durch den Garten laufen sehen. Kurz darauf auch Sophie, die allein wieder zurückkam. Ich bin schnell rausgelaufen, um Lilly zu suchen, habe sie aber nirgendwo gefunden.« Sie holte tief Luft. »Weil die hintere Pforte offen war, ahnte ich, dass sie weggelaufen war. Also habe ich Krischan geweckt.«

»Wir sind mit dem Einspänner rausgefahren, um sie zu suchen«, erzählte Krischan Torge weiter. »… waren die ganze Nacht unterwegs, haben uns schreckliche Sorgen gemacht. Kurz vor der Morgendämmerung sahen wir sie plötzlich am Rand des Weges in Richtung des Gutes laufen.«

»Auf der Fahrt nach Hause war sie aufbrausend und hat uns wütend vorgehalten, wir würden sie und Sophie auf dem Gut einsperren.« Anne Torge rang die Hände. »Sie wollte ihre Schwester holen und uns endgültig verlassen.« Sie schluchzte auf. »Ich habe schon einmal ein Kind verloren! Das konnte ich nicht zulassen.«

Frida sah kurz zu Haverkorn. »Sie sprechen von dem Vorfall in Kanada?«

Die Hutterin blickte auf. »Sie wissen davon?«

»Wir wissen, dass Sie in der Kolonie von einem Mann belästigt wurden und Ihr Mann eingeschritten ist. Und dass Sie dadurch Ihr ungeborenes Kind verloren haben.«

Anne Torge starrte lange auf den Boden. »Diese Geschichte reicht viel weiter zurück. Der Mann, Jacob Henninger, hat schon meine Mutter belästigt. Er stellte ihr nach, aber sie hat ihn zurückgewiesen und schließlich meinen Vater geheiratet. Daraufhin hat Henninger die Kolonie verlassen. Ich war sehr jung, als er wiederkam und meiner Mutter erneut auflauerte. Ich habe gar nicht begriffen, was da ablief. Nur dass er eine Gefahr für sie war. Irgendwann war er zum Glück wieder verschwunden.« Ihre Stimme zitterte, und Krischan Torge ergriff ihre Hand. »Als ich ungefähr zehn oder elf Jahre alt war, stand er wieder vor mir. Ich war allein auf dem Heimweg in den Feldern, und plötzlich tauchte da dieser Mann auf, der mir solche Angst machte. Ich lief weg, aber er war schneller.« Ihre Stimme bebte leicht, als sie weitersprach. »Er hat mich gepackt und brutal in einen Brunnen neben der Viehkoppel gestoßen, um mich ertrinken zu lassen.«

Das Schweigen lastete schwer im Raum. Was Anne Torge als Kind erlebt hatte, war kaum zu glauben.

»Er wollte Sie ertrinken lassen?«, fragte Frida.

»Ich habe mit Armen und Beinen im Wasser gerudert und um mein Leben geschrien. Meine Kraft ließ nach, und irgendwann betete ich zu Gott, mich zu retten. Ich habe mich in einen Mauervorsprung im Stein des Brunnens gekrallt und schrie und schrie und schrie.« Sie ächzte leise. »Ein Saisonarbeiter, der das Vieh von der Weide holen wollte, hörte das. Er hat mich gefunden und mir den Eimer an der Kette hinuntergeworfen, an dem ich mich festhalten konnte, bis Hilfe kam.«

»Wurde der Täter verhaftet?«, fragte Haverkorn.

»Nein, man hat ihn nicht finden können. Und am Ende glaubte mir diese Geschichte niemand mehr, niemand außer meiner Mutter. Alle anderen dachten, ich wäre beim Spielen in den Brunnen gefallen.«

Krischan Torge räusperte sich. »Als Anne als erwachsene Frau mit mir zusammenkam und wir unser erstes Kind erwarteten, tauchte Jacob Henninger wieder in der Kolonie auf. Er begann, Anne nachzustellen, sie zu verhöhnen und körperlich zu bedrängen. Einmal bin ich dazugekommen und habe ihn zusammengeschlagen, damit er endlich damit aufhört.«

Seine Frau wischte sich eine Träne aus dem Augenwinkel. »Das war zu viel für mich. Ich habe an diesem Tag unser ungeborenes Kind verloren.« Sie schluckte aufgewühlt. »Die Monate danach waren schrecklich, aber als Krischan endlich freigesprochen wurde, haben wir die Kolonie und Kanada endgültig verlassen. Wir wollten all das hinter uns lassen und ein ruhiges Leben führen. Krischan ist Deutscher, er ist in Hamburg geboren. Seine Eltern waren kurz nach seiner Geburt nach Kanada ausgewandert und hatten sich dort den Hutterern von Crystal Spring angeschlossen. Glücklicherweise hatte er von seiner Familie hier in

Deutschland den Gutshof und etwas Geld geerbt, und so haben wir uns in seiner Heimat niedergelassen.« Dankbar sah sie zu ihrem Mann auf. »Ich bin nie wieder schwanger geworden. Was für ein Glück war es für uns, als Lilly und Sophie auftauchten und gern bei uns bleiben wollten. Ab diesem Tag war unsere Familie komplett.«

Frida flüsterte beinahe, als sie weitersprach. »Erzählen Sie uns, was mit Lilly passiert ist.«

Anne Torge presste die Augen fest zusammen. Ihr Gesicht wurde für einen Moment vom Schmerz überwältigt. Dann fasste sie sich wieder. »Es stimmt, Lilly wollte uns verlassen. Und Sophie mitnehmen!« Erneut schluchzte sie auf. »Das konnte ich nicht zulassen. Ich war rasend vor Schmerz, dass sie mir auch noch Sophie nehmen wollte. Also hab ich sie festgehalten, als sie zum Haus wollte ...« Sie drückte eine Hand auf den Mund und weinte stumm. Niemand mischte sich ein, bis sie weitersprach.

»Ich habe einfach keinen anderen Ausweg gesehen. Ich habe ihr meinen Poncho um das Gesicht geschlungen und habe Mund und Nase zugedrückt, bis sie sich nicht mehr rührte.« Anne Torge sah ihren Mann an, der ihr nicht in die Augen schauen konnte. »Ich habe es getan, damit wir wenigstens eines der Mädchen behalten konnten!«

»Nein!«, rief plötzlich Sophie von der Tür. »Das ist nicht wahr! Hör auf zu lügen!« Sie lief zu Anne Torge und schüttelte sie. »Ich ertrage es nicht länger! All diese Lügen!« Sie schluchzte auf und ging auf die Knie. »Sagt ihnen endlich, wie es wirklich war!«

»Nein, Sophie!«, rief die Hutterin.

Das Mädchen sah Frida an. »Ich war es! Ich habe Lilly umgebracht.« Mit zusammengesunkenen Schultern saß sie auf dem Boden. »Sie ist an jenem Morgen zurück ins Zimmer gekommen und hat versucht, mich zu überreden, mit ihr wegzugehen.« Sie presste ihre Augen zusammen. »Lilly erzählte mir, dass sie Bill wiedergesehen hätte. Und dass sie mit ihm zusammen sein wolle.« Sophie schnappte nach Luft. »Sie hat mir einfach nicht zugehört. Ich wollte nicht weg von Anne und Krischan! Ich war doch glücklich hier. Wie konnte sie unsere neue Familie für diesen Typen aufgeben?«

»Was ist dann passiert?«, hakte Frida nach.

»Sie wollte allein gehen. Da hab ich sie festgehalten, und wir haben gerungen. Ich konnte sie aufs Bett drücken und habe mich so lange auf ihren Nacken gekniet, bis sie sich nicht mehr bewegt hat.« Tränen liefen Sophie über die Wangen. »Ich wollte doch nicht, dass sie stirbt! Nur dass sie bei mir bleibt!« Sie schluchzte auf und schlug die Hände vor das Gesicht.

»Als ich ins Zimmer kam, war es schon zu spät«, sagte Anne Torge leise. »Lilly war schon tot. Mein Mann und ich haben versucht, sie wiederzubeleben. Ohne Erfolg.«

»Ich habe Lilly rausgetragen und in den Pavillon gebracht«, berichtete Krischan Torge, »ihrem Lieblingsplatz im Garten. Dort haben wir uns von ihr verabschiedet. Danach habe ich mich darum gekümmert, dass sie auf dem Friedhof in einem Sarg beerdigt werden konnte.«

»Dann waren Sie das mit dem Blut, oder?« Frida sah zu den Torges. »Wir haben Blut von Lilly am Wagen von den ehemaligen Pflegeeltern der Zwillinge gefunden. Das haben Sie dort platziert, stimmt's?«

Krischan Torge sah seine Frau an, dann nickte er. »Als Sie Lillys Leiche auf dem Friedhof gefunden hatten, wussten wir, dass wir handeln und uns schützen müssen. Es war Sophies Blut, nicht das von Lilly. Ich habe es in der Nacht dort aufgetragen, weil mir klar war, dass Sie die Heckmanns erneut überprüfen werden. Wir wollten den Verdacht auf sie lenken.«

»Dieser schmierige Scheißkerl gehört sowieso in den Knast!«, rief Anne Torge aufgebracht. »Um den wäre es nicht schade gewesen, so wie er die Mädchen behandelt hat!«

»Wusste Sophie Bescheid?«, hakte Frida nach.

»Ja, ich wusste, was Krischan vorhat, und ich wollte es auch«, antwortete das Mädchen. »Es war nur ein kleiner Stich mit einer Nadel in meinen Daumen.«

Ein langes Schweigen entstand, und die Tragik der Geschehnisse, die Lillys Tod nach sich gezogen hatte, spiegelte sich in den Gesichtern. Was erwartete Sophie nun nach diesem Geständnis? Sie war mit ihren sechzehn Jahren strafmündig, wenn auch nach Jugendstrafrecht. Sie würde sich für den Totschlag im Affekt an ihrer Schwester verantworten müssen. Vor allem aber: Wie würde sie mit dieser Tat leben können?

»Eine letzte Frage.« Frida sah Anne Torge an. »Wurde Jacob Henninger je verurteilt? Für das, was er Ihnen und Ihrer Mutter angetan hat?«

»Nein!« Anne Torge stand langsam auf und straffte ihre Schultern. »Er ist im letzten Jahr als freier Mann in Kanada verstorben.«

Kapitel 35

Frida goss sich das Glas mit Wasser ein und trank durstig ein paar Schlucke. Dann wandte sie sich wieder dem Baguette zu und schnitt es in Scheiben, während Sonja neben ihr das von ihr gekochte Wildgulasch abschmeckte. Haverkorn machte den Salat an, während Leonard mit Torben auf der Terrasse stand und Erfahrungen über Verletzungen im Dienst austauschte. Sie hatten das geplante Essen auf den heutigen Sonntagabend verschoben. Auch Leonard war dabei, der nach der Aufklärung des Zwillingsfalles Haverkorns Einladung spontan angenommen hatte.

»Es geht los!«, rief Sonja und trug die Kasserolle zum Esstisch. Frida stellte das Brot und einen Knoblauch-Dip von Henni dazu, die sich heute entschuldigt hatte, weil sie für eine Prüfung lernen musste. Haverkorn brachte eine Schüssel mit Salzkartoffeln und den Salat zur Tafel. Sie setzten sich, und alle außer Leonard, der noch Schmerzmittel einnahm, hoben ihr Weinglas.

»Auf die Gesundheit!«, sagte Torben. Er hielt das Weinglas in der rechten Hand wie vor seiner Verletzung. Der Weg bis zu diesem Tag war lang gewesen.

»Auf die Gesundheit!«, wiederholten sie einstimmig. Leonard stieß mit Wasser an.

Sie langten zu, füllten die Teller mit dem leckeren Essen, das für einen Moment das Gefühl von Normalität und Geselligkeit aufkommen ließ. Frida tat sich eine riesige Portion

Fleisch und Kartoffeln auf, weil sie an diesem Tag kaum etwas gegessen hatte.

»Wann kommst du eigentlich zurück in den Norden?«, fragte Sonja und sah Torben an. »Ich meine ganz, nicht nur auf Urlaub?«

Er tunkte ein Stück Brot in die Soße. »Wir sind ja gerade erst dabei, die Body Farm aufzubauen. Es wird sicherlich noch Monate dauern, bis sie anlaufen kann, wahrscheinlich bis nächstes Jahr.« Ein schneller Blick zu Frida, die nicht darauf reagierte. Was sollte sie auch sagen? Er hatte den Job in Süddeutschland angenommen und endlich wieder beruflich eine neue Herausforderung gefunden, die ihn rundum zu befriedigen schien. Sie war einverstanden gewesen. Über die Zeitspanne ihrer Fernbeziehung und die Belastung, die diese mit sich brachte, hatte sie erst viel später nachgedacht.

»Auf jeden Fall ist so eine Farm in Deutschland enorm wichtig«, sagte Sonja. »Deine Kollegen in den rechtsmedizinischen Instituten werden davon profitieren. Und am Ende auch wir Ermittler.«

»Absolut!« Torben kam ins Schwärmen. »Bisher wurde ja für unser Bundesgebiet die winzige Body Farm in Amsterdam mitbenutzt. Aber die platzt aus allen Nähten, und die Kollegen in Holland signalisieren schon, dass sie dann gern unser neues Forschungsgelände ebenfalls einsetzen möchten, sobald wir starten.«

»Wann kommen die ersten … Forschungsobjekte?«, fragte Haverkorn, der wohl beim Essen das Wort *Leichen* aussparen wollte.

»Frühestens im Herbst«, sagte Torben und nahm sich noch eine Kelle Gulasch. »Sonja! Es schmeckt grandios! Ich habe lange nicht mehr so gut gegessen!«

»Tütensuppen im Hotelzimmer sind ja auch keine Konkurrenz«, sagte Haverkorn, und alle lachten.

Sie sprachen nun mehr über private Dinge, und die Stimmung war gelöst. Nur Leonard blieb schweigsam. Er aß, und es schmeckte ihm sichtlich, aber er wirkte immer ein bisschen abwesend, wenn Frida ihn anschaute. »Alles okay?«, fragte sie ihn leise.

Er nickte und ließ sich von Haverkorn die Salatschüssel reichen.

Nachdem das Geschirr im Spüler stand und Sonja die Schalen mit Mousse au Chocolat verteilt hatte, bewegten sich die Gespräche langsam in Richtung Arbeit. Sophies Geständnis und der Versuch von Anne Torge, die Schuld am Tod ihrer Ziehtochter auf sich zu nehmen, machten Frida betroffen.

»Wieder mal hat eine Familientragödie zu einer noch viel größeren Tragödie geführt«, sagte sie und sah hinaus in die Abenddämmerung. »Hoffen wir, dass Sophie bis zum Prozess psychologische Hilfe erhält. Die Schuldgefühle allein sind schon Strafe genug. Die werden sie ein Leben lang begleiten.«

»Wann wird ihre Schwester beigesetzt?«, fragte Torben.

Frida spürte, wie müde sie nach diesem langen Tag war. Das gute Essen und der Wein taten das Übrige. »Ende nächster Woche. Heute wurde Lilly vom Bestatter aus der Rechtsmedizin abgeholt. Bill Brandstetter, ihr ehemaliger Pflegebruder, durfte sich dort noch von ihr verabschieden. Sein Pflichtverteidiger hat ihn heute Vormittag mit nach Hamburg genommen.«

»Es ist schlimm, wenn man Familienangehörige verliert«, sagte Sonja. »Aber die Zwillingsschwester, mit der man so eine enge Verbindung hatte, im Affekt zu töten …« Sie blickte in ihr Weinglas. »Das Mädchen wird wahrscheinlich viele Jahre lang Hilfe brauchen. Und eigentlich eine Familie. Aber beides hat sie gerade verloren.«

»Ich denke, dass das Ehepaar Torge mit einer Bewährungsstrafe davonkommen wird!« Frida sah in die Gesichter ihrer Kollegen. »Sie hatten mit Lillys Ermordung nichts zu tun. Vielleicht hat Sophie ihre selbst gewählte Familie zukünftig an ihrer Seite. Ich kann es ihr nur wünschen.«

Auf dem Nachhauseweg zum Paulsenhof legte Frida den Arm um Torben. Leonard war mit dem Dienstwagen vorausgefahren. Er wollte noch einmal auf seiner Pritsche im Boxstudio übernachten. Frida hatte lieber laufen wollen, weil der Abend so schön war und sie einen Moment mit Torben hatte allein sein wollen. Hinter den Fenstern des Dorfes waren einige Zimmer noch erleuchtet. Welche Tragödien liefen dort ab, von denen man hier draußen nichts mitbekam?

Die Straßenlampen malten kleine Lichtinseln auf den Asphalt. Vor ihnen huschte eine Katze über die Fahrbahn. Vielleicht war es auch ein Marder gewesen, ein schlanker Schemen, mehr hatte Frida nicht erkennen können. Sie hatte zwei Gläser Wein getrunken. Zu wenig, um betrunken zu sein, zu viel, um klare Gedanken zu fassen. Der Abend in dieser Runde war schön gewesen, auch wenn die Sorge um Sophie immer unterschwellig in ihr gearbeitet hatte. Wo hatte die Jugendhilfe das Mädchen dieses Mal untergebracht? Würde sie dort zur Ruhe kommen?

»Morgen Mittag geht mein Zug«, sagte Torben leise. »Aber wir sehen uns ja in deinem Urlaub.«

Frida hatte das Gefühl, dass jetzt der richtige Moment gekommen war, um diese eine Frage zu stellen, die ihr seit Tagen auf der Seele lag. »Wenn du irgendwann zurückkommst in den Norden …«, begann sie. »… wo möchtest du dann wohnen?«

Torben antwortete nicht, ging ein paar Schritte. »Du

weißt schon, dass noch gar nicht klar ist, wann das sein wird?«, erwiderte er ausweichend.

Frida ließ nicht locker. Sie musste wissen, wie er sich ihre gemeinsame Zukunft vorstellte. »Weißt du, ich habe mir in den letzten Wochen viele Gedanken gemacht. Um uns, unsere Beziehung und die Zeit nach dieser räumlichen Trennung …«

»Okay?«

Frida blieb stehen, fasste ihn an den Händen. »Möchtest du mit mir in eine gemeinsame Wohnung auf unserem Hof ziehen?«

Er sagte nichts. Dann zog er sie weiter. »Ich habe doch eine Wohnung.«

»Und ich werde den Hof überschrieben bekommen«, sagte sie geradeheraus. »Wir könnten das Obergeschoss für uns beide ausbauen.«

Torben schwieg neben ihr. Nur das Geräusch ihrer Schritte setzte das Gespräch fort. Aber sie musste sein Schweigen aushalten. Ihn zu etwas zu drängen, wäre der falsche Weg.

»Darüber muss ich erst mal nachdenken«, sagte er schließlich. »Du weißt, ich bin immer glücklich gewesen in Hamburg.«

»Ja, natürlich. Du sollst nur wissen, dass dieser Vorschlag von meinen Eltern kommt und ich ihn wirklich gut finde.«

»Dann hast du dich schon entschieden?«

»Nein! Ich wollte erst mit dir reden.«

Er blieb stehen. »Ich muss dir auch etwas sagen.«

Frida hatte plötzlich ein seltsames Magendrücken. Was kam jetzt? Sie sah ihn an. Im milchigen Schein der Straßenlaterne wirkte sein Gesicht fremd und verschlossen.

»Ich habe das Angebot bekommen, die Leitung der Body Farm zu übernehmen.«

Frida spürte ihr Herz klopfen. »Und was heißt das?«

»Dass ich nicht nur in dieser Aufbauphase dort wäre, sondern ganz nach Süddeutschland ziehen müsste.«

»Ich weiß nicht, was ich dazu sagen soll. Willst du das denn?«

Er zögerte. »Mein Physiotherapeut ist zufrieden mit mir. Aber es ist so gut wie ausgeschlossen, dass ich wieder ein Skalpell führen kann. Die Body Farm wäre mein Plan B. Und ja, er gefällt mir!«

Frida lief schweigend neben ihm her. Da waren sie in einer Pattsituation. Einer von ihnen musste sich gegen seinen Zukunftsplan entscheiden. Vor ihrem Elternhaus blieb sie stehen. »Gehst du schon mal rein? Ich möchte noch kurz im Boxclub bei Jo vorbeischauen.«

Er sah sie an, schien aber zu verstehen, dass sie einen Moment allein sein wollte. »Klar! Bis gleich.« Torben ließ sie auf dem Hof stehen und ging hinüber zum Haus.

Frida wandte sich der ehemaligen Technikhalle zu, in der sich nun das Boxstudio befand. Die Lichtwerbung über dem Tor war schon aus, also waren keine Gäste mehr da. Zwei Fahrzeuge standen auf dem Parkplatz an der Mauer. Vielleicht duschte noch jemand nach dem Training oder trank an der Bar einen Absacker. Dann konnte sie sich einfach dazustellen und so tun, als wäre ihr Leben in Ordnung. Als hätte ihr nicht gerade der Mann, den sie liebte, gesagt, er würde darüber nachdenken, für immer wegzugehen.

Frida zog die Schiebetür auf und sah Jo an der Bar stehen. Ihr gegenüber lehnte eine blonde Frau am Tresen. Sie schloss die Tür und ging hinüber.

»Krieg ich noch was zu trinken bei dir?«

Jo nickte, stellte zwei Schnapsgläser auf den Tresen.

Frida erkannte nun auch den Gast an der Bar, der ein Glas Wasser vor sich hatte.

»Judith! Was machst du denn hier? Wartest du auf Leonard?«

»Hi, Frida.« Ihre Kollegin aus Lübeck machte mit dem Kopf eine Bewegung in Richtung Boxring, wo Leonard stand und telefonierte. »Immer busy, dieser Mann!«

Jo goss etwas von Milans Slivovic ein, den sie unter dem Tresen hervorgeholt hatte. Dann hob sie ihr Glas. Frida stieß mit ihr an und trank. »Wo ist Milan?«

»Den hab ich heute Nachmittag ins Wochenende geschickt.«

Leonard kam zu ihnen und steckte das Smartphone weg.

»Er hat Judith versetzt«, flüsterte Jo. »Sie ist sauer.«

»Ja, ist sie!«, sagte Judith, die die Bemerkung gehört hatte, und sah Bootz an. »Wir waren zum Essen verabredet. Nur hab ich allein in der Kneipe gesessen. Ans Handy gegangen ist er auch nicht.«

»Das ist gar nicht gut, Leo!« Frida verzog das Gesicht und hielt Jo ihr Schnapsglas hin. »Ich brauche noch einen.«

»Tut mir leid. Ich hab's vergessen.« Leonard zwinkerte ein paarmal. »Aber diese Schmerzmittel machen mich echt fertig!«

Frida merkte, wie der Hochprozentige ihre Laune hob. »Lasst uns auf das Leben trinken!« Sie hörte, dass die Schiebetür am Eingang geöffnet wurde, und blickte hinüber, weil sie hoffte, Torben dort zu sehen. Es war falsch gewesen, ihn allein aufs Zimmer gehen zu lassen. Aber es war nicht Torben, der auf sie zukam. »Bill?«

Der ehemalige Pflegebruder der Zwillinge sah sich um und kam dann zur Bar. Er sah die Schnapsflasche und die Gläser. »Ihr feiert schon, ja?« Er blieb vor ihnen stehen und verschränkte die Arme. »Es kam vorhin im Radio!« Er rieb sich den Hals, der rote Flecken aufwies. Sein Blick ging von Frida zu Judith und Bootz. »Ihr schickt ein unschuldiges

Mädchen in den Knast ...« Seine Stimme war geladen von unterdrückter Wut. »Dabei steht Lillys Mörder hier bei euch und kippt Schnäpse!«

Frida sah Jo an. »Bill, was soll das?«

Er griff in die Tasche seiner Jacke und fingerte plötzlich eine Schusswaffe heraus, die er auf Bootz richtete. »Du Schwein! Dafür wirst du zahlen!«

Bootz rührte sich nicht, aber er war auf der Hut. »Wovon redest du, Mann?«

»Ich wette, hier weiß niemand, dass du dort auf dem Gutshof ein und aus gegangen bist.« Brandstetter sah in jedes einzelne Gesicht.

»Leo, was ist hier los? Wovon redet er?«, fragte Frida.

Bootz sah den Eindringling an, seine Gesichtsmuskeln arbeiteten vor Anstrengung.

»Er hat die Mädels belästigt! Lilly hat es mir erzählt. Er wollte sie auffliegen lassen.«

»Was? Ich kapier das nicht. Leo, sag doch was!« Frida sah ihren Kollegen auffordernd an.

»Es stimmt, ich war dort.« Bootz nickte, schien eine Entscheidung getroffen zu haben. »Ich wollte, dass Anne und Krischan die Mädchen gehen lassen.«

»Schwachsinn! Du wolltest ihnen an die Wäsche!«, rief Bill Brandstetter. »Du wolltest Lilly die ganze Zeit für dich, aber sie hat dich abgewiesen!« Die Schusswaffe in seiner Hand zitterte. Frida betrachtete den Lauf und erkannte den Typ, eine Heckler & Koch SFP 9. Etwas in ihrem Hirn machte *klick*. Das durfte alles nicht wahr sein!

»Wann warst du auf dem Gut?«, fragte sie Leonard, um das Gespräch am Laufen zu halten. Wie konnte sie den nervösen Angreifer davon überzeugen, die Waffe wegzustecken?

Bootz schloss kurz die Augen, als müsse er nachdenken.

Dann sah er sie an. »Mehrere Male, schon seit ein paar Wochen.«

Frida blickte zu Jo, die ebenso sprachlos wirkte. Ihr fehlten für einen Moment die Worte. »Wochen?«, vergewisserte sie sich.

»Ich kenne Anne Torge. Von früher.« Bootz sog tief Luft ein. Dann wandte er sich an Bill Brandstetter »Jetzt nimm die Knarre runter. Sie fällt dir ja fast aus der Hand!«

Der junge Mann umfasste die Pistole noch fester. »Los! Klär sie auf!«, verlangte er.

Bootz schob nachdenklich die Unterlippe vor. Dann begann er zu erzählen. »Ich bin zusammen mit Anne Torge aufgewachsen. Als ich drei Jahre alt war, sind meine Eltern mit mir nach Kanada ausgewandert, um sich der Glaubensgemeinschaft der Hutterer anzuschließen. Wir sind in die Kolonie nach Crystal Spring in der Provinz Manitoba gezogen, und da habe ich Anne kennengelernt. Sie wurde meine beste Freundin.« Bootz schwieg und sah in die Gesichter.

Frida blickte ungläubig Jo an, dann Judith. Auch in ihren Gesichtern stand Fassungslosigkeit. »Und das hast du uns die ganze Zeit verschwiegen? Dass du diese Frau kennst?«

Ihr Kollege konnte sie nicht ansehen. »Ich war zwölf, als wir zurück nach Deutschland gegangen sind. Meine Eltern beschlossen, dass ich von da ab nicht mehr Ludwig, sondern Leonard heißen solle. Das ist mein zweiter Vorname. Sie wollten die Vergangenheit hinter sich lassen, denn sie hatten sich mit einigen Familien aus der Gemeinschaft überworfen. Es hat lange gedauert, bis sie in der alten Heimat wieder Fuß fassen konnten. Auch ich hatte anfangs große Schwierigkeiten, mich in Deutschland zurechtzufinden. Aber ich habe mich schnell angepasst, die Schule aufgeholt und bin schließlich Polizist geworden.«

Frida konnte nur sprachlos den Kopf schütteln. Leonard war bei den Hutterern aufgewachsen? Alles hätte sie von ihm erwartet, aber nicht eine solche Lebensbeichte.

»Und wie kam der Kontakt zu Anne Torge erneut zustande?«, fragte Judith Mehring.

Bootz seufzte leise. »An meine Kindheitsfreundin Anne hatte ich viele Jahre nicht mehr gedacht, als sie plötzlich bei mir auftauchte. Sie war gerade mit ihrem Mann nach Deutschland gezogen und hatte mich über meine Eltern ausfindig gemacht.«

Frida wähnte sich in einem falschen Film. Deshalb war Leonard immer so seltsam abwesend gewesen, verstockt und unmotiviert. Weil er persönliche Kontakte zu den Verdächtigen hatte. Er war ihnen die ganze Zeit einige Schritte voraus gewesen. Hatte er auch die Ermittlungen sabotiert?

»Ich bin natürlich zu ihr aufs Gut gefahren. Dort haben Anne und Krischan mir ihre beiden Töchter Lilly und Sophie vorgestellt.« Bootz sah Bill Brandstetter an, dem der Schweiß auf der Stirn stand. Seine Hände zitterten leicht, aber er hielt die Waffe noch immer auf Bootz gerichtet.

»Ich habe sofort gewusst, wer diese Mädchen sind. Ihre Fotos sind ja damals durch die Presse gegangen. Und ich habe Anne und Krischan aufgefordert, die Mädchen zu melden oder auf eine Polizeiwache zu bringen. Sie haben es abgelehnt.«

»Und dann bist du Lilly nachts nachgestiegen!«, mischte sich Bill ein. »Sie hat mir erzählt, dass du sie schon auf dem Gut bedrängt hast.«

»Natürlich habe ich versucht, die Mädchen zu überzeugen, wenn schon Anne und Krischan sich weigerten. Ich habe auf Lilly und Sophie eingeredet, mit mir mitzukommen«, ereiferte sich Bootz. »Ich habe alles versucht, dass sie die Torges von selbst verlassen!« Er stieß die Luft aus.

»Aber ich habe sie weder bedrängt noch Lilly umgebracht. Das ist völliger Quatsch!«

»Du bist uns im Auto entgegengekommen. In der Nacht, als ich sie mitten in der Marsch abgesetzt habe«, sagte Bill. »Ich hab dich erkannt. Du warst dort, und am nächsten Tag war Lilly tot.« Ein gequälter Ton kam aus seiner Kehle. »Du verdammter Mistkerl!«

»Ja, ich war dort in dieser Nacht! Anne hatte mich besorgt angerufen, weil Lilly verschwunden war. Wir drei haben sie die ganze Nacht gesucht!« Bootz fuhr sich mit den Händen durch die Haare. »Als sie zurück war in Annes Obhut, bin ich nach Hause gefahren.«

»Du bist ein verdammter Lügner!«, schrie Bill. Er trat näher an Bootz heran. »Beim ersten Mal habe ich dich nicht richtig erwischt. Aber heute bringe ich es zu Ende!«

Es wurde still im Boxstudio. Bill Brandstetter hatte soeben gestanden, dass er der Heckenschütze in Itzehoe gewesen war. Dann hatte Frida die Pistole richtig erkannt. Öztürks Tatwaffe.

»*Du* warst das?« Bootz starrte den Angreifer vor ihm an. »*Du* hast vor dem Büro auf mich geschossen?«

Brandstetter lachte nervös auf. »Erst habe ich auf dem Parkplatz dein Auto gefilzt. Ich wollte einen Beweis finden, dass Lilly bei dir im Wagen war. Dass du ein kaltblütiger Mörder bist.« Er wischte sich mit der freien Hand den Schweiß von der Stirn. »Aber stattdessen habe ich diese Knarre im Handschuhfach gefunden.« Er hob sie hoch. »Eingewickelt in einen öligen Lappen. Und Scheiße, sie war sogar geladen!« Er lachte auf, was wie eine quietschende Tür klang. »Das war wie eine Einladung, es sofort zu Ende zu bringen. Und einen Mörder zu bestrafen.«

Frida ging einen Schritt auf den Angreifer zu. »Bill! Gib mir die Waffe! Bisher ist es nur eine Körperverletzung.

Wenn du jetzt noch einmal schießt, fährst du für mindestens fünfzehn Jahre ein.« Sie ließ unter den Tisch fallen, dass er sich bereits für einen versuchten Mord verantworten musste. »Wir kümmern uns darum. Jetzt, wo wir wissen, dass Leonard dort war, werden wir das untersuchen!«

»NEIN!« Er wich ein Stück zurück. »Dieses Schwein verantwortet sich jetzt! Kein Gericht verurteilt einen Bullen!« Er zielte erneut auf Bootz. »Er hat Lilly auf dem Gewissen!«

»Sophie hat Lilly getötet. Sie hat es uns gestanden«, sprach Frida ruhig auf ihn ein. »Sie wollte ihre Schwester nicht gehen lassen. Es war eine Tat im Affekt!«

»Das glaube ich nicht. Ihr lügt doch alle, ihr Bullenschweine!«

»Gib ihr die Waffe!«, sagte Jo hinter dem Tresen. Sie warf einen auffordernden Blick zur Decke. »Alles, was hier passiert, wird aufgezeichnet. Es wird dokumentiert. Du gehst in den Knast, wenn du schießt.«

Bill sah nach oben zu der Überwachungskamera, die Milan aus Sicherheitsgründen angebracht hatte und die den vorderen Bereich und den Tresen filmte. Seine Hand zitterte heftig, dann zielte er und drückte ab. Der Knall ließ Frida zusammenzucken. Die Kamera zersplitterte in unzählige Einzelteile und krachte auf den Steinboden.

Brandstetter hatte einen irren Blick, als er sich erneut Bootz zuwandte. »Wie hast du es gemacht?« Er setzte dem Polizisten die Waffe an die Schläfe. »Wie hast du Lilly umgebracht?«

»Ich war es nicht! Es war Sophie!«, sagte Bootz gepresst. Auf seiner Stirn schimmerte kalter Schweiß.

»Bill!«, versuchte es Frida. »Du machst einen riesigen Fehler! Ich hole dir Sophie ans Telefon. Sie wird es bestätigen!«

Der junge Mann schien zu überlegen.

Frida sah, dass Jo hinüber zur Eingangstür blickte. Ein leises Geräusch drang an ihr Ohr. War jemand hereingekommen?

Bill schien nichts bemerkt zu haben. Er atmete hektisch und wischte sich immer wieder den Schweiß von der Stirn.

»Mach nicht noch einmal diesen Fehler, Bill!« Frida versuchte, ruhig zu sprechen, das Geschehen nicht noch anzuheizen. »Das bringt dir Lilly nicht zurück, wenn du einen Unschuldigen bestrafst.«

»ER HAT SIE UMGEBRACHT«, schrie Bill, sah Bootz ins Gesicht, hob die Waffe und schoss kurzerhand in die Decke. Eine Geste, um sich warmzuschießen. »Dafür wirst du bezahlen!«

Frida war erschrocken zusammengezuckt. Ihr war klar, dass die Situation außer Kontrolle geraten war. Bill zielte erneut auf Leonards Kopf. »BILL! NEIN!«

Ein weiterer Schuss krachte durch den Raum. Frida duckte sich. Sie sah Leonard an, der unverletzt vor ihr stand. Bill ließ die Waffe fallen und brach plötzlich vor ihr zusammen. Sie verstand gar nichts mehr. Was war hier los?

Cat kam von der Tür zu ihnen gelaufen, blieb neben Leonard stehen. Torben stand plötzlich neben Frida, nahm sie in den Arm. »Bist du okay?«

Dankbar drückte sie sich an ihn. »Ja, alles gut!«

Haverkorn, der geschossen hatte, schob seine Dienstwaffe zurück ins Holster und trat Bills Waffe mit dem Fuß von ihm weg. Er hockte sich neben den jungen Mann und fühlte seinen Puls. »Schnell, ruft den Notarzt. Er lebt!«

Kapitel 36

Nachdem der Rettungswagen weggefahren war, saßen sie in der Küche des großen Reetdachhauses zusammen. Kollegen der Schutzpolizei sperrten bereits das Boxstudio als Tatort ab. Bald würden ihre Kollegen und die Spurensicherung mit dem großen Besteck hier auftauchen. Sie mussten sich für ihre Aussagen zur Verfügung halten. An Schlaf war in diesem Moment ohnehin nicht zu denken.

Frida schluckte mehrfach, um das Piepen loszuwerden, das wie ein alter Bekannter zurückgekommen war. Langsam schien es zur Normalität zu werden. Niemand sagte etwas. Der Schrecken saß bei ihnen allen noch tief, die Gesichter waren angespannt. Wie schnell hätte es heute sie, Jo oder Leonard treffen können? Ihrer aller Leben hatte an einem hauchdünnen Faden gehangen. Nach dieser Nacht und der Todesangst, die sie dadrinnen komplett blockiert hatte, überlegte sie nun, eine längere Pause vom Dienst einzulegen. Vielleicht war auch das Gespräch mit einem Psychologen eine Option, das ihr Bjarne schon seit dem Anschlag auf Leonard nahegelegt hatte.

Sie sah ihren ehemaligen Partner an, der ihren Blick dankbar erwiderte. Wäre Haverkorn nicht so schnell da gewesen, hätte Bill Brandstetter Leonard wahrscheinlich heute Nacht erschossen. Da war sich Frida sicher. Der junge Mann hatte nicht nur leere Drohungen ausgestoßen. Er hatte sich in seinem tiefen Schmerz erleichtern wollen, jemanden dafür verantwortlich machen und töten. Frida sah Leonard an. Er wirkte niedergeschlagen, als gäbe er sich die Schuld an dieser Eskalation. Er konnte niemanden ansehen, starrte Löcher in die Tischplatte. Er war wieder mit dem Schrecken davongekommen. Judith saß neben ihm, hatte eine Hand auf seinen Schenkel gelegt. Auch sie war blass und stumm angesichts der Ereignisse.

»Das war knapp«, sprach Jo endlich aus, was wohl alle am Tisch dachten. Neben ihr saßen Fridas Eltern, zwischen ihnen Cat. Selbst dem Mädchen mit der großen Klappe hatte es die Sprache verschlagen.

Cat sah Frida an. »Ich wollte gerade in den Bauwagen«, erzählte sie, »als dieser Typ auf den Hof fuhr. Er stieg aus, und ich hab gesehen, wie er eine Waffe aus dem Handschuhfach nahm und sich in die Jacke schob. Deshalb bin ich sofort wieder rüber zu Fridtjof gelaufen. Er war zum Glück noch wach. Wir haben dann entschieden, Bjarne anzurufen.«

»Du hast wirklich tough reagiert«, sagte Frida. »Ohne dich wäre das anders ausgegangen.« Sie griff nach Cats Hand und drückte sie fest. »Danke!«

Das Mädchen nickte. »Als Bjarne ankam, hab ich den Schuss gehört. Da wusste ich, dass bei euch was schiefläuft.«

»Wer hat denn geschossen?«, fragte Haverkorn.

»Na, dieser Irre!«, sagte Jo. »Er hat die Überwachungskamera runtergeholt.«

»Schade! Wäre gut gewesen, das alles auf Band zu haben«, erwiderte Frida.

Jo sah sie an. »Es gibt noch eine, vorn an der Tür. Milan wollte auf Nummer sicher gehen. Da müsste alles drauf sein.«

Frida schmiegte sich enger an Torben, der seinen Arm um sie gelegt hatte. Sie sah Leonard an, der ihren Blick erwiderte. »Warum hattest du Öztürks Tatwaffe im Wagen?«, stellte sie die Frage, die ihr schon die ganze Zeit unter den Nägeln brannte. »Wenn Bill sie aus deinem Handschuhfach genommen hat, wie ist sie da hingekommen?«

Er verschränkte die Arme. »Ich hatte sie an mich genommen.«

Frida brauchte einen Moment. »An dich genommen? Wo denn?«

»Bei mir!«, sagte Judith und straffte ihre Schultern. »Ich hatte sie kurz vorher in der Wohnung von Alex gefunden. Ganz zufällig, aber mir war sofort klar, was für eine Waffe es war.« Sie atmete aus. »Mir wurde klar, dass mein Ex sie damals aus der Asservatenkammer entwendet hatte, vor dem Öztürk-Prozess. Er hat jahrelang diesem Drogenboss zugearbeitet, war sein Ohr in den Polizeikreisen gewesen. Alex sollte die Pistole direkt nach dem Diebstahl vernichten, aber er hat sie als seine Lebensversicherung aufbewahrt. Falls Öztürk ihm drohen würde.«

Frida sah Judith vorwurfsvoll an. »Warum lag sie dann bei Leo im Auto? Verstehe ich nicht!«

»Ich wollte Alex nicht in Schwierigkeiten bringen. Ich hab ihm versprochen, die Waffe zurück in die Asservatenkammer zu schmuggeln. Damit, so dachten wir, wäre die Angelegenheit aus der Welt.« Ihr war anzusehen, dass sie sich bittere Vorwürfe machte. »Es war ein riesiger Fehler, das ist mir jetzt auch klar! Ich wollte sie selbst zurückschaffen, aber mich verließ der Mut. Dann hat Leo angeboten, es zu übernehmen.«

Frida strafte Bootz mit einem kalten Blick ab. Sie konnte nicht fassen, was für illegale Dinge ihr Kollege da drehte. Nicht nur, dass er Anne Torge schon sein halbes Leben kannte, er wollte auch einen Maulwurf in den Polizeireihen schützen.

»Warum hat Werft sich in diesem Schrebergarten umgebracht?«, fragte Jo und lehnte sich nach vorn. »Hatte er Schuldgefühle nach dem Angriff auf Leonard?« Sie nagelte Judith mit ihrem Blick fest. »Weil es diese Waffe war, die er jahrelang versteckt hatte?«

Die Polizistin antwortete nicht. Ihr Hilfe suchender Blick ging zu Leonard. Der rührte sich nicht.

»Es war kein Selbstmord! Es war jemand bei Werft, als er starb«, mischte sich Haverkorn ein und sah ebenfalls Judith an. »Da hatte jemand seine Finger im Spiel. Die Tatwaffe im Schrebergarten war ebenfalls eine Heckler & Koch SFP 9! Die Ballistik hat bestätigt, es war nicht Öztürks Tatwaffe, aber der gleiche Typ. Ein klares Zeichen der Drogengang, würde ich sagen.«

»Alex hatte Angst nach dem Angriff auf Leo«, begann Judith zu erzählen. »Weil es ein paar Eifersuchtsszenen gab. Er hat ihn in Lübeck tätlich angegriffen, weil er dachte, dass ich wieder was mit ihm angefangen habe. Als auf ihn geschossen wurde, ging ihm der Arsch auf Grundeis. Er wollte untertauchen und erst mal abwarten, ob er des versuchten Mordes verdächtigt wird.« Judith zögerte, als müsse sie nachdenken, was sie preisgeben konnte. »Ich bin ein paarmal zu ihm rausgefahren, um ihm Lebensmittel zu bringen. Und dann kam plötzlich die Nachricht, dass er dort tot aufgefunden wurde. Es war ein Schock!« Sie schluckte aufgewühlt. »Mir war sofort klar, dass es kein Selbstmord war, sondern dass Öztürks Leute dahintersteckten. Sie werden erfahren haben, dass die brisante Tatwaffe beim Angriff auf Leonard wiederaufgetaucht war. Und dass Alex Öztürk all die Jahre vorgelogen hat, dass er sie gar nicht vernichtet hatte.«

»Wie soll Öztürk davon erfahren haben?«, fragte Jo, Zweifel im Gesicht.

Judith sah sie kampflustig an. »Ihr glaubt doch nicht

wirklich, dass Alex der einzige Polizist war, der auf Öztürks Gehaltsliste stand? Der hat über die Jahre ein Netzwerk aufgebaut, das unsere ganze Behörde infiltriert hat.«

Haverkorn räusperte sich. »Die Tat war kaltblütig ausgeführt und wäre beinahe als Selbstmord durchgegangen. Da war ein Profi am Werk.«

»Jemand wird Öztürk sofort im Knast informiert haben, als die ballistische Untersuchung nach dem Angriff auf Leo die Tatwaffe als Öztürks Heckler & Koch identifizierte. Für eine solche Info gibt's einen fetten Bonus!«, sagte Judith. »In diesem Moment war Alex' Leben keinen Pfifferling mehr wert.« Sie wischte sich eine Träne aus dem Augenwinkel. »Als ich die Waffe bei ihm durch Zufall entdeckte, hat er mir alles gestanden. Ich habe mich von ihm getrennt, als ich erfuhr, dass er sich jahrelang von diesem Drogenboss hatte schmieren lassen. Aber ich wollte nicht, dass ihm was passiert. Ich habe ihm versprochen, dafür zu sorgen, dass die Waffe wieder in die Asservatenkammer kommt. In eine andere Beweismittelkiste. Nur hatte ich einfach nicht den Mumm dazu. Ich habe bei Leonard Rat gesucht, und er hat die Waffe an sich genommen.«

»Warum wolltest du ausgerechnet einem Mann helfen, der dich angegriffen hat?«, fragte Frida und sah Bootz an.

»Wollte ich nicht!« Leonard konnte Judith nicht ansehen. »Ich wollte sie nicht zurückschmuggeln, sondern Nick Wahler übergeben. Er war ja damals in diesem Öztürk-Fall involviert. Er hätte entscheiden sollen, was wir tun. Aber dann war Nick zu abgelenkt aufgrund des Zwillingsfalles. Ich wollte abwarten, bis er einen Moment Zeit für mich hat.« Seine Stirnfalten wurden tiefer. »Aber bevor es dazu kam, hat Bill Brandstetter die Waffe in meinem Wagen gefunden.« Er warf Judith einen Blick zu, die jedoch nicht reagierte. »Natürlich fühlte ich mich nach der Tat im Krankenhaus nicht sicher. Ich dachte, dass die Drogengang wegen dieser Waffe hinter mir her ist. Deshalb bin ich heimlich verschwunden. Denn wem konnte ich wirklich vertrauen außer einer Externen, also Jo?«

Sie schwiegen, erschöpft nach diesen Geständnissen.

Dann hörte Frida Autotüren auf dem Hof zuschlagen. Ihre Kollegen von der Mordkommission betraten die Küche. Anja kam zu Frida und umarmte sie schweigend. »Ich bin so froh, dass es euch gut geht!«, sagte sie und sah in die geschafften Gesichter am Tisch. »Aber ehrlich, hatten wir uns nicht erst mal eine Pause verdient?«

Einen Monat später

Frida stellte ihre Reisetasche in den Jeep und schloss den Kofferraum. Ihre Eltern und Cat standen daneben. Der Setter lief aufgeregt zwischen ihnen herum, weil er offenbar spürte, dass Frida den Hof verlassen wollte. Sie hatte nach dem dramatischen Abend im Boxclub den Urlaub für ein paar Wochen verschoben, um sich erst einmal mit den Geschehnissen auseinandersetzen zu können. Und sie hatte endlich einen Termin bei einer Therapeutin wahrgenommen, der wirklich gut verlaufen war.

Bootz und Judith Mehring waren vom Dienst suspendiert, und eine interne Untersuchung war eingeleitet worden. Frida hatte noch ein langes Gespräch mit Leonard geführt, der ihr von der Zeit bei den Hutterern und seinen Erlebnissen dort berichtet hatte. Wie die wiederholten Misshandlungen von Anne Torges Mutter und der Mordanschlag auf seine Freundin, die in einen Brunnen gestoßen worden war, ihn zutiefst geprägt und in ihm als Jugendlicher schließlich den Wunsch geweckt hatten, für Gerechtigkeit zu sorgen und Polizist zu werden. Er hatte ihr versichert, dass er sich aus ihren Ermittlungen im Zwillingsfall komplett herausgehalten hatte, weil ihm bewusst war, dass er Anne und Krischan nicht schützen durfte. Leonard bereute sein Schweigen zutiefst, das zu dieser Tragödie und Lillys Tod beigetragen hatte. Inwiefern er sich für sein Tun oder Unterlassen nun verantworten musste, würden die Ermittlungen bald zeigen. Vielleicht würde er nicht mehr zur Mordkommission zurückkehren, Frida wusste es nicht.

Was Judith Mehring anging, war sich Frida sicher, dass sie weitaus größere Probleme hatte als Leonard. Bei einer Razzia bei Öztürks Gang waren jede Menge Dokumente, Drogen und Schusswaffen sichergestellt worden. Ob der Mörder von Alex Werft dadurch identifiziert werden konnte, war fraglich. Malik Öztürk war in ein anderes Gefängnis im Süden Deutschlands verlegt worden. Der Prozess gegen ihn wurde vorbereitet, und das wiederaufgetauchte Beweisstück war in sicherer Verwahrung an einem unbekannten Ort.

Was Frida trotz all der tragischen Ereignisse freute, war, dass Sonja offiziell bei Haverkorn eingezogen war. Sie arbeiteten nun beide teils in Kiel, teils im Homeoffice in Deichgraben. Gerade führte er eine Menge Bewerbungsgespräche, um die Cold Case Unit aufzustocken. Ihre Bewerbungsunterlagen hatte Frida gestern noch abgeschickt. Sie wusste, dass auch Beamte im aktiven Dienst beim LKA für die neue Unit gesucht wurden. Wer wusste, was die Zukunft für sie bereithielt.

»Ich muss los. Sind ja fast 800 Kilometer.« Frida umarmte ihre Mutter, die sie an sich drückte.

Martas Stimme klang belegt. »Nicht dass du noch auf die Idee kommst, in die Berge zu ziehen!«

»Mama, ich nehme mir nur eine kleine Auszeit und wandere nicht aus.«

Ihre Mutter gab sie frei und drückte ihr einen Proviantbeutel in die Hand. »Da sind auch zwei Mettwürste für Torben drin.«

»Danke!« Sie gab ihr einen Kuss auf die Wange.

»Die Äpfel hast du?«, fragte Fridtjof und umarmte sie fest.

»Sind schon im Auto. Die Kiste bringe ich dir zurück!«

Frida nahm Cat in den Arm und wuschelte dem Mädchen, das mittlerweile so groß war wie sie selbst, durch die Haare. »Du passt gut auf Hetfield und Cobain auf, okay?« Sie flüsterte in ihr Ohr. »Und hab ein Auge auf meine Eltern.«

Cat lachte und klatschte mit ihr ab. »Grüß Torben!«

Frida kraulte Bruno das Fell, der ihr aufgeregt die Hand ableckte, und stieg ins Auto.

»Melde dich, wenn du da bist!«, rief ihre Mutter.

»Ja, klar!« Frida startete den Motor. Diese Verabschiedung ging ihr wirklich nahe.

Sie hatte sich im Job eine längere Auszeit genommen. In den Außendienst hätte Wahler sie ohnehin so schnell nicht mehr gelassen. Und ihre Psychotherapeutin hatte Fridas Entscheidung begrüßt, erst einmal ein paar Wochen zu verreisen und durchzuatmen.

Nach der lebensbedrohlichen Situation im Boxstudio hatte Torben Frida lange in den Arm genommen. »Ich will sein, wo du bist«, hatte er gesagt. »Am Ende ist es nur ein Job!«

Sie hatten besprochen, dass Frida zu ihm nach Bayern kommen würde, um die nächsten Wochen mit ihm zu verbringen. Schon als sie die Marschdörfer hinter sich ließ, als die Obsthöfe im Rückspiegel kleiner wurden und die Landschaft gemächlich hügeliger wurde, spürte sie ein starkes Heimweh nach dem Paulsen-Hof. Aber je näher sie Bayern kam, desto mehr freute sie sich auf Torben.

†††

DANK

Ich bedanke mich bei Ihnen, liebe Leserinnen und Leser, für Ihre Begeisterung! Viele von Ihnen folgen mir schon seit TOTENWEG, dem ersten Band mit Frida und Haverkorn. Andere sind ganz neu eingestiegen, und vielleicht haben Sie Lust, die ersten Bände der Reihe zu lesen und zu erfahren, wie alles anfing. Ohne Sie könnte ich diesen tollen Beruf nicht ausüben. Ohne Sie würden diese Geschichten nicht erzählt werden können. Danke! Mehr über mich und meine Bücher erfahren Sie auf der Seite www.romyfoelck.de.

Ich danke Ihnen, liebe Buchhändlerinnen und Buchhändler, für Ihr großartiges Engagement und Ihre Freude an meinen Büchern, die mich immer wieder auf Lesungen und in den sozialen Medien erreicht. Ohne Sie würden meine Geschichten nicht hinaus in die Welt gelangen, Sie sind unersetzbar, und wie wir in der Pandemie gesehen haben, unermüdlich!

Ich danke allen Mitarbeiterinnen und Mitarbeitern des Lübbe-Verlages für die großartige Arbeit der letzten Jahre, die oft still im Hintergrund geleistet wird, bis das fertige Buch endlich im Laden stehen kann. Ich möchte insbesondere meiner Lektorin Gerke Haffner danken, die mir vor gut acht Jahren die Chance gab, meine Krimiserie zu veröffentlichen, und die mit ihren einzigartigen Ideen den Text immer verbessert hat. Es ist eine Zusammenarbeit, die nicht nur erfolgreich, sondern auch vertrauensvoll ist, was so wichtig ist für sensible Kreative wie mich. Ich danke Frau

Dr. Ulrike Brandt-Schwarze für ihren großartigen Feinschliff des Textes, der ihn am Ende immer noch »runder« macht. Ich danke Momke Zamhöfer für die tolle Zusammenarbeit im Bereich der Veranstaltungsorganisation, für das offene Ohr am Telefon und das Gefühl, dass ich gar nicht so allein bin im Homeoffice.

Und natürlich danke ich dem emsigen Team meiner Literaturagentur in Hamburg, insbesondere meinem Agenten Lars Schultze-Kossack, der in meinem Exposé vor über acht Jahren Potenzial sah und Recht behielt. Danke für eure tolle Arbeit!

Ich danke meinen Testleserinnen Kathrin Gehlhaar und Angélique Kästner-Mundt für die konstruktiven Rückmeldungen, Julia Lundström für das Finden des Fehlers in letzter Sekunde und allen drei dieser tollen Frauen für die langjährige Freundschaft!

Ich widme diesen Roman meiner engen Freundin Andrea Hoeck, die mich seit vielen Jahren begleitet und meine Träume von einer Karriere als Autorin nie in Zweifel gezogen hat. Mit dir, liebe Andrea, saß ich vor Jahren in einem verschlafenen Café in Valdemossa, und wir sprachen stundenlang über unsere Träume und Hoffnungen, wir ließen damals »die Kühe fliegen«. Auch dein Traum geht nun in Erfüllung. Ich bin so stolz auf dich und immer an deiner Seite, wie du an meiner! Auf geht's …

Ich danke meiner geliebten Familie, Renate, Katrin und Karlheinz Fölck, die mich seit über zwanzig Jahren beim Schreiben begleiten und erleben konnten, wie aus einer Leidenschaft ein Beruf und daraus sogar eine Karriere wurde. Ich danke meinem Mann Tom Völker, der mir die Möglichkeit gab weiterzumachen, als es nicht danach aussah, dass ich Erfolg haben könnte, meinem Fels in der Brandung, meinem kritischen Erstleser, meinem Ruhepol. Und ich danke meinen Schwiegereltern Ulla und Sieghard Völker für ihre Zuneigung und Unterstützung auf diesem langen Weg, der heute leichter ist, aber auch immer wieder steinig in diesen anspruchsvollen Zeiten!